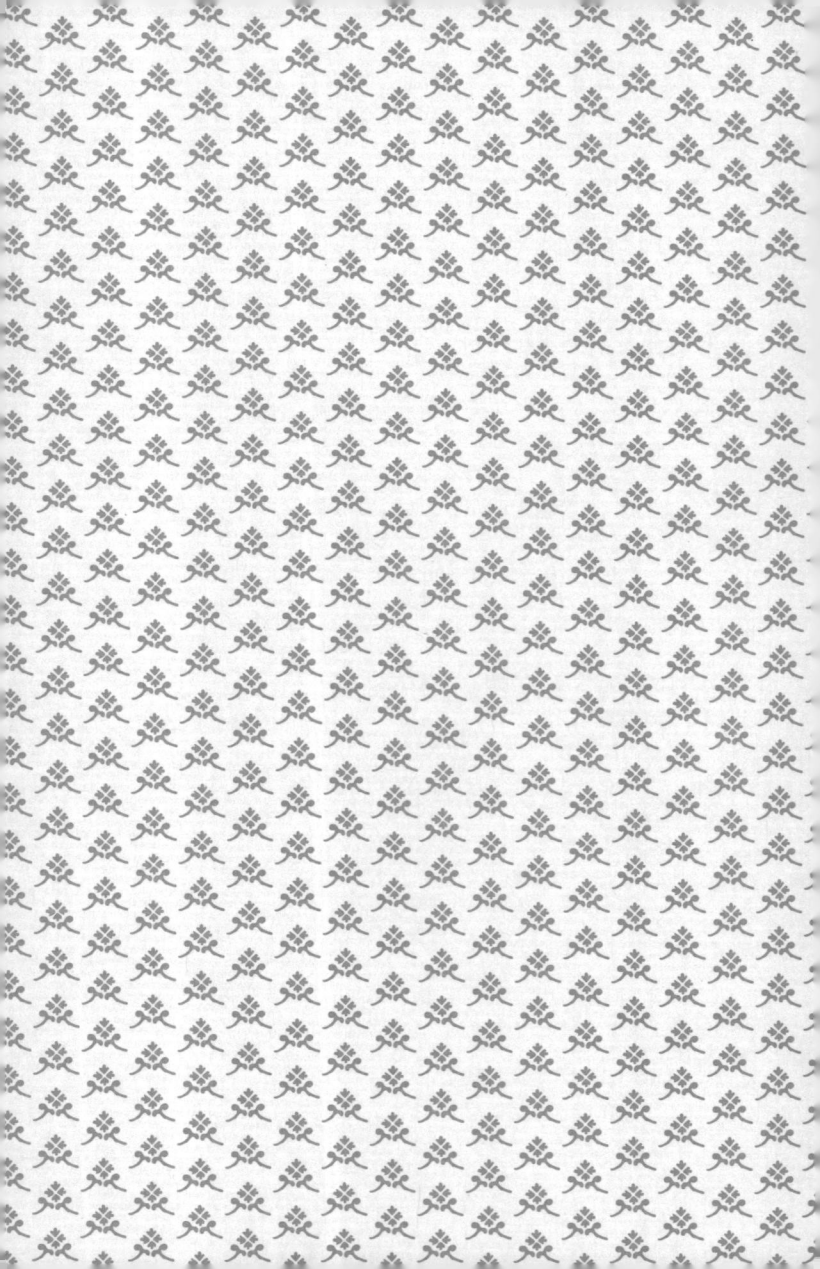

Anne of Green Gables

赤毛のアン

L・M・モンゴメリ 作／村岡花子 訳
HACCAN 絵

Lucy Maud Montgomery

講談社

もくじ

第《だい》一章《しょう》　レイチェル・リンド夫人《ふじん》のおどろき

アヴォンリー街道《かいどう》をだらだらとくだっていくと、小《ちい》さな窪地《くぼち》に出《で》ます。ここにレイチェル・リンド夫人《ふじん》は住《す》んでいます。まわりには、榛《はん》の木《き》がしげり、ずっと奥《おく》のほうのクスバート家《け》の森《もり》から流《なが》れてくる小川《おがわ》がよこぎっています。

森《もり》の奥《おく》の上流《じょうりゅう》のほうには、思《おも》いがけない淵《ふち》や、滝《たき》などがあって、かなり流《なが》れがはげしいそうですが、リンド家《け》の窪地《くぼち》に出《で》るころには、静《しず》かな小川《おがわ》になっていました。

それというのも、レイチェル・リンド夫人《ふじん》の門口《かどぐち》を通《とお》るときには、川《かわ》の流《なが》れでさえも、行儀《ぎょうぎ》よくしないではいられなかったからなのでしょう。

リンド夫人《ふじん》が窓《まど》ぎわにすわって、小川《おがわ》から子《こ》どもにいたるまで、道《みち》を通《とお》りすぎていく全部《ぜんぶ》の人《ひと》に、するどい監督《かんとく》の目《め》を光《ひか》らせていて、ちょっとでも不思議《ふしぎ》に思《おも》うことや、不都合《ふつごう》なことを見《み》つけると、そのわけを根《ね》ほり葉《は》ほりさぐりださずにはおかないということを、川《かわ》のほうでもちゃん

と知《し》っていたのかもしれません。

世《よ》の中《なか》には、自分《じぶん》のことはそっちのけにして、他人《たにん》の世話《せわ》ばかりやいている者《もの》はたくさんいますが、リンド夫人《ふじん》は、自分《じぶん》の始末《しまつ》はもちろんのこと、そのうえに、他人《たにん》の世話《せわ》をやく腕前《うでまえ》をもっているのです。

家《いえ》のことは、もうしぶんなくきちんとやってのけますし、裁縫《さいほう》は人《ひと》なみすぐれてじょうずなうえ、日曜学校《にちようがっこう》のことから、外国伝道婦人後援会《がいこくでんどうふじんこうえんかい》の幹事《かんじ》までしているのです。

そのうえ台所《だいどころ》の窓下《そうか》にすわって、窪地《くぼち》から、むこうの赤《あか》い丘《おか》まで、うねうねとつづいている街道《かいどう》を、するどい目《め》で見《み》はりながら、何時間《なんじかん》でも、木綿《もめん》のキルトのふとんを作《つく》るゆとりがあるのですから、まったく、おどろきいったものです。「十六枚《まい》も作《つく》ったんだとさ。」と、アヴォンリーの主婦《しゅふ》たちは声《こえ》をひそめて、話《はな》しあうのでした。

アヴォンリーは、セントローレンス湾《わん》につきでた小《ちい》さな半島《はんとう》をしめていて、両側《りょうがわ》に水《みず》をひかえているので、ここから出入《でい》りする者《もの》は、かならずこの丘《おか》の道《みち》をこえなくてはなりませんから、リンド夫人《ふじん》のぬけめのない目《め》をのがれることはできないのでした。

ある六月《がつ》はじめのことです。いつものように、リンド夫人《ふじん》は窓下《そうか》にすわっていました。窓《まど》からは明《あか》るい日《ひ》がさしこみ、坂《さか》の下《した》の果樹園《かじゅえん》には、うすもも色《いろ》の花《はな》が咲《さ》きひろがり、たくさんのみつばちが楽《たの》しげに飛《と》びまわっていました。

リンド夫人《ふじん》の夫《おっと》のトマス・リンドは、納屋《なや》のむこうの丘《おか》の畑《はたけ》で、奥手《おくて》のかぶをまいています。マシュウ・クスバートは、「グリン・ゲイブルス（緑《みどり》の切《き》り妻屋根《つまやね》）」の家《いえ》のむこうの広《ひろ》い畑《はたけ》のかぶをまいてしまったようです。

前《まえ》の日《ひ》の夕方《ゆうがた》、マシュウが、カーモディのウィリアム・ジェー・ブレアの店《みせ》で、ピーターにむかって、あしたの昼《ひる》すぎ、かぶをまくつもりだと話《はな》していたのを、リンド夫人《ふじん》はちゃんと聞《き》いていたのです。

もちろん、その話《はなし》はマシュウが言《い》いだしたのではなく、ピーターのほうからたずねたのです。マシュウが、自分《じぶん》のほうから話《はなし》をきりだすなどということは、これまでに一度《いちど》だってありませんでした。

ところが、どうしたわけか、いそがしいはずの午後《ごご》の三時半《じはん》という時間《じかん》に、マシュウ・クスバートは、ゆうゆうと窪地《くぼち》をぬけて、丘《おか》をのぼっていくのです。白《しろ》いカラーと、とっときの外出着《がいしゅつぎ》まで着《き》こんでいるのを見《み》ると、どうやら、よそへいくことはまちがいありません。そのうえ、栗毛《くりげ》の牝馬《めすうま》をつけた馬車《ばしゃ》を走《はし》らせているのですから、かなり遠《とお》くに行《い》くらしいのです。

「いったい、どこへ、なにしに行《い》くのだろう。」

リンド夫人《ふじん》は、首《くび》をかしげました。

これがマシュウでなかったら、アヴォンリーのだれだろうと、夫人《ふじん》はすぐに、うまくあててしまうのでしたが、マシュウときたら、めったに家《いえ》ははなれませんし、自分《じぶん》が口《くち》をきかなくてはならないところへは、いっさい顔《かお》を出《だ》そうとしない人間《にんげん》なのですから、いくら考《かんが》えても、わけがわかりませんでした。

これでリンド夫人《ふじん》の午後《ごご》は、だいなしになってしまいました。

「お茶《ちゃ》のあとで、グリン・ゲイブルスへ、一走《ひとはし》り行《い》ってこよう。そして、マシュウがどこへ、なにしに行《い》ったたか、マリラからききだしてこよう。」リンド夫人《ふじん》は、とうとう、さじを投《な》げて言《い》いました。「いまごろ町《まち》へ行《い》くはずはないし、人《ひと》をたずねるなんてことはけっしてしないんだし、かぶの種《たね》がたりなくなって、買《か》いにいくのなら、あんなにめかしこんで馬車《ばしゃ》をひっぱっていくはずがないし、お医者《いしゃ》さまをむかえにいくのなら、いそいでるだろうし。すっかり、わけがわからなくなってしまったよ。」

お茶《ちゃ》がすむと、すぐ、リンド夫人《ふじん》は出《で》かけました。

果樹園《かじゅえん》にかこまれた、だだっぴろいクスバート家《け》は、リンド家《け》の窪地《くぼち》から街道《かいどう》づたいに行《い》けば、半《はん》マイル（約《やく》八百メートル）のまた半分《はんぶん》ぐらいの道《みち》のりのところにありました。

息子《むすこ》のマシュウにおとらず、内気《うちき》で無口《むくち》だった彼《かれ》の父《ちち》は、できるだけ人《ひと》から遠《とお》のいた森《もり》の中《なか》へでもひっこみたいところを、その一歩手前《いっぽてまえ》の開墾地《かいこんち》のはずれに家《いえ》を建《た》てたのでした。

ですからグリン・ゲイブルスの家《いえ》は、アヴォンリーの家々《いえいえ》がならんでいる街道《かいどう》からは、ほとんど見《み》えませんでした。

リンド夫人《ふじん》からみると、そんな奥《おく》まったところにいたのでは、住《す》むという意味《いみ》をなさないように思《おも》えるのでした。

「まったく、こんなところに自分《じぶん》たちだけでくらしているなんて、マシュウもマリラも変《か》わった兄妹《きょうだい》さね。木《き》じゃあ、話《はな》し相手《あいて》にゃならないのにね。わたしなら人間《にんげん》のほうがいいね。二人《ふたり》とも、こんなところで満足《まんぞく》しきってるのは、なれちまったせいさね。なれれば首《くび》をしめられることだって平気《へいき》になるというからね。」

夫人《ふじん》は、車《くるま》の轍《わだち》のあとが深《ふか》くついた、野《の》ばらの小径《こみち》を歩《ある》きながらいいました。

やがて、小径《こみち》がつきて、グリン・ゲイブルスの裏庭《うらにわ》にきました。裏庭《うらにわ》は、ぼうきれ一本《ぽん》、石《いし》ころ一つ見《み》あたらないほどに、きちんとかたづけられていました。

リンド夫人《ふじん》はひそかに、マリラ・クスバートは、家《いえ》の中《なか》を掃《は》きだす度数《どすう》と同《おな》じくらい、何回《なんかい》でも、この裏庭《うらにわ》を掃《は》くにちがいないと考《かんが》えました。

台所《だいどころ》の戸《と》を強《つよ》くたたくと、「おはいり。」と、返事《へんじ》がありました。

リンド夫人《ふじん》は、清潔《せいけつ》な、でも、あまりにきちんと片《かた》づきすぎていて、客間《きゃくま》のようによそよそしい台所《だいどころ》に入《はい》りました。

マリラは、白《しろ》い花《はな》のまっさかりの果樹園《かじゅえん》の見《み》える、東《ひがし》の窓《まど》ぎわの椅子《いす》にすわって、編《あ》み物《もの》をしていました。

うしろの食卓《しょくたく》には、夕食《ゆうしょく》のしたくがしてあります。

リンド夫人《ふじん》は、ドアをあけたとたんに、食卓《しょくたく》の上《うえ》のものを、残《のこ》らず見《み》てとりました。

（お皿《さら》が三枚《まい》……とすると、やはり、マシュウがだれかを連《つ》れてくるのを、マリラは待《ま》ってるんだね。でも、それにしては、お料理《りょうり》はふだんのものだし、お菓子《かし》だって、野生《やせい》りんごの砂糖《さとう》漬《づ》けしか出《だ》してないところをみると、特別《とくべつ》だいじなお客《きゃく》でもなさそうだね。）

しかし、マシュウは、白《しろ》いカラーをつけ、栗毛《くりげ》の牝馬《めすうま》を走《はし》らせていったのですから、どうも不《ふ》思議《しぎ》です。

リンド夫人《ふじん》は、ますます、わけがわからなくなりました。

「こんばんは、レイチェル。まったく気持《きも》ちのいい夕方《ゆうがた》じゃないの。おかけなさいよ。おたくじゃ、みなさんいかがです？」と、マリラがてきぱきとあいさつしました。

マリラとリンド夫人《ふじん》とは、気《き》だてがちがっていましたが、二人《ふたり》はいつもなかよくしていたのです。

マリラは、背《せ》の高《たか》い、やせて、ごつごつした体《からだ》つきをしており、白髪《しらが》の見《み》えはじめた黒《くろ》い髪《かみ》を、いつもうしろでかたくひっつめにして、二本《ほん》の金《かね》のピンでぐさっととめていました。

一目《ひとめ》で、ゆとりのない、かた苦《くる》しい性質《せいしつ》だとわかるのですが、ただ、口《くち》のあたりに、どうかすると、ユーモラスな感《かん》じをかすかにただよわせていました。

「ありがとう、家《いえ》ではみんな元気《げんき》ですよ。だけどマリラ、わたしは、もしかするとあんたがどうかしたんじゃないかって、心配《しんぱい》になってきたんですよ。だって、マシュウが出《で》かけるのを見《み》たものでね。お医者《いしゃ》へでも行《い》ったんじゃないかと思《おも》ったんですよ。」

とたんに、そらきた、と言《い》わんばかりに、マリラの唇《くちびる》はおかしそうにゆがみました。マシュウが出《で》かけていくのを見《み》たら、リンド夫人《ふじん》は、きっと好奇心《こうきしん》のかたまりのようになって、やってくるにちがいないと、マリラは待《ま》ちかまえていたからなのです。

「いいえ、わたしはどこも悪《わる》かありませんよ。マシュウはね、ブライトリバーへ行《い》ったんですよ。ノバスコシアの孤児院《こじいん》から小《ちい》さな男《おとこ》の子《こ》を一人《ひとり》もらおうと思《おも》ってね。今夜《こんや》の汽車《きしゃ》でくることになっているんですよ。」

リンド夫人《ふじん》はびっくりして、しばらくは口《くち》もきけませんでした。ようやく口《くち》がきけるようになると、「あんた、本気《ほんき》で言《い》ってるの、マリラ。」と、リンド夫人《ふじん》はたずねました。

「もちろんですよ。」と、マリラは、きっぱりとした口調《くちょう》で言《い》いました。

リンド夫人《ふじん》はたまげてしまいました。

人《ひと》もあろうに、マリラとマシュウが男《おとこ》の子《こ》をひきとるとは……孤児院《こじいん》からだって……。世《よ》の中《なか》はひっくりかえってしまったにちがいない。

これがおどろかずにいられるなら、ほかになにもおどろくものはありっこない。

「いったい、どうしてそんなことを考《かんが》えだしたものかね。」と、リンド夫人《ふじん》は承知《しょうち》しかねるようすでした。

このことが、自分《じぶん》に相談《そうだん》なしでおこなわれたので、とても不満《ふまん》だったのです。

「そう、これについちゃあ、わたしらは、冬《ふゆ》じゅう考《かんが》えてたんですよ。クリスマス前《まえ》のころ、アレキサンダー・スペンサーの奥《おく》さんがみえてね、春《はる》になったら孤児院《こじいん》から女《おんな》の子《こ》を一人《ひとり》もらってくるつもりだって、言《い》いなすったんですよ。」マリラは答《こた》えました。「それからってものは、マシュウもわたしも、そのことばかり話《はな》しあってね、とうとう、男《おとこ》の子《こ》を一人《ひとり》もらおうってことにしたんですよ。マシュウも年《とし》をとってきたし――もう六十ですからね。――で、もとみたいに体《からだ》はきかず、心臓《しんぞう》の持病《じびょう》にゃ苦《くる》しめられるし、人《ひと》をやとおうと思《おも》えば、くるのは、あのまぬけな半《はん》人前《にんまえ》のフランス人《じん》の小僧《こぞう》どもぐらいじゃないの。」

マリラは一息《ひといき》ついて、また話《はな》しつづけました。

「それだって、わたしらのやりかたにならして、なにか教《おし》えこめば、すぐ、ロブスターの缶《かん》づめ工場《こうじょう》や合衆国《がっしゅうこく》へ行《い》っちまうしね。はじめマシュウは、ロンドン育《そだ》ちの小僧《こぞう》はどうかって言《い》いだし

たんだけれど、それはわたしは、きっぱり、『いやだ。』と言《い》ったんですよ。なにもそれが悪《わる》いというんじゃないけど、せめて、この土地生《とちう》まれのにしてください、どんな人間《にんげん》をやとおうと、心配《しんぱい》はついてまわるけれど、カナダ生《う》まれの者《もの》なら気心《きごころ》が知《し》れてるから、ずっと安心《あんしん》で、夜《よる》もぐっすり眠《ねむ》れるからと言《い》ったんですよ。」

「それで？」

「で、結局《けっきょく》、スペンサーの奥《おく》さんが女《おんな》の子《こ》をひきとりにいきなさるとき、わたしらにも、一人選《ひとりえら》んでくださるように頼《たの》むことにしたんですよ。カーモディのリチャード・スペンサーの衆《しゅう》にことづけして、年《とし》ごろは十か十一ぐらいの、りこうな男《おとこ》の子《こ》を連《つ》れてきてくださいって、奥《おく》さんに頼《たの》んだものですよ。それぐらいになってりゃ、さしあたり、すぐなにかと役《やく》には立《た》つしね。まだまだ十分《じゅうぶん》しつけもきくし、しこめもするから、いちばんよかろうということになったわけでね。かわいがって、ちゃんと教育《きょういく》もしてやるつもりですよ。」

リンド夫人《ふじん》は、いつも思《おも》ったことを、そのまま口《くち》にだすのを自慢《じまん》にしていましたから、マリラの話《はなし》を聞《き》きおわると、すぐさま、たいへんな勢《いきお》いでしゃべりはじめました。

「マリラ、はっきり言《い》っときますがね、あんたはおっそろしくばかげた、あぶないことをしてるんですよ。まったくのところ、見《み》も知《し》らない子《こ》を、わが家《や》の中《なか》に入《い》れるなんて……その子《こ》がどんな性質《せいしつ》で、どんな人間《にんげん》になるか、なんにもあんたにゃわかってないじゃないの。つい先週《せんしゅう》も新聞《しんぶん》

で、ある夫婦《ふうふ》ものが、孤児院《こじいん》から連《つ》れてきた男《おとこ》の子《こ》に、夜中《よなか》に火《ひ》をつけられて、あやうく、寝《ね》たまま丸焼《まるや》きにされるところだったというじゃないの。マリラ、あんたがわたしの意見《いけん》をききなすったのなら、わたしは、後生《ごしょう》だからそんなことはやめてと言《い》っただろうけどね……まったくのところ。」

リンド夫人《ふじん》の、なぐさめるのか、がっかりさせるのかわからない文句《もんく》をきいても、マリラは落《お》ちつきはらい、腹《はら》を立《た》てるようすもなく、せっせと編《あ》み物《もの》をつづけながら言《い》いました。

「たしかに、あんたの言《い》うこともっともだね、レイチェル。わたしも、どんなものかと思《おも》わないじゃなかったけど、なにしろマシュウがひどく乗《の》り気《き》でね、それがよくわかったので、負《ま》けてしまったんですよ。マシュウが夢中《むちゅう》になることなんか、めったにないからね。それに、危険《きけん》といえば、この世《よ》で人間《にんげん》のすることには、なんでも危険《きけん》はついてまわるからね。そんなことを言《い》ってた日《ひ》にゃ、自分《じぶん》の子《こ》どもだって安心《あんしん》して産《う》めなくなりますよ――かならずしも、どの子《こ》もうまくいくとは決《き》まっていないからね。」

「まあね、うまくいけばいいがと願《ねが》ってますがね。」と、リンド夫人《ふじん》は、さも、のぞみなさそうに言《い》いました。「ただね、もしその子《こ》がグリン・ゲイブルスに火《ひ》をつけたり、井戸《いど》に毒薬《どくやく》を投《な》げこんでも、わたしがあんたに注意《ちゅうい》しなかったからとは言《い》わないでくださいよ――その井戸《いど》のことは、ニューブランズウィックで孤児院《こじいん》の子《こ》がやったってきいたんですよ。もっとも、男《おとこ》の子《こ》では

なくて女《おんな》の子《こ》だったそうですがね。」

「そうですよ。わたしらがもらうのは女《おんな》の子《こ》ではありませんからね。」

マリラは、まるで井戸《いど》に毒《どく》を投《な》げこむのは女《おんな》の子《こ》だけで、男《おとこ》の子《こ》には、そんな心配《しんぱい》はちっともないような口《くち》ぶりで答《こた》えました。

リンド夫人《ふじん》は、マシュウがその子《こ》を連《つ》れてかえってくるまで、待《ま》っていたかったのですが、まだそれまでには、たっぷり二時間《じかん》あるので、このおどろくべきニュースをロバート・ベルの家《いえ》へ知《し》らせにいくことにしました。

マリラは、ほっとしました。

リンド夫人《ふじん》は、小径《こみち》を歩《ある》きながら、ひとりごとをつぶやいておりました。

「まったく、なんともかんとも、まるで夢《ゆめ》を見《み》ているようだよ。その子《こ》どもというのがかわいそうだよ。マシュウもマリラも、子《こ》どものことなど、てんで知《し》ってはいないんだから。とにかく、あのグリン・ゲイブルスの家《いえ》へ子《こ》どもがくるなんて、思《おも》っただけでもふしぎな気《き》がするね。あそこはいままで、子《こ》どもの影《かげ》ぼうしさえ、ささなかったんだもの。」

リンド夫人《ふじん》は感《かん》きわまって、野《の》ばらのしげみにむかって話《はな》していたのですが、もし、そのとき、ブライトリバーの停車場《ていしゃじょう》で、じっと、しんぼう強《づよ》く待《ま》っている子《こ》どもの姿《すがた》を見《み》たら、夫人《ふじん》の同情《どうじょう》は、なおさら深《ふか》くなったにちがいありません。

第二章《だいにしょう》　マシュウ・クスバートのおどろき

マシュウ・クスバートと、栗毛《くりげ》の牝馬《めすうま》は、いい気持《きも》ちで、ブライトリバーさして、とことこと進《すす》んでいきました。きれいな道《みち》は、農場《のうじょう》のあいだを走《はし》り、樅《もみ》の林《はやし》をぬけ、野生《やせい》のすももの花《はな》の咲《さ》いている窪地《くぼち》を通《とお》っていました。

あちこちのりんごの果樹園《かじゅえん》の香《かお》りで空気《くうき》はかぐわしく、牧場《ぼくじょう》はゆるやかな傾斜《けいしゃ》を見《み》せて、はるかかなたの、真珠色《しんじゅいろ》と紫《むらさき》にかすむ地平線《ちへいせん》の中《なか》にとけこんでいました。そして、

「小鳥《ことり》たちは一年《ねん》じゅうに、ただ一日《にち》のこの夏《なつ》の日《ひ》だというように歌《うた》いまくっていました。」

マシュウは、彼《かれ》なりに楽《たの》しんで馬車《ばしゃ》を走《はし》らせていましたが、ただ、婦人《ふじん》たちに会《あ》って、うなず

いてみせなくてはならないときだけは、閉口《へいこう》していました。このあたりでは、道《みち》で行《ゆ》きあった者《もの》には、だれにでも、会釈《えしゃく》することになっているのです。マシュウは、マリラとリンド夫人《ふじん》のほかは、女《おんな》という女《おんな》を、いっさいこわがっていました。彼《かれ》には、女《おんな》の人《ひと》はみんな、こっそり自分《じぶん》のことを笑《わら》っているのではないかと思《おも》えてしかたありませんでした。

そして、その不安《ふあん》はあたっていたとも言《い》えるのです。というのは、彼《かれ》は体《からだ》つきはごつごつしていて、長《なが》い鉄色《てついろ》の髪《かみ》は、前《まえ》こごみの肩《かた》までさがり、ふっさりした、やわらかい鳶色《とびいろ》のあごひげは二十歳《さい》のころからはやしているという、奇妙《きみょう》なかっこうをしていたからなのです。

マシュウが、ブライトリバーについてみると、汽車《きしゃ》は影《かげ》も形《かたち》もありませんでした。

(早《はや》くきすぎたかな。)

マシュウは、小《ちい》さなブライトリバーの宿屋《やどや》の庭《にわ》に馬《うま》をつないで、駅長室《えきちょうしつ》へはいっていきました。

長《なが》いプラットホームに人影《ひとかげ》はなく、生《い》き物《もの》といえば、ホームのいちばんはずれの砂利《じゃり》の山《やま》の上《うえ》に、女《おんな》の子《こ》が一人《ひとり》すわっているだけでした。

マシュウは、それが女《おんな》の子《こ》だということさえ気《き》がつかないで、できるだけ足早《あしばや》にそばを通《とお》りす

ぎました。もし、ほんのちょっとのあいだでも、そちらに目《め》をむけたなら、きっと、その子《こ》が一心《いっしん》になにかを待《ま》ちつづけているらしいのに、気《き》がつくはずだったのです。

マシュウは、きっぷ売《う》り場《ば》に鍵《かぎ》をかけて、家《いえ》へ夕食《ゆうしょく》に帰《かえ》ろうとしている駅長《えきちょう》に出会《であ》ったので、五時半《じはん》の汽車がじきにくるかどうかと、たずねました。

「五時半《じはん》の汽車《きしゃ》なら、もう三十分《ぷん》も前《まえ》に行《い》ってしまいましたよ。」駅長《えきちょう》は、てきぱきと答《こた》えました。「だが、あんたのところへお客《きゃく》が一人《ひとり》おりてますよ。小《ちい》さな女《おんな》の子《こ》がね。あそこの砂利《じゃり》の上《うえ》にすわってますよ。婦人待合室《ふじんまちあいしつ》へ行《い》ったらどうかといったらね、外《そと》のほうがいいんだって、まじめな顔《かお》をして言《い》いましたっけよ。そのほうがひろびろとしていて空想《くうそう》をめぐらすのにいいのよ、だってさ。ひとくせありそうな子《こ》だね。」

マシュウは、めんくらって言《い》いました。

「わしがむかえにきたのは、女《おんな》の子《こ》じゃないんで、男《おとこ》の子《こ》なんで……。アレキサンダー・スペンサーの奥《おく》さんが、ノバスコシアから連《つ》れてきてくださることになってるんですが。」

これを聞《き》くと、駅長《えきちょう》はヒューと口笛《くちぶえ》をならしました。

「なにか、手《て》ちがいでもあったんでしょうがな。スペンサーの奥《おく》さんは、あの女《おんな》の子《こ》といっしょに汽車《きしゃ》からおりてきて、わしに頼《たの》んでいったんですがね。あんたと、あんたの妹《いもうと》さんが、あの子《こ》を孤児院《こじいん》からひきとったんで、じきに、あんたがむかえにくると言《い》いなさってね。わたしが

知《し》ってるのは、それだけですよ。ほかに孤児《こじ》なんか、かくまっちゃいないしね。」

マシュウはとほうにくれてしまい、「わしにゃ、わからんが。」とつぶやき、マリラがいあわせて、なんとかしてくれればいいのに、と思《おも》ったのでした。

「ねえ、いっそ、あの子《こ》にきいてみたらいいですよ。」と、駅長《えきちょう》はむぞうさに言《い》いました。「あの子《こ》なら、説明《せつめい》できるでしょうからな――たしかに一人前《いちにんまえ》の口《くち》をききますよ。たぶん、あなたがたがほしがってたような男《おとこ》の子《こ》が、品《しな》ぎれだったのかもしれませんよ。」

そう言《い》いすてて、おなかのすいた駅長《えきちょう》はさっさと行《い》ってしまいました。

あわれなマシュウは、彼《かれ》にとっては、獅子《しし》のほら穴《あな》へはいっていくよりつらいこと――見知《みし》らぬ女《おんな》の子《こ》のそばに行《い》って、「おまえは、どうして男《おとこ》の子《こ》でないのかね。」とたずねなくてはならないはめになったのです。

マシュウは、胸《むね》の中《なか》でうめきながら、そろそろと女《おんな》の子《こ》のほうへ歩《ある》きだしました。女《おんな》の子《こ》のほうでは、じっと目《め》をすえ、さっきからマシュウを見《み》つめています。

年《とし》は十一歳《さい》ぐらい。木綿《もめん》と羊毛《ようもう》のまぜ織《お》りの、黄色《きいろ》がかった灰色《はいいろ》のみにくい服《ふく》を着《き》ており、しかも、その服《ふく》はひどく短《みじか》くて、きゅうくつそうでした。

色《いろ》あせた茶色《ちゃいろ》の水兵帽《すいへいぼう》の下《した》から、きわだって濃《こ》い赤《あか》っ毛《け》が、二本《ほん》の編《あ》みさげになって、背中《せなか》にたれています。

そばかすだらけの、小《ちい》さなやせた白《しろ》い顔《かお》に、大《おお》きな口《くち》。そのときの気分《きぶん》と光《ひかり》の具合《ぐあい》で、緑色《みどりいろ》にも、灰色《はいいろ》にも見《み》える大《おお》きな目《め》。

ここまでが、だれの目《め》にもすぐにわかる、女《おんな》の子《こ》のようすで、そのうえに、特別目《とくべつめ》のするどい人《ひと》なら、この子《こ》のあごがたいへんとがって、つきでており、大《おお》きな目《め》は生《い》き生《い》きと冴《さ》え、ひたいは広《ひろ》くてゆたかで、口《くち》もとにはなんともいえないやさしさのただよっていることなどを見《み》てとり、この女《おんな》の子《こ》の体《からだ》の中《なか》に、なみなみならない魂《たましい》が宿《やど》っていることを知《し》ったにちがいありません。

マシュウが、自分《じぶん》のほうへやってくるのを知《し》ると、女《おんな》の子《こ》は、みすぼらしい古《ふる》い手《て》さげかばんを片手《かたて》に持《も》って、つと立《た》ちあがり、もう一方《いっぽう》の手《て》を彼《かれ》のほうにさしだして、「あの、グリン・ゲイブルスのマシュウ・クスバートさんですか。」と、すんだ美《うつく》しい声《こえ》でたずねました。

「お目《め》にかかれて、とてもうれしいわ。もうむかえにきてくださらないのじゃないかと、心配《しんぱい》になってきたので、どんなことが起《お》こったのかしらって、いろいろ想像《そうぞう》していたところだったのよ。もし今夜《こんや》いらしてくださらなかったら、あの曲《ま》がり角《かど》の大《おお》きな桜《さくら》の木《き》にのぼって、一晩《ひとばん》くらそうかと思《おも》ってたんです。

あたし、ちっともこわくないし、月《つき》の光《ひかり》をあびて、真《ま》っ白《しろ》に咲《さ》いた桜《さくら》の花《はな》の中《なか》で眠《ねむ》るなんて、すてきでしょう。まるで大理石《だいりせき》の広間《ひろま》にいるようだと思《おも》うことだってできますものね。それに、

今夜《こんや》いらしてくださらなくても、あすの朝《あさ》はきっとむかえにきてくださると思《おも》っていたのよ。」

マシュウはおずおずと、日焼《ひや》けした小《ちい》さなやせた手《て》をにぎっていましたが、すぐに、どうしたらいいか決心《けっしん》しました。

こんなに目《め》を輝《かがや》かせて、よろこんでいる子《こ》どもに、どうして、ことのいきちがいがあったなどと、言《い》えましょう。

(家《いえ》へ連《つ》れていって、マリラにそのことを言《い》わせよう。とにかく、この子《こ》を駅《えき》にほうっておくわけにはいかないからな。)

ですから、マシュウはこの子《こ》に、いろいろなことを問《と》いただすことなど、いっさいやめて、ただ、「おそくなって悪《わる》かったね。さあ、おいで。あっちの庭《にわ》で馬《うま》が待《ま》ってるからね。そのかばんをよこしなさい。」と、はにかみながら言《い》いました。

「あら、あたし、持《も》てますわ。」子《こ》どもは元気《げんき》よく答《こた》えました。「この中《なか》には、あたしの全財産《ぜんざいさん》がはいっているんですけど、重《おも》くはないの。それに、特別《とくべつ》のさげかたをしないと柄《え》がはずれてしまうんです。だから、あたしが持《も》ったほうがいいんです。そのこつを知《し》ってますから。これから馬車《ばしゃ》に乗《の》っていくのね、うれしいわ。ねえ、おじさんといっしょにくらして、おじさんの家《いえ》の人《ひと》になるなんて、なんてすばらしいんでしょうね。あたし、いままで、どこの家《いえ》の者《もの》でもなかったんですもの——ほんとうの家族《かぞく》としてはね。でも、どこよりも孤児院《こじいん》がいちばんいやだったわ。

たった四か月《げつ》しかいなかったけど、こりごりしたわ。おじさんは孤児院《こじいん》で育《そだ》ったことがないから、わからないと思《おも》うけど、とにかく、想像《そうぞう》できないくらい、いやなところよ。そんなことを言《い》うのは悪《わる》いって、スペンサーのおばさんがおっしゃったけど、あたし、べつに悪《わる》い気《き》でいったんじゃないわ。ただね、孤児院《こじいん》には、なにも想像《そうぞう》するたねがないのよ。

ね、おじさん、あたし、ほんとにやせてるでしょう。骨《ほね》の上《うえ》に一《ひと》かけの肉《にく》もないんですもの。あたし、自分《じぶん》が、ほんとはきれいで、ぽちゃぽちゃ太《ふと》って、ひじのところにえくぼができるんだなんて、想像《そうぞう》をするのが大好《だいす》きよ。」

ここで、やっと女《おんな》の子《こ》はしゃべるのをやめたのでした。二人《ふたり》が馬車《ばしゃ》のところへきたからでもありました。息《いき》がきれたせいでもありますし、ちょうど、小《ちい》さな急《きゅう》な坂《さか》をくだっていきました。二人《ふたり》は、馬車《ばしゃ》に乗《の》り、村《むら》を出《で》はずれ、小《ちい》さな急《きゅう》な坂《さか》をくだっていきました。土手《どて》には花《はな》ざかりの山桜《やまざくら》と、しなやかな白樺《しらかば》が立《た》ちならんでいました。

女《おんな》の子《こ》は、手《て》をさしのべ、近《ちか》くのすももの枝《えだ》を折《お》りとりました。

「あれ、美《うつく》しいわね。あの土手《どて》からはみだしてる、真《ま》っ白《しろ》なレースのような木《き》を見《み》て、おじさん、なにを思《おも》って?」と、女《おんな》の子《こ》は話《はな》しかけてきました。

「そうさな、わしにはわからんな。」

マシュウは答《こた》えました。

「あら、花嫁《はなよめ》よ、むろん――なにからなにまで、真《ま》っ白《しろ》なしたくをして、すばらしい、かすみのようなベールをつけた花嫁《はなよめ》よ。あたし、まだ見《み》たことはないけれど、想像《そうぞう》できるわ。ねえ、あたしのこの世《よ》の幸福《こうふく》のいちばん高《たか》い理想《りそう》は、いつか、真《ま》っ白《しろ》な服《ふく》を着《き》てみたいということなのよ。美《うつく》しい服《ふく》って、大好《だいす》きなんですもの。それだのに、いままで一度《いちど》もそんなのを着《き》たことないのよ――でも、もちろん、そのほうがよけい、楽《たの》しみが多《おお》いわけね。それだからこそ、あたしはすばらしい服《ふく》を着《き》た自分《じぶん》を、想像《そうぞう》できるんですもの。

今朝《けさ》、孤児院《こじいん》を出《で》てくるとき、とても恥《は》ずかしかったのよ。だって、このおそろしく、着古《きふる》したまぜ織《お》りの服《ふく》を着《き》てこなければならなかったんですもの。ほら、孤児《こじ》はみんな、これを着《き》なくてはならないのよ。去年《きょねん》の冬《ふゆ》、ホープタウンの店《みせ》の人《ひと》が、この生地《きじ》を三百ヤード（約《やく》二百七十メートル）寄《き》付《ふ》したからなのよ。売《う》れなかったからだと言《い》う人《ひと》もあるけれど、あたしは、親切《しんせつ》な気持《きも》ちからだと思《おも》いたいの。」

女《おんな》の子《こ》は楽《たの》しそうにしゃべりつづけ、マシュウはだまって、耳《みみ》をかたむけていました。

「汽車《きしゃ》に乗《の》ったときも、美《うつく》しい、うすい空色《そらいろ》の絹《きぬ》の着物《きもの》を着《き》ていることにしたの――だって、どうせ想像《そうぞう》するなら、思《おも》いきってすばらしい想像《そうぞう》にしたほうが、かいがあるんですものね――花《はな》や、ゆらゆらしている羽根飾《はねかざ》りがいっぱいついている大《おお》きな帽子《ぼうし》をかぶって、金時計《きんどけい》を持《も》って、キッドの手袋《てぶくろ》や靴《くつ》をつけてることにしたの。そうしたら、たちまちゆかいになってしまって、島《しま》

にくるまで、せいいっぱい楽《たの》しく乗《の》ってこられましたわ。船《ふね》に乗《の》っても、ちっとも酔《よ》わなかったわ。スペンサーのおばさんもよ。いつもは気持《きも》ちが悪《わる》くなるのに、こんどはね、あたしが海《うみ》の中《なか》へ落《お》ちはしないかと、そればかりに気《き》をとられていたので、気持《きも》ちが悪《わる》くなるひまがなかったんですって。あんたみたいにうろつきまわる子《こ》は、見《み》たことがないっておっしゃったわ。あたし、その船《ふね》で、見《み》られるだけ、なんでも見《み》ておきたかったのよ。そんな機会《きかい》がまたあるかどうか、わからないんですものね。

あら、またたくさん、桜《さくら》が咲《さ》いているわ。この島《しま》みたいに花《はな》でいっぱいのところはないわね。あたし、好《す》きでたまらないわ。プリンスエドワード島《とう》は、世界《せかい》じゅうでいちばんきれいなところだって、聞《き》いてましたから、自分《じぶん》がそこに住《す》んでるところをよく想像《そうぞう》してましたけれど、まさかほんとうになるなんて、夢《ゆめ》にも思《おも》わなかったわ。想像《そうぞう》していたことが、ほんとうになるって、うれしいことじゃない？

だけど、この赤《あか》い道《みち》、とてもおもしろいわ。汽車《きしゃ》に乗《の》ってから、赤《あか》い道《みち》のそばを通《とお》りすぎていくので、どうしてあんなに赤《あか》いのって、スペンサーの奥《おく》さんにきいたのよ。

そうしたら、おばさんにもわからないんですって……そしてね、後生《ごしょう》だから、これ以上《いじょう》なにもきかないでちょうだい、もう千ぐらいもきいたじゃないのって、言《い》いなすったわ。でも、わからないことをきかなかったら、どうしていろいろなことがわかるのかしら。ねえ、どうして道《みち》が赤《あか》

くなるの？」

「そうさな、どうしてかな。」

マシュウが答《こた》えました。

「いいわ。それもいつか、調《しら》べだすことの一つだわ。これから発見《はっけん》することがたくさんあって、すてきだと思《おも》わない？　もし、なにもかも知《し》ってることばかりだったら、半分《はんぶん》もおもしろくないわ。そうでしょう。ああ、あたし、しみじみ生《い》きてるのがうれしいわ。

でも、あたし、あんまりおしゃべりしすぎて？　いつもみんなから、そう言《い》われているのだけれど。あたし、おしゃべりしないほうがいいかしら。そう言《い》ってくださったら、すぐにやめるわ。そうと決心《けっしん》すればやめられてよ。骨《ほね》は折《お》れるけれどもね。」

自分《じぶん》でもおどろいたことに、いつのまにか、マシュウはゆかいになってきていました。いままで、こんな小《ちい》さな女《おんな》の子《こ》の話《はなし》に、よろこんで耳《みみ》をかたむけようとは、夢《ゆめ》にも思《おも》ったことがありませんでした。

彼《かれ》は婦人《ふじん》たちが苦手《にがて》で、少女《しょうじょ》ときたら、それに輪《わ》をかけたものだったのです。アヴォンリーの女《おんな》の子《こ》たちときたら、マシュウがひとことでも、ものを言《い》いかけたら、飲《の》みこまれでもしまいはしないかというように、横目《よこめ》で彼《かれ》のほうを見《み》ながら、こわごわ通《とお》りすぎていくのでした。

ところが、このそばかすだらけの女《おんな》の子《こ》は、まったくちがっていました。マシュウの、のろい頭《あたま》の動《うご》きでは、とてもついていけないほどめまぐるしく、少女《しょうじょ》の考《かんが》えはうつっていきましたが、それでも、彼《かれ》は、この子《こ》のおしゃべりが気《き》にいったのです。

そこでマシュウは、例《れい》のとおり、はにかみながら、「ああ、好《す》きなだけ話《はなし》をしていいよ。わしはかまわないからな。」と答《こた》えました。

「まあ、うれしいわ。おじさんとあたしが、仲《なか》よく気《き》が合《あ》っていくってこと、ちゃんと知《し》ってるわ。子《こ》どもってものは、じっとしていればいいんで、おしゃべりをするものじゃないなんて言《い》われないで、話《はな》したいときに話《はな》せるなんて、ほんとにありがたいわ。いままでに、なんべんそういってしかられたかしれないいんですもの。そして、あたしがおおげさな言葉《ことば》を使《つか》うって、笑《わら》われるけれど、でも、大《おお》きな考《かんが》えがうかんだときには、大《おお》きな言葉《ことば》をつかわなければ、うまくあらわせないじゃないの。そうでしょう？」

「そうさな、それももっともだな。」と、マシュウは言《い》いました。

「スペンサーのおばさんは、あたしの舌《した》が宙《ちゅう》に浮《う》いているんだっておっしゃったけど、そんなことないわ――しっかりと、のどの奥《おく》でとまってるわ。

おばさんは、おじさんのおうちが『グリン・ゲイブルス』という名前《なまえ》だとおっしゃったの。いろいろきいたら、家《いえ》のまわりにぐるっと木《き》が植《う》えてあるっていうんで、前《まえ》よりもっとうれしく

なってしまったのよ。木《き》が大好《だいす》きなんですもの。でも、孤児院《こじいん》にはちっともなくて、ただ、前《まえ》のほうにほんの二、三本《ぼん》、小《ちい》ちゃなのが、白《しろ》い小《ちい》さなかこいの中《なか》にあるっきりだったのよ。その木《き》も孤児《こじ》みたいだったので、それを見《み》るとあたし、いつも泣《な》きたくなったの。今朝《けさ》、あとに残《のこ》してくるとき、悲《かな》しかったわ。そういうものには、とても心《こころ》をひかれるんですものね。そうでしょう？　それから、どこか近《ちか》くに小川《おがわ》があって？　あたし、スペンサーの奥《おく》さんに聞《き》くのをわすれたの。」

「そうさな、そう、家《いえ》のすぐ、下《しも》のほうにあるがな。」

「まあ、すてき。あたしの夢《ゆめ》の一つは、小川《おがわ》の近《ちか》くに住《す》むことだったのよ。でも、それがかなうとは考《かんが》えもしなかったの。ほんとにうれしいわ。いま、あたし、完全《かんぜん》に近《ちか》いくらい幸福《こうふく》なのよ。でも、完全《かんぜん》にってわけにはいかないの。なぜって……ほら、これ、何色《なにいろ》だと思《おも》って？」

女《おんな》の子《こ》は、やせた肩《かた》にたれている、長《なが》いつやつやした編《あ》みさげを、マシュウの目《め》の前《まえ》へ持《も》っていきました。

マシュウは、女《おんな》の人《ひと》の髪《かみ》の色《いろ》のことなど、考《かんが》えたことは一度《いちど》もありませんでしたが、このときは、たいして迷《まよ》いもしないで、「赤《あか》じゃないかい。」と言《い》いました。

女《おんな》の子《こ》は、世《よ》の中《なか》の悲《かな》しみという悲《かな》しみが、みんなその中《なか》にこもっているようなため息《いき》をついて、髪《かみ》の毛《け》から手《て》をはなしました。

「そうなの、赤《あか》なの。」と、あきらめたように言《い》って、「さあ、これでどうして、あたしが完全《かんぜん》に

幸福《こうふく》になれないかが、わかったでしょう。赤《あか》い髪《かみ》をもった者《もの》は、だれでもそうだわ。ほかのことはあたし、そう気《き》にしないけど——そばかすや、やせっぽちのことなんかね。想像《そうぞう》でなくしてしまえるんですもの。肌《はだ》はばら色《いろ》だし、目《め》は美《うつく》しい星《ほし》のようなすみれ色《いろ》だとも想像《そうぞう》できるのよ。でも、この赤《あか》い髪《かみ》ばっかりは、想像《そうぞう》でもどうにもならないの。一生懸命《いっしょうけんめい》に、『あたしの髪《かみ》は、ぬばたまの夜《よる》のように黒《くろ》く、烏《からす》の羽根《はね》のように黒《くろ》いのだ。』って思《おも》いこもうとしても、やはり、真《ま》っ赤《か》だと、よくわかっているもんで、胸《むね》がはりさけそうになるのよ——まあ、クスバートさん！まあ、クスバートさん!! まあ、クスバートさん!!!」と、とつぜんさけんだのは、女《おんな》の子《こ》が馬車《ばしゃ》からころげ落《お》ちたのでもないし、マシュウがなにかびっくりするようなことをしでかしたわけでもありません。

ただ、道《みち》の曲《ま》がり角《かど》をまわって、並木道《なみきみち》にさしかかっただけだったのです。

ニューブリッジの人《ひと》たちが「並木道《なみきみち》」とよんでいるこの道《みち》は、長《なが》さ四、五百ヤードで、何年《なんねん》か前《まえ》に、ある風変《ふうが》わりな農夫《のうふ》が植《う》えた大《おお》きなりんごの木《き》が、ぎっしりと枝々《えだえだ》をさしかわして立《た》ちならんでいるのです。頭《あたま》の上《うえ》には、香《かお》りたかい、雪《ゆき》のような花《はな》が、長《なが》い屋根《やね》のようにつづいていて、枝《えだ》の下《した》には、うすむらさき色《いろ》の夕《ゆう》ぐれの色《いろ》が一面《いちめん》にたちこめていました。

そのはるかむこうに、寺院《じいん》の通路《つうろ》のはずれにある、大《おお》きなばら形《がた》の窓《まど》のように、夕焼《ゆうや》け空《ぞら》が輝《かがや》いていました。

その美《うつく》しさにうたれたのでしょうか、子《こ》どもはだまりこくってしまいました。座席《ざせき》の背《せ》によりかかり、細《ほそ》い手《て》を組《く》みあわせたまま、うっとりとした顔《かお》を、頭《あたま》の上《うえ》の白《しろ》い花《はな》にむけていました。

馬車《ばしゃ》が「並木道《なみきみち》」を通《とお》りすぎ、長《なが》い坂《さか》をニューブリッジにむかって走《はし》りだしても、まだ女《おんな》の子《こ》はうっとりとした表情《ひょうじょう》で、西《にし》のほうに目《め》をやり、はなやかな空《そら》をよぎる美《うつく》しいまぼろしのむれを見《み》つめているかのようでした。

にぎやかな小《ちい》さなニューブリッジの村《むら》を、二人《ふたり》を乗《の》せた馬車《ばしゃ》が通《とお》りぬけていくと、犬《いぬ》はワンワンほえ、男《おとこ》の子《こ》たちははやしたて、家々《いえいえ》の窓《まど》からは、人々《ひとびと》がものめずらしそうに、顔《かお》を出《だ》しました。

「だいぶくたびれて、それにおなかもすいてきたんじゃないかね。だが、もうあと、たんとじゃないよ。ほんの一マイルだ。」

女《おんな》の子《こ》があまり長《なが》くだまっているので、マシュウは、とうとう、思《おも》いきって言《い》ってみました。すると、深《ふか》いため息《いき》をついて夢《ゆめ》からさめた女《おんな》の子《こ》は、魂《たましい》が別世界《べっせかい》にさまよっていたかのような、夢見《ゆめみ》る目《め》つきで、マシュウをながめ、「ああ、クスバートさん、あたしたちが通《とお》ってきたところ――あの白《しろ》いところはなんて言《い》うの？」とささやきました。

「そうさな、おまえさんは、並木道《なみきみち》のことを言《い》ってるんだろうがな。」しばらく、ようく考《かん》えて

から、マシュウは答《こた》えました。「きれいなところさね。」

「きれい？　あら、きれいなんてのは、あれにぴったりする言葉《ことば》じゃないわ。美《うつく》しい……でもいけないし……どっちも言《い》いたりないわ。ああ、すばらしかったわ。想像《そうぞう》をつけたすことのできないものなんて、これがはじめてよ。ここのところが、すうっとしたわ。」と、片手《かたて》を胸《むね》にあてて言《い》いました。「へんにずきりとするようで、気持《きも》ちのいい痛《いた》みなのよ。そんな痛《いた》みを感《かん》じたことがあって？　おじさん。」

「そうさな、どうも思《おも》いだせないようだが。」

「あたしは何回《なんかい》あったかしれないわ――しんから美《うつく》しいものを見《み》るたびに。だけど、あそこを並《なみ》木道《きみち》なんてよんではいけないわ。そんな名前《なまえ》には意味《いみ》がないわ。ええと――『歓喜《かんき》の白路《はくろ》』ってのはどうかしら。詩的《してき》でとてもいい名前《なまえ》じゃない？　あたし、これから『歓喜《かんき》の白路《はくろ》』ってよぶわ。場所《ばしょ》でも人《ひと》でも名前《なまえ》が気《き》にいらないときはいつでも、あたしは新《あたら》しい名前《なまえ》を考《かんが》えだして、それを使《つか》うのよ。ほかの人《ひと》があそこを『並木道《なみきみち》』とよぶのはかまわないけれど、あたしはこれから『歓喜《かんき》の白路《はくろ》』とよぶわ。

ねえ、あと家《いえ》まで一マイルしかないの？　うれしくもあるし、悲《かな》しくもあるわ。悲《かな》しいというのは、このドライブがあんまり楽《たの》しかったからよ。楽《たの》しいことのあとには、悲《かな》しいことがあるんですもの。たいがいの場合《ばあい》がそうよ。でも、家《いえ》へ行《い》くのだと思《おも》うとうれしいわ。だって、あた

し、物心《ものごころ》がついてから、ほんとうの家《いえ》というものをもったことがないでしょう。ほんとうの家《いえ》へ行《い》くのだと思《おも》つただけで、あたし、あの気持《きも》ちのいい痛《いた》みを感《かん》じるの。まあ、きれいだこと！」

そのとき、馬車《ばしゃ》は丘《おか》のいただきをこえたのです。下《した》のほうには、川《かわ》のように長《なが》くうねっている池《いけ》がありました。池《いけ》の真《ま》ん中《なか》あたりに橋《はし》がかかっていて、下手《しもて》のはずれには、琥珀色《こはくいろ》の砂丘《さきゅう》が横《よこ》たわり、そのむこうに、濃《こ》い藍色《あいいろ》の湾《わん》がながめられました。

池《いけ》のほとりには、ばらやクロッカスが咲《さ》きみだれ、樅《もみ》や楓《かえで》の木《き》が枝《えだ》を広《ひろ》げ、その影《かげ》を水面《すいめん》に落《お》としていて、池《いけ》の水《みず》はさまざまな色《いろ》に映《うつ》っていました。

それはこの世《よ》のものと思《おも》えないほど美《うつく》しい景色《けしき》でした。

「あれは、バーリーの池《いけ》だよ。」とマシュウが言《い》いました。

「あら、その名前《なまえ》も好《す》きじゃないわ。あたしなら、ええと――『輝《かがや》く湖水《こすい》』とするわ。これがぴったりの名前《なまえ》よ。ぞくぞくしたからまちがいなしよ。ちょうどぴったり合《あ》うのを考《かんが》えだすと、ぞくぞくっと身《み》ぶるいがするのよ。おじさん、そういうことがあって？」

マシュウは考《かんが》えた。

「そうさな、あるよ。きゅうりの苗床《なえどこ》を掘《ほ》りおこすと出《で》てくるあの、きみの悪《わる》い白《しろ》いうじ虫《むし》な、あれを見《み》ると、いつもわしはぞくぞくっとするがな。」

「あら、それはあたしが言《い》った、ぞくぞくとはちがうと思《おも》うけど、おじさんは同《おな》じだと思《おも》って？

ほかの人《ひと》たちはなんであれをバーリーの池《いけ》なんていうの？」

「たぶんバーリーさんが、あそこのあの家《いえ》に住《す》んでなさるからだと思《おも》うよ。」

「バーリーさんとこには小《ちい》さな女《おんな》の子《こ》がいる？　ちょうどあたしぐらいの子《こ》が。」

「ひとり十一歳《さい》くらいの子《こ》がいるよ。ダイアナといってね。」

「まあ、すてきな名前《なまえ》ねえ。」

「そうさな、どんなものかね。なんかおっそろしく不信心者《ふしんじんしゃ》の名前《なまえ》のように、わしには思《おも》えるがな。ジェーンとかメアリーとか、そういったもっとおとなしやかな名前《なまえ》のほうが、わしはいいね。もっともダイアナが生《う》まれたとき、あそこの家《いえ》に下宿《げしゅく》していた先生《せんせい》が、ダイアナとつけたんだがね。」

「なら、あたしが生《う》まれたときにも、そんな先生《せんせい》がいたらよかったと思《おも》うわ。

さあ、橋《はし》のところにきた。あたし、しっかり目《め》をつぶろうと思《おも》うの。橋《はし》をわたるときは、いつもこわいんですもの。真《ま》ん中《なか》まで行《い》ったら、ジャックナイフのように橋《はし》がたたまれてきて、自分《じぶん》がはさみ切《き》られてしまいそうな気《き》がするの。でもそれでいて、真《ま》ん中近《なかちか》くにきたなと思《おも》うと、目《め》をあかずにいられないの。だって、もし橋《はし》がたたみかかってくるのなら、それを見《み》とどけたいと思《おも》うでしょう？

あらまあ！　ガラガラ景気《けいき》のいい音《おと》がすること。あたし、車《くるま》がガラガラ音《おと》をたてるところが大《だい》

好《す》きなの。この世《よ》の中《なか》にこんなに好《す》きなものがたくさんあるって、すてきじゃない？　そら、わたってしまった。さあ、ふりかえってみましょう。おやすみなさい、輝《かがや》く湖水《こすい》さん。あたし、いつも人間《にんげん》に言《い》うのとおなじように、好《す》きなものにも『おやすみなさい。』を言《い》うのよ。そうするとよろこぶらしいんですもの。あの水《みず》は、あたしに笑《わら》いかけているようだわ。」

やがて馬車《ばしゃ》が、その先《さき》の丘《おか》をもう一つのぼって、曲《ま》がり角《かど》を折《お》れたとき、マシュウが、「さあ、もうすぐ家《いえ》だ。グリン・ゲイブルスは、あそこの——。」と言《い》いかけたとたん、女《おんな》の子《こ》は、持《も》ちあげかけたマシュウの腕《うで》を、あわてておさえ、「あたしにあてさせて。きっと、うまくあてるわ。」と言《い》うと、あたりを見《み》わたしました。

日《ひ》はしずんでいましたが、あたりは、なごやかな夕《ゆう》あかりの中《なか》に、一目《ひとめ》で見《み》わたせました。黒《くろ》ずんだ教会《きょうかい》の尖塔《せんとう》が、きんせんか色《いろ》の空《そら》にそびえ、目《め》の下《した》は小《ちい》さな谷《たに》になり、そのむこうのゆるやかなスロープには、こぢんまりした農場《のうじょう》があちこちに見《み》えています。

女《おんな》の子《こ》の目《め》は、それからそれへと、熱心《ねっしん》に、なつかしそうに走《はし》っていましたが、ついに、左手《ひだりて》の、道《みち》からずっとひっこんだ一軒《けん》の家《いえ》にとまりました。

まわりの森《もり》がほの暗《ぐら》い影《かげ》をおとし、花《はな》ざかりの木々《きぎ》がぼうっと白《しろ》くかすんでいます。そして、その上《うえ》の、晴《は》れわたった西南《せいなん》の空《そら》には、大《おお》きな水晶《すいしょう》にも似《に》た白《しろ》い星《ほし》が、道案内《みちあんない》のように、そして、幸福《こうふく》の約束《やくそく》のように輝《かがや》いていました。

「あれよ、そうでしょう。」と、子《こ》どもは、指《ゆび》さしました。

マシュウはうれしそうに、ピシャッと牝馬《めすうま》の背《せ》をたづなで打《う》ちました。

「そうだ、そのとおり。だが、スペンサーの奥《おく》さんから聞《き》いてあったんで、わかったんじゃないかね。」

「いいえ、聞《き》いてなかったわ――ほんとうに聞《き》かなかったわ。でも、あれを見《み》た瞬間《しゅんかん》、あそこがそうだと感《かん》じたの。

ああ、まるで夢《ゆめ》の中《なか》にいるみたいだわ。ねえ、あたしの腕《うで》は、あざだらけになってるにちがいないわ。朝《あさ》からなんどつねったかしれないんですもの。だって、これはみんな夢《ゆめ》じゃないかって気《き》がして、そのたびに、ほんとうか夢《ゆめ》か、たしかめるために、つねったんですもの。でも、やっぱりほんとうのできごとで、もうすぐ、家《いえ》なんですものね。」

女《おんな》の子《こ》は、うれしそうに、ほっとため息《いき》をついて、口《くち》をとじました。

マシュウは、不安《ふあん》そうに身《み》じろぎしました。

この家《いえ》なしの子《こ》が、こんなに求《もと》め願《ねが》っている家《いえ》が、やっぱりおまえのものじゃなかったと、この子《こ》に言《い》う役《やく》を、自分《じぶん》でなく、マリラにやらせることにしたのが、しみじみありがたかったのです。

馬車《ばしゃ》がリンド家《け》の窪地《くぼち》にきたときには、とっぷり暮《く》れていましたが、リンド夫人《ふじん》は、窓《まど》から、

ちゃんと二人《ふたり》を見《み》ていました。

マシュウは、なにもかもわかってしまうときが近《ちか》づいていることを思《おも》って、おそろしくてたまりませんでした。

（この子《こ》はどんなにがっかりすることだろう。）

子《こ》どもの目《め》から、あのよろこびにかがやいている光《ひかり》が消《き》える——そう思《おも》うと、マシュウはたまらなく、いやな気持《きも》ちにかられるのでした。

二人《ふたり》が、グリン・ゲイブルスの裏庭《うらにわ》へはいってきたときには、すっかり暮《く》れきって、まわりでポプラの葉《は》がサラサラと鳴《な》っていました。

「木々《きぎ》が眠《ねむ》りながらお話《はな》ししてるのを、聞《き》いてごらんなさい。」マシュウがだきおろしてやると、子《こ》どもはささやきました。「きっと、すてきな夢《ゆめ》を見《み》てるにちがいないわ。」

それから、「この世《よ》での全財産《ぜんざいさん》」がおさまっている手《て》さげかばんをしっかりと持《も》って、女《おん》の子《こ》はマシュウのあとについて、家《いえ》の中《なか》へはいっていきました。

第《だい》三章《しょう》　マリラ・クスバートのおどろき

マシュウがドアをあけると、マリラが大《おお》いそぎで出《で》てきました。

「マシュウ、それ、だれなの？」マリラは、目《め》の前《まえ》に、きゅうくつな、みにくい服《ふく》を着《き》て、目《め》をかがやかせ、赤《あか》い髪《かみ》をおさげに編《あ》んだ、奇妙《きみょう》な女《おんな》の子《こ》を見《み》ると、びっくりしてさけびました。

「男《おとこ》の子《こ》はどこにいるんです？」

「男《おとこ》の子《こ》なんぞいなかったよ。いたのはこの子《こ》だけさ。」

マシュウは、うちしおれて答《こた》え、子《こ》どものほうにむかってうなずいてみせました。とたんに、まだ子《こ》どもの名前《なまえ》も聞《き》いていなかったことを思《おも》いだしました。

「男《おとこ》の子《こ》はいなかったんですって……そんなはずはないですよ。男《おとこ》の子《こ》をよこしてくださいって、スペンサーの奥《おく》さんにことづけしたんですもの。」

「そうなんだ。ところが、この子《こ》を連《つ》れてきなすったんだよ。駅長《えきちょう》にもきいたんだがね。それ

で、家《いえ》へ連《つ》れてこずにはいられなかったんだよ。どんな手《て》ちがいからにしろ、この子《こ》をあそこにほうっておくことはできないからね。」

「まあ、なんということだろう。」

マリラは言《い》いました。

二人《ふたり》の話《はなし》を、女《おんな》の子《こ》はだまりこくって聞《き》いていました。

生《い》き生《い》きした光《ひかり》は顔《かお》からあとかたもなく消《き》えて、二人《ふたり》のほうをかわるがわる見《み》ていましたが、きゅうに、わけがわかったらしく、だいじな手《て》さげかばんをとり落《お》として、ぱっと一歩《ぽ》とびだし、手《て》を組《く》みあわせてさけびました。

「あたしをほしくないいんだ。男《おとこ》の子《こ》じゃないもんで、あたしをほしくないんだわ。やっぱりそうだったんだわ。いままで、だれもあたしをほしがった人《ひと》はなかったんだもの。あんまりすばらしすぎたから、長《なが》つづきはしないとは思《おも》ってたけれど。あたしをほんとに待《ま》っててくれる人《ひと》なんかないってことを、知《し》ってるはずだったんだわ。ああ、どうしたらいいんだろう。泣《な》きだしちゃいたいわ。」と言《い》うなり、テーブルのそばの椅子《いす》に腰《こし》をおろし、うつぶして、はげしく泣《な》きじゃくりました。

マリラとマシュウはとほうにくれて、ストーブごしに顔《かお》を見《み》あわせました。

しばらくたってから、マリラがやっとの思《おも》いで言《い》いました。

「さあさあ、べつに泣《な》く必要《ひつよう》はないんだよ。」

「ありますとも。」

とたんに、子《こ》どもは、すばやく頭《あたま》をおこして抗議《こうぎ》しました。見《み》ると、顔《かお》は涙《なみだ》で汚《よご》れ、唇《くちびる》はぶるぶる震《ふる》えています。

「おばさんだって泣《な》くわ。もし、おばさんがみなし子《ご》で、これから自分《じぶん》の住《す》む家《いえ》になるのだと思《おも》うところへきてみたら、男《おとこ》の子《こ》じゃないからいらないのだとわかったら、きっと泣《な》くことよ。ああ、こんな悲《かな》しいめにあったことないわ。」

思《おも》わず口《くち》もとにのぼってきた微笑《ほほえ》みが、マリラのかたい表情《ひょうじょう》をやわらげました。長《なが》いあいだ使《つか》わなかったので、さびついてしまったような微笑《ほほえ》みでした。

「さあ、もう泣《な》きなさんな。なにも今夜《こんや》あんたを追《お》いだすというのではないからね。どうせ、このいきちがいをはっきりさせるまでは、ここにいなくてはなるまいからね。名前《なまえ》はなんていうの。」

女《おんな》の子《こ》は、ちょっとためらってから、「あの、あたしをコーデリアとよんでくださいませんか。」と、熱心《ねっしん》に頼《たの》みました。

「コーデリアとよべって？　……それがあんたの名前《なまえ》なの。」

「いいえ、あの、あたしの名前《なまえ》ってわけじゃないんですけど、コーデリアとよばれたいんです。

すばらしい名前《なまえ》ですもの。」

「なにを言《い》ってるのか、さっぱりわからないね。コーデリアというんでないなら、なんという名《な》前《まえ》なの。」

「アン・シャーリー。」と、その名《な》の持《も》ち主《ぬし》はしぶしぶ答《こた》えました。「でもねえ、どうかコーデリアとよんでくださいな。ここにちょっとしかいないんですもの、かまわないでしょう。それに、アンなんて、とてもありきたりの名前《なまえ》なんですもの。」

「ありきたりですって？　ばかばかしい。」情《なさ》けようしゃもなく、マリラは言《い》いました。「アンこそ、わかりやすい、おとなしやかな、いい名前《なまえ》ですよ。なにも恥《は》ずかしがることはありませんよ。」

「あら、恥《は》ずかしがりゃしないわ。」と、アンはさけびました。「ただ、コーデリアのほうがもっと好《す》きなだけよ。あたし、いつも自分《じぶん》の名前《なまえ》はコーデリアだって、想像《そうぞう》してきたんです。でも、アンとよぶんでしたら、e《イー》のついたつづりのアンでよんでください。」

さびついたような微笑《ほほえ》みが、また、マリラの顔《かお》に浮《う》かびました。

「字《じ》なんか、どうなふうにつづったって、たいしたちがいはないじゃないの。」

「あら、大《おお》ちがいだわ。そのほうがずっとすてきに見《み》えるんですもの。名前《なまえ》を聞《き》くと、すぐ目《め》の前《まえ》に、まるで印刷《いんさつ》されたみたいに、その名前《なまえ》がうかんでこないこと？　あたしはそうだわ。だか

ら、Ａｎｎ《アン》はひどく感《かん》じが悪《わる》いけど、Ａｎｎｅ《アン》のほうはずっと上品《じょうひん》に見《み》えるわ。おばさんが、おわりにｅ《イー》の字《じ》のついたアンとよんでくださるなら、コーデリアとよばれなくても、がまんするわ。」

「よろしい、では、ｅ《イー》の字《じ》をつけたアンさん、どうしてこんないきちがいが起《お》こったのか話《はな》しておくれでないかね。わたしらは男《おとこ》の子《こ》をよこしてくださいと、スペンサーの奥《おく》さんにことづけをしたのだけどね。孤児院《こじいん》には男《おとこ》の子《こ》はいなかったの。」

「いいえ、たくさんいましたわ。でも、おばさんたちがほしがっているのは、十一ぐらいの女《おんな》の子《こ》だって、はっきりスペンサーのおばさんがおっしゃったわ。それだもんで寮母《りょうぼ》さんは、あたしがよかろうと言《い》ったんです。あたし、どんなにうれしかったかしれないわ。あんまりうれしくて、ゆうべは一晩《ひとばん》じゅう眠《ねむ》れなかったの。」

そして、こんどはマシュウのほうをむいて言《い》いました。

「あたしじゃだめだってことを、どうして駅《えき》で言《い》ってくださらなかったの。そして、あそこにほうっといてくだされればよかったのに。あの『歓喜《かんき》の白路《はくろ》』や『輝《かがや》く湖水《こすい》』を見《み》ないうちだったら、こんなにつらくなかったのに。」

マリラは、ぽかんとしてマシュウの顔《かお》を見《み》ました。

「いったいぜんたい、この子《こ》はなにを言《い》ってるんです？」

マシュウは口《くち》ごもり、「いや、この子《こ》は――この子《こ》はただ、わしらがとちゅうで話《はな》してきたことを、なにか言《い》ってるだけだよ。」と、早口《はやくち》に答《こた》えました。「馬《うま》をしまってくるからな、マリラ、もどったら食事《しょくじ》にしておくれ。」

マシュウが外《そと》へ行《い》くと、マリラはまた、アンにむかってたずねました。

「スペンサーの奥《おく》さんは、あんたのほかに、だれか連《つ》れてきたかね。」

「リリー・ジョーンズをご自分《じぶん》のところへ連《つ》れてきなさったわ。リリーはまだ五つで、とても美《び》人《じん》なのよ。髪《かみ》は栗色《くりいろ》なんです。もしあたしがとっても美人《びじん》で、栗色《くりいろ》の髪《かみ》をしていたら、おばさん、あたしをおいてくださる？」

「いいえ、マシュウの野良仕事《のらしごと》の手《て》つだいがほしいんだから、女《おんな》の子《こ》ではわたしらの役《やく》に立《た》たないからね。帽子《ぼうし》をとりなさい、それとあんたのかばんを、広間《ひろま》のテーブルにおいてくるから。」

アンはおとなしく帽子《ぼうし》をぬぎました。

やがて、マシュウが帰《かえ》ってきたので、三人《にん》は夕食《ゆうしょく》をはじめました。

アンは、やっとの思《おも》いでバターつきパンをかじり、野生《やせい》りんごの砂糖漬《さとうづ》けをぽつりぽつりとついてみましたが、パンも砂糖漬《さとうづ》けも、いっこうに目《め》に見《み》えたへりかたをしませんでした。

「なにも食《た》べてないじゃないの。」と、マリラはするどい声《こえ》で言《い》って、それがたいへんな欠点《けってん》だというように、じろじろとアンをながめました。

アンは、ため息《いき》をついて言《い》いました。

「食《た》べられないの。あたし、絶望《ぜつぼう》のどん底《ぞこ》にいるんですもの。おばさんは絶望《ぜつぼう》のどん底《ぞこ》にいるとき、ものが食《た》べられて？」

「わたしゃ、絶望《ぜつぼう》のどん底《ぞこ》になんかいたことがないから、なんとも言《い》えないね。」

マリラは答《こた》えました。

「ないの？　それじゃ、絶望《ぜつぼう》のどん底《ぞこ》にいるときのことを想像《そうぞう》してみたことがあって。」

「いいえ、ないね。」

「なら、どんなものか、わからないでしょうね。それはほんとにいやな気持《きも》ちよ。食《た》べようとすると、のどにかたまりがつきあがってくるもんで、なんにも飲《の》みくだせないの。たとえ、チョコレートキャラメルだってだめよ。二年《ねん》まえに一度《ど》、チョコレートキャラメルを一つ食《た》べたけれど、なんともいえなくおいしかったわ。それからよく、たくさんのチョコレートキャラメルを持《も》った夢《ゆめ》を見《み》るけれど、ちょうど食《た》べようとすると、いつも目《め》がさめてしまうの。あたしが食《た》べないからって、悪《わる》く思《おも》わないでください。口《くち》あたりはとてもおいしいんですけど、それでも食《た》べられないの。」

「この子《こ》はつかれているんじゃないかな。寝《ね》かしてやるがいい、マリラ。」

うまやからもどってから、だまりこくっていたマシュウが言《い》いました。

じつは、男《おとこ》の子用《こよう》の部屋《へや》しか用意《ようい》していなかったマリラは、さっきから、どこへアンを寝《ね》かしたものかと、思案《しあん》にくれていたのです。

いろいろ考《かんが》えたあげく、東側《ひがしがわ》の、はりだし窓《まど》のある部屋《へや》に寝《ね》かすことに決《き》めました。

マリラはろうそくをつけ、「ついておいで。」と、短《みじか》く言《い》いました。

アンは、しょんぼりとあとについていきました。

その部屋《へや》は、ぞっとするほど清潔《せいけつ》で、寒々《さむざむ》としたものでした。

マリラは、部屋《へや》のすみにある三角《さんかく》テーブルにろうそくをおき、ふとんのしたくをしました。

「ねまきはあるんだろうね。」と、マリラがきくと、アンはうなずきました。

「ええ、二枚《まいも》持ってます。孤児院《こじいん》の寮母《りょうぼ》さんがこしらえてくれたの。おそろしく、きっちきっちなのよ。孤児院《こじいん》では、なにもかもたりないずくめだから、どんなものでも、きっちきっちなの。あたし、きゅうくつなねまき、大《だい》きらいなの。ただ、それを着《き》ても、首《くび》のところにひだのある、すそのひきずるようなねまきを着《き》ても、同《おな》じように夢《ゆめ》は見《み》られるから、それだけがなぐさめだわ。」

「さあ、おしゃべりをしないで、早《はや》く着物《きもの》をぬいでねどこにはいりなさい。二、三分《ぷん》したら、ろうそくを取《と》りにもどってくるからね。あんたに消《け》してくれとは頼《たの》めやしないよ。きっと火事《かじ》でも起《お》こすにちがいないから。」

マリラが行《い》ってしまうと、アンは、みたされない思《おも》いで、まわりを見《み》まわしました。むきだしの白壁《しらかべ》は目《め》が痛《いた》くなるほど白《しろ》く、壁《かべ》だって、ずきずきした痛《いた》みを感《かん》じているにちがいないと、アンは思《おも》いました。

部屋《へや》のすみには、四本《ほん》の黒《くろ》ずんだ棒《ぼう》でささえられた、腰《こし》の高《たか》い、旧式《きゅうしき》のベッドがすえられていました。もうひとつのすみには、例《れい》の三角《さんかく》テーブルがありました。テーブルとベッドの真《ま》ん中《なか》に窓《まど》があいていて、氷《こおり》のように白《しろ》いモスリンのカーテンがかかっていて、そのむかいあわせに洗面台《せんめんだい》がおいてあります。

部屋全体《へやぜんたい》が、いかつさそのもので、アンは骨《ほね》の髄《ずい》までふるえあがるようでした。すすり泣《な》きながら、大《おお》いそぎで服《ふく》をぬぎ、ねまきに着《き》かえると、ベッドにとびこみ、まくらに顔《かお》をふせ、ふとんを頭《あたま》の上《うえ》までひっかぶりました。

ろうそくを取《と》りにあがってきたマリラの目《め》にうつったのは、あちこちにだらしなくぬぎすてられた服《ふく》ばかりで、アンの姿《すがた》は見《み》えませんでした。

ただ、ベッドのぐあいで、ようやく、中《なか》にアンのいることがわかりました。

マリラは服《ふく》をひろい集《あつ》め、椅子《いす》の上《うえ》にきちんとおき、ろうそくを取《と》りあげると、ベッドのところへ行《い》って、「よくお休《やす》み。」と、いくらか間《ま》が悪《わる》そうに、それでも、どこかやさしみのある声《こえ》をかけました。

とたんに、ふとんの中《なか》から、アンの白《しろ》い顔《かお》と大《おお》きな目《め》があらわれ、「どうして、よくなんか眠《ねむ》れて？　今夜《こんや》みたいにつらい晩《ばん》はないってこと、おばさん、知《し》ってるくせに。」と、文句《もんく》を言《い》い、そのまま、もぐりこんでしまいました。

マリラはのろのろと台所《だいどころ》へおりて、皿洗《さらあら》いにかかりました。

マシュウはたばこをふかしていました——それは、彼《かれ》がなにか思《おも》いわずらっている証拠《しょうこ》なのです。

マリラは、たばこをふかすのは悪《わる》い習慣《しゅうかん》だといって、いつもいやがっていましたから、マシュウは、よくよくのことがなければ、吸《す》わなかったのです。

マリラは、腹《はら》がたってたまりませんでした。

「まったく、大《おお》ごとになってしまって……これというのも、わたしたちが行《い》かないで、ことづけなんかしたからですよ。あしたは、にいさんか、わたしかが、ひとっ走《ぱし》りスペンサーの奥《おく》さんのところへ行《い》ってこなくてはなりませんよ。あの子《こ》を孤児院《こじいん》へ返《かえ》さなくてはなりませんね。」

「そうさな、どうも、そう思《おも》わなくてはなるまいな。」

マシュウはしぶしぶ、返事《へんじ》をしました。

「まあ、そう思《おも》わなくてはなるまいですって？」

「そうさな、あの子《こ》はほんにかわいい、よい子《こ》だよ、マリラ。あんなにここにいたがるものを、

送《おく》りかえすのは、残酷《ざんこく》というものじゃないか。」

「まあ、マシュウ、まさかあんたは、あの子《こ》をひきとらなくちゃならないと言うんじゃないでしょうね。」

たとえマシュウが逆立《さかだ》ちしたいと言《い》いだしたとしても、マリラはこんなにおどろきはしなかったでしょう。

マシュウは、ますますこまって、口《くち》ごもりました。

「そうさな、いや、そんなわけでもないが――わしは――わしは思《おも》うに、わしらはあの子《こ》をおいとけまいな。」

「おいとけませんね。あの子《こ》がわたしらに、なんの役《やく》にたつというんです？」

「わしらのほうで、あの子《こ》になにか役《やく》にたつかもしれんよ。」

マリラは、じろじろとマシュウを見《み》ました。

「マシュウ、あんたはきっとあの子《こ》に魔法《まほう》でもかけられたんだね。あんたが、あの子《こ》をおきたがってることは、ちゃんと顔《かお》に書いてありますよ。」

「そうさな、あの子《こ》はほんにおもしろい子《こ》どもだよ。ここへくるまでに話《はな》したことを、おまえにも聞《き》かせたかったよ。」

「まったく、よくも、ああしゃべれるもんですねえ。わたしはあんなにしゃべる子《こ》は好《す》きません

よ。なにか得体《えたい》のしれないようなところもあるし、やはり、返《かえ》さなくてはなりませんよ。」

しかし、マシュウはいっこう、自分《じぶん》の考《かんが》えを変《か》えるようすもありませんでした。

「わしの手《て》つだいにはフランス人《じん》の小僧《こぞう》をやとえばいいんだし、そうすればあの子《こ》は、おまえの話《はな》し相手《あいて》になるじゃないか。」

「話《はな》し相手《あいて》なんか、まっぴらごめんだね。あの子《こ》をおいとく気《き》はありませんよ。」と、マリラは、そっけなくはねつけました。

「そうさな、むろん、おまえの言《い》うとおりさ、マリラ。」マシュウは立《た》ちあがり、パイプをしまいました。「わしは寝《ね》るよ。」

マシュウは寝床《ねどこ》にひきあげてしまい、マリラも皿洗《さらあら》いをおえると、しかめ顔《つら》をさらにしかめながら、床《とこ》にはいりました。

二階《かい》の部屋《へや》では、よるべないひとりぼっちの子《こ》どもが、いつか、泣《な》き寝入《ねい》りに眠《ねむ》っていました。

第《だい》四章《しょう》　グリン・ゲイブルスの朝《あさ》

アンが目《め》をさましたときは、日《ひ》は高《たか》くのぼっていました。

窓《まど》から、明《あか》るい日《ひ》の光《ひかり》がいっぱいにさしこみ、咲《さ》きにおっている白《しろ》い桜《さくら》の花《はな》のあいだから、すんだ青空《あおぞら》がのぞいています。

一瞬《いっしゅん》、アンは自分《じぶん》がどこにいるのか、思《おも》いだせませんでした。最初《さいしょ》、なにかゆかいな気分《きぶん》がおとずれたのですが、すぐそのあとから、まざまざと記憶《きおく》がよみがえってきました。

（ここはグリン・ゲイブルスで、そして、自分《じぶん》が男《おとこ》の子《こ》ではないから、ここの人《ひと》はあたしをいらないのだ。）

でも、今《いま》は朝《あさ》です。アンは元気《げんき》を出《だ》して、ぱっと飛《と》びおきると、窓《まど》をおしあけました。窓《まど》は長《なが》いことあけたことがなかったらしく、きしりながら上《あ》がりました。

アンはひざをつき、すばらしい六月《がつ》の朝《あさ》の景色《けしき》に見《み》とれました。

窓《まど》にすれすれになるくらい枝《えだ》をはった、大《おお》きな桜《さくら》の木《き》は、白《しろ》い花《はな》をいっぱいに咲《さ》きほこらせ、

家《いえ》の両側《りょうがわ》のりんごと桜《さくら》の大《おお》きな果樹園《かじゅえん》も花《はな》ざかりでした。花《はな》の下《した》の草《くさ》の中《なか》には、たんぽぽが一面《いちめん》に咲《さ》いていました。

紫色《むらさきいろ》の花《はな》をつけたライラックの、むせるように甘《あま》い匂《にお》いが、風《かぜ》にのってただよってきます。青々《あおあお》としたクローバーの原《はら》っぱのむこうに見《み》える窪地《くぼち》には小川《おがわ》が流《なが》れ、何十本《なんじゅっぽん》もの白樺《しらかば》の木《き》がはえていました。そのむこうは、えぞ松《まつ》や桜《さくら》で青《あお》くけむったような丘《おか》で、木《き》のあいだからは、「輝《かがや》く湖水《こすい》」のむこう側《がわ》から見《み》た、あの小《ち》さな家《いえ》の灰色《はいいろ》の屋根《やね》が見《み》えました。

左手《ひだりて》の大《おお》きな納屋《なや》のむこうの、ゆるやかな坂《さか》のずっと遠《とお》くに、青《あお》い海《うみ》がきらきら光《ひか》っています。

かわいそうに、これまで殺風景《さっぷうけい》なものばかり、いやというほど見《み》てきたアンには、なにもかも、夢《ゆめ》にも思《おも》わなかったほど美《うつく》しかったのです。

うっとりひざまずいているアンの肩《かた》に、だれかが手《て》をかけました。

「まだ、着物《きもの》を着《き》てないのね。」

ぶあいそうに声《こえ》をかけたのは、マリラでした。

こんなそっけない態度《たいど》をとったのは、べつに悪気《わるぎ》があったわけではなく、ただ、アンにどんなふうに話《はな》しかけたらいいのか、わからなかったからなのです。

アンは立《た》ちあがって、ほうっと息《いき》をつき、「すばらしいわ。」と、外《そと》のほうへ手《て》をふって見《み》せま

した。

「ああ、あの木《き》かい。あれは大《おお》きな木《き》で、花《はな》はたくさん咲《さ》くけど、実《み》はいつもたんとはならないんだよ。小《ちい》さくて虫《むし》っくいでね。」

マリラは答《こた》えました。

「ああ、あの木《き》だけじゃないの、あたしが言《い》ってるのは。もちろん、あれも美《うつく》しいわ——まばゆいばかりに美《うつく》しいわ。でも、なにもかものことを言《い》ってるんです。庭《にわ》も果樹園《かじゅえん》も小川《おがわ》も森《もり》も、大《おお》きな、なつかしい世界全体《せかいぜんたい》のことなの。

おばさん、こんな朝《あさ》には、ただただ世界《せかい》が好《す》きでたまらないという気《き》がしない？　それに小川《おがわ》が、ずっと笑《わら》いつづけながら、ここへ流《なが》れてくるのが聞《き》こえるの。グリン・ゲイブルスの近《ちか》くに小川《おがわ》があるなんて、とてもうれしいわ。

たぶん、おばさんは、あたしをここにおいてはくださらないんですから、そんなことは、あたしにはどうでもかまわないことだと思《おも》うでしょうけれど、そうじゃないわ。たとえ二度《にど》と見《み》られなくても、あたしは、グリン・ゲイブルスのそばに小川《おがわ》があるということをおぼえていたいの。

あたし、今朝《けさ》は絶望《ぜつぼう》のどん底《ぞこ》にはいないの。朝《あさ》は、そんなところにはいられないわ。でも、やはり悲《かな》しいのよ。たったいままで、おばさんがほしがっていなさるのは、やっぱりあたしで、いつまでもいつまでも、ここにいることになったたって想像《そうぞう》していたところなの。でも、それを打《う》ち

きらなくてはならないときがきたんですもの。想像《そうぞう》してたときは、とてもいい気持《きも》ちだったんですけど、いまはみじめなの。」

ひっきりなしにつづくアンのおしゃべりをだまって聞《き》いていたマリラは、やっとのことで、すきをみて、言葉《ことば》をはさみました。

「それより、早《はや》く服《ふく》を着《き》て、おりてきなさい。あんたの想像《そうぞう》なんかどうでもかまわないから。食事《しょくじ》ができてるからね。顔《かお》を洗《あら》って、髪《かみ》をとかしなさい。窓《まど》はそのままあけといて、ふとんは足《あし》のほうへ返《かえ》しておきなさい。できるだけ手早《てばや》くするんだよ。」

アンはかなり手早《てばや》いらしくて、十分《ぷん》もすると、髪《かみ》をきれいにとかし、きちんと服《ふく》を着《き》ておりてきました。

そして、マリラが持《も》ってきてくれた椅子《いす》にすべりこみました。

「今朝《けさ》はだいぶおなかがすいたわ。ゆうべはまるでこの世界《せかい》が荒野《こうや》のような気《き》がしたわ。でも、今朝《けさ》はすばらしいお天気《てんき》で、ほんとにうれしいわね。雨《あめ》ふりの日《ひ》より、お天気《てんき》の日《ひ》のほうが、つらいのをがまんしやすいんですもの。ねえ、あたし、いまたいへんな苦労《くろう》をしてるような気《き》がするの。悲《かな》しい小説《しょうせつ》を読《よ》んで、自分《じぶん》が雄々《おお》しく生《い》きぬくところを想像《そうぞう》するのはとてもすてきだけど、ほんとにそんなめにあうのは、あまりよくないわ。そうじゃありません？」

「後生《ごしょう》だから、だまりなさい。小《ちい》さな子《こ》どもにしては、まったくしゃべりすぎる。」と、マリラ

が言《い》いました。

アンはすぐに口《くち》をつぐみました。そして、こんどはいつまでもだまっていましたので、マリラは、なにか不自然《ふしぜん》な気《き》がして、よけいにいらいらしてきました。

マシュウもだまりこくっていましたので――もっとも、マシュウが無口《むくち》なのは、いつものことで、自然《しぜん》ではありましたが――食事《しょくじ》はひどく静《しず》かでした。

そのうちに、マリラは、アンが食事《しょくじ》を機械的《きかいてき》に食《た》べ、大《おお》きな目《め》をぱっちりと見《み》ひらいて、じっと窓《まど》の外《そと》の空《そら》を見《み》つめ、なにやら想像《そうぞう》にふけっているらしいのに気《き》がつくと、きみの悪《わる》い思《おも》いにおそわれました。

(こんな子《こ》を家《いえ》におくなんて、まっぴらだ。)

しかし、不思議《ふしぎ》なことに、マシュウはこの子《こ》をおきたがっているのです。

食事《しょくじ》がすむと、アンはわれに返《かえ》って、皿洗《さらあら》いをすると言《い》いだしました。

「うまく洗《あら》えるかね。」と、マリラは信用《しんよう》できないようでした。

「かなりうまくできるわ。子《こ》どもの世話《せわ》のほうが、もっとじょうずなんですけど、わたしがお守《も》りするような子《こ》どもがいないのは、残念《ざんねん》だわ。」

「わたしにゃ、いまいる、あんたっていう子《こ》どもだけで、たくさんだよ。よろしい、皿洗《さらあら》いをしていいから、熱《あつ》いお湯《ゆ》をたくさん使《つか》って、よくかわかすんだよ。今朝《けさ》は、しなくちゃならないこ

とが、どっさりあるからね。午後《ごご》には、ホワイトサンドまでひとっ走《ぱし》りして、スペンサーの奥《おく》さんに会《あ》って、どうしたらいいか、決《き》めてこなくてはね。」

アンをするどい目《め》で見《み》ていたマリラは、皿洗《さらあら》いはじょうずだなと思《おも》いました。仕事《しごと》をすますと、マリラはアンに、お昼《ひる》まで外《そと》で遊《あそ》んできてもいいと言《い》いました。

アンは、うれしそうに目《め》を輝《かがや》かせて、戸口《とぐち》までとんでいきましたが、きゅうに立《た》ちどまり、くるりとまわれ右《みぎ》をしてひきかえし、しおしおとテーブルの前《まえ》にすわってしまいました。

「どうしたというの。」

マリラがたずねると、アンは、悲《かな》しげに答《こた》えました。

「あたし、外《そと》へ出《で》る勇気《ゆうき》がないの。もし、ここにいられないのなら、グリン・ゲイブルスを好《す》きになったって、しかたがないんですもの。外《そと》へ行《い》って、木《き》や花《はな》や果樹園《かじゅえん》や小川《おがわ》と知《し》りあいになれば、あたし、好《す》きにならずにはいられないんですもの。いまでさえつらいのに、このうえ、つらくしたくないの。あの窓《まど》においてある、あおいの花《はな》は、なんて名前《なまえ》なの？」

「あれは、りんごあおいっていう種類《しゅるい》さ。」

「あの、そういうんじゃなくて、おばさんがつけた名前《なまえ》よ。名前《なまえ》つけないの？　なら、あたしがつけてもよくって？　じゃあ、ええと――ボニーがいいわ。」

「なんてことだろうね。そりゃあ、あたしはかまわないけれど、いったい、あおいの花《はな》に名前《なまえ》な

んかつけて、なんになるというのかね。」

「あのね、あたし、たとえあおいの花《はな》でも、ちゃんと名前《なまえ》のついてるほうが、ずっと親《した》しい感《かん》じがすると思《おも》うの。おばさんだって、いつもただ、女《おんな》とだけしかよばれないのはいやでしょう？あたし、二階《かい》の部屋《へや》の窓《まど》の外《そと》の、桜《さくら》の木《き》にも名前《なまえ》をつけたのよ。『雪《ゆき》の女王《じょおう》』というの。真《ま》っ白《しろ》なんですもの。もちろん、いつも花《はな》をつけているわけじゃないけれど、でも、咲《さ》いていると想像《そうぞう》できるでしょう。」

聞《き》いてるうちに、マリラは、なんともいえない奇妙《きみょう》な心持《こころも》ちになってきました。

「これまでに、あの子《こ》みたいなのは、見《み》たこともなければ、聞《き》いたこともないね。」とつぶやきながら、地下室《ちかしつ》にじゃがいもを取《と》りにおりていきました。「たしかにおもしろい子《こ》ではあるね。わたしまでも、あの子《こ》がつぎになにを言《い》うかと、待《ま》ちかまえるしまつだもの。わたしにも魔法《まほう》をかけるつもりなのだろうよ。マシュウには、かけてしまったもの。口《くち》には出《だ》さないけど、マシュウがあの子《こ》を手《て》ばなしたくないのは、よくわかる。顔《かお》つきにそっくり書《か》いてあるもの。」

マリラが地下室《ちかしつ》から帰《かえ》ってみると、アンはまだ、ひじをついて、じっと想像《そうぞう》にふけっていました。

マリラは、早《はや》めの昼食《ちゅうしょく》のころまで、アンをそのままにしておきました。昼食《ちゅうしょく》をすますと、マリラは、マシュウにたずねました。

「今日《きょう》の午後《ごご》、馬車《ばしゃ》を使《つか》っていいでしょうね。」

マシュウはうなずいて、アンのほうをいとおしそうに見《み》やりました。

マリラは、そのまなざしをさえぎって、きっぱりと、言《い》いました。

「わたしは、アンを連《つ》れてホワイトサンドに行《い》って、この事件《じけん》をかたづけてこようと思《おも》うんですよ。スペンサーの奥《おく》さんはきっと、この子《こ》を孤児院《こじいん》へ返《かえ》す手《て》つづきをしてくれるでしょうよ。にいさんのお茶《ちゃ》の用意《ようい》はしておきますからね。」

それでもマシュウはなんとも言《い》いませんでしたので、マリラは、口《くち》をきいただけ、そんをした気《き》になり、ひどくしゃくにさわってきました。

出《で》かける時間《じかん》になると、マシュウは、馬車《ばしゃ》に栗毛《くりげ》の牝馬《めすうま》をつけ、裏庭《うらにわ》の門《もん》をあけてくれ、二人《ふたり》が出《で》ていくのを見《み》おくりながら、だれにともなく言《い》いました。

「クリークの町《まち》から、男《おとこ》の子《こ》のジェリー・ブートが、今朝《けさ》ここへきたんだがね、わしは、この夏《なつ》、あの子《こ》をやとおうと言《い》ったんだよ。」

マリラは返事《へんじ》もしないで、馬《うま》にきつくひとむちくれたので、こんなあつかいになれていない牝《めす》馬《うま》は、ふんがいして、小径《こみち》をたいへんな勢《いきお》いで駆《か》けだしました。

マリラは、馬車《ばしゃ》がゆれたひょうしに、一度《ど》ふりかえってみると、しゃくにさわるマシュウが門《もん》によりかかって、さびしそうに二人《ふたり》を見《み》おくっているのが、目《め》にうつりました。

第《だい》五章《しょう》　アンの身《み》の上《うえ》

「あたし、このドライブをおおいに楽《たの》しむことに決心《けっしん》しました。孤児院《こじいん》へ帰《かえ》ることは考《かんが》えないで、ただドライブのことだけ考《かんが》えようと思《おも》うの。

あら、早咲《はやざ》き野《の》ばらが一輪《りん》咲《さ》いてるわ。きれいね。あの花《はな》は、自分《じぶん》がばらだってことを、よろこんでるにちがいありませんわね。ばらが話《はな》せたら、すてきじゃないかしら。きっと、すばらしく美《うつく》しい話《はなし》を聞《き》かせてくれると思《おも》うわ。それに、ピンクって、世界《せかい》じゅうでいちばん魅力《みりょく》のある色《いろ》じゃないかしら。あたし大好《だいす》きだけど、着《き》られないの。赤《あか》い髪《かみ》をした者《もの》は、たとえ想像《そうぞう》でも、ピンクのものは着《き》られないのよ。小《ちい》さいときに赤《あか》かった髪《かみ》の毛《け》が、大《おお》きくなって、べつの色《いろ》になった人《ひと》ってありますかしら。おばさん知《し》ってらっしゃる？」

「さあ、知《し》らないね。あんただってそんなふうにはなるまいと思《おも》うね。」

マリラの答《こた》えは、情《なさ》けようしゃありませんでした。

「さあ、これでまた一つ希望《きぼう》がなくなったわ。あたしの一生《いっしょう》は『うずもれた希望《きぼう》の墓場《はかば》』だわ。

これ、いつか本《ほん》で読《よ》んだ文句《もんく》なの。なにかがっかりするたびに、そう言っては自分《じぶん》をなぐさめているの。」

「どうして、それがなぐさめになるのか、あたしにはわからないね。」

「あら、だって、とてもロマンチックにひびいて、まるで自分《じぶん》が本《ほん》の中《なか》の主人公《しゅじんこう》になった気《き》がするんですもの。今日《きょう》も『輝《かがや》く湖水《こすい》』を通《とお》っていくの？」

「バーリーの池《いけ》のことなら、通《とお》りませんよ。海岸通《かいがんどお》りを行《い》くんです。」

「海岸通《かいがんどお》りってすてきに聞《き》こえるわ。おばさんが海岸通《かいがんどお》りっておっしゃったとたんに、ぱっとその景色《けしき》が目《め》にうかんだのよ。それにホワイトサンドもきれいな名《な》だけれど、でもアヴォンリーほどじゃないわ。アヴォンリーはたまらなくいい名前《なまえ》ですもの。音楽《おんがく》みたいな響《ひび》きがするわ。」

「どうも、あんたはよほどしゃべりたいらしいから、いっそ、あんた自身《じしん》の身《み》の上話《うえばなし》でもしたほうがいいよ。」

「自分《じぶん》のことなんて、ちっとも話《はな》す値打《ねう》ちがないんです。」アンは熱心《ねっしん》に言《い》いました。「あたしが想像《そうぞう》してる自分《じぶん》のことを話《はな》させてくださったら、おばさん、ずっとおもしろいと思《おも》ってよ。」

「わたしゃ、あんたの想像《そうぞう》なんかたくさんだよ。ただありのままのことを言《い》えばいいのさ。はじめからね。どこで生《う》まれて、いま、いくつなの？」

アンは、あきらめて、ほっと小《ちい》さなため息《いき》をつくと、「この三月《がつ》で満《まん》十一になったの。」と話《はな》し

はじめました。

「生《う》まれたところは、ノバスコシアのボーリングブローグで、おとうさんの名《な》は、ウォルター・シャーリー。ボーリングブローグ中学校《ちゅうがっこう》の先生《せんせい》だったの。おかあさんの名前《なまえ》はバーサ・シャーリーというの。ウォルターもバーサもすてきな名前《なまえ》じゃない？　両親《りょうしん》がすてきな名前《なまえ》なので、とてもうれしいわ。だって、もしばらが、あざみとかキャベツなんていう名前《なまえ》だったら、あんなにすてきだとは思《おも》われないわ。あたしのおとうさんも、ジェデディアという名前《なまえ》だとしても、よい人《ひと》にはちがいないけれど、でもがっかりですもの。

おかあさんも同《おな》じ中学校《ちゅうがっこう》の先生《せんせい》だったの。でも、おとうさんと結婚《けっこん》してからは、学校《がっこう》はやめたの。二人《ふたり》とも赤《あか》んぼみたいで、教会堂《きょうかいどう》のねずみのように貧乏《びんぼう》だったって、トマスのおばさんが言《い》ってたわ。おとうさんたちはボーリングブローグの小《ち》いちゃな黄色《きいろ》い家《いえ》で所帯《しょたい》をもったんです。

あたし、何度《なんど》も想像《そうぞう》したわ。客間《きゃくま》の窓《まど》には、すいかずらがからんでいるし、庭《にわ》にはライラックが植《う》わってて、窓《まど》にはぜんぶモスリンのカーテンがかかっているんです。モスリンのカーテンって、とても家《いえ》にどっしりした感《かん》じをあたえますものね。あたしはその家《いえ》で生《う》まれたの。トマスのおばさんは、あたしみたいにみっともない赤《あか》んぼは、見《み》たことがないって言《い》ってたわ。やせっぽちで、目《め》ばかり大《おお》きかったんですものね。

でもおかあさんは、あたしを美《うつく》しいと思《おも》ってたんですって。だから、あたしうれしいの。な

ぜって、おかあさんは、それから長《なが》くは生《い》きなかったんです。あたしが生《う》まれてから三か月《げつ》たったときに、熱病《ねつびょう》にかかって、亡《な》くなってしまったの。もう少《すこ》し生《い》きていて、せめて一度《ど》でも『おかあさん』とよんだおぼえがあったらと思《おも》うわ。『おかあさん』っていう言葉《ことば》は、とてもなつかしいんですものね。

おとうさんも、四日《よっか》あとにやっぱり熱病《ねつびょう》で死《し》んでしまったの。それであたしは孤児《こじ》になってしまったの。ねえ、そのころでさえ、だれもあたしをほしがる人《ひと》はなかったのよ。それがあたしの運命《うんめい》らしいわ。

とうとうトマスのおばさんが、貧乏《びんぼう》で、そのうえ酒《さけ》のみの夫《おっと》をかかえていたけれど、あたしをひきとって、牛乳《ぎゅうにゅう》で育《そだ》ててくれたの。あのねえ、あたしにはわからないんですけど、牛乳《ぎゅうにゅう》で育《そだ》った子《こ》は、おかあさんのお乳《ちち》で育《そだ》つのより、よくなるんでしょうか？　あたしがいたずらをするたんびに、おばさんは、牛乳《ぎゅうにゅう》で育《そだ》てたのに、どうしてそんな悪《わる》さをするのかってしかりましたよ。

そして八つになるまでいっしょにくらしたの。トマスの子《こ》どもたちの世話《せわ》を手《て》つだってね——あたしより小《ちい》さい子《こ》が四人《にん》いたの——じっさい、とても手《て》がかかったのよ。

それからトマスさんが汽車《きしゃ》から落《お》ちて死《し》んだので、トマスさんのおかあさんが、おばさんと子《こ》どもたちをひきとろうと言《い》ったんですけれど、あたしを連《つ》れていきたくなかったの。それでこまってるところへ、川上《かわかみ》に住《す》んでいるハモンドのおばさんがやってきて、あたしが子《こ》どものあつ

かいになれているのを見《み》て、あたしをひきとろうと言《い》ったの。

そこは川《かわ》の上流《じょうりゅう》のほうの小《ちい》さな開墾地《かいこんち》で、とてもさびしいところだったわ。もし想像力《そうぞうりょく》がなかったら、あそこに住《す》んでられなかったと思《おも》うわ。ハモンドさんはそこで小《ちい》さな木《こ》びき場《ば》をやっていて、子《こ》どもは八人《にん》あったの。ふたごが三組《みくみ》もあってね。あたし、かなり赤《あか》んぼは好《す》きなほうだけれど、ふたごが三組《みくみ》もじゃあんまりですもの。おしまいのふたごが生《う》まれたときに、きっぱりそう言《い》ったわ。あちこちかかえて歩《ある》くのに、ひどくつかれてしまったんですもの。

二年以上《ねんいじょう》、ハモンドのおばさんと川上《かわかみ》でくらしたけれど、ハモンドさんが亡《な》くなったので、おばさんは、子《こ》どもを親類《しんるい》にわけてやって、アメリカへ行《い》ってしまったの。それで、あたしはホープタウンの孤児院《こじいん》に行《い》かなくてはならなくなったの。

孤児院《こじいん》でも、満員《まんいん》だから入《い》れたくなかったんですけど、しかたなしにひきとったの。それでスペンサーのおばさんがきなさるまで、あたし、四か月《げつ》あそこにいたんです。」

アンは、またひとつため息《いき》をついて、長《なが》い話《はなし》を終《お》えました。

こんどのは、ほっとしたため息《いき》で、アンは、自分《じぶん》を歓迎《かんげい》しなかった世間《せけん》での経験《けいけん》を話《はな》すのが、つらいようでした。

「学校《がっこう》に行《い》ったことはあるの？」

マリラは、馬《うま》を海岸通《かいがんどお》りにむけながら、たずねました。

「あまり行《い》ってないの。トマスのおばさんのところにいたとき、最後《さいご》の年《とし》に少《すこ》しと、川上《かわかみ》にいたとき、春《はる》と秋《あき》だけにほんの少《すこ》し行《い》ったわ。冬《ふゆ》は歩《ある》いていけないし、夏《なつ》はお休《やす》みだったからなの。でも、孤児院《こじいん》にいた間《あいだ》は行《い》ってたわ。

あたしかなりじょうずに本《ほん》は読《よ》めるし、詩《し》ならたくさん、そらで知《し》ってるの。おばさん、背中《せなか》がぞくっとするような詩《し》はお好《す》き？」

「その人《ひと》たちは――トマスのおばさんや、ハモンドのおばさんは――あんたによくしてくれたかね？」と、マリラはちらっとアンを見《み》やって、たずねました。

「ええ――。」アンはこまったように口《くち》ごもり、感《かん》じやすい顔《かお》を赤《あか》くそめて、あわてて言《い》いました。「二人《ふたり》とも、そのつもりではいたのよ。――できるだけ、よく、親切《しんせつ》にしたかったたってことは、わかっているの。だから、そのとおりにいかなくてもかまわないわけですわね。ほら、二人《ふたり》ともたくさん苦労《くろう》があったでしょう。酒《さけ》のみの夫《おっと》をもっていたり、つづけて三組《みくみ》もふたごができたりね。でも、二人《ふたり》とも、あたしによくしたかったのにはちがいないと思《おも》うの。」

マリラは、だまって、深《ふか》いもの思《おも》いにしずみながら、馬《うま》を走《はし》らせました。きゅうにアンにたいして、あわれみを感《かん》じたからでした。

苦《くる》しく貧《まず》しい、だれからもかえりみられないくらしの中《なか》で、この子《こ》はあたたかい愛情《あいじょう》にうえて、すごしてきたのだと思《おも》うと、マリラの心《こころ》は、はげしく動《うご》かされるのでした。

（たしかに、この子《こ》はほんとうの家《いえ》ができると思《おも》って、大《おお》よろこびしたにちがいない。そうかといって、もし、マシュウが願《ねが》っているように、この子《こ》を家《いえ》におくとしたら、どんなものだろう？　たちがいいから、しこみやすい子《こ》らしいし、しゃべりすぎるが、それはなおせるだろうし、それに、あらっぽい文句《もんく》や、はやり言葉《ことば》など、少《すこ》しも言《い》わないところをみれば、身内《みうち》はきっとりっぱな衆《しゅう》にちがいない……。）

マリラは、木《き》の多《おお》い、進《すす》みにくい海岸通《かいがんどお》りの道《みち》を、馬《うま》を走《はし》らせながら、一人《ひとり》でこんなことを考《かんが》えていました。

「海《うみ》ってすてきね？　トマスおじさんが貸《か》しきり馬車《ばしゃ》で、海岸《かいがん》へ、あたしたちみんなを連《つ》れていってくださったことがあったのよ。あの日《ひ》のことは、何年《なんねん》も何年《なんねん》も夢《ゆめ》に見《み》て楽《たの》しんだわ。でも、この海岸《かいがん》はあれよりもっとすてきだわ。あの、あそこの大《おお》きな家《いえ》はなんなの？」

さっきから、ずっと大《おお》きな目《め》を見《み》ひらいて、あたりをながめていたアンが、遠《とお》くを指《ゆび》さしてたずねました。

「あれはホワイトサンドホテルだよ。カークさんが経営《けいえい》してるんだけど、いまはひまな時期《じき》なんだね。夏《なつ》になるとアメリカ人《じん》がたくさんくるのさ。この海岸《かいがん》は、手《て》ごろな避暑地《ひしょち》らしいね。」

「あたし、スペンサーさんの家《いえ》じゃないかと思《おも》ったの。」アンは、暗《くら》い顔《かお》をして言《い》いました。「行《い》きたくないわ。とにかく、いっさいがおしまいになるような気《き》がするんですもの。」

第六章《だいろくしょう》　マリラの決心《けっしん》

スペンサー夫人《ふじん》は、ホワイトサンドの入《い》り江《え》のそばの大《おお》きな黄色《きいろ》い家《いえ》に住《す》んでいました。二人《ふたり》がたずねてきたのを知《し》ると、夫人《ふじん》はやさしい顔《かお》に、おどろきと歓迎《かんげい》の色《いろ》をうかべて、出《で》てきました。

「あらまあ、今日《きょう》、いらしってくださろうとは、夢《ゆめ》にも思《おも》いませんでしたよ。ほんとによくきてくださいました。さあ、馬《うま》を中《なか》にお入《い》れになったら？　あんたはどんなぐあいなの、アン。」

アンはにこりともせず、暗《くら》い、しずんだようすで答《こた》えました。

「ありがとうございます。変《か》わりはありません。」

マリラはさっそくに話《はなし》をきりだしました。

「じつは、奥《おく》さん、どこかで、へんな行《い》きちがいができたらしいので、そのすじみちをうかがい

にきたわけなんですの。マシュウとわたしは、孤児院《こじいん》から男《おとこ》の子《こ》を一人《ひとり》連《つ》れてきていただきたいと、奥《おく》さんにおことづけしたんです。奥《おく》さんのご兄弟《きょうだい》のロバートさんに、十か十一ぐらいの男《おとこ》の子《こ》がほしいと、奥《おく》さんにお伝《つた》えねがったつもりなんです。」

「まあ、マリラさん、そんなこと……。」

スペンサー夫人《ふじん》はとほうにくれてしまいました。

「だってリチャードは、娘《むすめ》のナンシーをよこして、あなたがたが女《おんな》の子《こ》をほしがっていなさるって言《い》いましたよ。ねえ、そう言《い》ったわね、フローラ・ジェーン？」と、夫人《ふじん》は階段《かいだん》のところに出《で》てきた、自分《じぶん》の娘《むすめ》にむかって言《い》いました。

「ええ、そうよ。たしかにそう言《い》いましたわ。」と、フローラ・ジェーンも熱心《ねっしん》に保証《ほしょう》しました。

「わたしたちが悪《わる》かったのです。」マリラがあきらめて言《い》いました。「だいじなことなのに、口《くち》づたえなんかにしたから、手《て》ちがいができてしまったんです。ただ、いまとなったら、どんな結末《けつまつ》をつけるかということです。この子《こ》をまだ、あちらでひきとってくれるでしょうか。」

「返《かえ》す必要《ひつよう》はないんじゃないかと思《おも》いますよ。きのう、ブリュエットの奥《おく》さんがみえて、自分《じぶん》も手《て》つだいの女《おんな》の子《こ》を連《つ》れてきてほしかったと、おっしゃってましたもの。アンがちょうどいいじゃありませんか。これこそ神《かみ》の思《おぼ》し召《め》しですよ。」

しかし、マリラは、神《かみ》の思《おぼ》し召《め》しなどには、いっこう感服《かんぷく》しませんでした。

マリラは、ブリュエット夫人《ふじん》とは顔見知《かおみし》りだけのあいだがらでしたが、やせっぽっちの口《くち》やかましそうな女《おんな》で、世間《せけん》では、「おそろしく働《はたら》き者《もの》で、人《ひと》をこきつかう。」と言《い》われていました。おはらい箱《ばこ》になった女中《じょちゅう》たちは、ブリュエット夫人《ふじん》が、かんしゃく持《も》ちで、けちなこと、子《こ》どもたちはなまいきで、けんかばかりしていることなど、口《くち》ぎたなくうわさしていました。

さすがのマリラも、アンをそんな者《もの》の手《て》にわたすのかと思《おも》うと、良心《りょうしん》がうずいてくるのでした。

「あら、あそこへ、ブリュエットの奥《おく》さんがやってきますよ。なんて、つごうがいいんでしょう。この場《ば》ですぐに話《はなし》が決《き》められますわ。」と、スペンサー夫人《ふじん》はさけんで、二人《ふたり》をいそいそと客間《きゃくま》へ招《まね》きいれました。

やがて、するどい目《め》をしたブリュエット夫人《ふじん》が、部屋《へや》にはいってくると、アンは、ひざの上《うえ》にかたく手《て》をにぎりしめ、だまりこくって長椅子《ながいす》にかけたまま、食《く》いつくようにブリュエット夫人《ふじん》を見《み》つめました。

アンの胸《むね》がいっぱいになり、もう少《すこ》しで、涙《なみだ》をこらえきれなくなりそうになったとき、スペンサー夫人《ふじん》が口《くち》をひらき、アンを指《ゆび》さして、にこにこしながら言《い》いました。

「この女《おんな》の子《こ》のことで、行《い》きちがいがあったらしいんですよ、ブリュエットさん。わたしはクス

バートさんご兄妹《きょうだい》が、女《おんな》の子《こ》をおのぞみのつもりでしたの。ところが男《おとこ》の子《こ》がほしくていらしったらしいんですよ。それで、もしあなたがきのうと同《おな》じお気持《きも》ちなら、この子《こ》こそ、まったくおあつらえむきだと思《おも》いますのよ。」

ブリュエット夫人《ふじん》は、この言葉《ことば》を聞《き》くと、きゅうにアンを、頭《あたま》のてっぺんから、つまさきまで、じろじろながめて、「年《とし》はいくつなの、そして名前《なまえ》は？」と、冷《つめ》たい声《こえ》で聞《き》きました。

「アン・シャーリー。十一歳《さい》です。」

ちぢみあがったアンは、声《こえ》をふるわせて答《こた》えました。このときばかりは、アンという名《な》のつづりに条件《じょうけん》をつける勇気《ゆうき》さえ、ありませんでした。

「ふむ、たいして見《み》ばえはしないが、しんは強《つよ》そうだね。結局《けっきょく》は、しんの強《つよ》いのがいちばんさね。よろしい、わたしがひきとるとしたら、いい子《こ》でなけりゃだめだよ。食《た》べさせてやるんだから、それだけの働《はたら》きをしなくちゃね。

じゃあ、クスバートさん、この子《こ》はひきとりましょう。赤《あか》んぼがひどくむずかりますんでね、もうやりきれません。」

アンのほうを見《み》やったマリラは、はっとしました。

真《ま》っ青《さお》な顔《かお》をしてふるえあがっているアンは、ちょうど、どうしようもない小《ちい》さな生《い》き物《もの》が、やっとぬけだした罠《わな》に、またもやつかまったという感《かん》じでした。

マリラは、この無言《むごん》の悲《かな》しいうったえをしりぞけたら、残《のこ》る生涯《しょうがい》の最後《さいご》の日《ひ》まで、この顔《かお》つきが目《め》からはなれないだろうという気《き》がしました。

そのうえ、ブリュエット夫人《ふじん》が、どうにも気《き》にくわなかったのです。マリラは、アンをわたす気《き》になれませんでした。

「そうですねえ、べつにマシュウもわたしも、この子《こ》をひきとらないと、はっきり決《き》めたわけではないのですよ。」と、マリラはゆっくりと答《こた》えました。「じつのところ、マシュウはこの子《こ》をおいておく気《き》があるらしいんですし、わたしは、どうしてこんなまちがいがおきたのか、うかがいにまいっただけなんです。ですから、もう一度《いちど》この子《こ》を連《つ》れてかえって、兄《あに》と相談《そうだん》したほうがいいと思《おも》うのです。この子《こ》をわたしどもへおかないときには、あしたお宅《たく》へ連《つ》れていきましょう。でなかったら、わたくしどもへおくことになったとお考《かんが》えください。それでよろしいでしょうか、ブリュエットさん。」

「それよりしかたがありませんわ。」と、ブリュエット夫人《ふじん》はぶあいそうに返事《へんじ》をしました。

マリラが話《はな》しているうちに、アンの顔《かお》から、しだいにのぞみをなくした深《ふか》い悲《かな》しみの色《いろ》がうすれていき、かすかに希望《きぼう》の色《いろ》があらわれてきました。

そして、ブリュエット夫人《ふじん》が料理《りょうり》の作《つく》り方《かた》のおぼえ書《が》きを貸《か》してもらうために、スペンサー夫《ふ》人《じん》と二人《ふたり》で部屋《へや》を出《で》ていくと、アンは、ぱっと立《た》ちあがって、マリラのところへとんできて、

「ああ、ミス・クスバート、ほんとうにあたしを『グリン・ゲイブルス』においてくださるっておっしゃったの？　……それとも、あたしが想像《そうぞう》しただけなんでしょうか。」と、息《いき》をひそめて、たずねました。

「ほんとうのことと、そうでないことの区別《くべつ》がつかないくらいなら、その想像《そうぞう》とやらをどうかしたほうがいいと思《おも》うね。」マリラはむずかしい顔《かお》をして言《い》いました。「たしかにあんたの聞《き》いたとおりですよ。でも、まだ決《き》まったわけではありませんよ。わたしよりブリュエットさんのほうが、ずっと人手《ひとで》をほしがっていらっしゃるようだからね。」

「あの人《ひと》のところへ行《い》くくらいなら、孤児院《こじいん》に帰《かえ》ったほうがましだわ。あの人《ひと》は、まるで、錐《きり》みたいだもの。」と、アンははげしい口調《くちょう》で言《い》いました。

マリラはおかしさをかみころしながら、アンをたしなめなければいけないと考《かんが》えて、きびしく言《い》いました。

「あんたのような小《ちい》さな子《こ》が、目上《めうえ》の、しかも知《し》らない人《ひと》のことをそんなふうに言《い》うなんて、とんでもないことですよ。さあ、あちらで静《しず》かにすわっていらっしゃい。」

「もし、あたしをおいてさえくだされば、おばさんの言《い》うとおりに、どんなことでもします。」

と言《い》って、アンはおとなしく長椅子《ながいす》にもどりました。

夕方《ゆうがた》、二人《ふたり》がグリン・ゲイブルスにもどってくると、マシュウが小径《こみち》まで出《で》むかえていまし

でした。彼《かれ》がうろうろしているのを、遠《とお》くから見《み》つけたマリラには、すぐにそのわけが察《さっ》しられたのでした。

けれどもマリラは、スペンサー夫人《ふじん》のところで起《お》こったできごとを、すぐには話《はな》しませんでした。

馬車《ばしゃ》をかたづけ、マシュウといっしょに納屋《なや》のうしろへ牛乳《ぎゅうにゅう》をしぼりにいったとき、はじめて、アンの身《み》の上《うえ》と、今日《きょう》のできごとを、かんたんに話《はな》して聞《き》かせました。

「たとえ犬《いぬ》だって、わしがかわいがっているものを、あのブリュエットなんかにやるものか。」

と、マシュウはいつにない剣幕《けんまく》でした。

「わたしも、ああいう人間《にんげん》は気《き》にくわなくてね。まあ、あの人《ひと》のところへやるか、家《いえ》へおくかということになれば、家《いえ》へひきとらなくてはなりますまいね。にいさんもあの子《こ》をほしがってるようすだし、わたしも、あんまりこのことを考《かんが》えてるうちに、ひきとるのがあたりまえのような気《き》がしてきたんですよ。

わたしは子《こ》どもを育《そだ》てた経験《けいけん》はないし、大失敗《だいしっぱい》をするかもしれませんけど、まあ、一生懸命《いっしょうけんめい》やってみますよ。」

たちまち、マシュウの顔《かお》はよろこびで輝《かがや》きました。

「そうさな、おまえがそう考《かんが》えてくれるだろうと思《おも》っていたよ。あの子《こ》はまったくおもしろい子《こ》

だからな。」

「おもしろいより、役《やく》に立《た》つほうがいいんですよ。」と、マリラはぴしゃりとやりこめました。

「まあ、わたしがしっかりしこんでやりましょう。そして、いまから言《い》っときますがね、あんたはわたしのやりかたに、くちばしは入《い》れないでくださいよ。あの子《こ》のしつけは、わたしにまかせてもらいますよ。」

「まあまあ、マリラ、おまえのいいようにするがいいよ。ただ、甘《あま》やかさないていどに、やさしくしてやっておくれ。あの子《こ》は、おまえになつきさえすれば、おまえの好《す》きなようになるんじゃないかと思《おも》うよ。」と、マシュウが遠慮《えんりょ》がちに言《い》いました。

マリラは、ふんと鼻《はな》をならして、マシュウのその意見《いけん》をけいべつしてみせ、さっさと製乳室《せいにゅうしつ》へ行《い》ってしまいました。

マリラは牛乳《ぎゅうにゅう》をクリーム製造機《せいぞうき》に入《い》れながら考《かんが》えました。

（ここにいられるようになったことを、あの子《こ》に今夜《こんや》は話《はな》すまい。きっと、興奮《こうふん》してしまって、眠《ねむ》らないだろうからね。でも、わたしたちが孤児《こじ》の女《おんな》の子《こ》をひきとることになろうなんて、夢《ゆめ》にも思《おも》わなかったじゃないか。それも、もとはといえばマシュウが言《い》いだしたんだから、なおさら、びっくりするじゃないの。とにかく、こうは決《き》めたけれど、どうなることか、てんでお先《さき》真《ま》っ暗《くら》さ。）

第七章《だいしょう》　アンのお祈《いの》り

その晩《ばん》、マリラはアンを寝床《ねどこ》に連《つ》れていき、

「アン、あんたはゆうべ、ぬいだ着物《きもの》を投《な》げちらしといたけど、あんなだらしのないことをしてはいけませんよ。ぬいだら、きちんとたたんで、椅子《いす》の上《うえ》におくんです。」と、きびしく言《い》いました。

「あたし、ゆうべはとても悩《なや》んでいたもんで、服《ふく》のことなんか、ちっとも考《かんが》えなかったの。今夜《こんや》はじょうずにたたむわ。」

「あんたがここにいたいなら、わすれてはいけないよ。さあ、お祈《いの》りをして床《とこ》にはいりなさい。」

「あたし、お祈《いの》りって、したことがないの。」

「えっ、なんですって、アン。お祈《いの》りを教《おそ》わったことがないというの？　神様《かみさま》はいつでも、小《ちい》さな女《おんな》の子《こ》がお祈《いの》りをするのを、のぞんでいらっしゃるんだよ。神様《かみさま》を知《し》らないの、アン？」

「神《かみ》は愛《あい》にして無限《むげん》、永遠《えいえん》に変《か》わることなく、その知恵《ちえ》と力《ちから》と、神聖《しんせい》と正義《せいぎ》と、善《ぜん》と真《まこと》は、かぎりなく、変《か》わることなし。」

マリラは、ほっとした顔《かお》つきになりました。

「では、いくらかは知《し》ってるんだね。ああ、よかった。どこでそれをおぼえたの？」

「孤児院《こじいん》の日曜学校《にちようがっこう》よ。あたし、かなり好《す》きなことは好《す》きだったわ。中《なか》にちょっとすてきな文句《もんく》があるんですもの。無限《むげん》、永遠《えいえん》に変《か》わらぬ、なんておもしろいわね。詩《し》とは言《い》えないけど、詩《し》と同《おな》じような響《ひび》きがあるわ。そうじゃない？」

「いまは詩《し》のことを話《はな》してるんじゃありませんよ。あんたのお祈《いの》りのことを言《い》ってるんです。毎《まい》晩《ばん》お祈《いの》りをしないなんて、とても悪《わる》いことだと思《おも》わないの？」

「おばさんだって、もしあたしみたいに、みっともない赤毛《あかげ》だったら、悪《わる》い子《こ》にならずにいられないと思《おも》うわ。」と、アンは文句《もんく》を言《い》いました。「赤《あか》い髪《かみ》の人《ひと》でなければ、その苦労《くろう》がわからないわ。トマスのおばさんが、神様《かみさま》はわざとあたしの髪《かみ》を赤《あか》くなすったんだって言《い》ったもんで、それからあたし、神様《かみさま》なんか、勝手《かって》にしろと思《おも》うようになってしまったの。それにあたし、晩《ばん》になると、いつも、あんまりくたびれてしまって、お祈《いの》りどころじゃないんですもの。ふたごの世話《せわ》をさせられている者《もの》に、お祈《いの》りなんか、むりだわ。ねえ、おばさん、むりだと思《おも》わない？」

マリラは、すぐにも、アンに神様《かみさま》のことを教《おし》えなくてはならないと、心《こころ》にかたく決《き》めました。

「アン、あんたが、この家《いえ》の屋根《やね》の下《した》にいるあいだは、お祈《いの》りをしなくてはいけませんよ。」

「あら、もちろんよ。おばさんがそうしろとおっしゃるなら。」アンは元気《げんき》よく、承知《しょうち》しまし

た。「おばさんのよろこぶことなら、あたし、なんでもするわ。でも、こんどだけ、なんと言《い》ったらいいのか、教《おし》えてくださいな。おふとんに入《はい》ってから、あたし、これからいつも使《つか》えるようなすてきなお祈《いの》りをつくることにするわ。考《かんが》えてみれば、お祈《いの》りということも、なかなかしゃれてるわね。」と、アンはそう言《い》うと、マリラに教《おそ》わったとおりにひざまずきました。

「どうしてお祈《いの》りするときに、ひざまずくのかしら。あたしがほんとにお祈《いの》りしたいときは、たった一人《ひとり》で、広《ひろ》い広《ひろ》い野原《のはら》か、深《ふか》い深《ふか》い森《もり》へ行《い》って、あの青《あお》い空《そら》を見《み》あげるんだわ。それから、お祈《いの》りをただ心《こころ》に感《かん》じるの。さあ、ひざまずきました。なんて言《い》ったらいいの？」

マリラは、まごついてしまいました。

「いま、わたしは横《よこ》たわって眠《ねむ》りにつきます。」という、子《こ》どもむきのお祈《いの》りの言葉《ことば》を、アンに教《おし》えるつもりだったのですが、マリラは、ユーモアのある人物《じんぶつ》でしたから、それが、このそばかすだらけのおとなびた女《おんな》の子《こ》には、むかないことを、きゅうに悟《さと》ったのです。

「あんたはもう大《おお》きいんだから、一人《ひとり》でお祈《いの》りしてごらん、アン。」

「それじゃあ、一生懸命《いっしょうけんめい》やってみるわ。」と、アンはマリラのひざに頭《あたま》をうずめました。「めぐみ深《ぶか》き天《てん》の父《ちち》よ――牧師《ぼくし》さんは教会《きょうかい》でこう言《い》うから、一人《ひとり》のときでもこう言《い》っていいんでしょうね。」アンはちょっと頭《あたま》をあげてたずねましたが、すぐつづけて、「めぐみ深《ぶか》き天《てん》の父《ちち》よ、『歓喜《かんき》の白路《はくろ》』や『輝《かがや》く湖水《こすい》』や『雪《ゆき》の女王《じょおう》』に感謝《かんしゃ》いたします。心《こころ》の底《そこ》から感謝《かんしゃ》しています。お礼《れい》を

言《い》うことは、いまのところそれだけです。かなえていただきたいことは、あんまりたくさんあるので、二つだけ、いちばんだいじなお願《ねが》いをもうしあげます。どうか、あたしを『グリン・ゲイブルス』においてください。それから、あたしが大《おお》きくなったら美人《びじん》にしてください。かしこ、あなたを尊敬《そんけい》するアン・シャーリーより。さあ、これでいいかしら。」と、立《た》ちあがりながら、まじめなようすでたずねました。「もう少《すこ》し考《かんが》える時間《じかん》があったら、もっとずっと華《はな》やかなお祈《いの》りにできたんだけど。」

あわれなマリラは、なんとも言葉《ことば》がでませんでした。

こんなとほうもないお祈《いの》りをしても、アンがけっして神様《かみさま》をあなどっているのではなく、ただ、お祈《いの》りとはどんなものか知《し》らないだけだということは、よくよくわかっていたのです。

「今夜《こんや》はあたし、心《こころ》からよく眠《ねむ》れるわ。」と、アンはふかぶかと、気持《きも》ちよさそうに、まくらのあいだにまるくなってもぐりこみました。

台所《だいどころ》にさがってきたマリラは、マシュウにむかって言《い》いました。

「マシュウ、だれかが、あの子《こ》をひきとって、ものごとを教《おし》えてやらなけりゃなりませんよ。お祈《いの》りをしたことがないなんて、信《しん》じられますかね。人《ひと》なかへ出《だ》せるような服《ふく》ができしだい、日曜《にちよう》学校《がっこう》へやらなくちゃ……。あの子《こ》のしつけが、わたしの手《て》いっぱいの仕事《しごと》になってしまうに決《き》まってますよ。」

第《だい》八章《しょう》　アンの教育《きょういく》

　マリラは、アンをグリン・ゲイブルスにおくことに決《き》めたことを、翌日《よくじつ》の午後《ごご》までアンにうちあけませんでした。午前中《ごぜんちゅう》ずっと、アンをいそがしく働《はたら》かせ、仕事《しごと》ぶりはどうかと、見《み》ていました。昼《ひる》ごろまでには、アンがきびきびとよく働《はたら》き、すなおで、さとりも早《はや》いということがわかりました。ただ欠点《けってん》は、空想《くうそう》にふけりだすと、仕事《しごと》のことをわすれてしまうことで、しかられるか、災難《さいなん》が起《お》こるかしてはじめて、あわててわれに返《かえ》るのでした。

　皿洗《さらあら》いをすますと、アンは思《おも》いつめたようすで、突然《とつぜん》マリラの前《まえ》に立《た》ちました。

「ねえ、おねがいですから、クスバートさん、あたしをよそにやってしまうのか、そうでないのか、教《おし》えてくださいませんか。もうこれ以上《いじょう》、一分《ぷん》だって待《ま》っていられない気《き》がします。たまらない気持《きも》ちなんです。どうか教《おし》えてくださいな。」

「あんたは、わたしが言《い》いつけたのに、ふきんをきれいな熱湯《ねっとう》で消毒《しょうどく》しなかったじゃないの。な

にかときたがるより、まず第一《だいいち》に、やるべきことをやりなさい。」

アンはふきんをしまつすると、マリラのところへもどってきて、うったえるように、じっとマリラの顔《かお》をながめました。

これ以上《いじょう》のばす口実《こうじつ》も見《み》つからないので、マリラはしぶしぶ口《くち》をあけました。

「では、話《はな》してあげようかね。わたしたちは、あんたをおいとくことに決《き》めましたけどね――それは、あんたがよい子《こ》になるように努力《どりょく》して、ありがたいという気《き》持《も》ちを見《み》せればですよ。おやまあ。いったいぜんたい、どうしたというの？」

「泣《な》いてるんです。」アンはきまり悪《わる》そうに言《い》いました。「どうして涙《なみだ》が出《で》るのか、わからないの。うれしくてたまらないのに、泣《な》けるんです。ああ、うれしいという言葉《ことば》ではぴったりしないわ。あんまり幸福《こうふく》なんですもの。あたしはきっとよい子《こ》になるようにしますわ。骨《ほね》は折《お》れると思《おも》うけど。でも、あたし、一生懸命《いっしょうけんめい》にやってみます。だけど、あたしはなぜ泣《な》いてるのかしら。おばさん、教《おし》えてくだされること？」

「それは、あんたがすっかり興奮《こうふん》してしまってるからさ。その椅子《いす》にすわって、気《き》をしずめなさい。あんたは、泣《な》くにしても笑《わら》うにしても、あんまりかんたんすぎるよ。よろしい、あんたはここにいられるんです。」

「おばさんをなんてよんだらいいかしら。マリラおばさんて、よんではいけません？」と、アン

はたずねました。

「ただマリラとよべばいいんです。」

「あら、マリラとよびすてにするなんて、とても失礼《しつれい》みたいだわ。」

「あんたが気《き》をつけて、尊敬《そんけい》の気持《きも》ちをこめていえば、ちっとも失礼《しつれい》ではありませんよ。アヴォンリーでは、牧師《ぼくし》さんのほかはみんな、わたしをマリラとよんでるんですからね。」

「あたし、マリラおばさんて、よびたいわ。」アンは、物恋《ものこい》しそうに言《い》いました。「あたしには、おばさんも、おばあさんもなかったんですもの。おばさんとよべば、ほんとの身内《みうち》みたいな気《き》がすると思《おも》うんですけど。マリラおばさんとよんではだめ？」

「だめだね、わたしはあんたのおばさんじゃないんだから。そんなよびかたをするなんて感心《かんしん》しませんよ。」

「でも、あたしのおばさんだって、想像《そうぞう》することができるわ。」

「あたしにゃできないね。」

マリラはむずかしい顔《かお》で答《こた》えました。

「おばさんは、ほんとうのこととちがったことを想像《そうぞう》することないの？」

「ないね。」

アンは、目《め》を丸《まる》くしました。

「まあ！　それではどんなにつまらないでしょうね。」

「わたしは、ほんとのこととちがったふうに想像《そうぞう》するなんてことには、賛成《さんせい》しないんですよ。」

と、マリラはやりかえしました。それから、アンに、居間《いま》へ行《い》って、炉棚《ろだな》の上《うえ》にのっているカードを持《も》ってくるように、命《めい》じました。

「それに主《しゅ》の祈《いの》りが書《か》いてあるからね。今日《きょう》の午後《ごご》、ひまなときに、一生懸命暗記《いっしょうけんめいあんき》してしまいなさい。ゆうべのようなお祈《いの》りは二度《にど》としてもらいたくないからね。」

「あたしも、とてもへんだったろうと思《おも》います。でも、いままで一度《いちど》もお祈《いの》りしたことがなかったでしょう。はじめてのときは、どうしてもうまくはできないわね。あたし、おふとんにはいってから、すばらしいお祈《いの》りを考《かんが》えだしたのよ。牧師《ぼくし》さんのお祈《いの》りみたいに長《なが》くて、詩的《してき》だったの。それだのに、今朝《けさ》、目《め》をさましたら、ひとことも思《おも》いだせないの。またとあんないいのを考《かんが》えだせないいんじゃないかと思《おも》うの。なんでも二度《ど》めに考《かんが》えだしたときには、はじめほどよくないんですものね。そうじゃありませんか、ねえ？」

「あんたは気《き》をつけないといけないことがありますよ、アン。なにかしなさいと言《い》われたら、すぐそのとおりにしてもらいたいですね。つっ立《た》って、なんだかんだと言《い》ってないでね。」

アンはすぐに居間《いま》へかけていき、それっきりもどってきませんでした。

十分《ぷん》たつと、マリラは編《あ》み物《もの》を下《した》において、むっとした顔《かお》で見《み》にいきました。

アンは、窓《まど》と窓《まど》のあいだのかべにかかっている絵《え》の前《まえ》に、身《み》じろぎもせずに立《た》っていました。手《て》をうしろで組《く》み、顔《かお》をあおむけ、夢《ゆめ》みるようにうるんだ目《め》をしています。

窓《まど》の外《そと》から、りんごの木《き》と蔦《つた》の葉《は》ごしに白《しろ》と緑《みどり》の光《ひかり》がさしこみ、われをわすれて立《た》っている小《ちい》さな女《おんな》の子《こ》の姿《すがた》を、清《きよ》らかに照《て》らしていました。

「アン、いったい、なにを考《かんが》えてるの？」

マリラがとがった声《こえ》をかけると、アンは、はっとしてわれにかえり、「あれなの。」と、目《め》の前《まえ》の「子《こ》どもたちを祝福《しゅくふく》するキリスト」という、美《うつく》しい色《いろ》ずりの絵《え》を指《ゆび》さしました。

「あたしもあの中《なか》の一人《ひとり》だと想像《そうぞう》していたの。あの青《あお》い服《ふく》を着《き》て、たった一人《ひとり》ですみっこに立《た》ってるあの子《こ》が、あたしだと考《かんが》えたの。あの子《こ》はさびしそうでしょう？　きっと、おとうさんもおかあさんもないんだわ。でも、祝福《しゅくふく》してもらいたいので、おずおずとイエス様《さま》のそばに近《ちか》づいていくの。あの子《こ》の気持《きも》ちがどんなだったか、わたしにはわかるような気《き》がするわ。あたしが、ここにおいてくださいとたのんだときのように、心臓《しんぞう》はドキンドキン音《おと》をたてて、手《て》は冷《つめ》たくなっていたにちがいないわ。

あたし、すっかり想像《そうぞう》してみたの。あの子《こ》がすぐそばまできてしまうと、イエス様《さま》は、あの子《こ》をごらんになって、手《て》をあの子《こ》の頭《あたま》におのせになるの。ああ、うれしくて、うれしくて、あの子《こ》はぞくぞくっとするの。

でも、あの絵《え》を描《か》いた人《ひと》は、なぜイエス様《さま》をあんなに悲《かな》しそうに描《か》いたのかしら。ほんとうは、あんなに悲《かな》しそうなようすはしてないと思《おも》うの。そうでないと、子《こ》どもたちは、イエス様《さま》をこわいと思《おも》うでしょうもの。」

いつのまにか、マリラはアンの話《はなし》にひきいれられて、耳《みみ》をかたむけていましたが、はっとしたように言《い》いました。

「アン、イエス様《さま》のことを、もったいない――そんなふうに言《い》うのは失礼《しつれい》ですよ。」

アンは不思議《ふしぎ》そうに目《め》を見《み》はりました。

「あら、あたし、とても、敬《うやま》ってる気《き》持《も》ちなのよ。失礼《しつれい》なつもりじゃなかったの。」

「そう、それはそうだろうけど――でも、そのようなことを、あまりなれなれしく話《はな》すのはよくありません。それからもう一つ、わたしがなにかをとってくるように言《い》いつけたら、すぐに持《も》っていらっしゃい。絵《え》の前《まえ》で、空想《くうそう》にふけっていたりしてはいけませんよ。そのカードを持《も》って、台所《だいどころ》へきなさい。さあ、そこのすみにすわって、そのお祈《いの》りをおぼえなさい。」

アンは、カードをりんごの花《はな》がいっぱいさしてある花《か》びんにたてかけ――それは、アンがお昼《ひる》の食卓《しょくたく》をかざろうと、持《も》ちこんだ花《はな》でした――手《て》にあごをのせ、ほんのしばらくのあいだ、熱心《ねっしん》に読《よ》んでいました。

「あたし、これ好《す》きだわ。とても美《うつく》しいんですもの。これを読《よ》んでると、詩《し》をよんだときと同《おな》じ

気持《きも》ちがするわ。『天《てん》にましますわれらの父《ちち》よ、御名《みな》をあがめさせたまえ。』って、まるで音楽《おんがく》みたいだわ。ねえ、マリラ。」

「さあ、だまって、よくおぼえなさい。」と、マリラはそっけなく言《い》いました。

アンは、また何分間《なんぷんかん》か、一心《いっしん》にやりましたが、「マリラ、近《ちか》いうちにアヴォンリーで、あたしに腹心《ふくしん》の友《とも》ができると思《おも》って？」と言《い》いだしました。

マリラはけげんな顔《かお》をしました。

「ふく――ふく、なんだって？」

「腹心《ふくしん》の友《とも》よ――なかのいい友《とも》だちのことよ。心《こころ》の奥底《おくそこ》までうちあけられる、ほんとうの仲間《なかま》よ。あたし、いままで、そういう友《とも》だちにめぐりあうことを夢《ゆめ》みてきたの。あたしのいちばんすてきな夢《ゆめ》があんまりたくさん、いちどきにほんとうになったもので、たぶん、これもそうなるんじゃないかしらと思《おも》うの。」

「ダイアナ・バーリーが果樹園《オーチャード・スロープ》の丘にいるけれどね。とてもいい子《こ》だから、家《いえ》へ帰《かえ》ってきたら、いい遊《あそ》び相手《あいて》になるだろうよ。いま、伯母《おば》さんのところへ行《い》ってるんだけどね。でも、あんたは気《き》をつけないといけませんよ。バーリーのおばさんはきびしい人《ひと》だからね、いい子《こ》じゃないと、ダイアナとは遊《あそ》ばせないよ。」

アンは夢中《むちゅう》になり、目《め》をきらきらさせて、マリラを見《み》つめました。

「ダイアナって、どんなようすをしているの？　まさか、髪《かみ》は赤《あか》くないでしょうね。自分《じぶん》が赤《あか》い毛《け》をしているのだけでもたまらないのに、腹心《ふくしん》の友《とも》までそうだったら、がまんできないわ。」

「ダイアナはとてもきれいな子《こ》で、目《め》は黒《くろ》いし、頬《ほお》はばら色《いろ》ですよ。それに、りこうでいい子《こ》なんだからね。そのほうが、器量《きりょう》よしより、ずっとだいじです。」

マリラは『ふしぎの国《くに》のアリス』に出《で》てくる公爵夫人《こうしゃくふじん》のように教訓《きょうくん》が好《す》きで、育《そだ》ちざかりの子《こ》どもになにかいうときには、教訓《きょうくん》でしめくくりをつけなくてはいけないと、かたく信《しん》じているのでした。

しかし、アンは、教訓《きょうくん》はそっちのけにして、ゆかいなところだけを受《う》けとめました。

「まあ、きれいな子《こ》でよかったわ。自分《じぶん》が美人《びじん》なのがいちばんすてきだけれど——それはあたしにはだめだから——そのつぎにすてきなことは、美人《びじん》の腹心《ふくしん》の友《とも》をもつことだわ。

トマスのおばさんのところにいたとき、ガラスの扉《とびら》のついた本箱《ほんばこ》が、居間《いま》においてあったの。その扉《とびら》にうつる自分《じぶん》の姿《すがた》を、ほかの女《おんな》の子《こ》だということに想像《そうぞう》して、ケティ・モーリスという名《な》前《まえ》をつけて、とても仲《なか》よくしていたのよ。その本箱《ほんばこ》に魔法《まほう》がかかっていて、あたしがそのおまじないさえ知《し》っていたら扉《とびら》をあけることができて、トマスのおばさんの棚《たな》が、ケティ・モーリスの住《す》んでいる部屋《へや》に変《か》わるってふうに考《かんが》えてたの。そうすると、ケティ・モーリスは、あたしの手《て》をとって、花《はな》や妖精《ようせい》がいっぱいいて、陽《ひ》が輝《かがや》いているすばらしいところへ連《つ》れていくのよ。そう

して、いつまでもあたしたちは、幸福《こうふく》にそこで暮《く》らすの。

あたしがハモンドのおばさんのところへ行《い》くことになったとき、ケティ・モーリスをおいていくのが、胸《むね》がはりさけるほどつらかったの。ケティもひどく悲《かな》しんでいたってこと、あたしちゃんと知《し》ってるわ。

ハモンドのおばさんのところには、本箱《ほんばこ》はなかったけれど、家《いえ》からちょっとはなれた川上《かわかみ》に、長《なが》い小《ちい》さな緑《みどり》の谷《たに》があって、なんともいえない美《うつく》しいこだまが住《す》んでいたの。すこしも大《おお》きな声《こえ》を出《だ》さなくても、ひとことひとことがちゃんと返《かえ》ってくるのよ。それであたし、それがヴィオレッタという小《ちい》さな女《おんな》の子《こ》だということにして、とても仲《なか》よしになったの。孤児院《こじいん》へ行《い》く前《まえ》の晩《ばん》にあたし、ヴィオレッタにさよならを言《い》ったら、まあ、とてもとても悲《かな》しそうな声《こえ》で、ヴィオレッタもさよならと言《い》ったわ。あたし、ヴィオレッタがわすれられないので、孤児院《こじいん》では腹心《ふくしん》の友《とも》をつくる気《き》になれなかったの。たとえ想像《そうぞう》の余地《よち》があったとしてもね。」

「そんな余地《よち》なんぞ、なくてよかったと思《おも》うよ。」マリラはすげなく言《い》いました。「あんたは、自《じ》分《ぶん》の空想《くうそう》を半分《はんぶん》ほんとにしてしまっているじゃないの。生《い》きた本物《ほんもの》の友《とも》だちを早《はや》くつくって、そんなばかげたことは頭《あたま》から追《お》いだしてしまうがいいよ。でも、バーリーのおばさんに、あんたのそのケティ・モーリスとかヴィオレッタとやらのことをしゃべってはいけないよ。うそを言《い》っていると思《おも》われるからね。」

「ええ、話《はな》さないわ。だれにでも話《はな》すというわけにはいかないのよ。あの二人《ふたり》の思《おも》い出《で》はあまりに神聖《しんせい》ですもの。でも、おばさんにだけは、教《おし》えてあげたいと思《おも》ったの。あら、ごらんなさい。大《おお》きな蜂《はち》が、りんごの花《はな》からころがり落《お》ちたわ。りんごの花《はな》って、なんてすてきな住《す》みかでしょうね。もしあたしが人間《にんげん》の女《おんな》の子《こ》でなかったら、蜂《はち》になって花《はな》のなかに住《す》みたいわ。」

「聞《き》き手《て》があるかぎりは、あんたはおしゃべりをやめられないらしいから、自分《じぶん》の部屋《へや》へ行《い》って、そのお祈《いの》りをおぼえなさい。」

「あら、もうほとんどおぼえてしまったのよ——たった一行残《ぎょうのこ》ってるだけよ。」

「それはどうでもよろしい。わたしが言《い》いつけたとおりにしなさい。自分《じぶん》の部屋《へや》に行《い》って、それをおぼえるんです。」

「りんごの花《はな》をいっしょに持《も》っていってもいい？」と、アンはたのみました。

「いけません、部屋《へや》に花《はな》をちらしちゃ、こまるからね。だいいち、花《はな》をむやみに切《き》ってきちゃいけなかったんだからね。」

「あたしも、ちょっとそんな気《き》がしたの。つんだりして、美《うつく》しい命《いのち》をちぢめちゃいけないって。あたしだって、もしもりんごの花《はな》だったら、つまれるのはいやですものね。でも、誘惑《ゆうわく》にうちかてなかったのよ。もしおばさんが、うちかてないような誘惑《ゆうわく》に出会《であ》ったら、どうする？」

「アン、あんたの部屋《へや》に行《い》きなさいと言《い》ったのが聞《き》こえたのかね。」

アンは、ため息《いき》をついて東《ひがし》の部屋《へや》にひきさがり、小《ちい》さい鏡《かがみ》のところへ行《い》って、のぞきこみました。そばかすだらけの、とがった顔《かお》とまじめくさった灰色《はいいろ》の目《め》がアンを見《み》かえしました。

「あたしが自分《じぶん》をコーデリア姫《ひめ》だと思《おも》いこもうとするたんびに、あんたはいまみたいな姿《すがた》にうつるんだわ。でも、どこの者《もの》ともつかないアンより、ただの『グリン・ゲイブルス』のアンのほうが百万倍《まんばい》もいいわ、ねえ。」

アンは前《まえ》へかがんで、鏡《かがみ》の自分《じぶん》にやさしくキスしてから、あけはなされた窓辺《まどべ》にすわりました。

「雪《ゆき》の女王《じょおう》よ、こんにちは。それから、窪地《くぼち》の樅《もみ》と、丘《おか》の灰色《はいいろ》の家《いえ》さん、こんにちは。ダイアナがあたしの親友《しんゆう》になるかしら。そうなったらいいわね。そうしたら、ダイアナを、あたしとってもも愛《あい》するでしょうよ。

でも、ケティ・モーリスやヴィオレッタのこともわすれてはいけないわ。きっと気《き》を悪《わる》くするでしょうからね。あたしだれの気《き》も――たとえ本箱《ほんばこ》の女《おんな》の子《こ》でも――こだまの女《おんな》の子《こ》でも――悪《わる》くするのはいやなんだもの。毎日《まいにち》キスをおくることにするわ。」

アンは指先《ゆびさき》から、桜《さくら》の花《はな》のほうへ、二つのキスをなげてから、ほおづえをついて、気持《きも》ちよさそうに空想《くうそう》の海《うみ》にただよっていきました。

第九章《だいきゅうしょう》　レイチェル・リンド夫人《ふじん》あきれかえる

アンがグリン・ゲイブルスにきて、二週間《しゅうかん》たちました。

そのころ、やっとレイチェル・リンド夫人《ふじん》がアンを見《み》にやってきました。

ほんとうは、もっと早《はや》くやってきたかったのですが、思《おも》いがけない、ひどい悪性感冒《あくせいかんぼう》にかかったために、ずっと家《いえ》にひきこもっていなくてはならなかったのです。

そのあいだに、アンについて、あることないことが町《まち》じゅうに広《ひろ》まっていました。ですから、リンド夫人《ふじん》は、お医者《いしゃ》に外出《がいしゅつ》をゆるされるやいなや、好奇心《こうきしん》ではちきれそうになって、グリン・ゲイブルスにのりこんできたのです。

アンのほうは、この二週間《しゅうかん》のあいだ、一分《ぷん》一秒《びょう》を楽《たの》しんでいました。

もう家《いえ》の近《ちか》くの木《き》や、藪《やぶ》とはぜんぶ近《ちか》づきになったし、ひとすじの小径《こみち》が、りんごの果樹園《かじゅえん》の下《した》を通《とお》って、細長《ほそなが》い森《もり》につづいていることも発見《はっけん》しました。

窪地《くぼち》のすばらしい泉《いずみ》とも知《し》りあいになりました。すみきった、氷《こおり》のように冷《つめ》たい水《みず》で、すべすべの赤《あか》い砂岩《さがん》がしきつめられ、まわりには、棕櫚《しゅろ》のような水《みず》しだの茂《しげ》みが生《は》えていました。泉《いずみ》のむこうは小川《おがわ》になっていて、丸木橋《まるきばし》がかかっています。

橋《はし》をわたるとそこは、樅《もみ》やえぞ松《まつ》が茂《しげ》った、うすぐらい丘《おか》になっていました。あたりには、しおらしい釣鐘草《つりがねそう》と、花《はな》の精《せい》にも似《に》た青白《あおじろ》いスターフラワーだけが咲《さ》いています。

庭《にわ》の青草《あおくさ》が、夕日《ゆうひ》をあびてそよ風《かぜ》になびいている中《なか》を、アンがいい気持《きも》ちでぶらぶらしているときに、リンド夫人《ふじん》がやってきました。

夫人《ふじん》はまず、いかにもうれしそうに、痛《いた》みがどうの、熱《ねつ》がどうのと、こまごまと、病気《びょうき》のことをしゃべりまくりましたので、マリラは、流行性感冒《りゅうこうせいかんぼう》にも、なかなか捨《す》てがたいところがあるにちがいないとさえ思《おも》ったほどでした。

感冒《かんぼう》のことをなにもかも言《い》いつくしてしまうと、リンド夫人《ふじん》は、いよいよ、アンのことをききはじめました。

「じつは、あんたとマシュウのことで、びっくりするようなことを聞《き》いたのだけれどね。」

「びっくりしてるのはわたしですよ。あんたどころの、おどろきかげんとはちがいますよ。」

と、マリラは先手《せんて》をうって、ぴしゃりと言《い》いました。「いまじゃ、そうでもないけれど。」

「そんなまちがいがあったりして、ほんとに災難《さいなん》だったわね。」リンド夫人《ふじん》は同情《どうじょう》して言《い》いまし

た。「その子《こ》を返《かえ》すわけにいかなかったものかね。」

「返《かえ》すことは返《かえ》せたけれど、わたしらはそうしないことに決《き》めたんですよ。マシュウがとても気《き》にいってしまってね。それに、わたしにしてもあの子《こ》がきらいじゃないし——欠点《けってん》はありますけどね。家《いえ》の中《なか》がまるで変《か》わってしまったようですよ。まったく明《あか》るい気《き》だての子《こ》だもんでね。」

リンド夫人《ふじん》は、感心《かんしん》しないという顔《かお》をしてマリラを見《み》ました。

「あんたがたは、たいへんな責任《せきにん》をしょいこんだことになるんですよ。とくに、あんたがたは子《こ》どもを育《そだ》てた経験《けいけん》はないし、その子《こ》の性質《せいしつ》についても身《み》の上《うえ》についても、たいして知《し》ってはいないだろうしね。これから先《さき》、どんな子《こ》になるやらわかったもんじゃありませんよ。でもね、あんたの気《き》をくじくつもりじゃないんですよ、マリラ。」

「ええ、気《き》なんかくじかれやしませんよ。」マリラはあっさりと答《こた》えました。「わたしはこうと決《けっ》心《しん》したら、どこまでもやりぬくつもりですからね。あの子《こ》を見《み》たくていなさるだろうから、よんできましょう。」

まもなくアンが、果樹園《かじゅえん》を歩《ある》きまわっていたときのままのよろこびに輝《かがや》く顔《かお》で駆《か》けこんできましたが、思《おも》いがけず、見知《みし》らぬ人《ひと》がいましたので、恥《は》ずかしそうに部屋《へや》の入《い》り口《ぐち》のところに立《た》ちどまりました。

その姿《すがた》は、たしかにとても奇妙《きみょう》に見《み》えました。

孤児院《こじいん》から着《き》てきた、つんつるてんのまぜ織《お》りの服《ふく》の下《した》から、細《ほそ》い足《あし》がにょきっと長《なが》く出《で》ていますし、そばかすはいつもより、いっそうめだっていました。髪《かみ》は風《かぜ》に吹《ふ》きみだされて、赤《あか》いこと、赤《あか》いこと、このときほど赤《あか》く見《み》えたことはありませんでした。

「なるほど、器量《きりょう》で拾《ひろ》われたんでないことはたしかだね。」と、リンド夫人《ふじん》は力《ちから》をこめて言《い》いました。

夫人《ふじん》はいつでも、思《おも》ったことをずけずけいうのを自慢《じまん》にしている、愛《あい》すべき、正直者《しょうじきもの》の一人《ひとり》だったのです。

「この子《こ》はおそろしくやせっぽちで、器量《きりょう》が悪《わる》いね。さあ、ここにきて、わたしによく顔《かお》を見《み》せておくれ。まあまあ、こんなそばかすって、あるだろうか。おまけに髪《かみ》の赤《あか》いこと、まるでにんじんだ。さあさあ、ここへくるんですよ。」

すると、アンは一《ひと》とびに、リンド夫人《ふじん》の前《まえ》にとんでいって、顔《かお》を怒《いか》りで真《ま》っ赤《か》にもやし、唇《くちびる》をふるわせて、細《ほそ》い体《からだ》を頭《あたま》からつまさきまでふるわせながら、つっ立《た》ちました。

そして、床《ゆか》をふみならして、「あんたなんか大《だい》きらい――大《だい》きらい――大《だい》きらいよ。」と、声《こえ》をつまらせてさけび、ますますはげしく床《ゆか》をふみならしました。

「よくもあたしのことを、やせっぽちとか、そばかすだらけでみっともないとか、赤《あか》い髪《かみ》だなん

て言《い》ったわね。あんたみたいに下品《げひん》で、失礼《しつれい》で、心《こころ》なしの人《ひと》を見《み》たことがないわ。」

「アン!」と、マリラがあわててさけびましたが、アンは耳《みみ》も貸《か》さず、猛烈《もうれつ》な勢《いきお》いで、どなりました。

「もし、あんたがそんなふうに言《い》われたら、どんな気《き》がするの? でぶでぶ太《ふと》って、ぶかっこうで、たぶん想像力《そうぞうりょく》なんかひとかけらもないんだろうって言《い》われたら、どんな気持《きも》ち? これであんたが気《き》を悪《わる》くしたって、あたしへいちゃらだわ。もっとひどく、あんたはあたしの気《き》を悪《わる》くしたんですもの。けっしてゆるしてあげないから。ゆるすもんか。」

どしん、どしん、とアンは足《あし》をふみならしました。

「こんなおそろしいかんしゃく持《も》ちは、見《み》たことがない。」と、おそれをなしたリンド夫人《ふじん》は、さけびました。

「アン、自分《じぶん》の部屋《へや》にひっこみなさい。」

やっとものが言《い》えるようになると、マリラはそう命《めい》じました。

アンは、わあっと泣《な》きだしながら、つむじ風《かぜ》のように二階《かい》の部屋《へや》に駆《か》けだしていきました。

リンド夫人《ふじん》は、なんとも言《い》いようのない、ゆううつな顔《かお》をしました。

「まあ、あんなものを育《そだ》てようなんて、あんたも、よほどものずきだね。」

マリラは、すぐにおわびをしようと口《くち》を開《ひら》きましたが、とびでた言葉《ことば》は、マリラ自身《じしん》でも、あ

きれかえるようなものでした。

「あの子《こ》の姿《すがた》のことを、なんのかんのと言《い》うのはよくないねえ、レイチェル。」

「まあ、マリラ、あんたはまさか、あのかんしゃく持《も》ちの子《こ》の、肩《かた》を持《も》つというんじゃありますまいね。」

リンド夫人《ふじん》は、ぷんぷん怒《おこ》って言《い》いました。

「いいえ。あの子《こ》はたいへん悪《わる》かったのだから、よく言《い》いきかせなくてはならないけれど、でも、おおめにみてやる必要《ひつよう》もあるんじゃないかね。いままで、行儀《ぎょうぎ》を教《おし》えこまれていないのだからね。それに、あんたは、あんまりあの子《こ》にひどすぎたと思《おも》いますよ、レイチェル。」

マリラのこの言葉《ことば》で、いっそう怒《おこ》ったリンド夫人《ふじん》は立《た》ちあがりました。

「よろしい、これからわたしもよくよく気《き》をつけることにいたしますよ、マリラ。あんたも、あの子《こ》にはこれから苦労《くろう》するでしょうよ。ああいう子《こ》には、手《て》ごろな太《ふと》さの樺《かば》のむちをつかってやるのが、どんな言葉《ことば》で言《い》いきかすより、ききめがありますよ。では、お休《やす》みなさい、マリラ。やっぱり、これまでのように、ちょいちょいきてくださいよ。もっとも、わたしは、とうぶんおじゃまにこないかもしれませんがね。あんなふうに剣突《けんつく》をくったり、恥《はじ》をかかされたのは、生《う》まれてはじめてでしたからね。」

こう言《い》うと、リンド夫人《ふじん》は、太《ふと》った体《からだ》をよたよたさせながらも、できるだけさっそうと出《で》てい

きました。

マリラはむずかしい顔《かお》をして、東《ひがし》の部屋《へや》へ出《で》かけていきました。

マリラは、アンにこんな欠点《けってん》のあることを知《し》って、がっかりすると同時《どうじ》に、それを自分《じぶん》の責任《せきにん》だと思《おも》い、恥《は》じいっていました。

けれども、子《こ》どもに、むちをあてるなんてことは、できそうにも思《おも》えません。

(なにかほかの方法《ほうほう》で、アンに自分《じぶん》の悪《わる》かったことを、さとらせなくてはならない。)

アンはベッドにつっぷして、はげしく泣《な》いていて、きれいなかけぶとんの上《うえ》に、どろだらけの靴《くつ》であがっていることにも気《き》づかないようでした。

「アン。」とよびましたが、返事《へんじ》がありません。

マリラは、こんどはずっときびしい声《こえ》で言《い》いました。

「アン、いますぐベッドからおりて、わたしの言《い》うことを聞《き》きなさい。」

アンはごそごそとベッドからおりて、そばの椅子《いす》にすわりました。

顔《かお》は涙《なみだ》でくしゃくしゃに汚《よご》れてはれあがり、目《め》はがんこに床《ゆか》のほうへ落《お》としたままでした。

「みごとな行儀《ぎょうぎ》だったね、アン。恥《は》ずかしいと思《おも》わないかい?」

それには答《こた》えないで、アンは、きっぱり言《い》いはなちました。

「あの人《ひと》には、あたしがみっともなくて、赤毛《あかげ》だなんて言《い》う権利《けんり》はないんだわ。」

「あんたにも、あんなふうにかんしゃくを起《お》こして、あんなものの言《い》いかたをする権利《けんり》はないんですよ。あんたはわたしに恥《はじ》をかかせたのだからね。

あのおばさんが、あんたのことを、みっともなくて赤毛《あかげ》だと言《い》っただけで、どうしてあんなに怒《おこ》らなくちゃならないのか、ふしぎだね。自分《じぶん》でいつもそう言《い》ってるくせにさ。」

「あら、自分《じぶん》で言《い》ってるのと、人《ひと》から言《い》われるのとでは大《おお》ちがいだわ。自分《じぶん》ではちゃんとわかっていても、ほかの人《ひと》はそう考《かんが》えてくれなければいいがって、しょっちゅう思《おも》っているんじゃありませんか。あたしはおそろしいかんしゃく持《も》ちに思《おも》えたかもしれないけど、しかたがなかったんですもの。あの人《ひと》がああ言《い》ったとき、なにかぐっとこみあげてきて、胸《むね》がつまって、どうしてもやりこめずにはいられなかったのよ。」

「とにかく、いいお笑《わら》いぐさになったものだよ。リンドさんは、そこらじゅうに、あんたのことをふれまわってあるくことだろうね。あんなふうに腹《はら》をたてるなんて、とても悪《わる》いことですよ、アン。」

「でも、だれかが、おばさんにむかって、やせっぽちでみっともないって言《い》ったと想像《そうぞう》してみてちょうだい。」と、アンは涙《なみだ》をこぼしながらうったえました。

突然《とつぜん》、古《ふる》い記憶《きおく》がマリラによみがえってきました。

ごく小《ちい》さいとき、一人《ひとり》の叔母《おば》が、もう一人《ひとり》の叔母《おば》にむかって、マリラのことを、「かわいそう

に、なんてこの子《こ》は色《いろ》が黒《くろ》くてみっともないんだろう。」と言《い》っているのを聞《き》いた、そのときの、胸《むね》をえぐられるような気持《きも》ちは、五十になってもわすれられませんでした。

「そりゃあ、リンドのおばさんが、あんなことを言《い》ったのは、よいとは思《おも》いませんよ、アン。」マリラは、声《こえ》をやわらげました。「だからといって、あんたがあんなふるまいをしていいというわけではありません。あの人《ひと》はあんたの知《し》らない人《ひと》ではあるし、目上《めうえ》の人《ひと》だし、それに、家《いえ》のお客《きゃく》ですよ――こんなりっぱな理由《りゆう》が三つもそろっているのだから、あんたはあの人《ひと》にていねいな態度《たいど》をとらなくてはならなかったはずですよ。」

ふいにマリラは、すばらしい罰《ばつ》を思《おも》いつきました。

「だからあんたは、あのおばさんのところへ行《い》って、あやまっていらっしゃい。」

「それだけはどうしてもできません。」けわしい顔《かお》つきで、アンはきっぱりとことわりました。「あたしを、へびやひきがえるがすんでる、暗《くら》い、じめじめした牢屋《ろうや》におしこんで、食《た》べものはパンと水《みず》だけにしたって、あたし不平《ふへい》を言《い》いませんけど、リンドのおばさんにあやまることだけはできないわ。」

「暗《くら》い、じめじめした牢屋《ろうや》にあんたをおしこめるなんてことは、わたしらはやりませんよ。だいいち、そんな牢屋《ろうや》は、アヴォンリーではあんまり見《み》かけないようだからね。」マリラは、そっけなく言《い》いました。「だが、あんたが自分《じぶん》から進《すす》んでリンドのおばさんにあやまると言《い》うまでは、

この部屋《へや》にいなさい。」

アンは、悲《かな》しみにしずんだようすで言《い》いました。

「なら、永久《えいきゅう》にここにいなくてはならないわ。おばさんを怒《おこ》らせたのは悪《わる》かったけど、ああ言《い》ってやってよかったわ。せいせいしたわ。悪《わる》いと思《おも》いもしないのに、悪《わる》いなんて言《い》えないじゃないの？　たとえ想像《そうぞう》でだってできないわ。」

「たぶん、あんたの想像《そうぞう》とやらは、朝《あさ》までにもっと働《はたら》くようになるだろうよ。」マリラは立《た》ちあがって出《で》ていこうとしながら言《い》いました。「一晩《ひとばん》ゆっくり考《かんが》えてみるといいね。そうすれば、もっと落《お》ちついた気持《きも》ちになるだろうから。あんたはグリン・ゲイブルスにおいてくれるなら、よい子《こ》になると言《い》ったんじゃなかったの。だけど、今晩《こんばん》のようすじゃ、そうとも思《おも》えないね。」

アンのあれくるう胸《むね》に、このすてぜりふをうちこんで、マリラはさっさと台所《だいどころ》へおりていきました。

マリラは、アンに腹《はら》を立《た》てていましたが、自分《じぶん》にたいしてもしゃくにさわってなりませんでした。というのは、リンド夫人《ふじん》の、口《くち》もきけない、さっきのようすを思《おも》いだすたびに、おかしさで口《くち》もとがほころび、悪《わる》いと知《し》りながらも、笑《わら》いたくてたまらなかったのです。

第十章《だいじっしょう》　アンのおわび

マリラはその晩《ばん》は、マシュウになにも話《はな》しませんでした。しかし、翌朝《よくあさ》になっても、アンがまだ頑《がん》としていましたので、アンが朝食《ちょうしょく》になぜおりてこないかを、話《はな》さなくてはならなくなりました。

「レイチェルを怒《おこ》りつけたのは、いいこったよ。おせっかいな、おしゃべりばあさんだからな。」というのがマシュウの返事《へんじ》でした。

「マシュウ、あんたには、あきれるね。アンが悪《わる》いことはわかってるくせに、あの子《こ》の肩《かた》を持《も》つんですからね。そのつぎには、罰《ばっ》したりすることはないと言《い》うつもりなんでしょう。」

「そうさな――いや――そういうわけでもないんだが。」と、マシュウはもじもじして言《い》いました。「すこしは罰《ばっ》しなくてはならんが、あんまりきつくしなさんなよ、マリラ。あの子《こ》には、行儀《ぎょうぎ》を教《おし》えてくれる者《もの》が、いなかったんだからな。おまえ――おまえはなにか、あの子《こ》に食《た》べるものを持《も》ってってやるんだろうね。」

「もちろんですよ。わたしは人《ひと》にひもじい思《おも》いをさせて、しつけをしたりはしません。食事《しょくじ》はきちんと、わたしがアンのところへ持《も》っていってやります。でも、リンドさんにあやまるまでは、あそこにいさせますよ。」

朝食《ちょうしょく》、昼食《ちゅうしょく》、夕食《ゆうしょく》は、ごくひっそりとしていました。アンがまだ強情《ごうじょう》をはっていたからです。二人《ふたり》の食事《しょくじ》がすむと、マリラはどっさり食《た》べ物《もの》のならんだおぼんを東《ひがし》の部屋《へや》に運《はこ》んでいき、しばらくすると、ほとんど手《て》のついていないままのおぼんをさげてきました。

そして、そのたびにマシュウは、心配《しんぱい》そうにおぼんの上《うえ》をながめるのでした。

その日《ひ》の夕方《ゆうがた》、マリラが牛《うし》を集《あつ》めに、裏《うら》の牧場《ぼくじょう》へ出《で》ていくのを、納屋《なや》のあたりで見《み》はっていたマシュウは、どろぼうのようにこそこそと家《いえ》の中《なか》にしのびこんで、アンの部屋《へや》の前《まえ》にやってきました。

二、三分《ぷん》ためらってから、勇気《ゆうき》をふるいおこし、戸《と》をたたいてからあけて、のぞきこみました。アンは窓《まど》ぎわの黄色《きいろ》い椅子《いす》にこしかけ、悲《かな》しそうに庭《にわ》をながめていました。

その姿《すがた》が、とても小《ちい》さく、しょんぼりと見《み》えたので、マシュウは胸《むね》がいっぱいになってしまいました。

戸《と》をそっとしめると、マシュウはつまさき立《だ》ってアンのそばへいき、声《こえ》をひそめて、ささやきました。

「どんなぐあいだね、アン？」

アンは、よわよわしく微笑《ほほえ》みました。

「まあ、どうにかやってるの、せっせと想像《そうぞう》してるので、時間《じかん》はらくにたっていくんです。さびしいのはさびしいけど、早《はや》く、なれてしまったほうがいいと思《おも》って……。」

マシュウは、一刻《いっこく》も早《はや》く用《よう》むきをかたづけようと思《おも》いきめました。でなければ、いつマリラが帰《かえ》ってくるか、わかりませんから――。

「どうだな、アン。いっそ、かたをつけてすましてしまったほうが、よかないかい。おそかれ早《はや》かれ、やらなければならないことじゃないか。マリラは言《い》いだしたら、あとへはひかない女《おんな》だからな。思《おも》いきってすましておしまい。」

「リンドのおばさんに、おわびをするってことなの？」

「そうだよ――おわびだ――それだよ。ただ、まあ、なだめるってことだな。それをすぐにやって、すましちまえって、わしは言《い》うんだよ。」

「あたし、おじさんのためなら、できると思《おも》うわ。それにいまじゃ、悪《わる》かったと思《おも》ってるんですもの。ゆうべはちっともそう思《おも》わなかったの。一晩《ひとばん》じゅう、ひどく怒《おこ》っていたのよ。どうしてそれがわかったかといえば、夜中《よなか》に三度《ど》、目《め》がさめたけど、三度《ど》が三度《ど》とも、かんかんに腹《はら》がたっていたんですもの。だけど、今朝《けさ》になったら、すっかりなおっちゃったの。がっかりして、気《き》が

ぬけてしまったわ。そして、自分《じぶん》で恥《は》ずかしくなったんですけど、リンドのおばさんにそう言《い》う気《き》にはどうしてもなれなかったの。それより、いっそいつまでも、ここにとじこもっていたほうがいいって、決心《けっしん》したの。

だけど、それでも――あたし、おじさんのためなら、どんなことでもするわ――おじさんがほんとにそうさせたいならね。」

「そうとも。むろん、そうしてもらいたいよ。おまえが下《した》へおりてこないと、おそろしくさびしいでな。ただ、あの人《ひと》のきげんをなおしてきさえすればいいんだよ――いい子《こ》だからね。」

「いいわ。」アンは、あきらめたようすでした。「マリラが帰《かえ》ってきたら、すぐ、あたし、後悔《こうかい》してるって言《い》うわ。」

「それがいい、それがいい。だがマリラには、わしがなんか言《い》ったなんて話《はな》しちゃいけないよ。おせっかいをやいたと思《おも》うからな。口《くち》は出《だ》さないと、約束《やくそく》してあるんだよ。」

「ぜったいに、あたしはだいじょうぶよ。」

アンがうけあうが早《はや》いか、マシュウは、マリラに感《かん》づかれないように、遠《とお》くの、馬《うま》をはなしてある牧場《ぼくじょう》のはずれまでにげてしまいました。

マリラのほうは、家《いえ》へ帰《かえ》ってくると、二階《かい》の階段《かいだん》の手《て》すりのところから、「マリラ。」とよぶ、細《ほそ》い声《こえ》がしたので、おどろいたり、よろこんだりしました。

「なにかね。」

マリラはろうかへ入《はい》っていきました。

「あたし、かんしゃく起《お》こして悪《わる》かったと思《おも》うの。リンドのおばさんのところへ行《い》って、そう言《い》うわ。」

「よろしい、では乳《ちち》しぼりがすんだら、あんたを連《つ》れてってあげよう。」

マリラは心《こころ》からほっとしました。もし、アンがいつまでも強情《ごうじょう》をはっていたら、どうしたらいいだろうと、とほうにくれていたのです。

というわけで、乳《ちち》しぼりがすむと、二人《ふたり》は連《つ》れだって出《で》かけました。マリラは意気揚々《いきようよう》とそりかえり、アンはうなだれて、みじめなようすでした。

ところが、半分《はんぶん》ごろまで行《い》くと、アンのみじめなようすは、魔法《まほう》にかかったように消《き》えてしまい、頭《あたま》をあげ、目《め》を夕焼《ゆうや》け空《ぞら》にむけて、足《あし》どりもかるがると歩《ある》きだしました。気《き》がうきうきしてくるのを、つとめておさえているようです。

マリラは、アンをうさんくさそうに見《み》やり、するどくたずねました。

「なにを考《かんが》えてるの、アン?」

アンは、夢見《ゆめみ》るような目《め》つきで答《こた》えました。

「あたし、リンドのおばさんに、どんなふうに言《い》おうかと想像《そうぞう》してるところなの。」

これはけっこうなことです。けっこうなはずです――でも、マリラは、どうも自分《じぶん》が思《おも》っていた罰《ばつ》の計画《けいかく》が、くるってきたようで、へんな気分《きぶん》になってきました。アンが、こんなにうっとりとうれしそうなようすをするわけはないのです。

リンド夫人《ふじん》は、台所《だいどころ》で編《あ》み物《もの》をしていました。

アンはマリラに連《つ》れられて、その前《まえ》に出《で》たとたん、いままでのうれしそうな色《いろ》はかき消《き》え、悲《かな》しみにしずんだようすになり、いきなり夫人《ふじん》の前《まえ》にひざまずき、両手《りょうて》をさしのべました。

「ああ、おばさん、あたし、このうえなく悪《わる》うございました。あたしがどのくらい悲《かな》しんでいるか、たとえ字引《じびき》を一冊《さつ》ぜんぶ使《つか》っても言《い》いつくせません。

おばさんにはおそろしく失礼《しつれい》をし、あたしが男《おとこ》の子《こ》でないのにグリン・ゲイブルスにおいてくださるマシュウとマリラには、恥《はじ》をかかせました。まったく、悪《わる》い、恩知《おんし》らずの子《こ》どもです。

おばさんが言《い》ったことはみんなほんとうで、あたしの髪《かみ》は赤《あか》いし、そばかすだらけで、やせっぽちで、みっともないんです。だのに、あたしは怒《おこ》ったりして、とても悪《わる》うございました。あたしがおばさんに言《い》ったこともほんとうですけど、でも、言《い》ってはいけないことでした。ああ、おばさん、どうぞどうぞ、ゆるしてください。もし、ゆるしていただけなかったら、あたしは一生《いっしょう》涯《がい》、悲《かな》しみつづけるでしょう。たとえ、おそろしいかんしゃく持《も》ちだとしても、かわいそうな孤《こ》児《じ》に生涯《しょうがい》の悲《かな》しみを負《お》わせようとはなさらないでしょう。どうか、あたしをゆるすと言《い》ってくだ

さいな、おばさん。」

アンは手《て》を組《く》み合《あ》わせ、頭《こうべ》をたれて、リンド夫人《ふじん》の言葉《ことば》を待《ま》っていました。

アンが心《こころ》からおわびしていることはたしかでした。しかし、マリラは、こらしめのためにやらせたこのおわびを、アンがおおいに楽《たの》しんでやっているのを見《み》ぬいて、あきれかえってしまいました。

お人《ひと》よしのリンド夫人《ふじん》は、それほどするどい観察眼《かんさつがん》を持《も》っていませんでしたから、アンのいたれりつくせりのおわびに、すっかり怒《いか》りをといて、「さあさあ、お立《た》ちなさいよ。」と、心《こころ》から言《い》いました。

「もちろん、ゆるしてあげますとも。わたしも少《すこ》しひどすぎたようだしね。けれど、あたしはこんなざっくばらんな人間《にんげん》なんだから、気《き》にかけてはいけないんですよ。まったく、あんたの髪《かみ》はおそろしく赤《あか》いにはちがいないけど、もと、わたしの知《し》っていた女《おんな》の子《こ》も、小《ちい》さいとき、あんたそっくりの赤《あか》っ毛《け》だったのが、大《おお》きくなったら色《いろ》が濃《こ》くなってきて、みごとな金褐色《きんかっしょく》に変《か》わってしまったというのもあるからね。あんたのも、やがてそうなったからって、ちっとも不思議《ふしぎ》じゃないとわたしは思《おも》うね。」

「まあ、おばさん！」アンは、大《おお》きく息《いき》をすうと、うれしそうにとびあがりました。「おばさんは、あたしに希望《きぼう》をあたえてくださいました。ああ、大《おお》きくなったら金褐色《きんかっしょく》の髪《かみ》になれるかもし

れないと思《おも》っただけで、どんなことでもしんぼうできるわ。髪《かみ》が金褐色《きんかっしょく》だったら、よい子《こ》になるのも、ずっとたやすいと思《おも》うわ。そうでしょう？　あの、おばさんとマリラがお話《はな》ししてるあいだ、あたし、庭《にわ》へ出《で》て、りんごの樹《き》の下《した》のベンチにすわっていていい？　あそこのほうがずっと想像《そうぞう》の余地《よち》があるんですもの。」

「ええ、いいとも。さあ、走《はし》っていきなさい。そして、ほしかったら、すみのところの白《しろ》い水仙《すいせん》の花《はな》をつんでもいいからね。」

アンが出《で》ていくと、リンド夫人《ふじん》は元気《げんき》よく立《た》ちあがって、ランプをともしました。

「ほんとうに、あの子《こ》はふうがわりな子《こ》だね。でも、どこか人《ひと》をひきつけるところがあるね。わたしは、あんたたちがあの子《こ》をおいとくからって、もうおどろきもしないし、あんたがたを気《き》の毒《どく》とも思《おも》いませんよ。いいぐあいに育《そだ》っていくでしょうよ。

もちろん、あのものの言《い》いかたは奇妙《きみょう》だけど——少《すこ》しばかり、そうね、強《つよ》すぎるところがあるようね。でもまあ、こうした文明人《ぶんめいじん》の中《なか》へはいってきたんだから、なおるだろうと思《おも》いますよ。それから、かなりかんしゃく持《も》ちのようだけれど、いいことに、かんしゃく持《も》ちには、ずるいのや、うそつきがいないってことですよ。ずるい子《こ》だけは、まっぴらだからね。まずまず、全体《ぜんたい》として、あの子《こ》は気《き》にいりましたよ、マリラ。」

マリラがいとまをつげてでてくると、アンが果樹園《かじゅえん》のほの暗《ぐら》い下《した》かげから、水仙《すいせん》の花《はな》たばをか

かえてあらわれました。

「あたし、かなりじょうずにおわびをしたでしょう？　どうせあやまるんなら、徹底的《てっていてき》にあやまったほうがいいと思《おも》ったの。」

小径《こみち》を歩《ある》きながら、アンは自慢《じまん》そうに言《い》いました。

「そりゃもう、まったく徹底《てってい》したもんだったよ。」と、マリラは言《い》いました。思《おも》いだすと、笑いだしたくなるのが、自分《じぶん》ながら、しゃくでした。

それに、アンがあんまりうまくあやまりすぎたのを、しからなくてはいけないのではないかという気《き》もして、妙《みょう》におちつきませんでした。

そこで遠《とお》まわしに、こんなことを言《い》いきかせたのです。

「あんなおわびは、ちょいちょいやってもらいたくないね。これからは、かんしゃくをおさえるようにしなくてはいけませんよ、アン。」

「あたしの姿《すがた》のことを、なんだかんだ言《い》いさえしなければいいんだけれど。」と、アンはため息《いき》をつきました。「赤《あか》い髪《かみ》のことだけは、もうつくづく、なにか言《い》われるのがいやになったもので、かあっとなってしまうの。ねえ、マリラ、ほんとうにあたしの髪《かみ》は、大《おお》きくなったら金褐色《きんかっしょく》になるかしら。」

「あんまり自分《じぶん》の姿《すがた》のことばかり考《かんが》えるんじゃありません。どうも、あんたは、みえっぱりじゃ

ないかと思《おも》うよ。」

「あら、自分《じぶん》がみっともないってことを知《し》ってるのに、どうしてみえっぱりになれて？　あたし、きれいなものが好《す》きなの。だから、鏡《かがみ》を見《み》たときにきれいじゃないものがうつると、いやなの。とても悲《かな》しくなるのよ。みっともないのが、かわいそうになるの。」

「心《こころ》うるわしければ、みめまたうるわし。」

マリラは、ことわざをひっぱってきて言《い》いました。

「前《まえ》にもそう言《い》われたことがあるわ。でも、あたし、それには疑問《ぎもん》をもってるの。」と、水仙《すいせん》の香《かお》りを楽《たの》しみながら、アンは答《こた》えました。「これをくださるなんて、リンドのおばさんは親切《しんせつ》だわ。おわびして、ゆるされるって、ほんとに気持《きも》ちのいいものね。今夜《こんや》は星《ほし》がきれいじゃない？　マリラ、もし星《ほし》に住《す》むとしたら、どれに住《す》みたいこと？」

「アン、すこしだまっておくれ。」

つぎつぎに移《うつ》りかわっていくアンの連想《れんそう》にひきずりまわされて、マリラはつかれきってしまいました。

気持《きも》ちのいい夕風《ゆうかぜ》が、露《つゆ》にぬれたしだの強《つよ》い香《かお》りをのせて、家《いえ》への小径《こみち》を歩《ある》く二人《ふたり》を出《で》むかえました。

夕闇《ゆうやみ》のはるかむこうに、青《あお》い窓《まど》の家《いえ》の台所《だいどころ》の灯《ひ》が、楽《たの》しそうに輝《かがや》いていました。

アンは、急《きゅう》にマリラにすりよって、そのかたい手《て》のひらの中《なか》に、そっと自分《じぶん》の手《て》をすべりこませました。

「家《いえ》へ帰《かえ》るって、うれしいものね。あたし、もうグリン・ゲイブルスが大好《だいす》きになってしまったの。いままで、自分《じぶん》の家《いえ》みたいな気《き》がするところはどこにもなかったのよ。ああ、マリラ、あたしほんとうにしあわせだわ。いますぐにだって、お祈《いの》りしろって言《い》われれば、できるって気持《きも》ちよ。」

マリラは、アンの細《ほそ》い小《ちい》さい手《て》が、自分《じぶん》の手《て》にふれたとき、なにか身《み》うちのあたたまるような、気持《きも》ちのいいものが、胸《むね》にわきあがりました。その心《こころ》をとろかすような甘《あま》さに、マリラの気《き》分《ぶん》はかきみだされてしまいました。

そこで、あわてて、いつもの落《お》ちつきをとりかえそうとして、さっそく教訓《きょうくん》を一つ持《も》ちだしてきました。

「いい子《こ》にさえなれば、いつでもしあわせなのですよ。そうなれば、けっして、お祈《いの》りをとなえるのはむずかしいなんて思《おも》わなくなりますよ。」

「あら、お祈《いの》りをとなえるのと、お祈《いの》りをするのは、同《おな》じじゃないわ。」と、アンは考《かんが》えこみながら言《い》いました。「でもあたし、いま、自分《じぶん》が風《かぜ》になって、あの木《き》のこずえを吹《ふ》いているところを想像《そうぞう》してみよう。木《き》にあきてしまったら、そよそよとこのシダのところにおりてきて――こんどは、リンドのおばさんの庭《にわ》へ飛《と》んでいって、花《はな》たちをおどらせるんだわ。それから、クローバーの原《はら》っぱにひとっとびして、それから、『輝《かがや》く湖水《こすい》』に行《い》って、キラキラするさざ波《なみ》をよせるの。まあ、風《かぜ》のなかにはどっさり想像《そうぞう》の余地《よち》があるわ。だからいまのところ、もうなにも言《い》わないわ、マリラ。」

「やれやれ、助《たす》かったよ。」

マリラは心《こころ》からほっとしました。

第《だい》十一章《しょう》　アン、日曜学校《にちようがっこう》へ行《い》く

「さあ、気《き》にいったかね？」と、マリラが言《い》いました。

東《ひがし》の部屋《へや》で、アンは、ベッドの上《うえ》に広《ひろ》げてある三枚《まい》の新《あたら》しい服《ふく》を前《まえ》にして、しかつめらしい顔《かお》で立《た》っていました。

一枚《まい》はこげ茶色《ちゃいろ》のギンガムで、しごく実用的《じつようてき》だとすすめる行商人《ぎょうしょうにん》にくどきおとされて、マリラが買《か》ったものでした。もう一つのは、黒《くろ》と白《しろ》のごばんじまの綿《めん》じゅすで、あとの一枚《まい》は、ごわごわした、いやな色《いろ》の青《あお》い更紗《さらさ》でした。

仕立《した》てはぜんぶマリラがしたので、ぜんぶ同《おな》じ型《かた》にこしらえてありました。ひだのないスカートに、細《ほそ》い胴《どう》がつづき、袖《そで》はなんの飾《かざ》りもなくて、きちきちに細《ほそ》いのでした。

「あたし、気《き》にいったつもりになるわ。」

アンは、まじめな顔《かお》で答《こた》えました。

「そんなつもりになんぞ、なってもらいたくないね。」マリラは、腹《はら》を立《た》てて言《い》いました。「あ

あ、あんたはこの服《ふく》が気《き》にいらないのね。なぜなの？　みんなさっぱりして、きちんとできた、新《あたら》しいものじゃないの。」

「あのう、あのう、きれいじゃないんですもの。」と、アンはしぶしぶ答《こた》えました。

「きれいだって？」マリラは鼻《はな》であしらいました。「あんたにきれいな服《ふく》をこしらえてやろうなんて、思《おも》いもしなかったよ。あまやかして、虚栄心《きょえいしん》を強《つよ》くするのは感心《かんしん》しないからね。これはみんな、おとなしやかで、実用《じつよう》むきな服《ふく》です。この夏《なつ》はこれだけです。茶色《ちゃいろ》のギンガムと青《あお》い更紗《さらさ》は、学校《がっこう》ゆきの服《ふく》にして、綿《めん》じゅすは、教会《きょうかい》と日曜学校《にちようがっこう》のにしておきなさい。いつも、きれいに、きちんとしておいて、破《やぶ》らないようにするんだよ。いままで、けちくさいまぜ織《お》りのものを着《き》ていたんだから、なにをもらってもありがたいはずだと思《おも》うけれどね。」

「あら、ありがたいのは、ありがたいのよ。でも、もし――もし、この中《なか》の一つだけでも、ふくらました袖《そで》にしてくださったら、もっともっとありがたかったんだけど。いまとてもはやってるんですもの。あれを着《き》たら、なんとも言《い》えなくうれしくて、ぞくぞくっとすると思《おも》うわ。」

「それじゃあ、ぞくぞくとしないでおいてもらいましょう。ふくらました袖《そで》なんかに使《つか》う、よぶんの布地《ぬのじ》は持《も》ちあわせてないからね。とにかく、あんなものは、ばかげて見《み》えると思《おも》うね。」

「でも、ほかのみんなが着《き》てるなら、あたし一人《ひとり》だけあっさりして、おとなしやかに見《み》えるより、いっそ、ばかげて見《み》えたほうがいいわ。」

アンは悲《かな》しそうに言《い》いはりました。

「よくもそんなことが言《い》えたものだね。さあ、この服《ふく》はたいせつにあんたの戸棚《とだな》につるしておきなさい。それがすんだら、日曜学校《にちようがっこう》の勉強《べんきょう》をするんですよ。」

こう言《い》うと、マリラはたいそう腹《はら》をたてたようすで、下《した》へおりていきました。アンは手《て》をにぎりあわせて、服《ふく》をながめ、がっかりしたようすでつぶやきました。

「袖《そで》がふくらんだ白《しろ》いのがあればと思《おも》ってたけど——そういうのをくださいってお祈《いの》りしたけれども、あまり期待《きたい》はしていなかったわ。神様《かみさま》は小《ちい》さい孤児《こじ》の服《ふく》のことなんか、かまってくださるひまはないと思《おも》ったんですもの。マリラの考《かんが》えどおりにできあがるってこと、わかっていたわ。でもいいわ。いいあんばいに、この中《なか》の一つだけ、すてきなレースのひだがついて、袖《そで》のふくらんだ白《しろ》いモスリンの服《ふく》だというふうに想像《そうぞう》できるわ。」

翌朝《よくあさ》、頭痛《ずつう》がしだしたので、マリラはアンといっしょに日曜学校《にちようがっこう》へ行《い》かれなくなりました。

「リンドのおばさんが、連《つ》れていってくださるからね。気《き》をつけて、お行儀《ぎょうぎ》よくするんですよ。これが献金《けんきん》の一セントだよ。人《ひと》の顔《かお》をじろじろ見《み》たり、そわそわしたりしてはいけませんよ。家《いえ》へ帰《かえ》ったら、わたしにお説教《せっきょう》の題《だい》を話《はな》してくださいよ。」

アンは、ごわごわした、黒《くろ》と白《しろ》のごばんじまの綿《めん》じゅすの服《ふく》を着《き》て、出《で》かけました。その服《ふく》は、アンのやせた体《からだ》の、いかつい線《せん》をのこらず見《み》せて、よけい、ごつごつきわだたせていまし

た。

帽子《ぼうし》は、小《ちい》さな、ひらたい、ぴかぴかした新《あたら》しい水兵帽《すいへいぼう》で、とてもあっさりしており、これもまたアンの失望《しつぼう》のたねでした。アンは、心《こころ》の中《なか》でひそかに、リボンや花《はな》の飾《かざ》られた帽子《ぼうし》を思《おも》いえがいていたのです。

けれども、本道《ほんどう》に出《で》るまえの小径《こみち》に、きんぽうげや、野《の》ばらが咲《さ》きみだれていましたので、さっそくアンは、重《おも》たい花輪《はなわ》を作《つく》って、帽子《ぼうし》を飾《かざ》りたてました。その効果《こうか》にアンは大得意《だいとくい》になり、赤《あか》い頭《あたま》をぴんと起《お》こし、ピンクや黄色《きいろ》の飾《かざ》りを帽子《ぼうし》につけて、街道《かいどう》を歩《ある》いていきました。

リンド夫人《ふじん》の家《いえ》にきてみると、夫人《ふじん》はもういませんでしたが、アンは平気《へいき》で、一人《ひとり》で教会《きょうかい》さして歩《ある》いていきました。

入《い》り口《ぐち》のところにつくと、白《しろ》や青《あお》やピンクで、それぞれに着《き》かざった女《おんな》の子《こ》たちが集《あつ》まっていて、異様《いよう》な頭飾《あたまかざ》りをつけてはいってきたアンを、めずらしそうに、まじまじと見《み》つめました。

アヴォンリーの女《おんな》の子《こ》たちは、すでにアンのさまざまなうわさを聞《き》いていましたから、礼拝《れいはい》がはじまっても、アンのほうを見《み》ては、ひそひそとささやきあっていました。

礼拝《れいはい》が終《お》わって、アンがミス・ロジャソンのクラスにはいってからも、だれ一人《ひとり》、そばへよってくる者《もの》はありませんでした。

ミス・ロジャソンは中年《ちゅうねん》の婦人《ふじん》で、二十年《ねん》も日曜学校《にちようがっこう》で教《おし》えていました。

アンは、きびしく質問《しつもん》をかさねるミス・ロジャソンが好《す》きになれませんでしたし、女《おんな》の子《こ》はみんな、ふくらんだ袖《そで》を着《き》ていたものですから、ひどくみじめな気持《きも》ちになってしまいました。ふくらんだ袖《そで》の服を着《き》ないなら、この人生《じんせい》はまったく生《い》きがいがない、とアンは考《かんが》えました。

「日曜学校《にちようがっこう》はどうだったかい？」

アンが帰《かえ》ってくると、マリラは待《ま》ちかねてききました。

帽子《ぼうし》の花飾《はなかざ》りは、しおれたので、小径《こみち》に捨《す》ててきましたから、マリラはなにも知《し》りませんでした。

「あたし、ちっとも好《す》きじゃないわ。いやだったわ。」

「アン・シャーリー！」と、マリラはしかりました。

アンはため息《いき》をついて、ゆり椅子《いす》にすわり、ボニーと名前《なまえ》をつけたあおいの葉《は》のひとつにキスをしました。

「あたし、言《い》われたとおりに、お行儀《ぎょうぎ》よくしたわ。ベルさんはおっそろしく長《なが》いお祈《いの》りをなさったわ。あたし、窓《まど》から『輝《かがや》く湖水《こすい》』が見《み》えたので、それをながめて、いろんなすばらしいことを想像《そうぞう》していたの。」

「ベルさんのおっしゃることを、よく聞《き》いてなくてはいけないじゃないの。」

「でも、ベルさんはあんまり熱心《ねっしん》じゃなかったわ。神様《かみさま》のいらっしゃるところはあんまり遠《とお》いか

ら、いくら一生懸命《いっしょうけんめい》にしたってつまらないと思《おも》ってるんじゃないかしらって、あたし考《かんが》えたわ。

ようやくベルさんがすむと、わたし、ミス・ロジャソンのクラスの人《ひと》たちと教室《きょうしつ》へ行《い》きなさいって言《い》われたの。みんな、ふくらんだ袖《そで》を着《き》ていたわ。あたしもふくらんだ袖《そで》だと想像《そうぞう》しようとしたけど、だめだったわ。どうしてかしら？　東《ひがし》の部屋《へや》に一人《ひとり》でいるときには、わけなく想像《そうぞう》できるのに、ほんとうにふくらんだ袖《そで》の人《ひと》たちの中《なか》にはいると、ひどくむずかしくなってしまうのね。」

「日曜学校《にちようがっこう》で、袖《そで》のことなんか考《かんが》えるものではありません。勉強《べんきょう》に一生懸命《いっしょうけんめい》になってなくてはいけないのに……。」

「ええ、わかってますとも。だから、たくさんの問《と》いに答《こた》えたわよ。ミス・ロジャソンがとてもたくさんきくんですもの。あんなにきいてばかりいるんじゃ、公平《こうへい》でないわ。あたしだって、ミス・ロジャソンにききたいことがどっさりあったけど、きく気《き》がしなかったわ。だって、本気《ほんき》になってくれそうもないんですもの。

ああ、それからお説教《せっきょう》の題《だい》は、黙示録《もくしろく》の第《だい》三章《しょう》、二節《せつ》と三節《せつ》のところだったわ。とても長《なが》い題《だい》よ。あたしがもし牧師《ぼくし》さんだったら、もっと短《みじか》くて、ぱりっとしたのを選《えら》ぶんだけどな。お説教《せっきょう》もまた、ひどく長《なが》ったらしかったわ。きっと、題《だい》につりあわせるためなのね。牧師《ぼくし》さんだって、ちっともおもしろそうじゃなかったわ。牧師《ぼくし》さんてものは、想像力《そうぞうりょく》がたりないんじゃないかと思《おも》

うの。あたしは、あんまりよく聞《き》かずに想像《そうぞう》をめぐらして、とってもびっくりするようなことを考《かんが》えていたの。」

マリラは、アンをきびしくしかってやらなくてはいけないと思《おも》いましたが、しかし、アンの言《い》ったことの中《なか》には、まったくそのとおりだと思《おも》うこともあったので、そうもできませんでした。

牧師《ぼくし》さんの説教《せっきょう》や、ベルさんのお祈《いの》りについては、口《くち》にこそ出《だ》しませんが、マリラ自身《じしん》、長《なが》いこと胸《むね》の中《なか》に感《かん》じていたことでした。

それがとつぜん、このあけっぱなしの子《こ》どもの言葉《ことば》になってあらわれ、自分《じぶん》を責《せ》めているかのように、マリラには思《おも》われました。

第《だい》十二章《しょう》　おごそかな誓《ちか》い

　つぎの金曜日《きんようび》になって、はじめてマリラは、花輪《はなわ》で飾《かざ》った帽子《ぼうし》のことをリンド夫人《ふじん》から聞《き》きました。

「アン、リンドの奥《おく》さんが言《い》いなすったけれど、あんたは日曜日《にちようび》に、帽子《ぼうし》をきんぽうげやばらで、でかでかに飾《かざ》りたてて教会《きょうかい》へ行《い》ったんだってね。いったい、なんで、そんな悪《わる》ふざけをしたのだろうね。いい笑《わら》いものになったことだろうよ。」

「ええ、あたしにはピンクと黄色《きいろ》が、似《に》あわないことは、わかってるの。」と、アンが言《い》いはじめると、マリラがさえぎりました。

「似《に》あうがきいてあきれるよ。色《いろ》なんかは問題《もんだい》じゃないんです。帽子《ぼうし》に花《はな》なんかつけるということが、ばかげてるというんですよ。まったく、あんたみたいないまいましい子《こ》ってありゃしない。」

「あら、服《ふく》に花《はな》をつけるのも、帽子《ぼうし》につけるのも、同《おな》じじゃないのかしら？　服《ふく》に花《はな》をつけてた

女《おんな》の子《こ》はずいぶんいたわ。」

「口答《くちごた》えは、ゆるしません、アン。あんなばかげたことを二度《にど》とされてはこまりますよ。リンドのおばさんは、あんたがあんな飾《かざ》りをつけてはいってくるのを見《み》たときには、ずるずるって、床《ゆか》の下《した》へ落《お》ちこんでいきやしないかと思《おも》うほど、びっくりしなすったそうだよ。むろん、みんな、わたしの常識《じょうしき》がないから、あんたにあんなかっこうをさせて出《だ》したと思《おも》うにきまってるよ。」

「ああ、ほんとにあたし、悪《わる》かったわ。」アンの目《め》に涙《なみだ》があふれてきました。「おばさんがいやがりなさるとは思《おも》いもよらなかったの。ばらも、きんぽうげも、あまりきれいだったので、帽子《ぼうし》につけたら、すてきだろうと思《おも》ったの。あたし、おばさんにひどいやっかいをかけることになるんじゃないかしら。たぶん孤児院《こじいん》に送《おく》りかえしたほうがいいかもしれないわ。それはおそろしいことで、あたしにはたえられないと思《おも》うんですけどね。きっと肺病《はいびょう》になってしまうわ。こんなにやせてるんですもの。でも、それでも、おばさんにやっかいかけるよりいいわ。」

「ばかなことを言《い》いなさんな。」と、マリラは言《い》いました。

子《こ》どもを泣《な》かせた自分《じぶん》に、腹《はら》が立《た》ってきたのでした。

「あんたを孤児院《こじいん》に送《おく》りかえしたいわけじゃないんだよ。あんたがね、ほかの子《こ》どもと同《おな》じようにふるまってくれさえすればいいんだよ。

さあ、もう泣《な》きなさんな。あんたにニュースがあるよ。ダイアナが、今日《きょう》の午後《ごご》帰《かえ》ってきたの

さ。わたしはバーリーの奥《おく》さんのところへ、スカートの型紙《かたがみ》を借《か》りにいこうと思《おも》うから、あんたもいっしょにきて、ダイアナと近《ちか》づきになったらいいだろう。」

アンは両手《りょうて》をにぎりしめて、ほおにはまだ涙《なみだ》を光《ひか》らせながら立《た》ちあがりました。

「ああ、マリラ、あたし、こわいわ。いよいよ、時《とき》がきたんですもの。もしダイアナがあたしを好《す》きにならなかったらどうしよう。あたしの生涯《しょうがい》における最大《さいだい》の悲劇的《ひげきてき》な失望《しつぼう》になるわ。」

「さあ、そんなにあわてることはないよ。それに、そんな長《なが》ったらしい言葉《ことば》をつかってもらいたくないもんだね。小《ちい》さい女《おんな》の子《こ》がつかうと、とてもこっけいに聞《き》こえるからね。ダイアナにはあんたが気《き》にいるだろうけど、問題《もんだい》は、ダイアナのおかあさんだよ。もし、あんたがおかあさんに気《き》にいられなければ、いくらダイアナが気《き》にいったってだめさ。行儀《ぎょうぎ》よくして、おおげさな言葉《ことば》づかいをしないことだね。おやまあ、この子《こ》はふるえているじゃないの。」

じっさい、アンは青《あお》くなって、ふるえているのでした。

「ああ、マリラ。マリラだって、もし親友《しんゆう》になってもらいたいと思《おも》う女《おんな》の子《こ》に会《あ》いにいこうとしていて、その子《こ》のおかあさんが自分《じぶん》を気《き》にいらないかもしれないのだったら、やっぱり、どきどきしてしまうと思《おも》うわ。」と、いそいで帽子《ぼうし》をとりにいきながら、アンは言《い》いました。

二人《ふたり》は近道《ちかみち》を通《とお》って、小川《おがわ》をわたり、樅《もみ》のしげった丘《おか》をのぼって、オーチャード・スロープに着《つ》きました。マリラが台所《だいどころ》の戸《と》をたたくと、バーリー夫人《ふじん》が出《で》てきました。

背《せ》が高《たか》く、目《め》も髪《かみ》も黒《くろ》くて、きつそうな口《くち》もとをしています。自分《じぶん》の子《こ》どもたちに、たいへんきびしいという評判《ひょうばん》でした。

「よくきなすった。さあ、おはいりなさいよ。これが、あなたがたがもらいなさった女《おんな》の子《こ》なんですね？」

「そうですよ、アン・シャーリーというんです。」と、マリラが答《こた》えました。

「アンのつづりは、最後《さいご》にe《イー》の字《じ》がついているのよ。」

アンは、あえぎあえぎ言葉《ことば》をそえました。この大事《だいじ》な点《てん》だけは、誤解《ごかい》のないようにしておかなければならないと決心《けっしん》したのです。

バーリー夫人《ふじん》は、聞《き》こえなかったのか、ただ握手《あくしゅ》してやさしく「いかがですか？」とあいさつしました。

「ありがとうございます、おばさん。心《こころ》はかなり、かきみだされていますけれど、体《からだ》のほうは元気《げんき》です。」アンは、おもおもしく答《こた》えてから、こっそりマリラにむかって、「ちっともおおげさじゃなかったでしょう、マリラ？」と、まわりに聞《き》こえるような声《こえ》でささやきました。

ダイアナは長椅子《ながいす》で本《ほん》を読《よ》んでいましたが、マリラたちがはいってくると、本《ほん》をはなしました。彼女《かのじょ》は、母《はは》から黒《くろ》い髪《かみ》と目《め》を受《う》けつぎ、ほおはばら色《いろ》で、陽気《ようき》な顔《かお》つきは父親《ちちおや》ゆずりでした。

「これはうちのダイアナです。」と、バーリー夫人《ふじん》は紹介《しょうかい》しました。「ダイアナ、アンを庭《にわ》に連《つ》れていって、あんたの花《はな》を見《み》せてあげたらいいよ。そのほうが、目《め》をむりして本《ほん》を読《よ》んでるより、あんたのためになるからね。」

二人《ふたり》は、つれだって庭《にわ》へ出《で》ていきました。

黒《くろ》ずんだ古《ふる》い樅《もみ》の木《き》のむこうから、なごやかな夕日《ゆうひ》が庭《にわ》いっぱいにあたっています。

アンとダイアナは、はなやかな、おにゆりのしげみをはさんで、おたがいに恥《は》ずかしそうにながめあいました。

バーリー家《け》の庭《にわ》は、見《み》わたすかぎり、美《うつく》しい花《はな》に飾《かざ》られ、すばらしいながめでした。大《おお》きな柳《やなぎ》や、樅《もみ》の木《き》にかこまれ、きれいに貝《かい》がらでふちどった小径《こみち》が、ぬれた赤《あか》いリボンのように庭《にわ》を縦横《じゅうおう》に走《はし》り、花壇《かだん》には、ばら色《いろ》のブリーディング・ハーツや真紅《しんく》の牡丹《ぼたん》、白《しろ》くかぐわしい水仙《すいせん》などの古風《こふう》な花々《はなばな》が、咲《さ》きみだれていました。

いつものアンでしたら、おおいに楽《たの》しむところなのですが、いまは目《め》の前《まえ》に運命《うんめい》を決《き》める重大《じゅうだい》事《じ》がひかえているので、そうはいきませんでした。

「おお、ダイアナ。」やっとのことで、アンは手《て》を組《く》みあわせ、ささやくような声《こえ》で言《い》いました。「あのう、あのう、ねえ、あんた、あたしをすこしばかり好《す》きになれると思《おも》って？　あたしの腹心《ふくしん》の友《とも》となってくれて？」

ダイアナは笑《わら》いだしました。彼女《かのじょ》はいつも、なにか言《い》う前《まえ》に、笑《わら》うのでした。

「ええ、なれると思《おも》うわ。」と、ありのままに答《こた》えました。「あたし、あんたがグリン・ゲイブルスにきてくれて、ほんとにうれしいの。近《ちか》くには、いっしょに遊《あそ》ぶような子《こ》がだれもいないし、妹《いもうと》はまだ小《ちい》さすぎるし。」

「あんた、永久《えいきゅう》にあたしの友《とも》だちになるって、誓《ちか》いを立《た》てられて？」

アンが熱心《ねっしん》に言《い》いました。

「どんなふうにするの？」

ダイアナがたずねました。

「おたがいに手《て》をとりあうの――そう。」と、アンは、重々《おもおも》しく答《こた》えました。「ほんとは、流《なが》れている水《みず》の上《うえ》でしなくてはいけないんだけれど、この小径《こみち》を、流《なが》れている水《みず》のつもりに想像《そうぞう》しておきましょうよ。あたしが先《さき》に、誓《ちか》いの言葉《ことば》を言《い》うわよ。『太陽《たいよう》と月《つき》のあらんかぎり、わが腹心《ふくしん》の友《とも》、ダイアナ・バーリーに忠実《ちゅうじつ》なることを、われ、おごそかに宣誓《せんせい》す。』さあ、あんたよ。」

ダイアナは、まず笑《わら》ってから、誓《ちか》いの言葉《ことば》をのべ、終《お》わるとまた笑《わら》いました。

「あんたって、変《か》わってるわね、アン。変《か》わってるってことは前《まえ》から聞《き》いてたけれど、でも、あたし、ほんとうにあんたが好《す》きになりそうだわ。」

ダイアナは、帰《かえ》りにはマリラとアンを、丸木橋《まるきばし》のところまで見送《みおく》りました。

二人《ふたり》の女《おんな》の子《こ》は、たがいに相手《あいて》の肩《かた》にうでを巻《ま》きつけて歩《ある》いていき、小川《おがわ》のところで、明日《あす》の午後《ごご》の約束《やくそく》をたくさんして別《わか》れました。

「どうだったね。ダイアナとは気《き》が合《あ》ったかね？」

グリン・ゲイブルスの庭《にわ》を通《とお》りすぎながら、マリラがききました。

アンはマリラの皮肉《ひにく》には気《き》づかず、いい気持《きも》ちそうに、「ええ。」と吐息《といき》をつきました。

「ねえ、マリラ、あたし、いま、プリンスエドワード島《とう》じゅうで、いちばん幸福《こうふく》よ。今晩《こんばん》は、心《こころ》からお祈《いの》りができるわ。あしたの午後《ごご》、ダイアナと二人《ふたり》で、森《もり》の中《なか》にままごとの家《いえ》を建《た》てるつもりなの。あの、薪小屋《まきごや》にちらかってる、こわれたせとものをもらってもいい？

ダイアナの誕生日《たんじょうび》は二月《がつ》で、あたしは三月《がつ》なのよ。不思議《ふしぎ》なめぐりあわせだと思《おも》わない？　ダイアナは、あたしに本《ほん》を貸《か》してくれるんですって。なんともいえなくすてきで、猛烈《もうれつ》に胸《むね》がどきどきするんだそうよ。ダイアナは、森《もり》のうしろのゆりが咲《さ》いているところへ連《つ》れていってくれるのよ。ダイアナの目《め》はとても精神的《せいしんてき》だと思《おも》わない？　あたしも精神的《せいしんてき》な目《め》だったらいいのにな。

それからダイアナは、あたしに『はしばみ谷《だに》のネリー』という歌《うた》を教《おし》えてくれるんですって。あたしの部屋《へや》にはっとくように、きれいな絵《え》をあげるって、言《い》ってたわ。空色《そらいろ》の服《ふく》を着《き》た美《うつく》しい女《おんな》の人《ひと》の姿《すがた》が描《か》いてあって、ミシン会社《がいしゃ》の人《ひと》が、ダイアナにくれたんですって。あたしも、なにかダイアナにあげるものがあるといいんだけど。

背《せ》はあたしのほうが一センチ高《たか》いのよ。でもダイアナのほうがずっと太《ふと》っているわ。ダイアナはやせたくてしようがないんですって。そのほうがずっとかっこよく見《み》えるからって言《い》ったけど、ただあたしの気《き》を悪《わる》くしないために言《い》ったんじゃないかと思《おも》うの。あたしたち、いつか海岸《かいがん》へ貝《かい》がらをひろいにいくことになってるの。それから、丸木橋《まるきばし》のそばの泉《いずみ》のことを、『妖精《ドライアド》の泉《いずみ》』とよぶことにしたのよ。とっても優美《ゆうび》な名前《なまえ》でしょう?」

「いいかね、アン。ダイアナがたまらなくなるほど、しゃべりなさんなよ。そして、あんたは一《いち》日《にち》じゅう遊《あそ》んでばかりいるわけにはいかないんですよ。まず第《だい》一に、自分《じぶん》の仕事《しごと》をしてしまわなくてはならないのだからね。」と、マリラが注意《ちゅうい》しました。

アンの幸福《こうふく》のさかずきはいっぱいになりました。

それをさらにあふれさしたのは、マシュウでした。彼《かれ》はカーモディの店屋《みせや》へ行《い》って、帰《かえ》ってきたところでしたが、おずおずとポケットから小《ちい》さなつつみをとりだして、アンにわたしました。

「おまえがチョコレートキャラメルを好《す》きだと言《い》ったから、少《すこ》しばかり買《か》ってきたんだよ。」

「ふん。」マリラは鼻《はな》であしらいました。「そんなものは、この子《こ》の歯《は》にも胃腸《いちょう》にも、よくないじゃありませんか。まあまあ、いいよ。そんな悲《かな》しそうな顔《かお》をするんじゃないよ、アン。マシュウがわざわざ買《か》いにいってきたんだから、食《た》べていいよ。いまいちどきに食《た》べて、気分《きぶん》を悪《わる》くし

てはいけないよ。」

アンはうれしそうに言《い》いました。

「ええ、今晩《こんばん》は一つだけにしておくわ。それからこれ、半分《はんぶん》ダイアナにあげていいでしょう？　そうしたら、あとの半分《はんぶん》が、倍《ばい》もおいしくなるわ。ダイアナにあげるものができたと思《おも》うと、うれしいわ。」

アンが自分《じぶん》の部屋《へや》へ行《い》ってしまうと、マリラが言《い》いました。

「あの子《こ》のいいところは、けちでないことですよ。なにがいやだっていっても、けちんぼの子《こ》どもくらい、いやなものはないですからね。

おやまあ、あの子《こ》がきてから、三週間《しゅうかん》しかたっていないのに、もとからずっといたような気《き》がするじゃないの。あの子《こ》のいないこの家《いえ》なんて、想像《そうぞう》もできませんよ。それみろ、言《い》わんこっちゃないなんて顔《かお》はしないでくださいよ、マシュウ。あの子《こ》をおいといてよかったと思《おも》ってることや、しだいにあの子《こ》を好《す》きになっていくってことは、よろこんでみとめますけどね。あまりくどく、わたしに言《い》うのはやめてくださいよ、マシュウにいさん。」

第《だい》十三章《しょう》　待《ま》ちこがれるピクニック

「もうアンは帰《かえ》ってきて、ぬいものをする時間《じかん》だのに。」と、マリラは腹立《はらだ》たしそうに、ちらっと時計《とけい》をながめてから、外《そと》を見《み》やりました。

八月《がつ》の暑《あつ》い日《ひ》の午後《ごご》でした。

「ゆるしてやったより三十分《ぷん》も長《なが》く、ダイアナと遊《あそ》んでいたあげくに、こんどは薪《まき》の上《うえ》にすわりこんで、マシュウにひきもきらずしゃべっているよ。またマシュウときたら、まるであほうみたいに、あの子《こ》のおしゃべりに聞《き》きほれてるんだからね。あんなのぼせあがりって、見《み》たことがないよ。あの子《こ》がしゃべればしゃべるほど、それも、奇妙《きみょう》なことを言《い》えば言《い》うほど、目《め》を細《ほそ》くして、悦《えつ》に入《い》ってるんだからね。アン、いますぐ、家《いえ》へはいりなさい。わかったかい。」

西側《にしがわ》の窓《まど》を強《つよ》くコツコツとたたく音《おと》で、アンは裏庭《うらにわ》から帰《かえ》ってきました。目《め》は輝《かがや》き、ほおをかすかに赤《あか》らめ、ほどけた真《ま》っ赤《か》な髪《かみ》をなびかせて、とんできました。そして、息《いき》をはずませなが

ら言《い》いました。

「ああ、マリラ、来週《らいしゅう》ね、日曜学校《にちようがっこう》のピクニックがあるんですって――『輝《かがや》く湖水《こすい》』のすぐそばの、ハーモン・アンドリュウスさんの原《はら》っぱで。そして、ベルさんの奥《おく》さんとリンドのおばさんが、アイスクリームを作《つく》るんですって――考《かんが》えてもごらんなさい、マリラ。アイスクリームよ。だからねえ、マリラ、行《い》ってもいい？」

「アン、時計《とけい》を見《み》なさい。わたしは何時《なんじ》に帰《かえ》っておいでと言《い》いましたか。」

「二時《じ》よ――でも、ピクニックのこと、すてきじゃない？　マリラ。ねえ、行《い》ってもいい？　あたし、一度《いちど》もピクニックってしたことがないんですもの――夢《ゆめ》に見《み》たことはあるけれど、一度《いちど》も――」

「そうです。わたしは二時《じ》に帰《かえ》れと言《い》ったのですよ。だのに、もう三時《じ》十五分前《ふんまえ》です。どうして言《い》いつけを守《まも》らないんだろうね、アン？」

「あら、一生懸命守《いっしょうけんめいまも》るつもりではいたのよ。でも、アイドルワイルドがどんなに魅力《みりょく》があるか、とてもわからないと思《おも》うわ。それに、マシュウにピクニックのことを話《はな》さなくてはならなかったでしょう。マシュウはとても身《み》をいれて聞《き》いてくれるんですもの。ねえ、行《い》ってもいい？」

「あんたは、そのアイドルなんとやらの魅力《みりょく》を、がまんすることをおぼえなくてはいけません。帰《かえ》りなさいと言《い》った時間《じかん》までには、きちんと帰《かえ》っていらっしゃい。とちゅうで、身《み》をいれて聞《き》い

てくれる聞《き》き手《て》どもになんか、しゃべる必要《ひつよう》もないしね。ピクニックには、むろん、行《い》ってよろしい。あんたは日曜学校《にちようがっこう》の生徒《せいと》なんだから、ほかの子《こ》がみんな行《い》くのに、わたしが、あんたを行《い》かせないはずはないじゃないか。」

「でも——でも、ダイアナが言《い》ったけれど、みんな、バスケットにいっぱい、食《た》べ物《もの》を持《も》っていくんですって。ほら、あたしお料理《りょうり》できないでしょう？　マリラ。それに——それに——あたし、ふくらんだ袖《そで》じゃなくてもピクニックに行《い》くのはかまわないけれど、でも、バスケットなしでいくのは、とてもきまりが悪《わる》いんですもの。ダイアナから聞《き》いてからずっと、心《こころ》をなやましていたの。」

「なら、もう心《こころ》なんぞなやます必要《ひつよう》はないよ。わたしがこしらえてあげるからね。」

「まあ、マリラ、なんてよくしてくれるんでしょう。まあ、なんてありがたいんでしょう。」

アンはマリラに抱《だ》きついて、夢中《むちゅう》で、マリラの血色《けっしょく》の悪《わる》いほおにキスしました。

マリラは、心《こころ》の中《なか》でとてもよろこびましたが、そのために、なおさらぶっきらぼうに言《い》いました。

「さあさあ、そんなつまらないことでキスなんかしなくてよろしい。それより、早《はや》く言《い》いつけどおりにしてくれたほうがいいよ。さあ、つぎものを出《だ》して、お茶《ちゃ》の前《まえ》に、決《き》まっただけをかたづけてしまいなさい。」

「あたし、つぎものって好《す》きじゃないわ。」アンはゆううつそうに言《い》って、仕事《しごと》かごをさがしだし、赤《あか》や白《しろ》のひし形《がた》の布《ぬの》をうずたかく積《つ》んだ前《まえ》に、すわりました。「パッチワークには、ちっとも想像《そうぞう》の余地《よち》がないわ。いつまでいってても、きりがないんですもの。でもむろん、遊《あそ》んでばかりいて、どこのだれでもないただのアンより、パッチワークをしているグリン・ゲイブルスのアンのほうがいいわ。

だけど、ダイアナと遊《あそ》んでるときみたいに、早《はや》く時間《じかん》がたつといいんだけど。とてもすてきなのよ、マリラ。ほら、うちの畑《はたけ》とバーリーさんの畑《はたけ》のあいだの小川《おがわ》のむこうに、小《ちい》さなあき地《ち》があるでしょう。そのすみのところに、白樺《しらかば》の木《き》が小《ちい》さな輪《わ》になってはえてるの――とてもロマンチックな場所《ばしょ》なのよ。そこにダイアナとままごとの家《いえ》をつくったの。名前《なまえ》はアイドルワイルドってしたの。詩的《してき》な名前《なまえ》でしょう？　それを考《かんが》えだすのに、かなり手間《てま》がかかったのよ。ほとんど夜《よ》どおし、目《め》をさましていたの。そうしたら、ちょうど眠《ねむ》りにつこうとしたとき、インスピレーションのように思《おも》いついたの。ダイアナはこの名前《なまえ》を聞《き》いて、うっとりしちゃったわよ。

あたしたち、家《いえ》をりっぱにしたの。見《み》にきてちょうだいね、マリラ。苔《こけ》だらけの大《おお》きな石《いし》を持《も》ってきて、すわるところにしたし、木《き》から木《き》へ板《いた》をわたして、棚《たな》をつくったの。そしてその上《うえ》へ、お皿《さら》をすっかり、のっけたの。もちろん、こわれたのばかりだけど、みんな、ちゃんとしてるって想像《そうぞう》するのなんか、わけないわ。

それから客間《きゃくま》には妖精《ようせい》の鏡《かがみ》もあるのよ。ダイアナが、にわとり小屋《ごや》のうしろの森《もり》で見《み》つけたの。虹《にじ》がいっぱい出《で》ているのよ——まだ子《こ》どもの虹《にじ》が。ダイアナのおかあさんが、それはもと使《つか》っていた、つりランプのかけらだと言《い》ったんですって。でも、ある晩《ばん》、妖精《ようせい》たちが舞踏会《ぶとうかい》をして、わすれていったのだって想像《そうぞう》したほうがすてきだわ。だからそれを、妖精《ようせい》の鏡《かがみ》ってよぶことにしたの。

それから、マシュウはあたしたちにテーブルをこしらえてくれるんですって。

ああ、あたしたちね、バーリーさんとこの畑《はたけ》にある小《ちい》さな丸《まる》い池《いけ》に『ウィローミア』という名前《なまえ》をつけたのよ。その名前《なまえ》はダイアナが貸《か》してくれた本《ほん》からとったの。ヒロインは五人《にん》も恋《こい》人《びと》がいるのよ。あたしなら一人《ひとり》でいいわ。そう

思《おも》わない？　そのヒロインはとても美《うつく》しくて、わけなく気絶《きぜつ》できるの。あたしも気絶《きぜつ》できたらいいんだけれど。そう思《おも》わない、マリラ？　とてもロマンチックですもの。でもあたし、こんなにやせていても、それはそれはじょうぶなんですもの。だけど、だんだん、太《ふと》ってきた気《き》がするわ。そう思《おも》わない？　毎朝起《まいあさお》きると、ひじを見《み》て、えくぼができてやしないかって、しらべるのよ。

ダイアナは、新《あたら》しい半袖《はんそで》の洋服《ようふく》ができるので、それをピクニックに着《き》ていくんですって。ああ、こんどの水曜日《すいようび》がお天気《てんき》だったらいいけど。もしなにか起《お》こって、ピクニックに行《い》かれなくなったら、あたし、がっかりして、どうしていいかわからないと思《おも》うわ。生涯《しょうがい》の悲《かな》しみとなるでしょうよ。

『輝《かがや》く湖水《こすい》』でボートをこいだり、アイスクリームを食《た》べたりするんですって。あたし、一度《いちど》もアイスクリームって、食《た》べたことがないのよ。どんなものか、ダイアナが説明《せつめい》しようとするんだけど、アイスクリームって、どうも想像以上《そうぞういじょう》のものらしいわね。」

「アン、あんたは十分以上《ぷんいじょう》もしゃべっているんですよ。さあ、ものはためしだから、それだけのあいだ、だまっていられるかどうか、やってみなさい。」

マリラに言《い》われて、アンはそのとおりに口《くち》をとじましたが、その週《しゅう》じゅう、ピクニックのことを話《はな》しつづけ、考《かんが》え、夢《ゆめ》に見《み》たのでした。

土曜日《どようび》に雨《あめ》がふったので、アンは水曜日《すいようび》のその日《ひ》までふりつづくのではないかと心配《しんぱい》して、すっかり興奮《こうふん》してしまいました。そこで、マリラは、アンの気《き》を落《お》ちつかせるために、いつもよりよぶんのつぎものをさせるしまつでした。

日曜日《にちようび》に、教会《きょうかい》の帰《かえ》り道《みち》で、アンはマリラに、牧師《ぼくし》さんからピクニックの催《もよお》しを発表《はっぴょう》されたときには、「ほんとうに全身《ぜんしん》が冷《つめ》たくなった。」と話《はな》しました。

「背中《せなか》がぞくぞくっとしたのよ、マリラ。そのときはじめてあたし、いままで、ピクニックがあるってことを本気《ほんき》で信《しん》じていなかったんじゃなかったかしらと思《おも》ったわ。ただの想像《そうぞう》だけなんじゃないかって考《かんが》えずにはいられなかったの。でも、牧師《ぼくし》さんが言《い》いなすったときには、信《しん》じてしまったわ。」

「あんまりあんたはものごとを思《おも》いつめすぎるよ、アン。一生《いっしょう》のあいだに、どれくらいがっかりすることかしれないよ。」と、マリラはため息《いき》をもらしました。

「あのね、マリラ。なにかを楽《たの》しみにして待《ま》つということが、そのうれしいことの半分《はんぶん》にあたるのよ。」と、アンは叫《さけ》びました。「ほんとうにならないかもしれないけれど、でも、それを待《ま》つときの楽《たの》しさだけは、まちがいなく自分《じぶん》のものですもの。リンドのおばさんは、『なにごとも期待《きたい》せぬ者《もの》は幸《さいわ》いなり、失望《しつぼう》することなきゆえに。』って言《い》いなさるけど、でも、あたし、なんにも期待《きたい》しないほうが、がっかりすることより、もっとつまらないと思《おも》うわ。」

その日《ひ》もマリラは、いつものように紫水晶《むらさきずいしょう》のブローチをつけて教会《きょうかい》へ行《い》きました。それは、船乗《ふなの》りの叔父《おじ》が、マリラの母《はは》に贈《おく》ったものを、母《はは》がマリラにのこしてくれたもので、マリラがいちばん大切《たいせつ》にしている品《しな》でした。旧式《きゅうしき》な楕円形《だえんけい》で、中《なか》に母《はは》の髪《かみ》が一房《ひとふさ》入《はい》っており、まわりはぐるっと、上質《じょうしつ》の紫水晶《むらさきずいしょう》でかこまれていました。

はじめてそのブローチを見《み》たとき、アンは、とてもよろこびました。

「ああ、マリラ、なんてりっぱなブローチなんでしょう。それをつけていたら、あたしだったら、お説教《せっきょう》なんて聞《き》いていられないにきまってるわ。

紫水晶《むらさきずいしょう》って、ただ美《うつく》しいわね。あたしが考《かんが》えていたダイヤモンドと同《おな》じだわ。ずっと前《まえ》、まだ一度《いちど》もダイヤモンドを見《み》たことがなかったときに、あたし、本《ほん》で読《よ》んで、どんなものか想像《そうぞう》してみて、きっと、ぼうっと光《ひか》る紫色《むらさきいろ》の石《いし》だろうと思《おも》ったの。ある日《ひ》、女《おんな》の人《ひと》の指輪《ゆびわ》にほんとのダイヤモンドを見《み》たとき、あたしがっかりして泣《な》いてしまったの。あたしの考《かんが》えていたダイヤモンドみたいじゃなかったんですもの。

そのブローチ、ちょっとあたしに持《も》たせてくださらない、マリラ。紫水晶《むらさきずいしょう》って、おとなしいすみれたちの魂《たましい》だと思《おも》わない？」

第十四章《だいじゅうしょう》　アンの告白《こくはく》

ピクニックの前《まえ》の月曜日《げつようび》の夕方《ゆうがた》、マリラはうかない顔《かお》をして、自分《じぶん》の部屋《へや》から出《で》てきました。

「アン、わたしの紫水晶《むらさきずいしょう》のブローチを見《み》かけなかったかね。きのうの夕方《ゆうがた》、教会《きょうかい》から帰《かえ》ったとき、針《はり》さしにさしたと思《おも》ったけれど、どこにも見《み》つからないんだよ。」と、声《こえ》をかけました。

アンは、しみ一つないテーブルにむかって、元気《げんき》いっぱいに、「はしばみ谷《だに》のネリー」をうたいながら、豆《まめ》のさやをむいていましたが、「あたし――あの、午後《ごご》におばさんが後援会《こうえんかい》へ行《い》ってらしたときに見《み》ましたわ。」と、ゆっくり答《こた》えました。「おばさんの部屋《へや》の前《まえ》を通《とお》ったら、あれが針《はり》さしにささっていたので、はいっていって見《み》たの。」

「さわったのかね？」

マリラがきびしくたずねました。

「ええ、あたし、手《て》にとって、どんなふうに見《み》えるかと思《おも》って、胸《むね》につけてみたの。」

「あんたにそんなことをする権利《けんり》はないじゃないか。わたしの部屋《へや》にはいってはいけないのだし、自分《じぶん》のものでもないブローチにさわってはならなかったのですよ。どこにそれをおいたの？」

「たんすの上《うえ》に返《かえ》したわ。あたし、一分間《ぷんかん》とつけてはいなかったの。あたし、マリラの部屋《へや》にはいって、ブローチをつけてみては悪《わる》いとは思《おも》ってなかったの。でも、悪《わる》いということがわかったから、これからはけっしてしません。それがあたしのいいところの一つなのよ。同《おな》じ悪《わる》いことを二度《にど》とくりかえさないいんですもの。」

「あんたは、もとに返《かえ》さなかったのだよ。たんすのどこを見《み》ても、ブローチはなかったもの。外《そと》へ持《も》ちだすかどうか、したんじゃないの、アン？」

マリラは公正《こうせい》な態度《たいど》をとろうとして、もう一度《いちど》、自分《じぶん》の部屋《へや》へ行《い》って、ここと思《おも》えるところを、くまなくさがしましたが、どうしても見《み》つからないので、また台所《だいどころ》へひきかえしました。

「アン、ブローチはありませんよ。あんたが自分《じぶん》で言《い》っているように、あんたが、あのブローチに、いちばん最後《さいご》にさわっているんだよ。いったい、どこへやったの。すぐありのままのことを言《い》っておしまい。外《そと》へ持《も》ちだして、なくしてしまったのかね。」

「けっして部屋《へや》の外《そと》に持《も》ちだしはしません。それがありのままのことよ。たとえ、そのために断《だん》頭台《とうだい》へ連《つ》れていかれようとも――もっともあたし、断頭台《だんとうだい》ってどんなものか、はっきりとはわか

らないけれど。」

「あんたはうそを言《い》ってるんだね、アン。さあ、ほんとのことをすっかり言《い》う気《き》になるまで、もう、ひとことも言《い》ってもらいますまい。あんたの部屋《へや》に行《い》って、なにもかも言《い》えるようになるまで、いるんです。」

「この豆《まめ》も、持《も》っていきましょうか。」と、アンはおとなしくたずねました。

「いいえ、わたしが自分《じぶん》でむいてしまうからいい。あんたは言《い》いつけどおりにしなさい。」

アンが行《い》ってしまうと、マリラは心《こころ》みだれたまま、夕方《ゆうがた》の用事《ようじ》にかかりました。いらいらした気分《きぶん》で豆《まめ》をむきながら、しきりに思《おも》うのでした。

（なさけないことになったものだ。むろん、あの子《こ》は、ぬすもうなんて気《き》でしたのではないことはわかってるけれど。ただ、あれをおもちゃにするか、例《れい》の想像《そうぞう》とやらのたしにしようと思《おも》って持《も》ちだしたのさ。きっとなくしてしまって、罰《ばっ》されるのがこわくて、言《い》えないんだね。あの子《こ》がうそをつくなんて――もし、ありのままを話《はな》してさえくれたら、そうたいして気《き》にもかけないのだけれど。）

その晩《ばん》、マリラは何度《なんど》も自分《じぶん》の部屋《へや》へ行《い》って、ブローチをさがしましたが、見《み》つかりませんでした。

眠《ねむ》る前《まえ》に、東《ひがし》の部屋《へや》に行《い》きましたが、アンはあいかわらず、ブローチのことは知《し》らないと言《い》い

はりました。それだけマリラは、アンがぬすんだにちがいないと、思《おも》いこむばかりでした。

翌朝《よくあさ》、マリラはマシュウに話《はな》しました。マシュウはとまどいましたが、だからといってアンに対《たい》する信頼《しんらい》をなくす気《き》にはなりませんでした。

「たんすのうしろに、落《お》ちてるんじゃなかろうね。」

「たんすは動《うご》かすし、ひきだしはひっぱりだすし、すきまも、われめも、みんな見《み》たんですよ。でも、ないのですもの、あの子《こ》がぬすんで、うそをついてるにちがいありませんよ。」

「それで、おまえはどうするつもりなのかね。」

マシュウは、この事件《じけん》を処理《しょり》するのが自分《じぶん》ではなく、マリラだということが、ありがたいと思《おも》いました。

「すっかり白状《はくじょう》するまで、自分《じぶん》の部屋《へや》におくんです。あの子《こ》はきびしく罰《ばっ》してやらなくてはなりませんよ、マシュウ。」

「そうさな、あの子《こ》を罰《ばっ》するのは、おまえだよ。おぼえていてくれ。わしは、あの子《こ》のことについて口《くち》だしするなって、おまえ、自分《じぶん》で言《い》ったんだからな。」

マリラは、だれからも見《み》すてられてしまったような気《き》がしました。

いくどたずねてみても、アンは、ブローチはとらないと言《い》いはりつづけます。

アンが泣《な》いていたらしいのを見《み》ると、マリラはかわいそうでたまりませんでしたが、無理《むり》にそ

れをおさえました。

「すっかり言《い》ってしまうまで、この部屋《へや》を出《で》ちゃいけません、アン。そのかくごでいたほうがいいよ。」

マリラがきっぱりと言《い》いました。

「でも、ピクニックはあしたよ、マリラ。あたしをピクニックに行《い》かせないというのじゃないでしょう。午後《ごご》だけ、出《だ》してくださるでしょう。そうしたら、そのあとは、おばさんの好《す》きなだけ、いつまででも元気《げんき》よくここにいるわ。でも、ピクニックにだけは、どうしても、行《い》かなくてはならないわ。」

「ピクニックだろうと、どこであろうと、ありのままを言《い》ってしまうまでは、行《い》かせませんよ、アン。」

「まあ、マリラ。」

アンはあえぐように言《い》いました。しかし、マリラはさっさと部屋《へや》を出《で》て、戸《と》をしめてしまいました。

つぎの朝《あさ》は、ピクニックにおあつらえむきの上天気《じょうてんき》でした。グリン・ゲイブルスのまわりでは小鳥《ことり》たちが歌《うた》い、庭《にわ》の白《しら》ゆりの香《かお》りは風《かぜ》にのって、祝福《しゅくふく》の精《せい》のように、広間《ひろま》や部屋《へや》にただよってきていました。

マリラが朝食《ちょうしょく》を持《も》っていくと、アンはつんとすましして、ベッドの上《うえ》にすわっていました。青《あお》ざめた顔《かお》には、決意《けつい》の色《いろ》が見《み》えます。

「マリラ、あたし、すっかり言《い》ってしまう用意《ようい》ができたわ。」

「ああ！」

マリラは、おぼんを置《お》きました。またまた自分《じぶん》のとった方法《ほうほう》が成功《せいこう》したのです。でも、この成功《せいこう》は、マリラにとって、ひどくつらいものでした。

「では、話《はな》してきかせなさい、アン。」

アンはまるで、おぼえこんだ学課《がっか》を暗誦《あんしょう》するような調子《ちょうし》で言《い》いました。

「あたし、紫水晶《むらさきずいしょう》のブローチをとりました。部屋《へや》にはいったときは、とるつもりじゃなかったの。でも、胸《むね》につけてみると、とても美《うつく》しく見《み》えたので、あたし、どうすることもできない誘惑《ゆうわく》に負《ま》けてしまったの。あれをアイドルワイルドに持《も》っていって、あたしがコーデリア・フィッツジェラルド姫《ひめ》になってみたら、どんなにすばらしいだろうと、想像《そうぞう》したの。本物《ほんもの》の紫水晶《むらさきずいしょう》のブローチをつければ、自分《じぶん》がコーデリア姫《ひめ》だと想像《そうぞう》するのにも、しやすくなるんですもの。

あたし、おばさんがお帰《かえ》りにならないうちに、もどしておこうと思《おも》ったの。でも、すこしでも長《なが》くつけていたかったので、街道《かいどう》からまわり道《みち》をして、『輝《かがや》く湖水《こすい》』のところの橋《はし》をわたるとき、もう一度《いちど》、よく見《み》ようとして、ブローチをはずしたの。日《ひ》の光《ひかり》があたって、きらきら光《ひか》っ

て、なんともいえずきれいだったわ。

そうして橋《はし》へかかったとき、ブローチはするっと手《て》からすべりおちて、下《した》へ、下《した》へ、下《した》へと紫色《むらさきいろ》に光《ひか》りながら、永久《えいきゅう》に『輝《かがや》く湖水《こすい》』の底《そこ》へしずんでしまったの。これが精一杯《せいいっぱい》のあたしの告白《こくはく》なのよ。」

マリラは、またもや、はげしい怒《いか》りがこみあげてくるのを感《かん》じました。

(この子《こ》は、わたしがたいせつにしている紫水晶《むらさきずいしょう》のブローチをとってなくしたのに、すこしも後悔《こうかい》の色《いろ》もなく、そこにすわりこんで、こまごまとなくした次第《しだい》を平然《へいぜん》と語《かた》ってきかせているのだ。)

「アン、なんておそろしいことをしたんです。あんたみたいに悪《わる》い子《こ》がいるなんて、いままで聞《き》いたこともありませんよ。」

マリラは、つとめておだやかに言《い》おうとしましたが、声《こえ》は怒《いか》りのためにふるえていました。

「ええ、あたしもそう思《おも》うの。」アンは、落《お》ちつきはらってあいづちをうちました。「だから、あたし、罰《ばっ》されなくてはならないってことわかってるわ。なにも気《き》にかけることなく、せいせいしてピクニックに行《い》きたいから、どうか、すぐに罰《ばっ》してくださらない?」

「ピクニックですって! まあ! 今日《きょう》はピクニックなんかに行《い》くどころじゃありませんよ、アン。それが、あなたの罰《ばっ》です。」

「ピクニックに行《い》かれないんですって？」アンはとびあがって、夢中《むちゅう》でマリラの手《て》にしがみつきました。「おお、マリラ、行《い》っていいという約束《やくそく》だったじゃないの。ピクニックには行《い》かなくちゃならないわ。だから告白《こくはく》したのよ。どんなにでも好《す》きなように罰《ばっ》していいから、ピクニックだけには行《い》かせてちょうだいな。おお、マリラ、どうぞ、どうぞ。アイスクリームのことを考《かんが》えてよ。二度《にど》とアイスクリームを食《た》べることがないかもしれないんだから。」

マリラは、かじりついているアンの手《て》を、石《いし》のように冷《つめ》たくふりほどきました。

「せがむ必要《ひつよう》はありませんよ、アン。ピクニックには行《い》かせません。」

マリラの気持《きも》ちが動《うご》かないと見《み》てとると、アンは手《て》をにぎりしめ、つんざくような悲鳴《ひめい》をあげて、ベッドにうつぶし、絶望《ぜつぼう》のあまり、身《み》もだえして泣《な》きました。

びっくりして、マリラは大《おお》いそぎで部屋《へや》から出《で》てしまいました。

「まあ、なんてことだろう。あの子《こ》は気《き》でもちがったんだよ。気《き》がちがっていないとしたら、よくよく悪《わる》い子《こ》だ。」

それは、ゆううつな朝《あさ》でした。

マリラは、もうれつないきおいで働《はたら》き、なにもすることがなくなってしまうと、玄関《げんかん》のたたきと、製乳室《せいにゅうしつ》の棚《たな》をみがきました。棚《たな》もたたきもこする必要《ひつよう》はありませんでしたが、マリラにその必要《ひつよう》があったのです。外《そと》へ出《で》て、裏庭《うらにわ》の土《つち》までならしました。

昼食《ちゅうしょく》のしたくができたとき、マリラは階段《かいだん》のところへ行《い》ってアンをよびました。涙《なみだ》でよごれた顔《かお》があらわれ、手《て》すりごしに、悲《かな》しげに下《した》を見《み》おろしました。

「食事《しょくじ》だからおりてきなさい、アン。」

「お昼《ひる》なんかほしくないわ、マリラ。なんにも食《た》べられないの。悲《かな》しみにくれてしまってるんですもの。いつか後悔《こうかい》することがあると思《おも》うわ、マリラ。でもあたし、ゆるしてあげるわ。そのときになったら、あたしがゆるしてあげたことを思《おも》いだすのよ。でもどうか、あたしに食《た》べろなんて言《い》わないでちょうだい。なやみをいだいている者《もの》には、豚《ぶた》の煮《に》つけと野菜《やさい》は、あまりに現実的《げんじつてき》なのですもの。」

マリラはひどく怒《おこ》ってしまい、台所《だいどころ》にもどって、マシュウに泣《な》きごとをぶちまけました。

「そうさな、あの子《こ》もブローチをとったり、なんのかんのとうそを言《い》ったりしちゃいけなかったな。だが、なんといってもまだ小《ちい》ちゃいのだし、おもしろい子《こ》だからな。あんなに行《い》きたがっているものを、ピクニックにやらないのは、かなりひどすぎやしないだろうかね？」

「マシュウ、あんたって人《ひと》にはあきれてしまうね。わたしはまた、あんまり寛大《かんだい》にしすぎたかなと思《おも》っているのに。だのにあの子《こ》は、ちっとも自分《じぶん》が悪《わる》かったと思《おも》わないのですからね。しんから後悔《こうかい》しさえすれば、それで万事《ばんじ》すむのです。それがあんたにもわからないらしい。」

「そうさな、なんといっても小《ちい》ちゃいのだからな。」よわよわしくマシュウはくりかえしまし

た。「それに、あの子《こ》は、しつけというものを一度《いちど》もうけていないのだから、おおめにみてやらなくてはならないよ。」

「いまは、しつけをうけてるじゃありませんか。」

マリラはやりかえしました。

この日《ひ》の昼食《ちゅうしょく》は、とてもいんきな食事《しょくじ》でした。皿洗《さらあら》いをすませて、パン種《だね》をしかけ、鶏《にわとり》にはえさをやってしまうと、マリラはふと、月曜日《げつようび》の午後《ごご》、後援会《こうえんかい》から帰《かえ》ってきて、いちばんよそいきの黒《くろ》レースの肩《かた》かけをはずしたとき、ちょっとやぶれていたのを思《おも》いだしました。

（あれをなおしておこう。）と考《かんが》え、トランクの中《なか》から肩《かた》かけをとりだすと、蔦《つた》の葉《は》ごしにさしこんだ日光《にっこう》にあたって、なにかが、きらきらと紫色《むらさきいろ》に輝《かがや》きました。

マリラはたまげて、それをひっつかみました。

レース糸《いと》一本《ぽん》にからまってぶらさがっているのは、紫水晶《むらさきずいしょう》のブローチでした。

「これはまあ、どうしたというんだろう？　あの子《こ》は、バーリーの池《いけ》の底《そこ》にしずんだと言《い》ったのに、ちゃんとここにあるじゃないの。グリン・ゲイブルスは、なにかにとっつかれているんだわ。いま思《おも》いだしたけど、月曜日《げつようび》の午後《ごご》、肩《かた》かけをとったとき、ちょっとのあいだ、たんすの上《うえ》においたんだったわ。それでブローチがひっかかったにちがいない。まあ、まあ！」

マリラは、ブローチを手《て》にして、東《ひがし》の部屋《へや》へはいっていきました。

アンは、泣《な》くだけ泣《な》いてしまって、しょんぼり窓辺《まどべ》にすわっていました。

「アン・シャーリー。いま、ブローチが黒《くろ》レースの肩《かた》かけにひっかかっていたのを見《み》つけたのだけれどね、今朝《けさ》のあんたのくだらない長話《ながばなし》はどういうつもりだったのか、聞《き》かしてもらいたいね。」と、きびしい声《こえ》で、マリラが言《い》いました。

「あら、あたしがなにか言《い》ってしまうまでは、ここにいなくてはならないって、おばさんが言《い》ったから、あたし、ピクニックに行《い》かなくちゃならないもんで、告白《こくはく》しようと決心《けっしん》したのよ。ゆうべ、床《とこ》にはいってからいろいろ考《かんが》えて、できるだけおもしろいようにしたの。でも、やっぱりおばさんは行《い》かせてくれなかったので、あたしの苦労《くろう》もすっかりむだになってしまったわ。」

マリラは、がまんしようとしても、どうしても笑《わら》わずにはいられませんでした。

そして、すまないことをしたと、しみじみ思《おも》いました。

「アン、あんたには負《ま》けたね。悪《わる》かった——わかりましたよ。いままであんたがうそをついたことは一度《いちど》もなかったんだから、言《い》うとおりに信《しん》じてやればよかったのね。でも、自分《じぶん》がしもしないことを告白《こくはく》したのは、悪《わる》いことですよ。しかし、そうさせたのは、わたしなのだからね。もしあんたがゆるしてくれれば、アン、わたしもあんたをゆるしてあげますよ。そうして、二《ふた》

人《り》でまたやりなおしましょうよ。さあ、ピクニックに行《い》くしたくをしなさい。」

アンは、打《う》ち上《あ》げ花火《はなび》のようにとびあがりました。

「おお、マリラ、もうおそすぎるんじゃないかしら。」

「いいえ、まだ二時《じ》だもの。みんな集《あつ》まったくらいのところだし、お茶《ちゃ》まで一時間《じかん》もあるよ。顔《かお》を洗《あら》って、髪《かみ》をとかして、ギンガムの服《ふく》を着《き》なさい。わたしはバスケットをつめるからね。焼《や》いたものがどっさりあるよ。それから馬車《ばしゃ》で、あんたをピクニックのところまで送《おく》るようにするからね。」

「ああ、マリラ。」と、大声《おおごえ》をあげて、アンは洗面台《せんめんだい》のところへとんでいきました。「五分前《ふんまえ》には、あたし、とってもみじめで、生《う》まれてこなければよかったと思《おも》ったけれど、いまじゃ、天使《てんし》にしてあげると言《い》ったって、ことわるわ。」

その晩《ばん》、くたびれはしましたが幸福《こうふく》そのもののアンが、言《い》うにいわれぬ、みちたりたようすで、グリン・ゲイブルスに帰《かえ》ってきました。

「ねえ、マリラ、あたし、じつにゆかいきわまる時《とき》をすごしてきたのよ。これは、今日《きょう》おぼえたばかりの新《あたら》しい言葉《ことば》なの。メアリー・ベルが使《つか》っているのを聞《き》いたのよ。とても感《かん》じが出《で》てるでしょう？　なにもかもすばらしかったわ。

すてきなお茶《ちゃ》のあとで、ハーモン・アンドリュウスさんが、あたしたちをみんな、『輝《かがや》く湖《こ》

水《すい》』でボートにのせてくれたの。そうしてジェーン・アンドリュウスが、もうすこしで水《みず》の中《なか》に落《お》っこちそうになったの。ジェーンはのりだして、すいれんをとろうとしてたもんで、あっと思《おも》った瞬間《しゅんかん》、アンドリュウスさんがジェーンのサッシュをつかまなかったら、たぶんおぼれ死《し》んでいたわ。それがあたしだったら、よかったんだけど――もうすこしで、おぼれ死《し》ぬなんて、とてもロマンチックな経験《けいけん》だったでしょうからね。人《ひと》に話《はな》すのに、ぞくぞくするような話《はなし》になるでしょうに。

それからアイスクリームを食《た》べたの。アイスクリームって、言語《げんご》を絶《ぜっ》したものだわ、マリラ。まったく崇高《すうこう》なものね。」

その晩《ばん》、くつ下《した》のかごを前《まえ》にして、マリラはいっさいのいきさつをマシュウに話《はな》しました。

「わたしが悪《わる》かったということは、自分《じぶん》からみとめますよ。でも、アンの『告白《こくはく》』とやらを考《かんが》えると笑《わら》いたくなってね、笑《わら》うどころじゃないと思《おも》いながらもね。ひとつだけたしかなことは、どんな家《いえ》だって、あの子《こ》のいるところでは、退屈《たいくつ》ということはないってことですよ。」

第《だい》十五章《しょう》　教室《きょうしつ》のできごと

「なんてすばらしい日《ひ》でしょうね。」と、アンは息《いき》をふかぶかとすいこみました。

「こんな日《ひ》に生《い》きてるというだけで、しあわせじゃない？　それをのがすんですもの、まだ生《う》まれてない人《ひと》がかわいそうになっちゃうわ。それに、もっとうれしいことは、学校《がっこう》へ行《い》くのに、こんなすてきな道《みち》を通《とお》っていけることだわ、ねえ？」

「街道《かいどう》をまわっていくより、ずっとすてきだわ。あの道《みち》はひどくほこりっぽくて、暑《あつ》いんですもの。」と、実際家《じっさいか》のダイアナは答《こた》えながら、お弁当《べんとう》のかごをのぞきこんで、中《なか》にはいっている三個《こ》の、きいちごのパイを十人《にん》の友《とも》だちにわけたら、一人《ひとり》にどのくらいずつわたるかしらと見《み》つもっていました。

アヴォンリーの学校《がっこう》の女《おんな》の子《こ》たちは、いつもお弁当《べんとう》をわけあうことになっていました。きいちごのパイ三個《こ》を一人《ひとり》で食《た》べてしまったり、または、いちばんの仲《なか》よしだけとわけあってさえも、「おっそろしいけちんぼ」という烙印《らくいん》を、永遠《えいえん》におされてしまうのです。

アンとダイアナが学校《がっこう》へ行《い》く道《みち》は、これ以上《いじょう》、想像《そうぞう》で美《うつく》しく飾《かざ》ることさえできない、とアンが思《おも》うほど、ほんとうにきれいな道《みち》でした。

本街道《ほんかいどう》のほうはひどくつまらない道《みち》でしたが、「恋人《こいびと》の小径《こみち》」や「ウィローミア」や「すみれの谷《たに》」や「樺《かば》の道《みち》」を通《とお》っていくのは、ロマンチックでした。

「恋人《こいびと》の小径《こみち》」は、グリン・ゲイブルスの果樹園《かじゅえん》の下《した》から森《もり》をくぐり、クスバート家《け》の農場《のうじょう》のはずれまでのびていました。アンは、グリン・ゲイブルスにきてまだひと月《つき》とたたないうちに、この道《みち》に「恋人《こいびと》の小径《こみち》」という名前《なまえ》をつけました。

「あそこをほんとうの恋人同士《こいびとどうし》が歩《ある》くからではないのよ。」と、アンはマリラに説明《せつめい》しました。「ダイアナとあたし、とってもすばらしい本《ほん》を読《よ》んでいて、そのなかに『恋人《こいびと》の小径《こみち》』というのが出《で》ているの。それであたしたちも、そんなのがほしくなったのよ。とてもきれいな名前《なまえ》だと思《おも》わない？　あそこでなら、思《おも》ってることを大《おお》きな声《こえ》で話《はな》して歩《ある》いていても、だれにも聞《き》かれないから、あたし、あの小径《こみち》が大好《だいす》きなのよ。」

アヴォンリーの学校《がっこう》は、白《しら》かべの建物《たてもの》で、軒《のき》がひくく、大《おお》きな窓《まど》がついていました。中《なか》にある机《つくえ》は、がんじょうな昔《むかし》ふうのもので、あけしめできるふた一面《いちめん》に、三代《だい》にわたる生徒《せいと》たちの名前《なまえ》の頭文字《かしらもじ》や秘密文字《ひみつもじ》が彫《ほ》りつけてありました。

学校《がっこう》の裏《うら》は、うっそうとした樅《もみ》の林《はやし》と小川《おがわ》になっていて、子《こ》どもたちはみんな、朝《あさ》のうちに、

この小川《おがわ》にミルクびんをひたして、お昼《ひる》までにおいしく冷《ひ》えているようにするのでした。

九月一日《がつついたち》に、アンが学校《がっこう》へ出《で》かけていくのを見送《みおく》りながら、マリラは、いろいろとりこし苦労《ぐろう》をしていました。

(アンはひどく変《か》わっているから、ほかの子《こ》どもたちと、うまくやっていけるだろうか。授業時間中《じゅぎょうじかんちゅう》、だまっていられるだろうか……。)

しかし、マリラが心配《しんぱい》していたより、すべてはうまくはこんでいきました。

「あたし、ここの学校《がっこう》が好《す》きになれそうだわ。」と、アンはたいした元気《げんき》で帰《かえ》ってくると、言《い》いました。「マリラが思《おも》うほどたいへんじゃなかったわよ。あたし、ダイアナといっしょにすわったの。学校《がっこう》にはすてきな女《おんな》の子《こ》がたくさんいて、お昼休《ひるやす》みにゆかいきわまる遊《あそ》びをしたの。でも、もちろん、いちばん好《す》きなのはダイアナよ。これからさきも、いつでもそうだわ。あたし、崇拝《すうはい》しているんですもの。

あたしの勉強《べんきょう》は、おそろしくおくれているのよ。なんだかきまりが悪《わる》かったわ。でも、あたしみたいに想像力《そうぞうりょく》のある人《ひと》は一人《ひとり》もいないってこと、あたしすぐに発見《はっけん》しちゃったのよ。

ルビー・ギリスはあたしにりんごをくれたし、ソフィア・スローンは『おうちにおうかがいしてよくて?』って書《か》いてある、きれいなピンクのカードを貸《か》してくれたの。それから、ティリー・ボールターは、午後《ごご》ずっとビーズの指輪《ゆびわ》をはめさせといてくれたのよ。あの屋根裏部屋《やねうらべや》に

ある古《ふる》い針山《はりやま》から真珠玉《しんじゅだま》をすこしとって指輪《ゆびわ》をつくってもいいこと？

それからねえ、マリラ、プリシー・アンドリュウスがあたしの鼻《はな》がとてもすてきだって話《はな》したんですって。マリラ、あたし、生《う》まれてはじめてほめられたのよ。なんともいえない感《かん》じだったわ。マリラ、ほんとにあたしの鼻《はな》、すてきかしら。ありのままを言《い》ってね。」

「そう、いい鼻《はな》だよ。」と、マリラはかんたんに答《こた》えました。内心《ないしん》、アンの鼻《はな》はすばらしくいいかっこうだと思《おも》っていたのです。

それから三週間《しゅうかん》はぶじにたちました。

「今日《きょう》はきっと、ギルバート・ブライスが学校《がっこう》にくると思《おも》うわ。」と、アンとつれだって、学校《がっこう》さして歩《ある》いていたダイアナが言《い》いました。「夏《なつ》じゅう、いとこのところへ行《い》っていて、土曜日《どようび》の晩《ばん》に帰《かえ》ってきたばかりなのよ。そりゃあ、すてきな人《ひと》よ、アン。それに女《おんな》の子《こ》たちをひどくからかって、まるで命《いのち》からがらの目《め》にあわせるのよ。」

ダイアナの口調《くちょう》では、かえって命《いのち》からがらの目《め》にあわされたいかのようでした。

授業《じゅぎょう》がはじまり、フィリップス先生《せんせい》が、うしろのほうの席《せき》で、プリシーのラテン語《ご》を聞《き》いているときに、ダイアナがそっと、アンにささやきました。

「あんたのところから通路《つうろ》を中《なか》にして、同《おな》じ列《れつ》にすわっているのがギルバート・ブライスよ。ちょっと見《み》てごらんなさいよ。すてきだと思《おも》わないこと？」

アンはそちらへ、目《め》を走《はし》らせました。ちょうどいいおりでした。と言《い》うのは、ギルバート・ブライスが、自分《じぶん》の前《まえ》にすわっているルビー・ギリスの黄色《きいろ》い長《なが》い三《み》つ編《あ》みを、椅子《いす》の背《せ》にそっとピンでとめるのに、一心不乱《いっしんふらん》のところだったからです。

彼《かれ》は背《せ》が高《たか》く、鳶色《とびいろ》の髪《かみ》は、くるくるうずをまき、褐色《かっしょく》の目《め》はいたずらっぽく、口《くち》もとには人《ひと》をばかにしたような微笑《びしょう》をうかべていました。

まもなく、先生《せんせい》のところへ計算《けいさん》を持《も》っていこうとして立《た》ちあがったルビー・ギリスは、「きゃっ。」とさけんで、自分《じぶん》の席《せき》にたおれこんでしまいました。髪《かみ》の毛《け》が根《ね》もとから、ひっこぬかれたにちがいないと思《おも》いました。

だれもかれも、ルビーのほうをじろじろ見《み》ますし、フィリップス先生《せんせい》は、こわい顔《かお》でにらみつけるので、ルビーは泣《な》きだしてしまいました。

ギルバートは、さっとピンをぬいてかくしてしまい、世《よ》にもまじめな顔《かお》つきで歴史《れきし》の勉強《べんきょう》にかかっていました。

しかし、さわぎがしずまると、アンのほうをむいて、言《い》うにいわれないおどけた表情《ひょうじょう》で目《め》くばせをしてみせました。

「あんたのギルバート・ブライスはたしかにすてきだと思《おも》うわ。」アンはダイアナに言《い》いました。「でも、とてもずうずうしいと思《おも》うわ。知《し》らない女《おんな》の子《こ》に目《め》くばせするなんて失礼《しつれい》よ。」

その日《ひ》の午後《ごご》、たいへんな事件《じけん》が起《お》こったのです。

フィリップス先生《せんせい》は、うしろのすみのほうでプリシーに代数《だいすう》の問題《もんだい》を説明《せつめい》していました。ほかの生徒《せいと》たちは、りんごをかじったり、石盤《せきばん》に絵《え》を描《か》いたり、ひもをつけたこおろぎを通路《つうろ》に歩《ある》かせたり、勝手放題《かってほうだい》のことをしていました。

ギルバートは、アンに自分《じぶん》のほうを見《み》させようとして、失敗《しっぱい》していました。

そのときアンは、学校《がっこう》じゅうの生徒《せいと》や学校《がっこう》そのものもわすれはて、窓《まど》から見《み》はらせる「輝《かがや》く湖《こ》水《すい》」の青《あお》いながめに、じっと目《め》をやり、遠《とお》くきらびやかな夢《ゆめ》の国《くに》にさまよい、すばらしいまぼろしのほかは、なにも聞《き》こえず、見《み》えもしなかったのです。

ギルバートは、女《おんな》の子《こ》を自分《じぶん》のほうにむかせることで失敗《しっぱい》したことはありませんでした。

(どうしても、こっちにむかせてやるぞ。あの小《ちい》さな、とがったあごをして、学校《がっこう》じゅうのどの女《おんな》の子《こ》ももってないような大《おお》きい目《め》をしている、赤毛《あかげ》のシャーリーとかいう女《おんな》の子《こ》を!)

ギルバートは、通路《つうろ》ごしに手《て》をのばして、アンの長《なが》い赤《あか》い髪《かみ》の毛《け》のはしをとらえ、ひくい声《こえ》ではっきり聞《き》こえるように、「にんじん! にんじん!」と言《い》いました。

すると、アンは彼《かれ》のほうをふりかえったと思《おも》うと、とびあがり、怒《いか》りに燃《も》えた目《め》でギルバートをにらみつけましたが、たちまち、その目《め》には、くやし涙《なみだ》があふれてきました。

「ひきょうな、いやなやつ! よくもそんなまねをしたわね。」と、はげしくさけぶなり、自分《じぶん》

の石盤《せきばん》をギルバートの頭《あたま》にうちおろしました。石盤《せきばん》は、音《おと》をたてて、まっぷたつに割《わ》れてしまい、教室《きょうしつ》は大《おお》さわぎになりました。

フィリップス先生《せんせい》は、大《おお》またに通路《つうろ》を歩《ある》いてきて、アンの肩《かた》をぐいっとおさえ、「アン・シャーリー、これはどうしたというのです？」と怒《おこ》った声《こえ》で言《い》いました。

アンは返事《へんじ》をしませんでした。生徒全体《せいとぜんたい》の前《まえ》で、自分《じぶん》が「にんじん」とよばれたなどと、アンに言《い》わせようというのは、できない相談《そうだん》でした。

そのとき、しっかりした態度《たいど》で口《くち》をひらいたのは、ギルバートでした。

「ぼくが悪《わる》かったんです。先生《せんせい》、ぼくがいじめたんです。」

フィリップス先生《せんせい》は、ギルバートの言《い》ったことには耳《みみ》を貸《か》そうとしませんでした。

「アン、教壇《きょうだん》のところへ行《い》って、黒板《こくばん》の前《まえ》に、午後《ごご》の時間《じかん》が終《お》わるまで立《た》っていなさい。」

アンは、こわばった、血《ち》の気《け》のうせた顔《かお》で、言《い》われたとおりにしました。

フィリップス先生《せんせい》は、はくぼくで、アンの頭《あたま》の上《うえ》の黒板《こくばん》に、つぎのようなことを書《か》きました。

「アン・シャーリーは、かんしゃく持《も》ちです。アン・シャーリーは、かんしゃくをおさえることを学《まな》ばなくてはなりません。」

それから、まだ字《じ》の読《よ》めない一年生《ねんせい》たちにもわかるようにと、声《こえ》を出《だ》して読《よ》んできかせました。

アンは、午後《ごご》の時間《じかん》ずっと、泣《な》きもしなければ、うなだれもせず、はげしい怒《いか》りに燃《も》えながら、しゃんと立《た》っていました。授業《じゅぎょう》が終《お》わると、アンは赤《あか》い頭《あたま》をごうぜんとそらせて外《そと》に出《で》ました。

ギルバートは入《い》り口《ぐち》のドアのところで、アンをひきとめようとしました。

「きみの髪《かみ》をからかったりして、ぼく、ほんとうに悪《わる》かったよ、アン。」と、彼《かれ》は後悔《こうかい》したようすでささやきました。「まったく悪《わる》かったよ。ねえ、そんなにいつまでも怒《おこ》らないでくれたまえよ。」

アンは、そんな言葉《ことば》は耳《みみ》にも入《い》れず、さっそうと通《とお》りすぎてしまいました。

その翌日《よくじつ》のことです。フィリップス先生《せんせい》は、昼食《ちゅうしょく》に帰《かえ》る前《まえ》に、生徒《せいと》ぜんぶにむかって言《い》いわたしました。

「わたしがここへ帰《かえ》ってきたときには、おのおの席《せき》にきちんとついているようにしなさい。おくれた者《もの》は、罰《ばっ》せられますから、そのつもりで。」

その日《ひ》の昼休《ひるやす》みも、いつものように、男《おとこ》の子《こ》ぜんぶと、女《おんな》の子《こ》の何人《なんにん》かは、ベルさんの大《おお》きな牧場《ぼくじょう》の先《さき》にある、えぞまつの林《はやし》へ出《で》かけました。そして、はっと時間《じかん》に気《き》がついたのは、古《ふる》いえぞまつのてっぺんから、ジミー・グロヴァが、「先生《せんせい》がくるぞうっ。」と、どなったときでした。

地上《ちじょう》にいた少女《しょうじょ》たちは、まっさきにかけだし、時間《じかん》すれすれに校舎《こうしゃ》にたどりつきました。

アンは頭《あたま》に花輪《はなわ》をのせて林《はやし》のはずれまでさまよっていき、一人《ひとり》でそっと歌《うた》をうたっていましたので、木《き》に登《のぼ》っていた少年《しょうねん》たちよりも、おそくなってしまいました。けれども、鹿《しか》のようにすばしっこかったので、入《い》り口《ぐち》のところで少年《しょうねん》たちにおいつき、フィリップス先生《せんせい》が帽子《ぼうし》をかけているときに、少年《しょうねん》たちの中《なか》にまじって校舎《こうしゃ》にはいっていくという、間《ま》の悪《わる》いはめになってしまったのでした。

先生《せんせい》はじろりとそのようすを見《み》て、「アン、あなたは男《おとこ》の子《こ》たちといっしょにいるのがお好《す》きのようだから、今日《きょう》の午後《ごご》は、あなたの趣味《しゅみ》を満足《まんぞく》させてあげることにしよう。」と、皮肉《ひにく》な口調《ちょう》で言《い》いました。「ギルバート・ブライスといっしょにすわりなさい。」

ほかの少年《しょうねん》たちはくすくす笑《わら》いました。アンがかわいそうで、真《ま》っ青《さお》になったダイアナは、アンの頭《あたま》から花輪《はなわ》をひったくって、アンの手《て》をにぎりしめました。

アンは石《いし》になったかのように、先生《せんせい》の顔《かお》を見《み》つめました。

「わたしの言《い》ったことが聞《き》こえましたか、アン。」

先生《せんせい》の冷《つめ》たい声《こえ》がひびきました。

「はい、先生《せんせい》。でも本気《ほんき》でおっしゃったんじゃないと思《おも》いました。」

「本気《ほんき》だともね。すぐわたしの言《い》うとおりになさい。」

どうしようもないことがわかると、アンは通路《つうろ》をわたって、ギルバートのそばにすわり、机《つくえ》の

上《うえ》にうでをなげだして、つっぷしました。

はじめのうち、ほかの生徒《せいと》たちはアンのほうを見《み》たり、ささやきあったり、ひじでこづきあったりしていました。けれども、アンはちっとも顔《かお》をあげないし、ギルバートは分数《ぶんすう》だけに精魂《せいこん》うちこんでいるかのような勉強《べんきょう》ぶりなので、やがてアンのことは忘《わす》れてしまいました。

一度《いちど》だれも見《み》ていないときに、ギルバートは、机《つくえ》から小《ちい》さなピンクのハート形《がた》のキャンディに「あなたはスウィートだ」と金文字《きんもじ》のはいっているのをとりだして、アンの腕《うで》のまがりめの下《した》からすべりこませました。するとアンは身《み》をおこし、指《ゆび》でキャンディをつまみあげ、床《ゆか》に落《お》として、かかとでこなごなにくだいてから、またつっぷしてしまったのです。

授業《じゅぎょう》がすむと、アンはさっさと自分《じぶん》の机《つくえ》のところへもどり、机《つくえ》の中《なか》のものをぜんぶ、本《ほん》やペンや聖書《せいしょ》などをこれ見《み》よがしにとりだし、こわれた石盤《せきばん》の上《うえ》にきちんとつみあげました。

「なんで、それをみんな家《いえ》へ持《も》っていくの？」

二人《ふたり》が街道《かいどう》へ出《で》るが早《はや》いか、ダイアナが心配《しんぱい》そうにききました。

「あたし、もう学校《がっこう》にはもどらないつもりよ。」

アンは答《こた》えました。ダイアナは息《いき》をのみ、じっとアンを見《み》つめました。

「まあ、アン、あんた、ひどいわ！　あたしはどうしたらいいの？　先生《せんせい》は、あのいやなガーティ・パイとあたしをならばせるわよ。わかってるわ。だって、あの人《ひと》、一人《ひとり》ですわってるんで

すもの。ねえ、帰《かえ》ってきてよ、アン。」と、ダイアナは泣《な》きだしそうになって、言《い》いました。

「あたし、あんたのためなら、からだを八《や》つざきにされてもかまわないけど、これだけはできないのよ。だからどうか、それは言《い》わないでね。」

アンの決心《けっしん》はかたかったのです。

家《いえ》へ帰《かえ》ると、アンはマリラにそのことを告《つ》げました。

「ばかなことを。」と、マリラは言《い》いました。

「ちっとも、ばかなことじゃないわ。わからない、マリラ？　あたしは、侮辱《ぶじょく》されたのよ。」

アンは、とがめるようなまなざしで、マリラを見《み》ました。

「侮辱《ぶじょく》が聞《き》いてあきれるよ。あしたはいつものように学校《がっこう》へ行《い》くんです。」

アンは、やさしく頭《あたま》をふりました。

「いいえ、あたし学校《がっこう》へはもどらないの。家《いえ》で勉強《べんきょう》するし、なるたけいい子《こ》になるし、できるだけだまっているから。でも、学校《がっこう》へはもどらないわ。」

マリラは、アンのようすから、頑《がん》としてゆずらない決心《けっしん》をしているのを見《み》てとり、賢明《けんめい》にも、そのときはそれ以上《いじょう》なにも言《い》いませんでした。

そして、夜《よる》になるとリンド夫人《ふじん》のところに相談《そうだん》に出《で》かけました。子《こ》どもを十人《にん》も学校《がっこう》へやった夫人《ふじん》は、なにもかも心得顔《こころえがお》でうなずきました。

「アンの学校《がっこう》でのさわぎのことで、きなさったのでしょう。ティリー・ボールターが学校《がっこう》からの帰《かえ》り道《みち》によって、話《はな》していってくれたのですよ。」

「あの子《こ》をどうしたらいいものやら、わからなくてね。どうしても学校《がっこう》へもどらないと言《い》うし、あんなのぼせあがった子《こ》って、見《み》たことがないね。どうしたものだろうね、レイチェル？」

「わたしはフィリップス先生《せんせい》のほうが悪《わる》いと思《おも》いますよ。きのう、あの子《こ》がかんしゃくを起《お》こしたのを罰《ばっ》したのは正《ただ》しいけど、今日《きょう》のはちがいますよ。ほかのおくれた者《もの》たちも、アンと同《おな》じように罰《ばっ》しなくてはならないわけだものね、まったくのところ。それに、罰《ばっ》として、女《おんな》の子《こ》と男《おとこ》の子《こ》をいっしょにすわらせるなんて、わたしは感心《かんしん》しませんね。

ティリー・ボールターは、すっかりアンの肩《かた》をもってね。ほかの生徒《せいと》たちもみなそうだと言《い》ってましたよ。とにかくアンはほんとうに人気《にんき》があるらしいね。あの子《こ》がほかの子《こ》たちとそんなにうまくやっていけるなんて、わたしは思《おも》いもよりませんでしたよ。」

「それじゃあ、あんたは、あの子《こ》を休《やす》ませといたほうがいいと考《かんが》えなさるんだね？」

マリラはびっくりして言《い》いました。

「そうさね、つまり、あの子《こ》が自分《じぶん》で言《い》いだすまで、二度《にど》と学校《がっこう》のことを口《くち》に出《だ》さないことですよ。見《み》てなさいよ。一週間《しゅうかん》もすれば、あの子《こ》は自分《じぶん》から行《い》くようになるから。

フィリップスさんは、先生《せんせい》としたら、なんの役《やく》にもたたない人《ひと》だね。あの人《ひと》のやりかたは、じ

つにけしからん。小《ちい》さな子《こ》どもらはほうっといて、クイーン学院《がくいん》をうけさせようとする大《おお》きい生《せい》徒《と》にばかり、かかりきりになっているしね。」

マリラはリンド夫人《ふじん》の忠告《ちゅうこく》をとりいれて、アンを、言《い》うままに休《やす》ませておきました。アンは家《いえ》で勉強《べんきょう》し、決《き》められた仕事《しごと》をし、冷《つめ》たい秋《あき》の紫色《むらさきいろ》の夕暮《ゆうぐ》れのなかで、ダイアナと遊《あそ》んだりしてすごしました。

ある夕方《ゆうがた》、マリラがかごいっぱいのりんごをさげて果樹園《かじゅえん》からもどってくると、アンが夕闇《ゆうやみ》せまる東《ひがし》の窓《まど》のところに一人《ひとり》すわって、ひどく泣《な》いているのが目《め》にはいりました。

「いったい、どうしたというのかね、アン？」

マリラはたずねました。

「ダイアナのことなの。」と、アンはいい気持《きも》ちそうにすすり泣《な》きました。「あたし、ダイアナのことがとても好《す》きなのよ。でも、大《おお》きくなれば、ダイアナはお嫁《よめ》に行《い》ってしまうってこと、わかってるんですもの。あたし、すっかり想像《そうぞう》していたところなの。ご婚礼《こんれい》のことや、なにもかも。ダイアナは雪《ゆき》のようなベールをつけて、女王《じょおう》のように美《うつく》しく、気高《けだか》いようすをしているの。つきそいになるあたしも、袖《そで》のふくらんだ、すてきな服《ふく》を着《き》ているんだけれど、笑顔《えがお》の下《した》は胸《むね》もはりさけんばかりなの。そうして、ダイアナにさよなら――あーんあん、あん。」と、たまらなくなってアンはますます、激《はげ》しく泣《な》きました。

マリラはおかしさにゆがむ顔《かお》をかくそうとしましたが、むだでした。手近《てぢか》な椅子《いす》にくずおれると、ほがらかな声《こえ》で笑《わら》いだしました。

「いいかね、アン。」やっと口《くち》がきけるようになると、マリラは言《い》いました。「どうしても苦労《くろう》を借《か》りてこなくちゃならないのなら、後生《ごしょう》だから、もっと身近《みぢか》なところから持《も》ってきてもらいたいね。たしかに、あんたには想像力《そうぞうりょく》があると思《おも》わずばなるまいよ。」

第《だい》十六章《しょう》　ティーパーティの悲劇《ひげき》

ある土曜日《どようび》の朝《あさ》、はなやかな真紅《しんく》の枝《えだ》を腕《うで》いっぱいかかえて、アンはおどりながら家《いえ》の中《なか》へはいってきました。

「ああ、マリラ、世界《せかい》に十月《がつ》という月《つき》のあることが、あたし、うれしくてたまらないわ。この楓《かえで》の枝《えだ》を見《み》てちょうだい。スリルを感《かん》じないこと？　ぞくぞくっとしないこと？　あの古《ふる》い青《あお》いつぼにさして、あたしの部屋《へや》のテーブルの上《うえ》におこうと思《おも》うのよ。」

「ちらかるこったね。」マリラの審美眼《しんびがん》はたいして進歩《しんぽ》していませんでした。「あんたは自分《じぶん》の部屋《へや》にあんまりいろんなものを外《そと》から持《も》ちこんで、ちらかしすぎるよ、アン。今日《きょう》はわたしはお昼《ひる》から、カーモディへ後援会《こうえんかい》の集《あつ》まりで出《で》かけるからね、たぶん、帰《かえ》りは暗《くら》くなるだろうよ。それから――こんなことをやらせていいか悪《わる》いか、わからないけれど――お昼《ひる》からダイアナをまねいて、ここでお茶《ちゃ》をあげていいよ。」

「まあ、マリラ！」アンは手《て》をにぎりあわせました。「なんてすてきなんでしょう。やっぱり、

マリラ、想像力《そうぞうりょく》があるんじゃないの？　でなければ、どんなにあたしがそれを願《ねが》っていたか、わかるわけがないんですもの。すばらしいわ。おとなになったみたいだわ。ああ、マリラ、あのばらのつぼみの模様《もよう》のお茶道具《ちゃどうぐ》を使《つか》っていい？」

「とんでもない！　あれは牧師《ぼくし》さんか、後援会《こうえんかい》の集《あつ》まりのほかは、使《つか》わないことになってるんだよ。古《ふる》い茶色《ちゃいろ》の茶道具《ちゃどうぐ》を使《つか》いなさい。だけど、さくらんぼの砂糖漬《さとうづ》けの黄色《きいろ》いつぼはあけていいよ。それから、くだもの入《い》りのケーキを切《き》ったり、クッキーや、しょうが入《い》りビスケットも食《た》べていいよ。」

「あたしがテーブルの上手《かみて》にすわって、お茶《ちゃ》をついでいるところが目《め》に見《み》えるようだわ。」アンはうっとりと目《め》をとじて言《い》いました。「そしてダイアナに『お砂糖《さとう》はいかが？』ってきくのよ。ねえマリラ、ダイアナがきたら、客間《きゃくま》に行《い》ってすわってていい？」

「いけません。あんたのお客《きゃく》には、居間《いま》でたくさんだよ。けれどね、せんだっての晩《ばん》、教会《きょうかい》の親《しん》睦会《ぼくかい》のときに使《つか》ったいちご水《すい》が、びんに半分《はんぶん》ばかり残《のこ》っているよ。居間《いま》の戸棚《とだな》の二段《だん》めにのっているから、よかったら、ダイアナと二人《ふたり》でおあがり。」と、マリラが言《い》いました。

　アンはよろこびの声《こえ》をあげて、ころがるように窪地《くぼち》をかけおりていき、ダイアナに、お茶《ちゃ》にいらっしゃいとまねきにいきました。

　やがてマリラが馬車《ばしゃ》で出《で》かけると、すぐにダイアナが、いちばん上等《じょうとう》の晴《は》れ着《ぎ》のつぎにいい服《ふく》

を着《き》こんでやってきました。いつもなら、台所《だいどころ》の戸《と》をたたきもしないでかけこむのに、いまは、気《き》どりかえって、玄関《げんかん》の戸《と》をたたきました。

すると、中《なか》から、二番《ばん》めにいい服《ふく》を着《き》かざって、気《き》どったアンが戸《と》をあけ、二人《ふたり》はこれまで一《いち》度《ど》も会《あ》ったことのないように、まじめくさって握手《あくしゅ》しました。

居間《いま》に案内《あんない》されると、きちんとつまさきをそろえてすわり、二人《ふたり》はしかつめらしい顔《かお》でむきあいました。

「おかあさんはいかがでいらっしゃいますか？」と、アンはていねいにたずねましたが、じつはその朝《あさ》、元気《げんき》なバーリー夫人《ふじん》の姿《すがた》を見《み》たばかりでした。

「おかげさまで、たいへん元気《げんき》ですの。クスバートさんはたしか、リリー・サンド号《ごう》に、おいもをつみこんでおいでになるんじゃありませんの？」とたずねたダイアナのほうは、その朝《あさ》、マシュウの荷車《にぐるま》にのせてもらったばかりだったのです。

ほんのしばらくすると、アンは礼儀正《れいぎただ》しくしているのもわすれてとびあがりました。

「ねえ、果樹園《かじゅえん》へ行《い》って、紅玉《こうぎょく》りんごをとりましょうよ。木《き》に残《のこ》ってるのはみんな食《た》べていいって、マリラが言《い》ったのよ。マリラはとても気前《きまえ》がいいの。お茶《ちゃ》に、くだもの入《い》りのケーキや、さくらんぼの砂糖漬《さとうづ》けも食《た》べていいって言《い》ったのよ。それから、いの字《じ》ではじまって、赤《あか》い色《いろ》をしてる、おいしい飲《の》みものもあるの。あたし、赤《あか》い色《いろ》の飲《の》みものって大好《だいす》きよ。あんたは？　ほか

のどの色《いろ》より、倍《ばい》もおいしい味《あじ》がするわ。」

果樹園《かじゅえん》には、たわわに実《み》をつけた大枝《おおえだ》が地面《じめん》にたれさがり、二人《ふたり》はすっかりよろこんで、やわらかな午後《ごご》の陽《ひ》ざしにぬくもりながら、午後《ごご》のあらかたをここですごしました。

ダイアナは、学校《がっこう》のことで話《はな》すことがたくさんありました。

ガーティ・パイとならんですわらなくてはならず、それがいやでたまらない。ガーティは、鉛筆《えんぴつ》をキーキーきしらせるので、身《み》の毛《け》がよだつ。みんな、アンがこないのをさびしがっていて、それから、ギルバート・ブライスは――。

ギルバート・ブライスのことなど聞《き》きたくなかったアンは、とびあがって、「ねえ、こんどは家《いえ》へはいって、いちご水《すい》を飲《の》みましょうよ。」と、ダイアナをさそいました。

ところが、いちご水《すい》のびんは、マリラの言《い》った戸棚《とだな》の二番《ばん》めの棚《たな》にはありませんでした。さがしたあげく、それはいちばん上《うえ》の棚《たな》にありました。

アンは、びんをおぼんにのせ、テーブルの上《うえ》にコップをそっとおいて、「さあ、どうかお手《て》りでめしあがってちょうだいな、ダイアナ。」と、しとやかにすすめました。

ダイアナは、おおぶりなコップになみなみとついで、その美《うつく》しい色《いろ》を感心《かんしん》してながめてから、上品《じょうひん》に口《くち》をつけました。

「アン、これはすごくおいしいいちご水《すい》ね。あたし、いちご水《すい》ってこんなおいしいものだとは知《し》

らなかったわ。」

「気《き》にいって、よかったわ。好《す》きなだけめしあがってね。あたしちょっと、あっちへいって火《ひ》をかきたててくるわ。」

アンが台所《だいどころ》からもどってくると、ダイアナは二杯《はい》めのいちご水《すい》を飲《の》んでいるところでした。そして、アンにすすめられると、さらに三杯《ばい》めにかかりました。

「こんなおいしいのって、はじめてよ。リンドのおばさんはあんなにじまんしてるけど、くらべものにならないくらいおいしいわ。」と、ダイアナは言《い》いました。

「そりゃあ、マリラのいちご水《すい》のほうが、リンドのおばさんのより、ずっとおいしいと思《おも》うわ。」と、忠実《ちゅうじつ》なアンは言《い》いました。「マリラはとても料理《りょうり》がうまいのよ。あたしに料理《りょうり》をおしえようとしているんだけど、ねえダイアナ、とても骨《ほね》が折《お》れるわ。お料理《りょうり》には想像《そうぞう》の余地《よち》がないんですもの。ただ規則《きそく》どおりにやっていくだけなのよ。この前《まえ》、お菓子《かし》をつくるときに、あたし、粉《こな》を入《い》れるのをわすれてしまったの。あんたとあたしのことで、すてきな物語《ものがたり》を考《かんが》えていたもんでね——あら、ダイアナ、どうしたの？」

ダイアナはよろよろっと立《た》ちあがりましたが、頭《あたま》をおさえて、またくずれるようにすわってしまいました。

「あたし——あたし、とても気《き》持《も》ちが悪《わる》いの。すぐに——すぐに家《いえ》へ帰《かえ》るわ。」

「あら、お茶《ちゃ》もまだなのに、帰《かえ》るなんて、とんでもないわ。いますぐお茶《ちゃ》をいれてくるわ。」

と、アンはがっかりしてさけびました。

「あたし、帰《かえ》るわ。ひどく、ふらふらするの。」

ダイアナは、たよりなげな口《くち》ぶりで答《こた》えました。

アンがいくらたのんでも、むだでした。くだもの入《い》りケーキも、さくらんぼの砂糖漬《さとうづ》けも、一《ひと》口《くち》も食《た》べないで、ダイアナは帰《かえ》ってしまうというのです。

アンは、ひどくがっかりして、目《め》には涙《なみだ》をうかべ、ふらふらするダイアナを、バーリー家《け》の裏《うら》庭《にわ》まで送《おく》っていきました。

あくる日《ひ》の日曜日《にちようび》は、一日《いちにち》じゅう、どしゃぶりの雨《あめ》でしたから、アンは家《いえ》から一歩《ぽ》も出《で》ませんでした。

月曜日《げつようび》の午後《ごご》、マリラは、アンをリンド夫人《ふじん》のところへ使《つか》いにやりました。行《い》ったと思《おも》うとまもなく、アンは大《おお》つぶの涙《なみだ》をぽろぽろこぼしながら、小径《こみち》をかけもどってきました。

台所《だいどころ》に走《はし》りこんできたと思《おも》うと、ソファにたおれるように身《み》を投《な》げかけました。

「なにがあったの、アン。」マリラはびっくりして、おろおろしながらたずねました。「またリンドのおばさんに失礼《しつれい》なことでもしたんじゃないだろうね？」

アンは、ますますはげしく泣《な》きじゃくりながら、わめきました。

「リンドのおばさんが、きょう、バーリーのおばさんのところへ行《い》ったら、あたしが土曜日《どようび》にダイアナを酔《よ》っぱらわせて、ふまじめしごくなかっこうで帰《かえ》してよこしたって、ひどく怒《おこ》っていたんですって。そして、あたしはとても悪《わる》い、いけない子《こ》だから、二度《にど》とダイアナと遊《あそ》ばせないつもりだって言《い》ったんですって。ああ、マリラ、あたし、なげきにうちのめされてしまったわ。」

マリラは、ぼうぜんとしてしまいました。

「ダイアナを酔《よ》っぱらわせたって？　あんたか、バーリーの奥《おく》さんか、どっちかが気《き》でもおかしくなったというのかい？　いったい、ダイアナになにを飲《の》ませたのかね？」

「いちご水《すい》だけよ。いちご水《すい》で酔《よ》うなんて、考《かんが》えてもみなかったわ。たとえ、ダイアナのように、大《おお》きなコップに三杯《ばい》も飲《の》んでもね。」

「酔《よ》わせるが聞《き》いてあきれる！」

マリラは居間《いま》の戸棚《とだな》のところへ行《い》き、棚《たな》にのったびんを一目見《ひとめみ》ると、それが、自分《じぶん》のつくった、三年《ねん》たったぶどう酒《しゅ》だと気《き》づきました。

同時《どうじ》にマリラは、いちご水《すい》のびんは、アンに話《はな》した戸棚《とだな》ではなくて、地下室《ちかしつ》においてあったことを思《おも》いだしました。

台所《だいどころ》へもどってきたマリラの顔《かお》は、おさえきれないおかしさでゆがんでいました。

「アン、あんたはたしかに、さわぎをおこす天才《てんさい》だよ。あんたがダイアナに飲《の》ませたのは、いちご水《すい》ではなくて、ぶどう酒《しゅ》だったんだよ。そのちがいがわからなかったの？」

「あたしは飲《の》まなかったんですもの。ダイアナが家《いえ》へ帰《かえ》ったときには、もうぐでんぐでんに酔《よ》ってましたって、バーリーのおばさんがリンドのおばさんに言《い》ったんですって。おかあさんが、いったいどうしたのってきいても、ダイアナは、ばかみたいに笑《わら》うだけで、おふとんにはいって何時間《なんじかん》もねむってしまったんですって。その息《いき》をかいでみたもんで、ダイアナが酔《よ》ってることがおばさんにわかったんですって。ダイアナは、きのう一日《にち》、ひどい頭痛《ずつう》がするし、おばさんはすっかり怒《おこ》って、あたしがわざとそうしたんだって思《おも》いこんでいるんですって。」

「なんにかぎらず、コップ三杯《ばい》も飲《の》むような食《く》いしんぼうのダイアナを、バーリーさんは罰《ばっ》したほうがいいと、あたしは思《おも》うね。」マリラはそっけなく言《い》いました。「あの大《おお》きなコップに三杯《ばい》では、たとえ、いちご水《すい》であろうと、気持《きも》ちが悪《わる》くなったろうよ。さあさあ、いい子《こ》だから泣《な》くのはおよし。」

「泣《な》かずにいられないわ。運命《うんめい》の星《ほし》はあたしにそむいているんですもの。ダイアナとあたしは、永久《えいきゅう》にわかれわかれになってしまったんだわ。」

「ばかなことを言《い》いなさんな。バーリーさんだって、あんたがほんとうに悪《わる》くないってことがわかれば、もっといいふうに考《かんが》えるだろうから。きっとあんたが、ばかげた冗談《じょうだん》でやったと思《おも》って

いるんだよ。今晩《こんばん》のうちに行《い》って、わけを話《はな》してくるのがいちばんだよ。」

アンは、ため息《いき》をつきました。

「あたしには、とてもそんな勇気《ゆうき》はないわ。マリラが行《い》ってきてくださったらいいんだけど。マリラのほうが、ずっと威厳《いげん》があるんですもの。あたしなんかの言《い》うことより、きっとききめがあると思《おも》うわ。」

「そうだね、そうしよう。さあ、もう泣《な》くのはおやめ、アン。すっかりぐあいがよくなるにきまってるからね。」

しかし、バーリー家《け》からもどってきたマリラは、自分《じぶん》があまりことをかるく考《かんが》えすぎていたのに気《き》がつきました。待《ま》ちこがれていたアンは、入《い》り口《ぐち》のところにとんできました。

「ああ、マリラ、その顔《かお》を見《み》れば、だめだったことがわかるわ。バーリーのおばさんは、ゆるしてくださらなかったんでしょう？」と、悲《かな》しそうに言《い》いました。

「バーリーのおばさんか。いやはや！」マリラは、えらいけんまくで、言《い》いました。「ものわからない女《おんな》という女《おんな》の中《なか》で、あんなひどいのは見《み》たことがないね。どんなに言《い》ってきかせても、わたしの言《い》うことを信《しん》じないいんだからね。しまいにわたしは、はっきり、ぶどう酒《しゅ》はいちどきにコップに三杯《ばい》も飲《の》むためにつくったもんじゃないし、もしわたしにかかわりのある子《こ》が、そんなに食《く》いしんぼうだったら、ピシャッと平手《ひらて》うちでもくわして、正気《しょうき》にもどしてやるって言《い》ったの

さ。」

心《こころ》のおだやかでないマリラは、さっさと台所《だいどころ》へ行《い》ってしまいました。

しばらくすると、アンが、帽子《ぼうし》もかぶらず、寒《さむ》い秋《あき》の夕闇《ゆうやみ》の中《なか》に出《で》ていきました。心《こころ》を決《き》め、しっかりした足《あし》どりで、アンは、青白《あおじろ》い小《ちい》さな月《つき》に照《て》らされた、えぞまつの森《もり》をぬけていきました。

おくびょうそうなノックにこたえてバーリー夫人《ふじん》が戸《と》をあけてみると、入《い》り口《ぐち》の段々《だんだん》に、血《ち》の気《け》のないくちびるをし、うるんだ目《め》つきをしたアンが立《た》っていました。

「なんの用《よう》なの？」

バーリー夫人《ふじん》は、冷《つめ》たくたずねました。

アンは両手《りょうて》をにぎりあわせて、うったえました。

「ああ、おばさん、どうぞゆるしてくださいな。あたし──あたし──ダイアナを酔《よ》わせる気《き》はちっともなかったんです。あたし、あれがただのいちご水《すい》だとばかり思《おも》っていたんです。ああ、どうか、もうダイアナと遊《あそ》ばせないなんて言《い》わないでください。そうなれば、おばさんは、あたしの生涯《しょうがい》をなげきの黒雲《くろくも》でおおってしまうでしょう。」

人《ひと》のいいリンド夫人《ふじん》なら、すぐゆるしてくれたでしょうが、バーリー夫人《ふじん》は、いっそう気《き》むずかしい顔《かお》になりました。アンのおおぎょうな文句《もんく》や芝居《しばい》がかった身《み》ぶりに、アンが、自分《じぶん》をから

かっているのだと考《かんが》えたのです。

「わたしには、あなたがダイアナとつきあうのに、ふさわしい女《おんな》の子《こ》とは思《おも》えませんからね。家《いえ》へ帰《かえ》って、おとなしくしていたほうがいいですよ。」

アンのくちびるは、ふるえました。

「たった一度《いちど》だけ、ダイアナにさよならを言《い》うのに、会《あ》わせてくださいませんか？」

「ダイアナはおとうさんとカーモディへ行《い》って、いません。」と言《い》うなり、バーリー夫人《ふじん》は戸《と》をしめてしまいました。

アンは絶望《ぜつぼう》のあまり、かえって落《お》ちついて家《いえ》に帰《かえ》りました。

「マリラ、あたしの最後《さいご》ののぞみは消《き》えたわ。もうお祈《いの》りするよりほかしかたがないけど、お祈《いの》りしても、たいして役《やく》に立《た》つまいと思《おも》うの。なぜって、神様《かみさま》ご自身《じしん》だって、バーリーのおばさんみたいにがんこな人《ひと》にかかっては、たいしたことはおできにならないと思《おも》うの。」

「アン、そんなことを言《い》うもんじゃありません。」と、マリラは、ふきだしたいのをがまんして、この不敬《ふけい》な発言《はつげん》をしかりました。

しかし、マリラはねむるまえに、そっと東《ひがし》の部屋《へや》にあがっていき、泣《な》きながらねむってしまったアンを、いつになくやさしい表情《ひょうじょう》で見《み》まもり、「かわいそうに！」とつぶやき、そして身《み》をかがめると、まくらの上《うえ》の上気《じょうき》したほおにキスをしました。

第《だい》十七章《しょう》　新《あたら》しい刺激《しげき》

あくる日《ひ》の午後《ごご》、台所《だいどころ》の窓《まど》の下《した》でパッチワークをしていたアンが、ふと外《そと》を見《み》ると、「妖精《ドライアド》の泉《いずみ》」のところで、ダイアナが手《て》まねきをしていました。

アンはたちまち家《いえ》を走《はし》りでて、窪地《くぼち》へとんでいきました。けれども、ダイアナのしおれきった顔《かお》を見《み》ると、アンの希望《きぼう》は消《き》えました。

「おかあさんの気持《きも》ちはまだとけないのね？」と、息《いき》をひそめてささやきました。

ダイアナも悲《かな》しそうにうなずきました。

「ええ。そして、もう二度《にど》とあんたと遊《あそ》んじゃいけないって言《い》うの。さんざんせがんで、やっとあんたにさよならを言《い》うのだけゆるしてもらったのよ。それも十分間《ぷんかん》だけなの。」

「永遠《えいえん》のわかれを告《つ》げるのに、十分間《ぷんかん》ではあんまりだわ。ああ、ダイアナ、どんなことがあろうと、汝《なんじ》の若《わか》かりしころの友《とも》をわすれないと、かたく約束《やくそく》してくださる？」と、アンは涙《なみだ》ながらに言《い》いました。

「しますとも。それに、またと腹心《ふくしん》の友《とも》はもたないわ。」

ダイアナは、こう言《い》ってすすり泣《な》きました。

「まあ、ダイアナ！　あんた、ほんとうにあたしを愛《あい》してるの？」

手《て》をにぎりあわせてアンは叫《さけ》びました。

「あら、もちろんよ。知《し》らなかったの？　あんたを一心《いっしん》に愛《あい》してるわ、アン。」ダイアナは、ためもしくうけあいました。「これからさきだって、ずっとそうよ。」

「あたしもこれからさき、ずっと汝《なんじ》を愛《あい》するであろう。このさき、いく年月《としつき》、汝《なんじ》の思《おも》い出《で》は、わが孤独《こどく》なる生涯《しょうがい》に星《ほし》のごとく輝《かがや》くであろう。

ダイアナ、わかれにのぞみ、とこしなえのかたみに、汝《なんじ》の黒髪《くろかみ》をひとふさくださらない？」

「なにか切《き》るものを持《も》っていて？」

「ええ、ちょうど裁縫《さいほう》ばさみがポケットにはいってるわ。」と、アンは答《こた》え、もったいぶったようすで、ダイアナの巻《ま》き毛《げ》を一つ切《き》りとりました。「いざ、さらば、わが愛《あい》する友《とも》よ。わが心《こころ》はつねに汝《なんじ》に忠実《ちゅうじつ》であろう。」

アンはダイアナの姿《すがた》が見《み》えなくなるまで、手《て》をふりながら見送《みおく》って、家《いえ》へ帰《かえ》りました。

「すべては終《お》わってしまったわ。」と、アンはマリラに報告《ほうこく》しました。「もうけっしてお友《とも》だちをもたないわ。ダイアナと、あの泉《いずみ》のほとりで、とても劇的《げきてき》なわかれをしたのよ。永久《えいきゅう》に神聖《しんせい》な思《おも》

い出《で》になるでしょうよ。思《おも》いつくかぎり悲壮《ひそう》な言葉《ことば》を使《つか》って、汝《なんじ》は、とか、汝《なんじ》に、って言《い》ったの。あなたは、とか、あなたに、とか言《い》うより、ロマンチックですもの。ダイアナは髪《かみ》をひとふさくれたの。あたし、それを小《ちい》さな袋《ふくろ》に縫《ぬ》いこんで、一生《いっしょう》、首《くび》のまわりにつけていようと思《おも》うの。どうか、それもあたしといっしょに埋《う》めてくださいね。だって、あたし、悲《かな》しくて、あまり長生《ながい》きできないと思《おも》うの。」

「そんなにしゃべれるところをみれば、悲《かな》しくて死《し》んでしまう気《き》づかいはないと思《おも》うね、アン。」と、マリラはいっこう同情《どうじょう》してくれませんでした。

つぎの日《ひ》、アンは本《ほん》のはいったかごを腕《うで》にして部屋《へや》を出《で》てきて、マリラをびっくりさせました。

「あたし、学校《がっこう》へもどろうと思《おも》うの。学校《がっこう》でならダイアナが見《み》られるし、すぎさった日々《ひび》の思《おも》い出《で》にふけることができるわ。」

「それよりあんたの学課《がっか》や計算《けいさん》の思《おも》いにふけったほうがいいよ。」と、マリラはよろこびをおしかくして言《い》いました。「また学校《がっこう》へ行《い》くのなら、もう石盤《せきばん》を人《ひと》の頭《あたま》でたたきわるようなことはしないでもらいたいね。」

「模範生《もはんせい》になるようにするわ。」アンは、うかない顔《かお》で約束《やくそく》しました。「きっとたいしておもしろくもないことだと思《おも》うわ。ミニー・アンドリュウスは模範生《もはんせい》だけれど、ひとかけらの想像力《そうぞうりょく》も元気《げんき》もないのよ。でも、こんなに気《き》がめいっているいまのあたしだったら、模範生《もはんせい》の気分《きぶん》になれる

かもしれないわ。」

学校《がっこう》では、アンは大歓迎《だいかんげい》を受《う》けました。遊《あそ》びのときにはアンの想像力《そうぞうりょく》を、歌《うた》うときにはアンの声《こえ》を、昼休《ひるやす》みの朗読《ろうどく》にはアンの演劇《えんげき》の才能《さいのう》を、一同《いちどう》はひどく必要《ひつよう》としていたのです。

ルビー・ギリスは、あんずを三個《こ》そっとよこすし、エラ・メイ・マクファーソンは、机《つくえ》の飾《かざ》りになる、本《ほん》から切《き》りぬいた大《おお》きな黄色《きいろ》い三色《さんしょく》すみれをくれました。ソフィア・スローンは、新《あたら》しいレース編《あ》みの型《かた》を教《おし》えてくれると言《い》うし、ケティ・ボールターは、水《みず》さしに使《つか》えそうな香水《こうすい》のびんを、ジュリア・ベルは、美《うつく》しいうす紅色《べにいろ》の紙《かみ》に、詩《し》を念入《ねんい》りにうつしてよこしました。

「大事《だいじ》にされるっていいものね。」とその夜《よる》、アンは有頂天《うちょうてん》になってマリラに語《かた》りました。

やさしいのは、女生徒《じょせいと》ばかりではありませんでした。

昼休《ひるやす》みのあと、自分《じぶん》の席《せき》へきてみると――フィリップス先生《せんせい》は、アンを、模範生《もはんせい》のミニー・アンドリュウスとならばせてくれました――机《つくえ》の上《うえ》に、見《み》るからおいしそうな大《おお》きなりんごがのせてありました。

アンはとりあげて、いきなりぱくっとかみつこうとしましたが、ふっと、アヴォンリーじゅうで、このりんごのできるところは、ブライス家《け》の古《ふる》い果樹園《かじゅえん》だけだということを思《おも》いだしたのです。

アンはそのりんごを、真《ま》っ赤《か》に燃《も》えた石炭《せきたん》ででもあるかのように、手《て》からふりおとして、わざ

と指《ゆび》さきをハンカチでぬぐいました。

けれども、ガーティ・パイとならんでいるダイアナからは、目《め》くばせひとつ送《おく》ってこないことが、アンを、暗《くら》い、さびしい気持《きも》ちにさせるのでした。

「ダイアナだって、一度《ど》ぐらい笑《わら》ってみせたっていいと思《おも》うわ。」と、その晩《ばん》、アンはマリラにこぼしました。

ところが、その翌朝《よくあさ》、折《お》りたたんである手紙《てがみ》と、小《ちい》さなつつみが、アンのところへ手《て》わたされてきました。

なつかしいアンへ

おかあさんは、学校《がっこう》でもあなたと遊《あそ》んだり、話《はな》してはいけないと言《い》うのよ。だから、悪《わる》く思《おも》わないでね。だってわたしは前《まえ》と変《か》わらず、あなたを愛《あい》しているんですもの。あなたと話《はな》せなくて、とてもつまらないわ。それにガーティ・パイをちっとも好《す》きじゃないのよ。あなたに赤《あか》いうす紙《がみ》で、新型《しんがた》のしおりをつくりました。これはいまとてもはやっていて、この作《つく》り方《かた》を知《し》っているのは、学校《がっこう》で三人《にん》しかいません。これを見《み》るたびに、あなたの真実《しんじつ》の友《とも》、ダイアナ・バーリーを思《おも》いだしてください。

アンは手紙《てがみ》を読《よ》むと、しおりにキスして、すぐ返事《へんじ》を書《か》いて、教室《きょうしつ》のむこうはしへ送《おく》りました。

わがいとしのダイアナへ――

もちろん、あなたがおかあさんの言《い》いつけにしたがわなくてはならないからといって、悪《わる》くなんか思《おも》わないわ。わたしたちの心《こころ》はむすばれているんですもの。あなたの美《うつく》しいおくりものは、永久《えいきゅう》にたいせつにします。ミニー・アンドリュウスはたいへんいい人《ひと》です――想像力《そうぞうりょく》はないけどね。でも、ミニーの腹心《ふくしん》の友《とも》にはなれません。わたしのつづり字《じ》はだいぶ上達《じょうたつ》しましたが、まだまだ下手《へた》です。まちがいはおゆるしください。

死《し》がわれわれをひきはなすまであなたの

アンまたはコーデリア・シャーリーより

二伸《にしん》
今夜《こんや》あなたのお手紙《てがみ》をまくらの下《した》にしてねむるつもりです。

どの学課《がっか》でもギルバート・ブライスに負《ま》けるものかと決心《けっしん》したアンは、いちずに勉強《べんきょう》にはげみました。二人《ふたり》のあいだの競争《きょうそう》は、まもなく目《め》だってきました。

ギルバートのほうは、まったく悪気《わるぎ》はなかったのですが、残念《ざんねん》ながら、うらみを根《ね》にもつたちのアンのほうは、そうとも言《い》えませんでした。

勝利《しょうり》は二人《ふたり》のあいだをはげしく往復《おうふく》しました。

その学期《がっき》の終《お》わりには、競《きそ》いあう二人《ふたり》は五年《ねん》に進《すす》み、「特別科目《とくべつかもく》」――ラテン語《ご》、幾何《きか》、フランス語《ご》、代数《だいすう》がはじまりました。幾何《きか》では、アンは悪戦苦闘《あくせんくとう》でした。

「フィリップス先生《せんせい》は、あたしのように幾何《きか》のできない子《こ》ははじめてだっておっしゃるの。それだのにギル――いえ、ほかの人《ひと》たちの中《なか》には、それが得意《とくい》な人《ひと》もいるのよ。こんなしゃくにさわることってないわ。ダイアナに負《ま》かされるのは、ちっともかまわないの。ダイアナを愛《あい》しているんですもの。ときどき、ダイアナのことを考《かんが》えると、とても悲《かな》しくなってしまうんだけど。でもねえ、マリラ。こんなおもしろい世界《せかい》で、そういつまでも悲《かな》しんじゃいられないわ、ね、そうでしょう？」

第《だい》十八章《しょう》　アンの看護婦《かんごふ》

ある日《ひ》のこと、マリラはリンド夫人《ふじん》といっしょに、生《い》きた本物《ほんもの》の首相《しゅしょう》を見《み》に、一晩《ひとばん》泊《と》まりの予《よ》定《てい》で、町《まち》の国民大会《こくみんたいかい》へ出《で》かけていきました。

グリン・ゲイブルスのいごこちのよい台所《だいどころ》では、旧式《きゅうしき》の料理《りょうり》ストーブに火《ひ》がごうごうと燃《も》えさかり、青《あお》みをおびたつららが窓《まど》ガラスに輝《かがや》いていました。

マシュウは、長椅子《ながいす》で居眠《いねむ》りをしており、アンは、テーブルにむかい、ジェーン・アンドリュウスが貸《か》してくれた本《ほん》の誘惑《ゆうわく》と戦《たたか》いながら、むずかしい顔《かお》をして勉強《べんきょう》していました。

「ねえ、おじさん、地下室《ちかしつ》から、冬《ふゆ》りんごをすこし出《だ》してきていいこと？」

「そうさな、わしも食《た》べたいもんだね。」

マシュウは、冬《ふゆ》りんごは食《た》べないのですが、アンが夢中《むちゅう》に好《す》きなのを知《し》っていたのです。

アンが、皿《さら》いっぱい、りんごをのせて、地下室《ちかしつ》からあがってきたとき、外《そと》の道《みち》をあわただしくかけてくる足音《あしおと》がきこえました。つぎの瞬間《しゅんかん》、台所《だいどころ》の戸《と》がさっとあき、真《ま》っ青《さお》な顔《かお》をして、息《いき》を

はずませたダイアナがとびこんできました。

「いったいどうしたの、ダイアナ？　とうとうおかあさん、ゆるしてくださったの？」

おどろいたアンは、さけびました。ダイアナは、いてもたってもいられないようすでした。

「おお、アン、早《はや》くきてちょうだい。ミニー・メイがひどく悪《わる》いの。喉頭炎《こうとうえん》にかかったんだって、メアリー・ジョーが言《い》うのよ。おとうさんもおかあさんも町《まち》へ行《い》って、るすだもので、お医《い》者《しゃ》さまをむかえにいく人《ひと》がいないの。」

マシュウは、ひとことも言《い》わずに、帽子《ぼうし》と外套《がいとう》をとると、暗《くら》い裏庭《うらにわ》へ姿《すがた》を消《け》しました。

「マシュウおじさんは、お医者《いしゃ》さまをむかえにカーモディへ行《い》こうと思《おも》って、馬車《ばしゃ》に馬《うま》をつけにいったのよ。」と、アンは大《おお》いそぎで、外套《がいとう》をまとってフードをかぶりながら言《い》いました。

「カーモディじゃ、お医者《いしゃ》さまは見《み》つからないと思《おも》うわ。みんな町《まち》へ出《で》かけてしまったし、リンドのおばさんもいないし。ああ、アン！」

ダイアナはすすり泣《な》きました。

「泣《な》いちゃだめよ。」アンは元気《げんき》な声《こえ》で言《い》いました。「喉頭炎《こうとうえん》ならどうすればいいか、あたし、よく知《し》っててよ。ハモンドさんのところには、ふたごが三組《みくみ》もあって、それがつぎつぎに喉頭炎《こうとうえん》にかかったのよ。さあ、行《い》きましょう。」

二人《ふたり》は手《て》をつないで大急《おおいそ》ぎで「恋人《こいびと》の小径《こみち》」をぬけ、かちかちに凍《こお》った原《はら》をよこぎっていきま

した。

真《ま》っ暗闇《くらやみ》のなか、雪《ゆき》の斜面《しゃめん》が銀色《ぎんいろ》にうかび、そちこちに立《た》っている、さきのとがった樅《もみ》の枝《えだ》には粉雪《こなゆき》がかかって、風《かぜ》がヒューヒュー吹《ふ》いていました。この神秘的《しんぴてき》な美《うつく》しい景色《けしき》のなかを、長《なが》いあいだひきはなされていた腹心《ふくしん》の友《とも》とともに駆《か》けぬけていくことは、じつにすてきだと、アンは思《おも》いました。

三つになるミニー・メイは、一目《ひとめ》で、とてもぐあいが悪《わる》いことがわかりました。苦《くる》しそうに全身《ぜんしん》を動《うご》かし、熱《ねっ》っぽく、ぜいぜいいう息《いき》づかいは、家《いえ》じゅうにひびきました。バーリー夫人《ふじん》が留守《るす》のあいだ、子《こ》どもたちを見《み》てもらうためにやとったメアリー・ジョーは、ミニー・メイが寝《ね》かされている、台所《だいどころ》の長椅子《ながいす》のまわりで、ただ、まごまごするばかりでした。

アンは、てきぱきと仕事《しごと》にかかりました。

「まず、熱《あつ》いお湯《ゆ》がたくさんほしいわ。そら、やかんに水《みず》をいっぱい入《い》れたら、メアリー・ジョー、ストーブに薪《まき》をくべてちょうだい。さあ、ダイアナ、あたしがミニー・メイの服《ふく》をぬがせてベッドにいれるから、あんたはなにか、やわらかいフランネルの布《ぬの》をさがしてくるのよ。それから、なによりさきに、吐根《イピカック》を一服《ぷく》飲《の》ませるわ。」

ミニー・メイはなかなかそれを飲《の》もうとしませんでしたが、アンはだてに三組《みくみ》のふたごを育《そだ》てたわけではなく、吐根《イピカック》は、長《なが》い不安《ふあん》な夜《よる》のあいだ、なんべんかミニー・メイののどをくだりま

した。

こうして夜《よ》どおし、二人《ふたり》の少女《しょうじょ》は、苦《くる》しがるミニー・メイをたゆみなく看護《かんご》しました。メアリー・ジョーは、なにかしたいと願《ねが》うあまり、火《ひ》をごうごうと燃《も》やし、喉頭炎専門《こうとうえんせんもん》の小児科病院《しょうにかびょういん》でも使《つか》いきれないくらい熱湯《ねっとう》をわかしつづけました。

マシュウがお医者《いしゃ》をつれてきたのは、朝《あさ》の三時《じ》でした。そのときには、ミニー・メイはずっと楽《らく》になり、ぐっすりねむっていました。

「もうだめだと思《おも》って、あきらめるばかりだったのよ。」アンはお医者《いしゃ》に説明《せつめい》しました。「あのびんにはいっていた吐根《イピカック》の最後《さいご》のぶんを飲《の》んだとき、あたしは自分《じぶん》に言《い》ってきかせたの――ダイアナやメアリー・ジョーにではなくよ。だって二人《ふたり》ともそれでなくても心配《しんぱい》しているのに、そのうえ、気《き》をもませたくなかったんですもの――『これが最後《さいご》の望《のぞ》みの綱《つな》だけれど、だめなんじゃないかしら。』って。そうして三分《ぷん》ばかりしてから、ミニー・メイは咳《せき》といっしょに痰《たん》を吐《は》きだして、たちまち楽《らく》になってきたんです。あたしがどんなにほっとしたか、ドクター、想像《そうぞう》におまかせするわ。ほら、言葉《ことば》では言《い》えないものってあるでしょう！」

「そうだとも。」

アンをじっと見《み》つめながら、ドクターはうなずきました。

あとで、ドクターは、バーリー夫妻《ふさい》にむかって言《い》いました。

「クスバート家《け》にいる、あのアンという女《おんな》の子《こ》は、まったく機敏《きびん》な子《こ》どもですね。赤《あか》んぼうの命《いのち》を助《たす》けたのは、あの子《こ》ですよ。わたしがここへついたときには、もう手《て》おくれになっていたでしょうからね。ほんとに、あの年《とし》ごろの子《こ》どもにはめずらしい、熟練《じゅくれん》した腕《うで》と、落《お》ちついた態度《たいど》だと思《おも》いますな。わたしに容態《ようだい》を説明《せつめい》してくれているときの目《め》といったら、まあ、なににたとえていいか、わかりませんね。」

白《しろ》い霜《しも》のおりたすばらしい朝《あさ》、寝不足《ねぶそく》で目《め》をはらしたアンは、マシュウと家《いえ》へもどっていきました。

「ああ、おじさん、すてきな朝《あさ》ね。神様《かみさま》が、ご自分《じぶん》の楽《たの》しみのために描《えが》いた絵《え》のような世界《せかい》じゃないこと？　あたし、白《しろ》い霜《しも》ってものがある世界《せかい》に住《す》んで、ほんとにうれしいわ。

それから、ハモンドさんとこに、ふたごが三組《みくみ》もいて、やっぱりよかったと思《おも》うわ。もしそうでなかったら、あたし、ミニー・メイをどうしていいかわからなかったでしょうからね。あたし、ねむくてたまらないわ。学校《がっこう》へ行《い》けやしない。目《め》をあけていられないし、きっと、へんな答《こた》えをすると思《おも》うわ。でも、お休《やす》みするのはいやだわ。だってギル――じゃない、ほかのだれかがクラスで一番《ばん》になってしまうでしょうし、それをまたぬくのは、なかなかたいへんなのよ。」

マシュウは、アンの青《あお》い小《ちい》さな顔《かお》と、目《め》の下《した》の黒《くろ》いくまを見《み》ると、「すぐ床《とこ》にはいって、よくおねむり。」と、やさしく言《い》いました。

家《いえ》へ帰《かえ》ると、アンはぐっすりとねむりこみましたので、目《め》がさめたときには、ばら色《いろ》の日《ひ》のさす、白《しろ》い冬《ふゆ》の午後《ごご》になっていました。

台所《だいどころ》におりていくと、アンがねむっているあいだに帰《かえ》ってきたマリラが、編《あ》み物《もの》をしていました。

「おなかがすいただろうね。マシュウからゆうべのことは聞《き》いたよ。あんな場合《ばあい》の処置《しょち》をあんたが心得《こころえ》ていたとは、運《うん》がよかったね。わたしだったらどうしようもなかっただろうよ。」

マリラは、アンに話《はな》したいことがありましたが、まず、食事《しょくじ》をさせました。アンが食《た》べおえると、ようやくマリラは言《い》いました。

「昼《ひる》すぎにバーリーの奥《おく》さんがみえたんだよ。奥《おく》さんが言《い》いなさるには、ミニー・メイの命《いのち》を助《たす》けたのはあんただって。それで、あのぶどう酒《しゅ》のことで、あんたにあんな無礼《ぶれい》をしてもうしわけない。どうかあれは水《みず》に流《なが》して、もう一度《いちど》ダイアナとなかよくしてもらいたいものだって、言《い》いなさるんだよ。これ、アン、後生《ごしょう》だから、そう有頂天《うちょうてん》にならないでおくれ。」

この注意《ちゅうい》はむだではありませんでした。天《てん》にものぼるような、よろこびにみちたようすで、アンはぱっととびあがりました。

「ああ、マリラ、すぐに行《い》っていい？　お皿《さら》を洗《あら》わないでかまわない？　帰《かえ》ってきたら洗《あら》うから。こんなわくわくするときに、お皿洗《さらあら》いなんて現実的《げんじつてき》なことに、しばりつけられてはいられな

いんですもの。」

「ああ、いいから、いいから走《はし》っておいで。」と、マリラは、あまやかすように言《い》いました。「まあ、あの子《こ》は、帽子《ぼうし》も外套《がいとう》もつけずに行《い》ってしまったよ。髪《かみ》をなびかせて、果樹園《かじゅえん》を駆《か》けぬけていくようすといったらどうだろう。風邪《かぜ》でもひいたらどうしようっていうのだろうね。」

やがて、アンは、紫色《むらさきいろ》のうすもやのたちこめた雪景色《ゆきげしき》の中《なか》を、おどりながら帰《かえ》ってきました。

遠《とお》い南《みなみ》のほうの空《そら》の、大《おお》きな真珠《しんじゅ》のように光《ひか》る宵《よい》の明星《みょうじょう》が、真《ま》っ白《しろ》な雪野原《ゆきのはら》の上《うえ》に、光《ひかり》をなげかけていました。

雪《ゆき》の丘《おか》のあいだを走《はし》る、そりの鈴《すず》の音《ね》が、妖精《ようせい》の鐘《かね》の音《おと》のようにさえわたりました。

「ここにこうして立《た》っているのは、このうえなしに幸福《こうふく》な人間《にんげん》よ、マリラ。」アンは言《い》いました。「あたし、完全《かんぜん》に幸福《こうふく》なの——そうよ、髪《かみ》が赤《あか》くたってかまわないの。バーリーのおばさんは、あたしにキスして泣《な》いて、悪《わる》かった、恩《おん》の返《かえ》しようがないって言《い》いなすったの。あたし、とってもまごついちゃったわ、マリラ。お茶《ちゃ》はすばらしかったわ。いちばんいいお茶道具《ちゃどうぐ》を出《だ》してくださったのよ。なんともいえないスリルを感《かん》じたわ。そうして、くだもの入《い》りのケーキとパウンド・ケーキとドーナッツと二種類《しゅるい》の砂糖漬《さとうづ》けを食《た》べたのよ。バーリーのおばさんはあたしに、お茶《ちゃ》はいかがって言《い》って、『おとうさん、どうしてアンにビスケットをまわさないんで

す？』って言《い》いなさるの。まるで大人《おとな》みたいにあつかわれるだけでもこんなにすてきなんですもの、大人《おとな》になったら、すばらしいにちがいないわ。」

「さあ、どんなもんかね。」

マリラは、小《ちい》さな吐息《といき》をもらしました。

「とにかく、あたしが大人《おとな》になったら、小《ちい》さな女《おんな》の子《こ》に話《はな》すときにも、大人《おとな》とおなじようにするつもりよ。」アンはきっぱり言《い》いました。「そして、その子《こ》たちがおおぎょうな言葉《ことば》を使《つか》ってもけっして笑《わら》わないわ。それがどんなに気《き》を悪《わる》くするものか、わかるんですもの。

お茶《ちゃ》のあとでダイアナとタフィをこしらえたの。ダイアナがお皿《さら》にバターをひいているあいだ、あたしにかきまわしてるように言《い》ったのに、あたし忘《わす》れちゃって、焦《こ》がしちゃったの。それから台《だい》の上《うえ》にのせて、冷《さ》ましておいたら、猫《ねこ》がその上《うえ》を歩《ある》いちゃったのよ。でも、タフィをこしらえるのって、とてもおもしろいわ。

帰《かえ》ってくるときにね、バーリーのおばさんは、できるだけちょいちょいきてくださいよ、って言《い》うし、ダイアナはあたしが『恋人《こいびと》の小径《こみち》』にくるまで、窓《まど》のところでずっとキスを投《な》げてくれたのよ。」

第《だい》十九章《しょう》　音楽会《おんがくかい》と災難《さいなん》と告白《こくはく》

「マリラ、ちょっとダイアナのところへ行《い》ってきていい？」

二月《がつ》のある夕方《ゆうがた》、息《いき》せききって、東《ひがし》の部屋《へや》からかけおりてきたアンはたずねました。

「いったいなんのために、暗《くら》くなってからおしゃべりに行《い》きたいんだか、わからないね。」と、マリラがそっけなく言《い》いました。「あんたとダイアナは学校《がっこう》からいっしょに帰《かえ》ってきて、それから雪《ゆき》の中《なか》に三十分《ぷん》以上《いじょう》も立《た》ち話《ばなし》をしてさ。そのあいだ、ひっきりなしにまわっているのは、あんたの舌《した》じゃないか。」

「でも、ダイアナが会《あ》いたがっているのよ。なにかとてもだいじな話《はなし》があるのよ。」

「どうして、それがわかるの？」

「だって、ダイアナが窓《まど》から合図《あいず》してよこしたの。あたしたち、ろうそくとボール紙《がみ》で合図《あいず》をすることに決《き》めてあるの。窓《まど》のしきいにろうそくをおいて、その前《まえ》にボール紙《がみ》をぱっぱっと出《だ》したりひっこめたりして光《ひかり》を出《だ》すの。それで、光《ひかり》の数《かず》が、ある一つの意味《いみ》になるのよ。あたしが考《かんが》え

た通信《つうしん》よ。」

「ちがいないね。そのつぎには、あんたのくだらない合図《あいず》とやらで、カーテンに火《ひ》をつけるのが、関《せき》の山《やま》さ。」

「あら、とても気《き》をつけてるのよ。それにおもしろいの。二つの光《ひかり》は、『あんたそこにいて?』ということで、三つは『いる。』、四つは『いないの。』、五つは、『できるだけ早《はや》くいらっしゃい。だいじな話《はなし》があるから。』ということなの。

いまダイアナが五つの光《ひかり》の合図《あいず》をよこしたので、それがなにか知《し》りたくて、あたし、じつに苦《くる》しんでるの。」

「では、もう苦《くる》しむ必要《ひつよう》はないよ。」マリラは皮肉《ひにく》りました。「行《い》ってきていいけど、きっちり十分《ぷん》で帰《かえ》ってくるんだよ。わすれなさんな。」

アンはわすれず、きっちり十分《ぷん》で帰《かえ》ってきました。

「おお、マリラ、なんだと思《おも》う? あしたがダイアナのお誕生日《たんじょうび》なのよ。それで、おかあさんがダイアナに、学校《がっこう》からそのままあたしを連《つ》れてきて、いっしょに泊《と》まるようにおまねきなさいって言《い》ったんですって。

それに、ニューブリッジから、ダイアナの従兄姉《いとこ》たちが、大《おお》きなそりにのってきて、あしたの晩《ばん》の討論《とうろん》クラブ主催《しゅさい》の音楽会《おんがくかい》へ、ダイアナとあたしを連《つ》れてってくれるんですって。——行《い》って

いいでしょう、マリラ？　ああ、あたし、わくわくしちゃうわ。」

「なら、落《お》ちついてもさしつかえないよ。行《い》くことはないんだから。討論《とうろん》クラブの音楽会《おんがくかい》なんてくだらないかぎりだよ。小《ちい》さな女《おんな》の子《こ》というものは、音楽会《おんがくかい》なんかにほっつき歩《ある》いたり、よそに泊《と》まったりすることはありません。」

「でも、めったにない、特別《とくべつ》のことなんですもの。」アンは泣《な》きださんばかりになって、言《い》いました。「ダイアナには、一年《ねん》にたった一回《かい》しか、お誕生日《たんじょうび》がないのよ。お誕生日《たんじょうび》なんて、そうざらにあるものとちがうわ。プリシー・アンドリュウスは、とても教訓的《きょうくんてき》な詩《し》を暗誦《あんしょう》するのよ。そんなのをきいたら、どのくらいためになるかしれないわ。それから牧師《ぼくし》さんも演説《えんぜつ》をなさるのよ。ねえ、行《い》っちゃいけないの？」

「わたしがなんと言《い》ったか、聞《き》こえなかったのかい。さあ、お休《やす》みなさい。もう八時《じ》すぎだよ。」

「もう一つだけあるの、マリラ。」アンは最後《さいご》の切《き》り札《ふだ》をひきだすかのように言《い》いました。「バーリーのおばさんが、あたしたち、客用《きゃくよう》の寝室《しんしつ》で寝《ね》ていいって言《い》ったんですって。マリラの小《ちい》さなアンが、客用《きゃくよう》の寝室《しんしつ》に寝《ね》かせてもらえるなんて、考《かんが》えてもごらんなさい、たいした名誉《めいよ》だわ。」

「そんな名誉《めいよ》はなくてもすむんです。さあ、アン、もうひと言《こと》も言《い》うことはないよ。」

アンが涙《なみだ》をぼろぼろこぼしながら、悲《かな》しそうに二階《かい》にあがってしまうと、長椅子《ながいす》でぐっすりね

むっていたはずのマシュウが目《め》をあき、きっぱり言《い》いました。

「そうさな、マリラ。アンを行《い》かせてやらなくちゃいかんよ。」

「いいえ、いけません。あんたはアンが行《い》きたいといえば、お月《つき》さまへだって行《い》かせると言《い》うでしょうけどね。あんなところへ行《い》けば、風邪《かぜ》をひいたり、くだらないことで頭《あたま》をいっぱいにして、のぼせあがるのがせいぜいですからね。一週間《しゅうかん》は仕事《しごと》が手《て》につきませんよ。」

「アンを、行《い》かせてやらなくちゃいかんよ。」

マシュウは、頑《がん》としてくりかえしました。

マリラはとほうにくれて、だまってしまうほかはありませんでした。

翌朝《よくあさ》、アンが台所《だいどころ》で皿洗《さらあら》いをしていると、マシュウは納屋《なや》へ出《で》ていきしなに足《あし》をとめて、マリラにまた、「アンを行《い》かせてやらにゃいかんよ、マリラ。」と言《い》いました。

一瞬《いっしゅん》、マリラは険悪《けんあく》な顔《かお》になりましたが、とうとう、かぶとをぬぎました。

「よろしい。行《い》かせてやりますよ。なんでもかんでもそうしなくちゃ、にいさんの気《き》がすまないらしいから。」

アンは、ぽたぽたしずくの落《お》ちるふきんを持《も》ったまま、台所《だいどころ》からとんできました。

「ああ、マリラ、マリラ、そのうれしい言葉《ことば》を、もう一度《いちど》言《い》ってみてちょうだい。」

「一度《ど》でたくさんじゃないか。これはマシュウの考《かんが》えだから、わたしは関係《かんけい》ないんだよ。おや、

あんたは油《あぶら》の水《みず》を床《ゆか》の上《うえ》いちめんにたらしてるじゃないの。こんな不注意《ふちゅうい》な子《こ》ってありゃしない。」

「ごめんなさい。砂《すな》を持《も》ってきて、学校《がっこう》へ行《い》く前《まえ》にふきとっておくわ。ああ、マリラ、あたし音楽会《おんがくかい》のことばかり思《おも》いつめていたの。いままで一度《いちど》も、音楽会《おんがくかい》って行《い》ったことがなかったもんで、学校《がっこう》でほかの人《ひと》たちが話《はな》してるのを聞《き》いても、自分一人《じぶんひとり》、とりのこされたみたいな気《き》がしてたのよ。それがどんな感《かん》じか、マシュウおじさんにはわかったのね。わかってもらえるって、とてもうれしいものね。」

その日《ひ》は学校《がっこう》でも一日《いちにち》じゅう、音楽会《おんがくかい》の話《はなし》でもちきりでした。アヴォンリーの若者《わかもの》たちは何週間《なんしゅうかん》も練習《れんしゅう》し、学校《がっこう》の生徒《せいと》たちは、兄《にい》さんや姉《ねえ》さんたちが出《で》るというので、ことにみな夢中《むちゅう》になっていました。

アンの興奮《こうふん》は、音楽会《おんがくかい》のときには最高潮《さいこうちょう》にたっしました。「すてきなお茶《ちゃ》」のあとで、二階《かい》の小《ちい》さなダイアナの部屋《へや》で、着《き》がえにかかりました。

ダイアナは、アンの前髪《まえがみ》を新型《しんがた》のなであげ型《がた》に結《ゆ》い、アンは、手《て》ぎわよく、ダイアナの蝶《ちょう》リボンを結《むす》びました。それから二人《ふたり》で、うしろの髪《かみ》をまとめるのに、少《すく》なくとも六種類《しゅるい》のスタイルをためしてみました。

アンは、自分《じぶん》のなんの飾《かざ》りもない、ぶかっこうな細《ほそ》い袖《そで》の黒《くろ》い服《ふく》を、ダイアナのはなやかな毛《け》

皮《がわ》の帽子《ぼうし》や、小《ちい》さなスマートな上着《うわぎ》とくらべたとき、ひそかに心《こころ》が痛《いた》みました。けれども、自分《じぶん》には想像力《そうぞうりょく》があるから、それを使《つか》えばいいと思《おも》いかえしたのです。

そこへ、毛皮《けがわ》の服《ふく》を着《き》て、大《おお》きなそりにぎっしり乗《の》りこんだ、ダイアナの従兄姉《いとこ》たちがむかえにやってきました。

すべっていくそりの下《した》で、なめらかな雪《ゆき》の道《みち》がパチパチ音《おと》をたてました。そりの鈴《すず》の響《ひび》きや、はるかかなたの笑《わら》い声《ごえ》が、森《もり》の精《せい》のさざめきのように、あちこちから聞《き》こえてきます。

「おお、ダイアナ、なにもかも美《うつく》しい夢《ゆめ》みたいじゃないの？」

「あんた、ひどくすてきに見《み》えることよ。」とダイアナは答《こた》えました。「あんたがそんなにきれいな顔色《かおいろ》をしていたことは、いままでにないわ。」

その晩《ばん》のプログラムの一つ一つが、アンにとって「スリル」の連続《れんぞく》でした。

しかし、プログラムの中《なか》でたった一つだけ、アンの興味《きょうみ》をひかないものがありました。ギルバート・ブライスが、「ライン河畔《かはん》のビンゲン」を暗誦《あんしょう》しだすと、アンは、ローダ・ミュレーの持《も》っていた貸本《かしほん》を読《よ》み、ダイアナが熱心《ねっしん》に拍手《はくしゅ》をしているあいだ、全身《ぜんしん》をこわばらせ、身《み》うごきもしないですわっていました。

家《いえ》へ帰《かえ》りついたのは十一時《じ》ごろでした。

みんな寝《ね》てしまったらしく、家《いえ》の中《なか》は暗《くら》くて、ひっそりしています。客用寝室《きゃくようしんしつ》につづいている

細長《ほそなが》い客間《きゃくま》は気持《きも》ちよくあたためられ、暖炉《だんろ》の残《のこ》り火《び》が、ぼんやり光《ひかり》をはなっていました。

「ここで服《ふく》をぬぎましょうよ。あたたかくて気持《きも》ちがいいわ。」と、ダイアナが言《い》いました。

「ああ、楽《たの》しかったわね。あそこにあがって暗誦《あんしょう》したらすてきでしょうね。あたしたちも、いつかたのまれることがあるかしらね、ダイアナ?」

アンが、まだ興奮《こうふん》のさめきらない声《こえ》で言《い》いました。

「もちろんよ、いつかね。ギルバート・ブライスは、あたしたちより二つしか年上《としうえ》でないけど、よく出《で》るわ。まあ、アン、あんたったらよく、聞《き》かないふりをしていられたものね。『いま一人《ひとり》あり、そは妹《いもうと》にあらず。』というところにきたとき、ギルバートはまっすぐあんたのほうを見《み》たわよ。」

「ダイアナ、あんたはあたしの腹心《ふくしん》の友《とも》ではあるけれど、あの人間《にんげん》のことをあたしに話《はな》すことだけはしてもらいたくないの。さ、寝床《ねどこ》へはいるしたくはできて? どっちが早《はや》くベッドにつくか、競争《きょうそう》しましょうね。」

この思《おも》いつきはダイアナの気《き》にいりました。

白《しろ》いねまき姿《すがた》の二人《ふたり》の子《こ》どもは、長《なが》い部屋《へや》をかけぬけ、客用寝室《きゃくようしんしつ》の戸口《とぐち》から、二人《ふたり》いっしょにベッドにポンととびあがりました。

するとそのとき、二人《ふたり》の下《した》でなにかが動《うご》いて、「ギャッ。」というさけび声《ごえ》が起《お》こり、つづい

て、「やれこわ、やれこわ！」と、ふるえる声《こえ》が聞《き》こえてきました。

どんなふうにして、そのベッドをおり、部屋《へや》の外《そと》へとびだしたか、アンにもダイアナにも、わかりませんでした。

ただ、気《き》がおかしくなったようにかけだして、気《き》がついたときには、二人《ふたり》は二階《かい》につまさき立《だ》ちをし、ガタガタふるえていました。

「ああ、あれはだれなの？　なんだったの？」

寒《さむ》いのと、おそろしいのとで、アンは歯《は》をガチガチいわせながらたずねました。

「あれはジョセフィン伯母《おば》さんよ。」ダイアナは笑《わら》いころげながら答《こた》えました。「どういうわけで、あそこにいたのか知《し》らないけど、とにかくジョセフィン伯母《おば》さんよ。きっと、猛烈《もうれつ》に怒《おこ》ることよ。おそろしいくらいね。でも、あんな

おかしいことってないわね、アン。」

「ジョセフィン伯母《おば》さんて、だれなの？」

「おとうさんの伯母《おば》さんなのよ。シャーロットタウンに住《す》んでるの。ひどく年《とし》とってるの――七十かそこらよ。すごくきちょうめんだから、このことでおそろしくしかられるわよ。わたしたち、ミニー・メイといっしょに寝《ね》なくてはならないわ。」

翌朝《よくあさ》、ジョセフィン伯母《おば》さんは、早《はや》い朝食《ちょうしょく》にはあらわれませんでした。なんにも知《し》らないバーリー夫人《ふじん》は、二人《ふたり》にやさしく微笑《ほほえ》みました。

「ゆうべはおもしろかったこと？　ジョセフィン伯母《おば》さんがみえたから、やっぱりあんたたちは二階《かい》で休《やす》んでもらわなくてはならないということを話《はな》そうと思《おも》っていたのが、あんまりくたびれたもので、ねむってしまったのですよ。伯母《おば》さんのおじゃまはしなかったろうね、ダイアナ。」

ダイアナはだまっていましたが、そっとテーブルごしに、おかしそうに、アンと意味《いみ》ふかい微《ほほ》笑《え》みをかわしました。

朝食《ちょうしょく》がすむと、アンはいそいで家《いえ》に帰《かえ》りましたので、それからまもなく起《お》こったバーリー家《け》のさわぎは、夢《ゆめ》にも知《し》りませんでした。

夕方《ゆうがた》マリラの使《つか》いで、リンド夫人《ふじん》のところに行《い》き、はじめて、さわぎのことを知《し》りました。

「それで、ゆうべ二人《ふたり》で、バーリーのおばあさんを死《し》ぬほどおどろかせたわけなんだね。さっ

き、バーリーの奥《おく》さんがきなさったが、そのことで、まったくこまっていなさるようだったよ。あのおばあさんのかんしゃくときたら、ひととおりではないからね。ダイアナには口《くち》をきかないそうだよ。」と、リンド夫人《ふじん》は話《はな》してくれました。

「ダイアナが悪《わる》いんじゃないのよ。あたしのせいなの。競争《きょうそう》しようと言《い》いだしたのは、あたしなんですもの。」

アンはしょげて言《い》いました。

「そうだと思《おも》ってたよ。とにかく、そのために、やっかいなことになってるんだよ。おばあさんはひと月泊《つきと》まるつもりで出《で》かけてきたのだけれど、もう一日《にち》だっている気《き》はない、あした町《まち》へ帰《かえ》るって言《い》ってるそうだよ。ダイアナの音楽《おんがく》の月謝《げっしゃ》を一期分《きぶん》はらってやる約束《やくそく》だったのを、いまでは、あんなおてんば娘《むすめ》には、なにもしてやらないと言《い》ってるそうだよ。バーリー家《け》の人《ひと》はこまりきってるらしいね。あのおばあさんは金持《かねも》ちだから、ごきげんをそこねたくないんだね。」

それを聞《き》いて、アンはひどくなげきました。

「なんて運《うん》が悪《わる》いのかしら。いつも自分《じぶん》で、なにかこまったことをしでかしたり、自分《じぶん》のいちばんたいせつな人《ひと》たちを――命《いのち》を投《な》げだしてもかまわないと思《おも》うほどの人《ひと》たちまでを――そんなはめに落《お》としてしまうんですもの。」

アンは力《ちから》を落《お》とし、しょんぼりとリンド夫人《ふじん》にわかれをつげ、重《おも》い足《あし》をバーリー家《け》の台所口《だいどころぐち》へ

はこびました。

戸《と》をたたくと、ダイアナが出《で》てきました。

「ジョセフィン伯母《おば》さん、とても怒《おこ》っていなさるんでしょう？」

アンはささやきました。

「そうなの。」聞《き》こえやしないかと、笑《わら》いをかみ殺《ころ》しながらダイアナは答《こた》えました。「それこそ、かんかんに怒《おこ》ったわよ。こんなお行儀《ぎょうぎ》の悪《わる》い子《こ》は見《み》たことがないとか、そんな育《そだ》てかたをして、親《おや》として恥《は》ずかしく思《おも》うべきだとかいってね。もう帰《かえ》るって言《い》ってるけど、あたし、かまわないわ。でも、おとうさんやおかあさんは、そうはいかないのよ。」

「なぜあんた、それはアンのせいだって言《い》わなかったの？」

「あたしがそんなことをすると思《おも》って？　あたし、つげぐちなんかしないわよ。それに、あたしだってあんたと同《おな》じに悪《わる》いんですもの。」

「いいわ、あたし、自分《じぶん》で行《い》って話《はな》してくるから。」

ダイアナは、びっくりして、目《め》をみはりました。

「アン、あんた、まさか。だって――伯母《おば》さん、あんたをもりもり食《た》べてしまうわよ。」

「これ以上《いじょう》おどかさないでよ。大砲《たいほう》の口《くち》へとびこむほうがましなんだけど……でも、ダイアナ、あたしのせいなんですもの。」

アンは決心《けっしん》して、おばさんのいる部屋《へや》の戸《と》を、そうっとたたきました。

「おはいり。」というするどい声《こえ》がしました。

やせて、つんと四角《しかく》ばった感《かん》じのジョセフィン伯母《おば》さんは、炉《ろ》ばたで、猛烈《もうれつ》ないきおいで編《あ》み物《もの》をしていました。

怒《いか》りはやわらぐどころか、金《きん》ぶちめがねの奥《おく》から、パチパチと音《おと》をたてて燃《も》えでていました。ダイアナだと思《おも》って、ぐるっとこちらに椅子《いす》をまわしたジョセフィン伯母《おば》さんは、真《ま》っ青《さお》な顔《かお》をした少女《しょうじょ》を見《み》つけました。

「あんたはだれだね?」

ジョセフィン伯母《おば》さんは、あいさつもせずにたずねました。

「あたし、グリン・ゲイブルスのアンです。あの、告白《こくはく》させていただきたくてまいりました。」

「なにを告白《こくはく》するのさ?」

「ゆうべ、あなたのベッドに飛《と》びのったのは、あたしのせいなんです。あたしが言《い》いだしたんです。ダイアナなら、そんなことは思《おも》いもつかなかったにちがいないんです。とてもしとやかな人《ひと》ですもの。ですから、ダイアナに怒《おこ》るのはまちがっているってことを、わかっていただきたいんです。」

「怒《おこ》らずにはいられないじゃないの、ええ? ダイアナだって、いっしょに飛《と》びのったんですか

らね。」

「でも、あたしたち、ただ、ふざけてやっただけなんです。とにかく、ダイアナをゆるして、音《おん》楽《がく》の勉強《べんきょう》をやらせてあげてくださいな。ダイアナはやりたくて、夢中《むちゅう》になっているんですもの。なにかに夢中《むちゅう》になって、それが思《おも》いどおりにならなかったときに、どんな気《き》がするものか、あたしは知《し》りつくしているんです。もし、だれかに怒《おこ》らなくてはいられないのなら、あたしに怒《おこ》ってください。小《ちい》さいときから――怒《おこ》られることにはなれきっているもんで、ダイアナよりは、ずっと楽《らく》にがまんできるんです。」

このころまでには、老婦人《ろうふじん》の目《め》から、怒《いか》りの色《いろ》はほとんど消《き》えて、おもしろそうにまたたいていました。

しかし、口《くち》ではなおもきびしい調子《ちょうし》で言《い》いました。

「あんたがたが、ふざけてやったということが、言《い》いわけになるとは思《おも》えないね。あんたにはわかるまいけど、長《なが》い、なんぎな旅行《りょこう》をしてきて、ぐっすりねむっているところを、大《おお》きな娘二人《むすめふたり》に、ばんと飛《と》びのられて、目《め》をさまさせられるなんて、どんなものかね。」

「わからないわ。でも想像《そうぞう》はできてよ。とてもいやな感《かん》じだったでしょうね。でも、もし想像力《そうぞうりょく》がおありなら、ちょっとあたしたちの身《み》にもなってくださいな。あたしたち、あのベッドにだれかいるなんて知《し》らなかったので、あなたは、あたしたちを死《し》ぬほどびっくりさせたんですよ。そ

れに、約束《やくそく》されてあったのに、客用寝室《きゃくようしんしつ》で寝《ね》られなかったんですもの。あなたはいつも客用寝室《きゃくようしんしつ》で寝《ね》ることになれていらっしゃるでしょうが、でも、もしあなたが、そんなもてなしを一度《いちど》もうけたことのない孤児《こじ》だとしたら、どんなに失望《しつぼう》するか、考《かんが》えてもごらんなさい。」

ジョセフィン伯母《おば》さんは声《こえ》をたてて笑《わら》いました。

「わたしの想像力《そうぞうりょく》は、すこしばかりさびついているかもしれませんがね……使《つか》わなくなってずいぶんたつからね。人情《にんじょう》にうったえたあんたの言《い》いぶんは、わたしの腹立《はらだ》ちに負《ま》けずおとらず、強《つよ》いと言《い》わなくてはなるまいね、さあ、すわって、あんたのことを聞《き》かせてくださいよ。」

その晩《ばん》、ジョセフィン伯母《おば》さんはダイアナに銀《ぎん》の腕輪《うでわ》をあたえ、おとなたちにむかっては、旅《りょ》行《こう》かばんの鍵《かぎ》をもう一度《いちど》あけたと、話《はな》しました。

「わたしがここにいようと決心《けっしん》したのも、あのアンという子《こ》と、もっとよく近《ちか》づきになりたいためですよ。あの子《こ》はわたしをゆかいにしてくれるし、わたしくらいの年《とし》になれば、なかなか、ゆかいな人間《にんげん》には、出《で》あわないものですからね。」

ジョセフィン伯母《おば》さんはひと月以上《つきいじょう》も泊《と》まっていて、いつもより気持《きも》ちよくお客《きゃく》になっていました。アンのおかげで、上機嫌《じょうきげん》になっていたからです。

ジョセフィン伯母《おば》さんは、帰《かえ》るときに、アンに言《い》いました。

「わすれなさんなよ、アン。町《まち》へきたらわたしのところへくるんですよ。そうしたら、あんたを

とっときの客用寝室《きゃくようしんしつ》のベッドに寝《ね》かせてあげるからね。」

「やっぱり、ジョセフィン伯母《おば》さんは、腹心《ふくしん》だったわ。」と、アンはマリラに話《はな》してきかせました。「腹心《ふくしん》の友《とも》って、あたしが前《まえ》に考《かんが》えていたほどぽっちりじゃないわ。この世界《せかい》にたくさんいることがわかってうれしいわ。」

第《だい》二十章《しょう》　ゆきすぎた想像力《そうぞうりょく》

グリン・ゲイブルスにふたたび春《はる》が訪《おとず》れました。

サイラス・スローンの家《いえ》の地所《じしょ》のうしろにある野原《のはら》では、さんざしが咲《さ》きだし、茶色《ちゃいろ》の葉《は》の下《した》から、ピンクや白《しろ》の星《ほし》のようなやさしい花《はな》がのぞいていました。

ある晴《は》れた日《ひ》の午後《ごご》、全校《ぜんこう》の少女《しょうじょ》たちと少年《しょうねん》たちは、さんざしをつみに出《で》かけ、こころよい夕《ゆう》暮《ぐ》れの中《なか》を楽《たの》しげな声《こえ》をこだまさせながら、手《て》やかごにいっぱい花《はな》を持《も》って帰《かえ》ってきました。

「さんざしなんてない国《くに》に住《す》んでいる人《ひと》がかわいそうだと思《おも》うわ。」と、アンは言《い》いました。「そういう人《ひと》たちはなにかもっといいものを持《も》っているかもしれないって、ダイアナは言《い》うのよ。それにもし、さんざしってどんなものか知《し》らないのなら、それがなくてもべつにその人《ひと》はつまらないって思《おも》わないでしょうって。

でも、それがなにより悲《かな》しいことだと思《おも》うわ。さんざしがどんなものか知《し》らないし、それがな

くてもべつになんとも思《おも》わないなんて、それこそ悲劇《ひげき》だと思《おも》うわ。あたし、さんざしのことをどんなふうに考《かんが》えているかわかる、マリラ？　あれは去年《きょねん》、死《し》んだ花《はな》の魂《たましい》で、これがその花《はな》たちの天国《てんごく》にちがいないと思《おも》うの。

ああ、今日《きょう》はすばらしかったわ、マリラ。ある古《ふる》い井戸《いど》のそばの、苔《こけ》むした窪地《くぼち》でお弁当《べんとう》をいただいていたんだけれど――。そりゃあ、ロマンチックなところよ。あたしにさんざしをあげるって言《い》った人《ひと》があったけれど、あたし相手《あいて》にしなかったの。その人《ひと》の名前《なまえ》は言《い》うわけにいかないの。だって、けっして口《くち》にしないという誓《ちか》いを自分《じぶん》にたてたんですもの。

みんな、さんざしで花輪《はなわ》を作《つく》って帽子《ぼうし》に飾《かざ》ったのよ。帰《かえ》るときには『丘《おか》の上《うえ》のわが家《や》』を歌《うた》いながら二人《ふたり》ずつならんで街道《かいどう》を行進《こうしん》してきたの。ああ、すてきだったわ、マリラ。道《みち》で会《あ》う人《ひと》たちはみんな立《た》ちどまって見送《みおく》っていたわ。たいしたセンセーションを巻《ま》きおこしたわけね。」

「そうだろうともさ。そんなばかげたことをするんだものね。」

これがマリラの返事《へんじ》でした。

ある六月《がつ》の夕方《ゆうがた》のことでした。

果樹園《かじゅえん》にはふたたびピンクの花《はな》が咲《さ》き、「輝《かがや》く湖水《こすい》」の上《うえ》のほうの沼《ぬま》ではカエルが低《ひく》い声《こえ》で楽《たの》しそうに歌《うた》っていました。空気《くうき》はクローバーの原《はら》と樅《もみ》の林《はやし》の香《かお》りで、ふくいくとしていました。

アンは東《ひがし》の部屋《へや》の窓辺《まどべ》にすわって学課《がっか》の宿題《しゅくだい》をしていましたが、暗《くら》くなってきたので、「雪《ゆき》の

女王《じょおう》」のこずえの向《む》こうをながめながら、目《め》を大《おお》きく開《ひら》いたまま空想《くうそう》にふけりだしました。雪《ゆき》の女王《じょおう》は、枝《えだ》もたわわな花《はな》ぶさでちりばめられていました。

根本的《こんぽんてき》には、この小《ちい》さな東《ひがし》の部屋《へや》は変《か》わっていませんでした。壁《かべ》は白《しろ》く、黄色《きいろ》の椅子《いす》はきゅうくつにまっすぐ立《た》っていました。

けれども、部屋《へや》の性格《せいかく》はまったく変《か》わっていました。新《あたら》しい、いきいきとした個性《こせい》が部屋《へや》じゅうにあふれていました。それは、学校《がっこう》がよいの少女《しょうじょ》の本《ほん》やら服《ふく》やらリボンやら、またテーブルの上《うえ》の、ふちのかけた青《あお》いつぼいっぱいにさしてあるりんごの花《はな》などとも、別《べつ》のものでした。

この部屋《へや》に住《す》む快活《かいかつ》な少女《しょうじょ》が、夜《よる》となく昼《ひる》となく見《み》ている夢《ゆめ》が、目《め》には映《うつ》るけれども、手《て》にはとらえられない幻《まぼろし》の姿《すがた》になって、殺風景《さっぷうけい》な部屋《へや》いっぱいに、虹《にじ》と月光《げっこう》の織物《おりもの》をかけまわしたかのようでした。

そこへマリラが、アイロンをかけたばかりのアンの学校行《がっこうゆ》きのエプロンを持《も》って入《はい》ってきました。マリラはその午後《ごご》は、持病《じびょう》の頭痛《ずつう》に悩《なや》まされて、元気《げんき》がありませんでした。

アンはあふれるばかりの思《おも》いやりをこめてマリラを見《み》ながら言《い》いました。

「マリラのかわりに、あたしが頭痛《ずつう》を起《お》こせたらいいのにと思《おも》うわ。マリラのためならよろこんでがまんするんだけれど。」

「あんたは仕事《しごと》をしたり、あたしを休《やす》ませてくれたり、よくやってくれたよ。だいぶ仕事《しごと》もじょ

うずになり、いつもより失敗《しっぱい》もすくなかったようだね。もっとも、マシュウのハンカチに糊《のり》をつけたのはよけいなことだったがね。

それに、たいていの人《ひと》は、パイを焼《や》きかまどに入《い》れてお昼《ひる》まであたためておこうというときには、真《ま》っ黒《くろ》こげになるまで放《ほう》っておくなんてことはしないけれど、あんたのやり方《かた》は特別《とくべつ》らしいね。」

頭痛《ずつう》のあとでは、いつもマリラはいくらか皮肉《ひにく》になるのでした。

「あら、悪《わる》かったわ。」アンはもうしわけなさそうに言《い》いました。「かまどに入《い》れたままで、いまのいままですっかり忘《わす》れていたわ。もっともお昼《ひる》のとき、テーブルになにかたりないなんて本能《ほんのう》的《てき》に感《かん》じはしたんだけれど。今朝《けさ》マリラがあたしにまかせたとき、あたしいっさい想像《そうぞう》しないで、目《め》の前《まえ》のことだけを考《かんが》えようとかたく決心《けっしん》したのよ。パイを入《い》れるまではかなりうまくいったんだけど、そのときどうしようもない誘惑《ゆうわく》がやってきちゃったの。それであたし、さびしい塔《とう》に閉《と》じこめられたお姫様《ひめさま》で、美《うつく》しい騎士《きし》が真《ま》っ黒《くろ》な馬《うま》に乗《の》ってきて救《すく》いだしてくれるって想像《そうぞう》しだしたのよ。それでパイのことはわすれてしまったわけなの。

ハンカチのことは気《き》づかなかったわ。アイロンをかけているあいだ、ダイアナと小川《おがわ》で見《み》つけた新《あたら》しい島《しま》になんていう名《な》をつけようかと考《かんが》えていたの。そりゃあ、たまらなくすてきなところなのよ、マリラ。楓《かえで》の木《き》が二本立《ほんた》っていて、まわりに小川《おがわ》が流《なが》れているの。ヴィクトリア島《とう》って

いうすばらしい名《な》を考《かんが》えついたのよ。発見《はっけん》の日《ひ》がヴィクトリア女王《じょおう》のお誕生日《たんじょうび》だったの。あたしたち、とても忠義《ちゅうぎ》なのよ。

パイとハンカチのことはほんとうにわるかったわ。きょうは記念日《きねんび》だから特別《とくべつ》いい子《こ》になりたかったのに。去年《きょねん》のきょう、どんなことがあったか、おぼえていらっしゃる?」

「さあ、これといって思《おも》いうかばないね。」

「ああ、マリラ、あたしがグリン・ゲイブルスに来《き》た日《ひ》なのよ。マリラにはたいしたことじゃないでしょうけれど、あたしの生涯《しょうがい》には分《わ》かれめだったのよ。この一年間《ねんかん》、とてもしあわせだったわ。むろん苦労《くろう》はあったけれど、苦労《くろう》なんかじきに忘《わす》れてしまえるのね。あたしをおいといて後悔《こうかい》していて、マリラ?」

「いや、後悔《こうかい》しているとは言《い》えないね。」と答《こた》えたマリラは、アンがグリン・ゲイブルスにくる前《まえ》、よくも自分《じぶん》は生《い》きていられたものだと思《おも》うことさえあるのでした。「後悔《こうかい》しているわけじゃないよ。勉強《べんきょう》を終《お》えたらね、アン、ひとっ走《ぱし》りしてバーリーのおばさんからダイアナのエプロンの型紙《かたがみ》を借《か》りてきておくれ。」

「あの——でも——でも——あんまり暗《くら》くなっちゃったわ。」と、アンはさけびました。「朝早《あさはや》く行《い》ってくるわ。夜明《よあ》けに起《お》きるわ、マリラ。」

「こんどはなにを考《かんが》えだしたというのかね、アン。その型紙《かたがみ》で今晩《こんばん》、あんたに新《あたら》しいエプロンを

作《つく》ってあげようというんだよ。さあ、すぐにさっさと行《い》ってきなさい。」

「なら、街道《かいどう》をまわって行《い》かなくちゃならないわ。」

「三十分《ぷん》も遠《とお》まわりするというのかい？　気《き》がしれないね。」

「だって、『おばけの森《もり》』は通《とお》れないんですもの。」

アンは必死《ひっし》になってさけびました。

「『おばけの森《もり》』だって？　なにおかしなことを言《い》ってるのかね。いったいそれはなんのことだい？」

「小川《おがわ》の向《む》こうのえぞ松《まつ》の森《もり》のことなの。」

アンは声《こえ》をひそめました。

「ばかばかしい、『おばけの森《もり》』だなんて。いったいだれが言《い》いだしたのかね？」

「だれでもないの。」アンは白状《はくじょう》しました。「ダイアナとあたしで、あの森《もり》におばけが出《で》ると想像《そうぞう》しただけなの。このへんは、どこもありふれているんですもの。『おばけの森《もり》』なんてすごくロマンチックなんですもの、マリラ。あの森《もり》は、とてもうす暗《ぐら》いのよ。ああ、それはとてもこわいことを想像《そうぞう》したのよ。白《しろ》い服《ふく》の女《おんな》の人《ひと》がいて、夜《よる》のちょうど今《いま》ごろになると、小川《おがわ》にそって歩《ある》きながら、手《て》をもみしぼって泣《な》きさけぶのよ。その女《おんな》の人《ひと》の姿《すがた》が見《み》えるのは、家族《かぞく》のだれかが死《し》ぬことなの。それから殺《ころ》された小《ちい》さな子《こ》どもの幽霊《ゆうれい》がさまよって、人《ひと》のうしろにそっとしのびよっ

てきて、冷《つめ》たい指《ゆび》でしがみつくのよ。ああ、マリラ、思《おも》っただけでもふるえあがるわ。それから首《くび》のない男《おとこ》が小径《こみち》の道《みち》を行《い》ったりきたりしているし、木《き》の枝《えだ》のあいだから、骸骨《がいこつ》がにらみつけるの。ああマリラ、暗《くら》くなってからは、あたし、あの森《もり》はけっして通《とお》らないわ。」

「よくもそんなことが、考《かんが》えられたね。」マリラは、あきれかえって聞《き》いていました。「アン、まさかあんたは自分《じぶん》でつくりだしたそんなくだらないことを、信《しん》じこんでるわけじゃないだろうね。」

「そういうわけじゃないけれど。」アンは、口《くち》ごもりました。「とにかく昼間《ひるま》はなんとも思《おも》わないけど、暗《くら》くなってからだとそうはいかないの。幽霊《ゆうれい》の歩《ある》く時分《じぶん》なんですもの。」

「幽霊《ゆうれい》なんてものはないのだよ、アン。」

「ああ、ところがいるのよ、マリラ。」アンは熱心《ねっしん》にさけびました。「チャーリー・スローンが言《い》ってたけど、チャーリーのおじいさんを埋《う》めてから一年《ねん》もたったある晩《ばん》、牛《うし》を追《お》って家《いえ》へ帰《かえ》ってくるところをおばあさんが見《み》たんですって。ほら、チャーリーのおばあさんって、こんりんざい、つくり話《ばなし》なんかする人《ひと》じゃないでしょう。それからトマスのおばさんのおとうさんはある晩《ばん》、火《ひ》の小羊《こひつじ》に追《お》っかけられたのよ。その小羊《こひつじ》の頭《あたま》は切《き》りはなしてあるんだけど、一《ひと》すじの皮《かわ》でぶらさがっているんですって。おとうさんは、あれは自分《じぶん》の兄弟《きょうだい》の精霊《せいれい》で、自分《じぶん》が九日以内《ここのかいない》に死《し》んでしまう前《まえ》ぶれなんだって言《い》ったんですって。九日《ここのか》のうちには死《し》ななかったけれど、二年《ねん》たっ

て死《し》んだんですって。だから、ほんとうだってことがわかるでしょう。それから、ルビー・ギリスが……。」

「アン！」マリラはきびしい声《こえ》でとめました。「二度《にど》とこんな話《はなし》はするでないよ。あんたのその想像《そうぞう》とやらには、はじめから感心《かんしん》しなかったんだけど、こんなところまできているのなら、もうだまって見《み》ているわけにはいかないからね。さ、すぐバーリーさんの家《いえ》へ行《い》ってくるんです。あのえぞ松《まつ》の森《もり》を通《とお》っていくんですよ、いいいましめになるから。」

アンは、せいいっぱい、泣《な》いたりたのんだりしましたが、マリラは頑《がん》として聞《き》きいれず、ちぢみあがっているアンをひきたてて、泉《いずみ》のところへ連《つ》れてゆき、すぐ橋《はし》をわたって、暗《くら》い森《もり》へはいってゆくよう命《めい》じました。

「おお、マリラ、どうしてそんな残酷《ざんこく》なことができるの？」アンはしくしく泣《な》きだしました。「もし白《しろ》いものがあたしをさらっていってしまったら、どうするの？」

「一《いち》か八《ばち》か、やってみるよ。」マリラは無情《むじょう》しごくでした。「わたしがこう言《い》ったからには、どこまでも本気《ほんき》なんだからね。幽霊《ゆうれい》を想像《そうぞう》するくせをなおしてあげるのさ。」

アンはぶるぶるふるえながら、暗《くら》い小径《こみち》にはいってゆきました。想像《そうぞう》を思《おも》いのままにめぐらせたことを身《み》にしみて後悔《こうかい》したのでした。自分《じぶん》の考《かんが》えだしたおそろしいものたちが、うす暗《ぐら》いあちこちから、今《いま》にもつかみかかってきそうで、アンは風《かぜ》にそよぐ葉《は》っぱの音《おと》にも心臓《しんぞう》のこおりつく

ような思《おも》いをしながら、森《もり》をやっとのことで通《とお》りぬけ、ウィリアム・ベルの原《はら》にさしかかると、いちもくさんにかけだしました。

おかげで、バーリー家《け》の台所《だいどころ》についたときには、あまりに息《いき》がきれて、エプロンの型紙《かたがみ》をかしてもらいたいということさえ言《い》えないほどでした。

帰《かえ》り道《みち》は、アンは幽霊《ゆうれい》を見《み》るくらいならいっそ、森《もり》の木《き》の枝《えだ》で頭《あたま》を打《う》ちわったほうがましだと思《おも》って、目《め》を閉《と》じたまま歩《ある》きました。

それでも二本《ほん》の枝《えだ》がこすれあって、うめき声《ごえ》に似《に》た音《おと》をたてたり、こうもりがしゅっと舞《ま》いおりてきたときには、生《い》きたここちもなく、ひたいに汗《あせ》をうかべて道《みち》を急《いそ》いだのでした。

ついに丸木橋《まるきばし》をころがるようにわたったとき、まだふるえのやまないアンは、ほっと安心《あんしん》のため息《いき》をつきました。

「おやおや、無事《ぶじ》に帰《かえ》れたね。」とマリラは情《なさ》けようしゃなく言《い》いました。

「ああ、マリラ……マリラ。」アンは、歯《は》をガチガチいわせました。「これからは、あ、あ、ありふれた場所《ばしょ》で、ま、ま、満足《まんぞく》して、むやみやたらに変《か》わったことは考《かんが》えないわ。」

第《だい》二十一章《しょう》　香料《こうりょう》ちがい

六月《がつ》もおしまいになろうというある日《ひ》、アンは学校《がっこう》から帰《かえ》ってくると、ぐっしょりぬれたハンカチで、赤《あか》い目《め》をふきながら、悲痛《ひつう》な声《こえ》を出《だ》しました。

「ねえ、マリラ、リンドのおばさんの言《い》うとおりに、この世《よ》は、会《あ》ったり、わかれたりってことばかりね。今日《きょう》は、よぶんにハンカチを学校《がっこう》へ持《も》っていって運《うん》がよかったわ。」

「あんたがそんなにフィリップス先生《せんせい》が好《す》きだったとは思《おも》わなかったね。先生《せんせい》が行《い》ってしまいなさるっていうだけのことで、涙《なみだ》をふくのに、二枚《まい》もハンカチを使《つか》うなんてね。」

「先生《せんせい》が心《こころ》から好《す》きで、泣《な》いたんじゃないと思《おも》うの。」と、アンは反省《はんせい》してみせました。「いちばんはじめはルビー・ギリスなのよ。いつもフィリップス先生《せんせい》は大《だい》きらいだって言《い》ってたくせに、先生《せんせい》がおわかれの言葉《ことば》をのべだすが早《はや》いか、わっと泣《な》きだしたの。だもんで女《おんな》の子《こ》はみな、つぎつぎに泣《な》きだしたの。あたし、がまんしようとしたけれど、どうしてもだめだったの。先生《せんせい》だって目《め》に涙《なみだ》をうかべていたわよ。

でもマリラ、いつまでも絶望《ぜつぼう》のどん底《ぞこ》にしずんでいるわけにはいかないの。お休《やす》みがはじまるし、新《あたら》しい牧師《ぼくし》さんと奥《おく》さんが、停車場《ていしゃじょう》からくるのに会《あ》ったのよ。奥《おく》さんて、それはきれいな人《ひと》よ。袖《そで》のふくらんだ、すてきな青《あお》いモスリンの服《ふく》を着《き》て、ばらのかざりのついた帽子《ぼうし》をかぶっていたわ。」

アヴォンリーの村《むら》は、新《あたら》しくやってきた、快活《かいかつ》で若《わか》い牧師夫妻《ぼくしふさい》の話《はなし》でもちきりでした。このアラン夫妻《ふさい》は、新婚《しんこん》そうそうで、自分《じぶん》たちの仕事《しごと》を愛《あい》し、あふれるばかりの熱意《ねつい》をいだいていました。

「ミセス・アランって、まったくすてきよ。」ある日曜日《にちようび》の午後《ごご》のこと、アンはマリラに報告《ほうこく》しました。「あたしたちのクラスの受《う》けもちになったの。すばらしい先生《せんせい》だわ。先生《せんせい》ばかりが質問《しつもん》するのは公平《こうへい》じゃないと思《おも》うって、すぐに言《い》いなすったのよ。なんでも好《す》きなことをきいていいっておっしゃったから、あたし、とてもたくさんきいたのよ。きくことにかけては、あたし、得意《とくい》なんですもの。」

「そうだろうともさ。」マリラは力《ちから》を入《い》れてうけあい、少《すこ》しあらたまって言《い》いました。「近《ちか》いうちに牧師《ぼくし》さん夫妻《ふさい》をお茶《ちゃ》によばなければと思《おも》うんだけどね。来週《らいしゅう》の水曜日《すいようび》がいいだろう。けれど、このことはひとこともマシュウにしゃべってはいけないよ。アランさんがたがみえることがわかると、その日《ひ》になって、なにかしら逃《に》げ道《みち》を見《み》つけてしまうからね。」

「あたし、死《し》んだように秘密《ひみつ》を守《まも》ることよ。でもねえ、マリラ。特別《とくべつ》に、あたしにお菓子《かし》を作《つく》らせてくださらない？　ミセス・アランに、なにかしてあげたくてたまらないんですもの。それに、ほら、このごろじゃ、あたし、かなりお菓子《かし》がじょうずにできるようになったでしょう？」

「レイヤーケーキをこしらえていいよ。」と、マリラは約束《やくそく》してくれました。

アンは、興奮《こうふん》とうれしさで、いっぱいになりました。

火曜日《かようび》の晩《ばん》、「妖精《ドライアド》の泉《いずみ》」のほとりで、アンはダイアナにすっかり話《はな》してきかせました。

「この二日《ふつか》というもの、マリラもあたしも、そりゃあいそがしかったのよ。牧師《ぼくし》さんの家族《かぞく》をお茶《ちゃ》によぶってたいへんなものね。

まあ、うちの台所《だいどころ》を見《み》てごらんなさい。雛鳥《ひなどり》のゼリー固《がた》めとコールド・タン（牛《うし》の舌《した》）も出《で》るのよ。ゼリーが二種類《しゅるい》、赤《あか》と黄色《きいろ》とね。それから泡《あわ》だてクリームにレモン・パイにさくらんぼのパイ、それにクッキーが三色《しょく》に、くだもの入《い》りのケーキ。それとマリラお得意《とくい》のプラムの砂糖漬《さとうづ》け。それからパウンド・ケーキとレイヤーケーキ。

あたし、レイヤーケーキのことを考《かん》えると、体《からだ》が冷《つめ》たくなってしまうわ。もしうまくできなかったらどうしようかしら。ゆうべ、大《おお》きなレイヤーケーキの頭《あたま》をしたおそろしい鬼《おに》に追《お》いかけまわされる夢《ゆめ》を見《み》たのよ。」

「だいじょうぶ、うまくできるわよ。」

ダイアナは保証《ほしょう》してくれました。まったく彼女《かのじょ》は心休《こころやす》まる友《とも》だちなのでした。

水曜日《すいようび》の朝《あさ》、アンは日《ひ》の出《で》とともに起《お》きだしました。

ゆうべ、泉《いずみ》でダイアナと話《はな》しながら、水《みず》をパシャパシャしたので、ひどい風邪《かぜ》をひきましたが、本式《ほんしき》の肺炎《はいえん》にでもかからないかぎり、アンの料理熱《りょうりねつ》は消《き》えるどころではありませんでした。

朝食《ちょうしょく》がすむと、すぐお菓子作《かしづく》りにかかりました。やっとパン焼《や》きかまどの中《なか》におさめて、ふたをしめたときには、ほっと一息《ひといき》つきました。

「こんどはなにもわすれなかったつもりよ、マリラ。でも、よくふくれるかしら。ねえ、マリラ、もしかしてお菓子《かし》がふくれていなかったら、どうしましょう?」

「一種類《しゅるい》ぐらいなくても、ほかのものがたっぷりあるから、だいじょうぶさ。」

マリラは落《お》ちついたものでした。

しかし、お菓子《かし》はふくれました。アンのレイヤーケーキは、黄金《こがね》の泡《あわ》のように、ふんわりと軽《かる》くできあがって、かまどからあらわれたのです。

アンはうれしさで顔《かお》を上気《じょうき》させながら、それに真《ま》っ赤《か》なゼリーをはさみました。

「いちばんいいお茶道具《ちゃどうぐ》を使《つか》うんでしょう? テーブルに、シダや野《の》ばらを飾《かざ》っていい?」

アンがたずねますと、マリラは鼻《はな》であしらいました。

「そんなことはいらないね。あたしの考《かんが》えじゃ、食《た》べ物《もの》が第《だい》一で、ていさいぶった飾《かざ》りなんか

は、いらないよ。」

「でも、バーリーのおばさんのとこじゃあ、飾《かざ》ったわよ。そうしたら牧師《ぼくし》さんが、とてもおほめになったんですって。」

「なら、好《す》きなようにしなさい。ただ、お皿《さら》や食《た》べ物《もの》をおく場所《ばしょ》を残《のこ》しておくんですよ。」

マリラは、バーリー夫人《ふじん》だろうと、だれであろうと、けっしてひけはとるまいと、かたく決心《けっしん》をしていたのです。

アンは、ばらとシダをふんだんに使《つか》って、だれにもまねのできないようなやりかたで、お茶《ちゃ》のテーブルを美《うつく》しくしつらえましたので、牧師夫妻《ぼくしふさい》は、席《せき》につくやいなや、口《くち》をそろえてほめちぎりました。アラン夫人《ふじん》が感心《かんしん》した面持《おもも》ちで微笑《びしょう》をおくったので、アンはうれしさのあまり、天《てん》へものぼるような気《き》がしました。

マシュウも、ちゃんとすわっていました。アンがみごとにとりさばいた結果《けっか》、いちばんいい晴《は》れ着《ぎ》を着《き》こみ、白《しろ》いカラーをつけて、牧師《ぼくし》さんと楽《たの》しそうに話《はな》しているのでした。

すべてが楽《たの》しくにぎやかにすぎていき、いよいよ、アンのレイヤーケーキがまわされました。アラン夫人《ふじん》は、びっくりするほど、いろいろなものを食《た》べたあとなので、ことわりました。しかし、マリラはアンのがっかりした顔《かお》を見《み》ると、にこやかに説明《せつめい》しました。

「ああ、これは一切《ひとき》れだけでも召《め》しあがってくださらなくてはいけませんよ、奥《おく》さん。アンが特《とく》

別《べつ》に、奥《おく》さんのためにこしらえたのですからね。」

「それなら、ぜひともお味見《あじみ》させていただかなくてはね。」と、アラン夫人《ふじん》は笑《わら》いながら、ふっくりした三角形《さんかくけい》のをとりました。

アラン夫人《ふじん》は、一口《ひとくち》、ケーキを口《くち》にいれたとたん、なんとも言《い》いようのない、みょうな表情《ひょうじょう》をしました。そして、そのままだまって、せっせと食《た》べつづけました。

マリラは、その表情《ひょうじょう》を見《み》ると、大《おお》いそぎで、お菓子《かし》を食《た》べ、「アン。」と、大声《おおごえ》をあげました。

「いったいぜんたい、このお菓子《かし》の中《なか》になにをいれたの?」

「こしらえかたに書《か》いてあったものだけよ、マリラ。」アンは、心配《しんぱい》のあまり、声《こえ》をうわずらせて言《い》いました。「あの、うまくできてないのかしら?」

「うまくできてるどころか! 奥《おく》さん、召《め》しあがってはいけません。アン、自分《じぶん》で食《た》べてごらん。香料《こうりょう》はなにを使《つか》ったの?」

お菓子《かし》を食《た》べてみて、恥《は》ずかしさで顔《かお》を真《ま》っ赤《か》にしながら、アンは答《こた》えました。

「バニラだけよ。ああ、マリラ。あのふくらし粉《こ》にちがいないわ。どうもあのふくらし粉《こ》はあやしい——と。」

「ふくらし粉《こ》がきいてあきれる! あんたの使《つか》ったバニラのびんを持《も》ってきてごらん。」

アンは台所《だいどころ》へとんでいって、小《ちい》さなびんを持《も》ってもどってきました。そのびんには茶色《ちゃいろ》の液体《えきたい》

が少《すこ》しばかりはいっていて、黄色《きいろ》い字《じ》で「最上《さいじょう》のバニラ」と書《か》いたラベルがはってありました。

マリラはそれを受《う》けとり、せんをあけて、においをかいでみました。

「アン、これは、痛《いた》みどめのぬり薬《ぐすり》ですよ。先週《せんしゅう》、あたしが薬《くすり》のびんをこわしてしまったので、残《のこ》りの薬《くすり》を古《ふる》いバニラのあきびんにうつしておいたんだよ。これはあたしも悪《わる》かったね。でも、どうして、においをかいでみなかったのかい？」

アンは、しくしく泣《な》きだしました。

「においがわからなかったんですもの――ひどく風邪《かぜ》をひいていたんですもの。」

こう言《い》うと東《ひがし》の部屋《へや》ににげていって、ベッドに身《み》を投《な》げかけて、身《み》も世《よ》もなく泣《な》きました。

やがて階段《かいだん》をあがってくる、軽《かる》い足音《あしおと》が聞《き》こえ、だれかが部屋《へや》にはいってきました。

「おおマリラ。」アンは顔《かお》もあげないで、言《い》いました。「あたし、永久《えいきゅう》に恥《はじ》を残《のこ》してしまったわ。このことは知《し》れわたってしまうにきまってるわ――アヴォンリーじゃ、どんなことでもひろまってしまうんですもの。これからさきいつまでも、あれが、痛《いた》みどめの薬《くすり》をお菓子《かし》の香料《こうりょう》に使《つか》った子《こ》だよって、指《ゆび》さされるでしょうよ。

おお、マリラ、もし情《なさ》けを一《ひと》たらしでも持《も》ちあわせているのなら、下《した》へおりていって、お皿《さら》を洗《あら》えなんて言《い》わないでちょうだい。牧師《ぼくし》さんと奥《おく》さんが帰《かえ》ってしまってからなら洗《あら》うけど、もう二度《にど》とミセス・アランの顔《かお》が見《み》られないんですもの。たぶんミセス・アランは、あたしが毒殺《どくさつ》し

ようとしたんだと思《おも》うでしょうよ。でも、ぬり薬《ぐすり》は毒薬《どくやく》じゃないわ。ミセス・アランにそう言《い》ってくださらない、マリラ？」

「それよりとびおきて、ミセス・アランにあなたが自分《じぶん》で言《い》ってみたらどう？」と、ゆかいそうな声《こえ》がしました。

アンがとびおきてみると、ミセス・アランがベッドのそばに立《た》って、にこにこしながら、アンを見《み》おろしていました。

「いい子《こ》だから、そんなに泣《な》いちゃいけないことよ。」アラン夫人《ふじん》は、アンの悲劇的《ひげきてき》な顔《かお》を見《み》ると、びっくりしてしまいました。「あら、だれでもやるような、こっけいなまちがいじゃありませんか。めずらしくはありませんよ。」

「いいえ、あたしでなけりゃやらない、ばかなまちがいです。あたし、あのお菓子《かし》をとてもじょうずに作《つく》ってさしあげたかったんですもの、ミセス・アラン。」

「わかってますよ。あのお菓子《かし》がうまくできてもできなくても、あたしは、あなたのやさしい、親切《しんせつ》な心《こころ》をありがたいと思《おも》っているのよ。さあ、もう泣《な》かないで、あたしといっしょに下《した》へおりて、お庭《にわ》を見《み》せてちょうだいな。あなたは自分《じぶん》の花壇《かだん》を持《も》っているんですってね。見《み》たいのよ。あたしも、花《はな》が大好《だいす》きだものね。」

アンはそろそろとあとについておりていき、すこしずつ気持《きも》ちをとりなおしました。

そして、ミセス・アランが、自分《じぶん》と同《おな》じように花《はな》が好《す》きだということを、なんてしあわせだったんだろうと思《おも》いました。

お客《きゃく》さまが帰《かえ》られたあと、アンは、あんなとんでもないことがあったにしては、思《おも》ったよりずっと楽《たの》しくすごしたことに気《き》がついたのでした。

それでも、アンは深《ふか》い大《おお》きなため息《いき》をつきました。

「マリラ、あしたが、まだなにひとつ失敗《しっぱい》をしない新《あたら》しい日《ひ》だと思《おも》うと、うれしくない？」

「あんたのことだもの、またたくさん失敗《しっぱい》をするにきまってるよ。」

アンはゆううつな顔《かお》でうなずきました。

「ええ、それはよくわかってるの。でも一つだけ、あたしにだっていいことがあるのよ、マリラ。それは、同《おな》じまちがいをくりかえさないことよ。」

「いつも新《あたら》しいのをしてるんじゃ、なんのたしにもならないよ。」

「あら、マリラ、そうじゃないわ。一人《ひとり》の人間《にんげん》がするまちがいには、かぎりがあるにちがいないわ。だから、いくらあたしだって、しつくしてしまえば、それでおしまいよ。そう思《おも》うと気《き》がらくになるわ。」

「さあ、あのお菓子《かし》を豚《ぶた》にやってきたほうがいいよ。どんな人間《にんげん》だって、あれだけは食《た》べられないからね。」

第《だい》二十二章《しょう》　アン、お茶《ちゃ》に招《まね》かれる

「さて、こんどはまたなにごとが起《お》こったというのかい？」とマリラがたずねました。

八月《がつ》の夕方《ゆうがた》のやわらかい日《ひ》ざしと、けだるい影《かげ》の落《お》ちている小径《こみち》を、郵便局《ゆうびんきょく》に行《い》ったアンが、まるで風《かぜ》にふかれた妖精《ようせい》のように、おどりながら帰《かえ》ってきたからです。

「マリラ、なんだと思《おも》って？　あしたの午後《ごご》、牧師館《ぼくしかん》のお茶《ちゃ》に招《まね》かれたのよ。ミセス・アランが手紙《てがみ》を郵便局《ゆうびんきょく》においといてくださったの。『グリン・ゲイブルスのミス・アン・シャーリーへ』って。ミスなんてよばれたの生《う》まれてはじめてよ。なんともいえない、ぞくぞくっとする気持《きも》ちね。この手紙《てがみ》は永久《えいきゅう》に宝《たから》にしておくつもりよ。」

「アランさんの奥《おく》さんがわたしに言《い》いなすったけれど、日曜学校《にちようがっこう》で教《おし》えてなさる組《くみ》の子《こ》はみんな、かわるがわるにお茶《ちゃ》によぶつもりでいなさるんだよ。だからそんなに夢中《むちゅう》になることはないんだよ。」

マリラはこのすばらしい事件《じけん》にも、すこしも興奮《こうふん》するようすはなく、落《お》ちつきはらって言《い》いま

した。

全身《ぜんしん》「活気《かっき》と火《ひ》と露《つゆ》」のようなアンは、人生《じんせい》のよろこびも苦《くる》しみも、人《ひと》の三倍《ばい》も強《つよ》く感《かん》じるのでした。

これを見《み》ているマリラとしては、アンが運命《うんめい》のうきしずみの中《なか》で、どんなにはげしい苦《くる》しみをしなければならないかと思《おも》って、不安《ふあん》でたまらないのでした。マリラには、苦《くる》しみがはげしく感《かん》じられる心《こころ》には、よろこびもそれだけ大《おお》きく感《かん》じられるので、それでじゅうぶんつぐないはついていくのだということが、よくわからなかったのです。いつでも静《しず》かに、気分《きぶん》の平均《へいきん》をうしなわないなどということは、川《かわ》の浅瀬《あさせ》にキラキラおどる光《ひかり》のようなアンには、まったく見当《けんとう》もつかないものでした。そんなアンに落《お》ちつきをあたえることに、マリラは、あきらめかけていましたし、じつのところは、いまのままのアンをけっしてきらいではありませんでした。

その晩《ばん》アンは、言《い》うにいわれぬみじめな気持《きも》ちでベッドにはいりました。風《かぜ》が東《ひがし》にまわったから、あしたは雨《あめ》になるんじゃないかと、マシュウが言《い》ったからです。

しかし、マシュウの予言《よげん》はあたらず、夜《よる》があけると晴《は》れわたった、気持《きも》ちのいい朝《あさ》が待《ま》っていました。

アンの心《こころ》は、よろこびで天《てん》にまで舞《ま》いあがりました。

「おお、マリラ。けさは見《み》る人《ひと》をみんな愛《あい》さずにはいられないような気《き》がするわ。」と、アン

は、食事《しょくじ》のあとの皿洗《さらあら》いをしながらさけびました。「どんなにあたしが、いい子《こ》になっているかわからないでしょう。毎日《まいにち》お茶《ちゃ》によばれさえすれば、きっと模範生《もはんせい》になれると思《おも》うわ。でも、あ、マリラ、とても心配《しんぱい》だわ。ちゃんとふるまえなかったらどうしようかしら。ほら、あたし今《いま》まで一度《いちど》も牧師館《ぼくしかん》に、お茶《ちゃ》に行《い》ったことがなかったでしょう。それにお作法《さほう》もまだぜんぶおぼえていないし。なにかばかげたことをしたりしないかと思《おも》うと、どきどきよ。とても気《き》に入《い》った味《あじ》だったら、おかわりしてもおぎょうぎ悪《わる》いことにならないの？」

「あんたの悪《わる》いところは、あまり自分《じぶん》のことばかり考《かんが》えすぎることですよ。どうすれば、奥《おく》さんがいちばんよろこびなさるかということを考《かんが》えるんです。」

マリラは生《う》まれてはじめてりっぱな、奥《おく》ゆきのある忠告《ちゅうこく》をしました。

「そうだわ、マリラ、あたし、自分《じぶん》のことはちっとも考《かんが》えないようにするわ。」

アンはその日《ひ》、サフラン色《いろ》やばら色《いろ》の雲《くも》が空高《そらたか》くなびく夕闇《ゆうやみ》の中《なか》をきげんよく帰《かえ》ってきて、台所《だいどころ》の入《い》り口《ぐち》の大《おお》きな赤《あか》い砂岩《さがん》の上《うえ》にすわり、マリラのギンガムのひざにつかれた頭《あたま》をもたせ、満《み》ちたりたようすで、その日《ひ》のことを話《はな》してきかせました。

西《にし》の樅《もみ》の丘《おか》のほうから吹《ふ》きおろしてくるすずしい風《かぜ》が、とりいれのすんだ畑《はたけ》をぬけ、ポプラのあいだをさらさらとわたってゆきます。果樹園《かじゅえん》の上《うえ》にただ一つ星《ほし》がまたたき、シダや小枝《こえだ》のあいだを、ほたるが飛《と》んでいました。

「ああ、マリラ、すばらしかったのよ。しみじみ生《い》きがいを感《かん》じたわ。たとえ二度《にど》と牧師館《ぼくしかん》のお茶《ちゃ》によばれることがなくても、いつまでもこの気持《きも》ちはおぼえていられるわ。

牧師館《ぼくしかん》についたら、ミセス・アランが出《で》むかえてくださったの。うすいピンクのオーガンディのとても美《うつく》しい服《ふく》を着《き》てなさったわ。たくさんひだのある半袖《はんそで》なの。まるで天使《てんし》みたいだったわ。あたしも大《おお》きくなったら牧師《ぼくし》さんの奥《おく》さんになりたいと思《おも》うわ。牧師《ぼくし》さんだったら、あたしが赤《あか》い髪《かみ》をしていても気《き》にしないでしょうね。でも、あたしは生《う》まれつきよい性質《せいしつ》じゃないから、こんなことを考《かんが》えてもむだね。よい性質《せいしつ》に生《う》まれついている人《ひと》もあるし、そうでない人《ひと》もあるでしょう。あたしはよくないほうだわ。でも、一生懸命努力《いっしょうけんめいどりょく》してみるだけでも、ましじゃないかしら？　ミセス・アランは生《う》まれつきよい性質《せいしつ》なの。あたし、熱烈《ねつれつ》に好《す》きなのよ。ねえ、マシュウおじさんやミセス・アランのように、ちっとも骨《ほね》を折《お》らずにすぐ好《す》きになってしまえる人《ひと》もあるし、リンドのおばさんみたいに一生懸命《いっしょうけんめい》、好《す》きになろうと骨《ほね》を折《お》らなくちゃならない相手《あいて》もあるのね。

お茶《ちゃ》にはもうひとり女《おんな》の子《こ》がきていたの。ロレッタ・ブラドレーといって、とてもいい子《こ》だったわ。腹心《ふくしん》の友《とも》というわけにはいかないけれど、いい子《こ》なのよ。お茶《ちゃ》はすてきだったわ。あたし、お作法《さほう》はぜんぶかなりよく守《まも》ったつもりよ。

お茶《ちゃ》のあとで、ミセス・アランがピアノをひいて歌《うた》ってくださって、ロレッタとわたしにも歌《うた》

わせてくださったのよ。そして、あたし、いい声《こえ》をもっているから、これから日曜学校《にちようがっこう》の合唱隊《がっしょうたい》に入《はい》って、歌《うた》っていいって言《い》いなさったの。そう思《おも》っただけで、あたしがどんなにスリルを感《かん》じたか、マリラにはわからないくらいよ。ダイアナのように日曜学校《にちようがっこう》で歌《うた》いたくてたまらなかったけれど、とてもかなわぬ夢《ゆめ》だと思《おも》っていたの。ロレッタは、今夜《こんや》ホワイトサンドホテルの大音楽会《だいおんがくかい》で、お姉《ねえ》さんが詩《し》の朗読《ろうどく》をするので、早《はや》めに帰《かえ》ったの。ロレッタもそのうちたのまれたら出《で》るんだって言《い》ってたわ。あたし、ただ感心《かんしん》してロレッタを見《み》つめたの。

それからミセス・アランと二人《ふたり》で、心《こころ》からの打《う》ちあけ話《ばなし》をしたのよ。なにもかも話《はな》したわ。トマスおばさんやふたごのことや、ケティ・モーリスやヴィオレッタのことや、幾何《きか》で苦労《くろう》していることなんかを。そうしたらどうでしょう、マリラ、ミセス・アランも幾何《きか》はまるでだめだったんですって。それであたしすっかり元気《げんき》が出《で》ちゃったわ。

あたしが帰《かえ》ろうとしていたとき、リンドのおばさんが牧師館《ぼくしかん》にきなさったの。あのねえ、マリラ、新《あたら》しい先生《せんせい》がいらっしゃるんですって。それが女《おんな》の先生《せんせい》で、名前《なまえ》はミス・ミュリエル・ステイシーというのよ。ロマンチックな名前《なまえ》じゃない？　リンドのおばさんは、これまでアヴォンリーでは、女《おんな》の先生《せんせい》は一度《いちど》も教《おし》えたことがないし、危険《きけん》なこころみだって言《い》いなさるの。でもあたし、女《おんな》の先生《せんせい》ってすてきだと思《おも》うわ。学校《がっこう》がはじまるまでの二週間《しゅうかん》がとても待《ま》ちどおしいわ。早《はや》くその先生《せんせい》が見《み》たくてたまらないんですもの。」

第《だい》二十三章《しょう》　アンの名誉《めいよ》をかけた事件《じけん》

牧師館《ぼくしかん》のお茶会《ちゃかい》から一週間《しゅうかん》のちのこと、ダイアナ・バーリーが、パーティをひらきました。「つぶよりのわずかな人《ひと》たちだけなのよ。」とアンはマリラに言《い》いました。「あたしたちのクラスの女《おんな》の子《こ》だけなの。」

お茶《ちゃ》がすむまでは、なにもかもうまくいきました。お茶《ちゃ》のあと、みんな庭《にわ》に出《で》ました。なにかすばらしくおもしろいことはないかと考《かんが》えているうちに「命令遊《めいれいあそ》び」をしようということになりました。「命令遊《めいれいあそ》び」は、いまアヴォンリーの子《こ》どもたちのあいだで、とても流行《りゅうこう》している遊《あそ》びでした。

まず最初《さいしょ》、キャリー・スローンがルビー・ギリスに命令《めいれい》して、玄関《げんかん》の前《まえ》の柳《やなぎ》の大木《たいぼく》にのぼれと言《い》いました。ルビー・ギリスは、この木《き》にたかっている毛虫《けむし》が死《し》ぬほどこわかったうえに、新《あたら》しいモスリンの服《ふく》をやぶいたら、どんなにおかあさんにしかられるだろうと思《おも》いながら、それでもするするとじょうずにのぼったので、キャリー・スローンの負《ま》けになりました。

次《つぎ》には、ジョシー・パイがジェーン・アンドリュウスに、庭《にわ》をぐるっと左足《ひだりあし》だけで一度《ど》も休《やす》まずにまわるように「命令《めいれい》」しました。ジェーンは勇《いさ》ましくはねていきましたが、三番《ばん》めの角《かど》でがまんできなくなって、自分《じぶん》から負《ま》けたと言《い》いました。

ジョシーの勝《か》ちほこった態度《たいど》が目《め》にあまったので、アンはジョシーに、庭《にわ》の東側《ひがしがわ》の板塀《いたべい》の上《うえ》を歩《ある》きなさいと「命令《めいれい》」しました。これはとてもむずかしいことでしたのに、ジョシーは板塀《いたべい》の上《うえ》をいかにも軽《かる》がると歩《ある》いてみせました。おりてくると、ジョシーは、自分《じぶん》の勝利《しょうり》にすっかり得意《とくい》になり、さもじまんげにアンのほうを見《み》やりました。

アンはおさげの赤《あか》い髪《かみ》をふりふり言《い》いました。

「小《ちい》さい低《ひく》い板塀《いたべい》の上《うえ》を歩《ある》くなんてたいしたことじゃないわ。あたし、屋根《やね》の棟《むね》の上《うえ》を歩《ある》いた女《おんな》の子《こ》を知《し》っててよ。」

「そんなこと、ほんとと思《おも》えないわ。」ジョシー・パイはすぐさま反対《はんたい》をとなえました。「どんな人《ひと》だって、屋根《やね》の棟《むね》を歩《ある》けるなんて信《しん》じられないわ。とにかくあんたにゃできやしないでしょうよ。」

「できますとも。」

アンは、無鉄砲《むてっぽう》にさけびました。

「なら、あたし、それを『命令《めいれい》』するわ。あそこにのぼって、バーリーさんの台所《だいどころ》の屋根《やね》の棟《むね》を

歩《ある》くことを命令《めいれい》するわ。」

アンは、真《ま》っ青《さお》になりましたが、すぐに台所《だいどころ》の屋根《やね》にかけてある、はしごのほうへ歩《ある》いてゆきました。みんなは興奮《こうふん》したり、あわてたりして、「おお。」と声《こえ》をあげました。

「そんなことをしてはいけないわ、アン。落《お》っこちて死《し》んでしまうわ。こんなあぶないことを命令《めいれい》するなんてひきょうだわ。」

ひきとめるダイアナの声《こえ》にも耳《みみ》をかさず、アンは、屋根《やね》の下《した》につきました。

「どうしてもしなくちゃならないわ。名誉《めいよ》にかかわることですもの。」アンはおごそかに言《い》いました。「うまく歩《ある》きとおすか、落《お》ちて死《し》ぬか、どちらかよ。ダイアナ、もしあたしが死《し》んだら、真珠玉《しんじゅだま》の指輪《ゆびわ》を形見《かたみ》にあげるわ。」

アンは、みんなが息《いき》もつけずにおしだまって

いる中《なか》を、はしごをのぼり、棟《むね》にあがり、まっすぐにからだをおこして平均《へいきん》をたもちながら歩《ある》きだしました。気味《きみ》が悪《わる》いほど世界《せかい》の上《うえ》に高《たか》くいる気《き》がして、目《め》がくらみそうでした。棟《むね》を歩《ある》くときは、想像力《そうぞうりょく》もたいした助《たす》けにはならないな、とアンは感《かん》じました。

それでもいく足《あし》か歩《ある》きましたが、つぎの瞬《しゅん》間《かん》、ぐらっとよろめいたかと思《おも》うと、つまずき、たおれ、熱《あつ》く焼《や》けた屋根《やね》にすべりおち、すさまじい音《おと》をたてて下草《したくさ》のしげみの中《なか》にころがりおちました。少女《しょうじょ》たちはいっせいに悲鳴《ひめい》をあげました。

そして家《いえ》のまわりをぐるっとまわって、アンのところへかけつけました。

「アン、死《し》んじゃったの？」ダイアナは、横《よこ》たわっているアンのそばにひざまずいてさけびま

した。「おお、アン、ひとこと言《い》ってよ。死《し》んだかどうか、言《い》ってちょうだいよ！」

アンはふらふらとおきあがって、弱々《よわよわ》しい声《こえ》を出《だ》しました。だれよりよろこんだのは、ジョシー・パイでした。

「いいえ、ダイアナ、あたし、死《し》んじゃいないわ。でも、意識不明《いしきふめい》な気《き》がするわ。」

「どこが？　おお、どこなの、アン？」と、キャリー・スローンはすすり泣《な》きました。

そこへバーリー夫人《ふじん》やってきました。

「どうしたっていうの？　どこをけがしたの？」

バーリー夫人《ふじん》はたずねました。アンはとっさに立《た》ち上《あ》がろうとしましたが鋭《するど》い痛《いた》みをおぼえ、悲鳴《ひめい》をあげてまたすわりこんでしまいました。

「くるぶしなの。おお、ダイアナ、どうかおとうさんをよんできて、あたしを家《いえ》へつれてっていただいてちょうだい。とても歩《ある》いて帰《かえ》れないんですもの。一本足《ぽんあし》でとんでくことなんてとてもできないわ。」

マリラが果樹園《かじゅえん》で夏《なつ》りんごを取《と》っていると、バーリー氏《し》が丸木橋《まるきばし》をわたり、坂《さか》をあがってくるのが見《み》えました。そばにバーリー夫人《ふじん》がおり、うしろには少女《しょうじょ》たちがぞろぞろ列《れつ》をつくってついてきます。バーリー氏《し》のうでにはアンが抱《だ》かれ、頭《あたま》をぐったりとバーリー氏《し》の肩《かた》にもたせかけています。

マリラはとつぜん、心臓《しんぞう》をぐさりとつきさされたようなおそろしさにおそわれ、自分《じぶん》にとってアンがどんなに大事《だいじ》なものだったかということを悟《さと》ったのでした。無我夢中《むがむちゅう》で坂《さか》をかけおりながら、アンがこの世《よ》のなにものにもかえられないほど、自分《じぶん》にとって貴《とうと》いものだということを知《し》りました。

「バーリーさん、この子《こ》がどうしたんです？」

マリラは、真《ま》っ青《さお》になり、息《いき》を切《き》らし、すっかり落《お》ちつきを失《うしな》っていました。

アンが頭《あたま》を起《お》こして、自分《じぶん》で返事《へんじ》をしました。

「だいじょうぶよ、マリラ。棟《むね》から落《お》っこちたの。くるぶしをくじいたらしいの。でもね、あたし、首《くび》の骨《ほね》を折《お》るところだったのよ。そう考《かんが》えれば、運《うん》がよかったと思《おも》えるわ。」

そう言《い》ったとたん、あまりの痛《いた》さのため、アンはもう一つの願《ねが》いがかなって、気《き》を失《うしな》ってしまいました。

大《おお》いそぎで畑《はたけ》からよばれてきたマシュウは、すぐに医者《いしゃ》を迎《むか》えにいきました。けがは思《おも》ったよりひどく、アンのくるぶしはつぶれてしまっていました。

その晩《ばん》、マリラが東《ひがし》の部屋《へや》へ上《あ》がっていくと、青白《あおじろ》い顔《かお》をしたアンが、ベッドからあわれな声《こえ》を出《だ》しました。

「あたしをかわいそうだと思《おも》う、マリラ？」

した。

「自分《じぶん》が悪《わる》かったんじゃないか。」と言《い》いながら、マリラはよろい戸《ど》をおろし、ランプをつけました。

「だからかわいそうに思《おも》ってほしいのよ。あたしだけが悪《わる》かったと思《おも》うと、たまらないんですもの。だれかのせいにできるなら、ずっと気《き》が楽《らく》なんだけど。マリラだったら、どうして？　もし、屋根《やね》の棟《むね》を歩《ある》きなさいって命令《めいれい》されたら？」

「わたしだったら、安全《あんぜん》な地面《じめん》にちゃんと立《た》っていて、勝手《かって》に命令《めいれい》させておくね。じっさい、ばかの骨頂《こっちょう》だよ。」

「でも、あたしはマリラみたいに気《き》がしっかりしていないんですもの。ジョシーにばかにされるのはがまんできないと思《おも》ったの。あたし、もうじゅうぶん罰《ばつ》は受《う》けたんだから、そんなにしからないでね、マリラ。気絶《きぜつ》なんてちっともすてきじゃないし、お医者《いしゃ》さまはくるぶしをなおすときに、ずいぶん痛《いた》い目《め》にあわせたわ。七週間《しゅうかん》くらいは出《で》て歩《ある》けないから、新《あたら》しい先生《せんせい》にも会《あ》えないし――そして、ギル――クラスの人《ひと》はみんな、あたしを追《お》いこしてしまうでしょうよ。ああ、あたしは、なやみ多《おお》き人間《にんげん》なんだわ。でも、マリラさえひどく怒《おこ》っていないなら、あたし、なにかも勇敢《ゆうかん》にたえしのべるんだけど……。」

「さあ、さあ、わたしは怒《おこ》ってなんぞいないよ。あんたは、運《うん》の悪《わる》い子《こ》だ。たしかにそうだよ。さ、食事《しょくじ》をしなさい。」

「あたし、想像力《そうぞうりょく》があってしあわせだったわ。想像力《そうぞうりょく》のない人《ひと》が骨《ほね》をくじいたら、どうするのかしらね、マリラ。」

あきあきする七週間《しゅうかん》でしたが、見舞客《みまいきゃく》もたくさんあって、一日《にち》に必《かなら》ずひとりかそれ以上《いじょう》の学校《がっこう》友《とも》だちが、花《はな》や本《ほん》を持《も》って立《た》ちより、アヴォンリーの子《こ》どもの世界《せかい》のできごとをすっかり話《はな》してくれました。

「みんな、とても親切《しんせつ》ね。」はじめて足《あし》をひきずって歩《ある》いた日《ひ》に、アンは幸福《こうふく》そうにため息《いき》をつきました。「寝《ね》たっきりなのはあまりゆかいじゃないけれど、それでもいいこともあるわ。ミセス・アランは十四回《かい》も来《き》てくださったわ。ミセス・アランが来《き》てくださると、とても元気《げんき》がつくのよ。これはあんたが悪《わる》いのです、これから飛《と》びきりいい子《こ》にならなくてはいけません、なんて言《い》わないいんですもの。リンドのおばさんは、そう言《い》いなすったわ。そしてそう言《い》いながらも、そうもよくはなれないだろうと思《おも》っていなさるような口調《くちょう》なのよ。

ジョシー・パイまできてくれたわ。あたし、できるだけていねいにしたの。あの命令《めいれい》を後悔《こうかい》してると思《おも》ったもんでね。もしあたしが死《し》んでしまったら、ジョシーは一生暗《いっしょうくら》い後悔《こうかい》の重荷《おもに》をしょわなくてはならなかったでしょうからね。

ダイアナはほんとうの友《とも》だちだわ。毎日《まいにち》、あたしをなぐさめてくれたんですもの。ダイアナが言《い》ってたけれど、新《あたら》しい先生《せんせい》は、なんともいえないきれいな金髪《きんぱつ》の巻《ま》き毛《げ》で、目《め》がそりゃあすば

らしいんですって。服《ふく》の袖《そで》は、アヴォンリーのなかのだれよりふくらんでいるんですって。一週《しゅう》間《かん》おきに金曜日《きんようび》の午後《ごご》、詩《し》の暗誦《あんしょう》をやらせるんですって。まあ、思《おも》っただけでもすてきだわ。そして、暗誦《あんしょう》のない金曜《きんよう》の午後《ごご》には『野外授業《やがいじゅぎょう》』で、森《もり》へみんな行《い》って、シダや花《はな》や小鳥《ことり》の研究《けんきゅう》をするんですって。リンドのおばさんは、そんなやり方《かた》は見《み》たことがない、これも女《おんな》の先生《せんせい》なんかをたのんだせいだと言《い》っていなさるのよ。でも、きっとすばらしいにちがいないと、あたしは思《おも》うわ。ミス・ステイシーも腹心《ふくしん》にちがいないと思《おも》うの。」

「アンや、バーリーさんとこの屋根《やね》から落《お》ちても、あんたの舌《した》はちょっとも被害《ひがい》がなかったことだけはたしかだね。」と、やっとマリラは口《くち》を入《い》れました。

第《だい》二十四章《しょう》　音楽会《おんがくかい》

十月《がつ》になってから、アンはやっと学校《がっこう》へ行《い》きはじめました。

しっとりと露《つゆ》にぬれた野原《のはら》は、銀糸《ぎんし》で織《お》った布地《ぬのじ》のように輝《かがや》き、森《もり》の窪地《くぼち》には枯《か》れ葉《は》がうずたかくつもって、足《あし》の下《した》でがさがさと音《おと》をたてました。「樺《かば》の道《みち》」は、黄金色《こがねいろ》の天幕《てんまく》をつくり、下《した》に生《は》えているシダは枯《か》れて褐色《かっしょく》になっていました。

とぶように学校《がっこう》へいそぐ少女《しょうじょ》たちの愉快《ゆかい》な心《こころ》をはずませるなにかが、空気《くうき》の中《なか》にこもっているように思《おも》われました。

新《あたら》しい先生《せんせい》は、アンにとっては、すばらしいみちびき手《て》でした。ミス・ステイシーの明《あか》るい、あたたかい、若々《わかわか》しい性格《せいかく》は生徒《せいと》たちに好《す》かれて、生徒《せいと》たちは、知能《ちのう》のうえでも、道徳的《どうとくてき》な面《めん》でも、ぐんぐんのびていきました。この健全《けんぜん》な感化《かんか》のもとに、アンは花《はな》のようにひらいていきました。

「あたし、心《こころ》からミス・ステイシーを愛《あい》しているわ、マリラ。あたしの名前《なまえ》を呼《よ》ぶにしても、お

わりにe《イー》の字《じ》をつけて発音《はつおん》したってことはぴんと感《かん》じたわ。」

「リンドのおばさんは、このあいだの金曜日《きんようび》に、男《おとこ》の子《こ》たちが、ベルさんの丘《おか》のあの大《おお》きな木《き》のてっぺんにのぼって、鳥《とり》の巣《す》をとるってさわいでるのを見《み》たときには、血《ち》が凍《こお》る思《おも》いをしたって言《い》ってなさったよ。」と、マリラが言《い》いました。「ステイシー先生《せんせい》が、なんでそんなことをさせるのかしらと思《おも》うよ。」

「でも自然科学《しぜんかがく》の勉強《べんきょう》に鳥《とり》の巣《す》が必要《ひつよう》だったのよ。」と、アンは答《こた》えました。「野外研究《やがいけんきゅう》の午後《ごご》って、すてきよ、マリラ。野外研究《やがいけんきゅう》のことは作文《さくぶん》に書《か》かなくてはならないのよ。あたしがいちばんじょうずなの。」

「そんなこと自分《じぶん》で言《い》うなんて、うぬぼれているね。」

「先生《せんせい》がそう言《い》いなすったのよ。それに、幾何《きか》があんなにできないのに、どうしてうぬぼれていられて？　でも、作文《さくぶん》を書《か》くのは大好《だいす》きだわ。来週《らいしゅう》はだれか、えらい人物《じんぶつ》のことを書《か》かなくてはならないの。えらい人《ひと》はどっさりいるから、選《えら》びだすのがむずかしいわ。えらい人《ひと》になって、作文《さくぶん》に書《か》かれるなんてすてきでしょうね？　ああ、えらくなりたいわ。大《おお》きくなったら、看護婦《かんごふ》になって、赤十字《せきじゅうじ》といっしょに戦場《せんじょう》へ慈愛《じあい》の使《つか》いとして行《い》くつもりだわ。」

やがて十一月《がつ》になると、ミス・ステイシーは、ある一つの計画《けいかく》をもちだしました。それはクリスマスの晩《ばん》に、アヴォンリーの学校《がっこう》の生徒《せいと》で音楽会《おんがくかい》をもよおし、その収益《しゅうえき》で校旗《こうき》を作《つく》ろう、とい

うことでした。

学校《がっこう》じゅうの生徒《せいと》が大《おお》よろこびしました。中《なか》でもアンはすっかり夢中《むちゅう》になり、この会《かい》の準備《じゅんび》のために、全身全霊《ぜんしんぜんれい》をうちこんだのでした。

「子《こ》どものくせに音楽会《おんがくかい》をやったり、練習《れんしゅう》に走《はし》りまわるなんて賛成《さんせい》しないね。勉強《べんきょう》に使《つか》う時間《じかん》をむだにするうえに、虚栄心《きょえいしん》は強《つよ》くなるし、出《で》しゃばりになるし、そしてほっつき歩《ある》きが好《す》きになるばかりさ。」

マリラは、頭《あたま》からけなして、ぶつぶつ言《い》いました。

「でも、りっぱな目的《もくてき》があるのよ。旗《はた》は愛国心《あいこくしん》をやしなうものなのよ、マリラ。」と、アンが主張《しゅちょう》しました。

「うまいことを言《い》いなさんな。あんたがたのだれひとり、愛国心《あいこくしん》なんて頭《あたま》においている者《もの》がいるものかね。ただ陽気《ようき》にさわぎたいだけじゃないか。」

「なら、愛国心《あいこくしん》とゆかいなことがいっしょになったら、いいことじゃない？　もちろん、音楽会《おんがくかい》はすてきなことだわ。合唱《がっしょう》が六つあって、ダイアナがソロをうたうのよ。あたしは対話《たいわ》に二つ出《で》て、暗誦《あんしょう》も二つするの。思《おも》っただけでふるえてくるわ。

あたし、暗誦《あんしょう》は屋根裏《やねうら》で練習《れんしゅう》しようと思《おも》うの。うめき声《ごえ》が聞《き》こえてきても、おどろかないでちょうだいね。胸《むね》をひきさくようにうめかなくてはならないところがあるの。じょうずに劇的《げきてき》に

うめくのは、とてもむずかしいわ。対話《たいわ》ではあたし、妖精《ようせい》の役《やく》なの。ジョシー・パイったら、赤毛《あかげ》の妖精《ようせい》なんてこっけいだなんて言《い》ってたけど、気《き》にかけないことにするわ。髪《かみ》に白《しろ》ばらの花輪《はなわ》を飾《かざ》って、ルビー・ギリスの上靴《うわぐつ》をかりるの。長靴《ながぐつ》をはいた妖精《ようせい》なんていませんものね。

おお、マリラ、マリラはあたしほどには夢中《むちゅう》になっていないのはわかるけど、でもマリラの小《ちい》さなアンが、名《な》をあげたらいいと思《おも》わない？」

「あたしの願《ねが》うことは、おとなしやかにすることですよ。こんなさわぎがすんで、あんたが落《お》ついたら、ほんとにありがたいね。」

アンはため息《いき》をついて裏庭《うらにわ》に出《で》ました。

金色《きんいろ》がかった緑色《みどりいろ》の西《にし》の空《そら》から、新月《しんげつ》が、葉《は》の落《お》ちたポプラごしに輝《かがや》いており、マシュウは薪《まき》を割《わ》っていました。アンは材木《ざいもく》の上《うえ》にのって、音楽会《おんがくかい》のことをマシュウに話《はな》して聞《き》かせました。今度《こんど》は少《すく》なくともほめてもらったり、身《み》を入《い》れて聞《き》いてもらえることはたしかでした。

「そうさな、なかなかりっぱな音楽会《おんがくかい》になるだろうよ。それにおまえは、自分《じぶん》の役《やく》をみごとにやってのけるにちがいあるまいよ。」と言《い》って、マシュウは、いきいきした小《ちい》さな顔《かお》に微笑《ほほえ》んでみせ、アンも微笑《ほほえ》みかえしました。この二人《ふたり》ほど仲《なか》のよい友《とも》だちは、またとないのでした。

第《だい》二十五章《しょう》　マシュウとふくらんだ袖《そで》

マシュウは十分間《ぷんかん》というもの、もやもやとした気持《きも》ちにおそわれていました。

十二月《がつ》の、ある寒《さむ》い、くもった夕《ゆう》ぐれのことです。たそがれの中《なか》を台所《だいどころ》にはいってきたマシュウは、薪箱《まきばこ》のすみに腰《こし》をおろして、重《おも》い長靴《ながぐつ》をぬごうとしていました。

居間《いま》では、アンと同級生《どうきゅうせい》たちが、対話《たいわ》の「妖精《ようせい》の女王《じょおう》」の練習《れんしゅう》をしていました。まもなく練習《れんしゅう》が終《お》わったらしくて、女《おんな》の子《こ》たちは、がやがや笑《わら》いさざめきながら、台所《だいどころ》に出《で》てきました。

女《おんな》の子《こ》たちは、だれひとり、マシュウがいることに気《き》づきませんでした。はにかみやのマシュウが、靴《くつ》と靴《くつ》べらを持《も》ったまま、薪箱《まきばこ》のむこうの、ほのぐらい陰《かげ》にひっこんでしまったからです。

アンは、少女《しょうじょ》たちにかこまれて、きらきらと目《め》をかがやかせ、ほおをばら色《いろ》にそめて立《た》っていました。

マシュウは、かたすみにかくれて、女《おんな》の子《こ》たちのむれをじっと見《み》ていましたが、急《きゅう》に、アンがどこか、ほかの女《おんな》の子《こ》たちとちがっているのに気《き》がつきました。そして、ゆううつな気持《きも》ちにおそわれました。

アンは、ほかのどの女《おんな》の子《こ》より、明《あか》るい顔《かお》をして、大《おお》きな星《ほし》のような目《め》をし、上品《じょうひん》な顔《かお》だちをしていました。

内気《うちき》な、ろくに人《ひと》を見《み》ようとしないマシュウでさえ、これだけのことはわかりました。でも、それだけのちがいなら、マシュウがふゆかいになるはずはありません。マシュウは、その晩《ばん》二時間《じかん》もたばこをくゆらして、一心《いっしん》に考《かんが》えたあげく、ようやくこのむずかしい問題《もんだい》をとくことができました。

アンの身《み》なりが、ほかの子《こ》とちがっているのです。

マリラは、いつも黒《くろ》っぽい生地《きじ》で、同《おな》じ型《かた》の洋服《ようふく》を作《つく》って、アンに着《き》せていました。

マシュウは、服《ふく》に流行《りゅうこう》があるなどということは、ちっとも知《し》りませんでしたが、ただ、アンの服《ふく》の袖《そで》が、ほかの女《おんな》の子《こ》とはちがっていることを見《み》てとったのです。

(ほかの子《こ》は、赤《あか》やピンクや青《あお》のはなやかな色《いろ》を着《き》ているのに、どうして、マリラはいつも、アンにあんな飾《かざ》りけのない、地味《じみ》なかっこうをさせておくのだろう? まあ、マリラのことだから、なにか深《ふか》い考《かんが》えがあってのことだろうが、しかしあの子《こ》にも一枚《まい》ぐらい、きれいな、いつも

ダイアナ・バーリーが着《き》ているようなのをこしらえてやっても、悪《わる》いことはあるまい。そうだ、一つあの子《こ》にこしらえてやろう。)

クリスマスまで、もう二週間《しゅうかん》です。

(きれいな新《あたら》しい服《ふく》こそ、いちばんいい贈《おく》り物《もの》だ。)

満足《まんぞく》の吐息《といき》をつくと、マシュウはパイプをしまって、寝床《ねどこ》にひきあげました。

その翌日《よくじつ》の夕方《ゆうがた》、マシュウはさっそくカーモディの町《まち》へ服《ふく》を買《か》いにでかけました。

マシュウは、女《おんな》の店員《てんいん》は苦手《にがて》だったので、いつも主人《しゅじん》のサミュエルか、息子《むすこ》が出《で》てきてくれる、ローソンの店《みせ》へ行《い》くことにしました。

かわいそうにマシュウは、ローソンが店《みせ》を広《ひろ》くしたのといっしょに、女《おんな》の店員《てんいん》をおいたことを知《し》らなかったのです。

マシュウが店《みせ》へはいっていくと、「なにをさしあげましょうか?」と、ルシラ・ハリス嬢《じょう》は、帳場《ちょうば》の台《だい》をコツコツ両手《りょうて》でたたきながら、てきぱき愛想《あいそ》よくたずねました。

「ええ——そのう——ええ、熊手《くまで》はありますかな?」

マシュウは、どもりどもり言《い》いました。

十二月《がつ》もなかばだというのに、熊手《くまで》を注文《ちゅうもん》されたのですから、ハリス嬢《じょう》はたまげてしまいました。

「たしか、一つか二つ残《のこ》っていたと思《おも》いますけれど。」

やがて二階《かい》の物置《ものおき》から、熊手《くまで》を持《も》っておりてきたハリス嬢《じょう》は、「ほかになにかご入用《にゅうよう》のものは？」と、きげんよくききました。

するとマシュウは、両《りょう》の手《て》にぐっと力《ちから》をこめて答《こた》えました。

「それでは、そう言《い》ってくださるからに――それじゃ――ええ――そのう――ほし草《くさ》の種《たね》をすこしもらいましょうかな。」

ハリス嬢《じょう》は、前《まえ》から、マシュウ・クスバートが変人《へんじん》だということはきいていましたが、いまというま、これはてっきり気《き》がへんにちがいないと決《き》めてしまいました。

「ほし草《くさ》の種《たね》は、うちでは春《はる》しかおきませんから、ただいまはありません。」

「おお、そうですとも、そうですとも、そのとおりです。」

みじめなマシュウは口《くち》ごもりながら、熊手《くまで》を持《も》ってでていこうとしましたが、入《い》り口《ぐち》のところで、代金《だいきん》がまだだったことに気《き》がついて、おずおずともどってきました。

ハリス嬢《じょう》がおつりをかぞえているあいだに、マシュウは最後《さいご》の死《し》にものぐるいの力《ちから》をふりしぼって言《い》いました。

「そのう――もし、あまりごめいわくでないなら――そのう――ええ――少《すこ》しばかり――そのう――砂糖《さとう》を見《み》せていただきたいんで――。」

「白《しろ》いんですか、黒《くろ》いんですか。」

「ええ――そうさな――黒《くろ》いのを一つ。」

マシュウはよわよわしく答《こた》えました。

「あそこに、その樽《たる》があります。あれ一品《ひとしな》しかないんです。」

「では――では二十ポンドばかりもらいましょう。」と、マシュウはひたいに、玉《たま》のように汗《あせ》をかきながら言《い》いました。

さて、家《いえ》に帰《かえ》ったマシュウはそれからよくよく考《かんが》えて、これはどうしても婦人《ふじん》の助《たす》けを借《か》りなくてはだめだと思《おも》いつきました。

マリラはかならず、けちをつけるにきまっています。するとアヴォンリーじゅうで、マシュウが話《はなし》をすることができる婦人《ふじん》は、リンド夫人《ふじん》だけなのです。

マシュウは、思《おも》いきって、リンド夫人《ふじん》をたずねていきました。この気《き》のいいおばさんは、すぐさま、悩《なや》みぬいているマシュウの重荷《おもに》を軽《かる》くしてくれました。

「アンの服《ふく》を選《えら》ぶんでしょう。よござんすとも。あしたカーモディに行《い》って見《み》つけてきますよ。アンには上品《じょうひん》な濃《こ》い茶色《ちゃいろ》が似《に》あうと思《おも》うんですよ。仕立《した》てもわたしがしたほうがいいんでしょう？　マリラが仕立《した》てると、アンがかぎつけてしまって、せっかくの楽《たの》しみがなくなってしまい

ますものね。いいえ、ちっともめいわくなことはありませんよ。姪《めい》のジェニー・ギリスで型《かた》をとって作《つく》りましょう。ジェニーとアンはまるで、うり二《ふた》つですからね。」

「いやどうも、なにからなにまで、ありがたいことです。それから――それから――そのう――じつは――ええ、袖《そで》の形《かたち》は、いまじゃ、前《まえ》とちがってるように思《おも》えますが――わしは、そのう、袖《そで》を新流行《しんりゅうこう》でやっておもらいいもうしたいんですが。」

「ふくらますんでしょう。ようござんす。最新流行《さいしんりゅうこう》の型《かた》に仕立《した》てますからね。」と、リンド夫人《ふじん》はうけあってくれました。

マシュウが帰《かえ》ったあとで、リンド夫人《ふじん》は考《かんが》えました。

(あのかわいそうな子《こ》が、はじめて人《ひと》なみのものを着《き》るなんて、ほんとにいいあんばいだ。マリラが着《き》せているものときたら、お話《はなし》にならないんだからね。あんなみじめななりをさせて、それでへりくだりの気持《きも》ちをもたせようとするつもりらしいが、かえってうらやみと不満《ふまん》の気持《きも》ちをおこさせるだけさ。あの子《こ》もきっとひけ目《め》を感《かん》じているにちがいない。けれど、マシュウがそれに気《き》づくとは！　あの男《おとこ》も六十年《ねん》以上《いじょう》もねむっていたのが、やっと目《め》がさめたってものさ。)

それから二週間《しゅうかん》というもの、マリラは、マシュウがなにかこっそりかくしごとを持《も》っているなと感《かん》じていましたが、それがなにか、いっこうに見当《けんとう》がつきませんでした。

ところが、クリスマスの前夜《ぜんや》、リンド夫人《ふじん》が、アンの新《あたら》しい服《ふく》を持《も》ってやってきました。

「それでマシュウがこの二週間《しゅうかん》ほど、わけのわからないようすをして、一人《ひとり》でにやにやしていたわけなんですね？」と、マリラは、いかつい口《くち》ぶりでしたが、思《おも》ったより、ものわかりのいいところを見《み》せて言《い》いました。「なにかばかげたことをはじめたな、とは思《おも》ってましたけどね。アンには、この秋《あき》に、あたたかい生地《きじ》で実用的《じつようてき》な服《ふく》を三枚《まい》もこしらえてやってあるんですから、これ以上《いじょう》はいらないのですがね。この袖《そで》だけでも、たっぷりブラウス一枚《まい》ぶんはありますよ。あんたはアンの虚栄心《きょえいしん》をますますつのらせるだけですよ、マシュウ。まあこれであの子《こ》も満足《まんぞく》するでしょうよ。このばかげた袖《そで》がはやりだしてからというもの、これがほしくてたまらなかったんですからね。」

クリスマスの朝《あさ》は、真《ま》っ白《しろ》な銀世界《ぎんせかい》になっていました。この十二月《がつ》はめずらしくあたたかだったので、人々《ひとびと》は緑《みどり》のクリスマスを期待《きたい》していました。けれども、夜《よる》のうちに降《ふ》った雪《ゆき》が、アヴォンリーを、たちまち白銀《はくぎん》の世界《せかい》に変《か》えてしまったのでした。

アンは東《ひがし》の部屋《へや》の窓《まど》から、うれしそうに外《そと》をながめ、さわやかな空気《くうき》を胸《むね》いっぱいにすいこむと、家《いえ》じゅうに響《ひび》きわたるような声《こえ》でうたいながら、下《した》へかけおりていきました。

「クリスマスおめでとう、マリラ！　クリスマスおめでとう、マシュウおじさん！　白《しろ》いクリスマスで、とてもうれしいわ。緑《みどり》のクリスマスなんて好《す》きじゃないわ。ほんとの緑《みどり》じゃないんですもの。汚《きたな》らしい茶色《ちゃいろ》と灰色《はいいろ》なのよ。それをなぜ緑《みどり》のクリスマスなんて言《い》うんでしょうね？　あら

――あら――あら、マシュウおじさん。それあたしにくださるの。まあ、おじさん！」

マシュウはおずおずと、つつみ紙《がみ》から服《ふく》をとりだして、マリラのほうをこわごわ見《み》やりながら、さしだしました。マリラは、けいべつしたような顔《かお》つきで、お茶《ちゃ》をつぎながらも、横目《よこめ》でようすをうかがっていました。

アンはあまりのうれしさに、言葉《ことば》も出《で》ず、ただまじまじと、美《うつく》しいその服《ふく》を、くいいるようにながめていました。

なんという美《うつく》しさでしょう――つやつやとしたすばらしい茶色《ちゃいろ》のグロリア絹地《きぬじ》。優美《ゆうび》なひだや、ふちどめのあるスカート、最新流行《さいしんりゅうこう》の型《かた》で、胸《むね》にピンタックがほどこしてあり、首《くび》には、うすいレースの飾《かざ》りがついています。

そして、いちばんすばらしいのは、袖《そで》です。長《なが》いひじのカフスの上《うえ》に、茶色《ちゃいろ》の絹《きぬ》のリボンを蝶《ちょう》結《むす》びにしたので仕《し》切《き》ってある、二つの大《おお》きなふくらみがついていました。

「これがおまえへのクリスマスの贈《おく》り物《もの》だよ、アン。」と、マシュウは、はにかみながら言《い》いました。

すると、急《きゅう》にアンの大《おお》きな目《め》に、もりあがるように涙《なみだ》があふれてきました。マシュウはあわてました。

「ど、どうしたんだ、アン？　気《き》にいらないのかな？」

「いいえ、気《き》にいらないなんて、そんなこと……あんまりうれしくて、夢《ゆめ》のようなの。こんなすばらしいのってないわ。ああ、どんなにお礼《れい》を言《い》っても、言《い》いたりないわ。まあ、この袖《そで》を見《み》てごらんなさい。あんまりうれしくて夢《ゆめ》の中《なか》にいるようだわ。」

そのときマリラが声《こえ》をかけました。

「さあさあ、食事《しょくじ》ですよ。アン、あんたにこんな服《ふく》がいるとは思《おも》わないけどね。マシュウがこしらえてくれたんだから、だいじにしなさい。リンドのおばさんが、あんたにって、髪《かみ》リボンをおいてってくださったよ。この服《ふく》にあうような茶色《ちゃいろ》なんだよ。さあ、おすわり。」

「マリラ、あたし、なにものどをとおらないわ。口《くち》より目《め》のほうに、この服《ふく》を思《おも》いっきりごちそうしてやりたいわ。ふくらんだ袖《そで》がまだはやっていて、ほんとによかったわ。あたしがこういうのを着《き》ないうちに、はやりがすたってしまったら、あきらめきれないところだったわ。あたしにリボンをくださるなんて、リンドのおばさんは親切《しんせつ》ね。ほんとうによい子《こ》にならなくてはすまないわ。これからは特別一生懸命《とくべついっしょうけんめい》やってみるわ。」

朝食《ちょうしょく》がすむと、真《ま》っ赤《か》な外套《がいとう》を着《き》たダイアナが、窪地《くぼち》の白《しろ》い丸木橋《まるきばし》をわたってくるのが見《み》えました。

「プレゼントを持《も》ってきたのよ。」とダイアナは息《いき》をはずませて言《い》いました。「さあ――この箱《はこ》よ。ジョセフィン伯母《おば》さんから、あんたへきたのよ。」

箱《はこ》には、「かわいいアンへ」と書《か》かれたカードと、このうえなく美《うつく》しい、小《ちい》さなキッドの上靴《うわぐつ》が入《はい》っていました。つま先《さき》にはビーズがついており、しゅすのリボンと、キラキラ光《ひかり》るバックルがついていました。

「まあ、ダイアナ、これじゃあ、あんまりよすぎるわ。夢見《ゆめみ》てるみたいよ。」

「あたしなら天《てん》の助《たす》けと言《い》うわ。」ダイアナは言《い》いました。「もうあんた、ルビーの大《おお》きな上靴《うわぐつ》を借《か》りなくてすむわ。足《あし》をひきずって歩《ある》く妖精《ようせい》なんて聞《き》いたことがないもの。」

その日《ひ》は、アヴォンリーの生徒《せいと》たちはみんな興奮《こうふん》しきっていました。夕方《ゆうがた》から開《ひら》かれる音楽会《おんがくかい》のために、公会堂《こうかいどう》を飾《かざ》りつけたり、最後《さいご》の練習《れんしゅう》をしたりすることになっていたからです。

音楽会《おんがくかい》は大成功《だいせいこう》で、小《ちい》さな公会堂《こうかいどう》はいっぱいの見物人《けんぶつにん》でうまりました。生徒《せいと》たちも、みんなみごとにやってのけましたが、なんといっても、いちばんの花形《はながた》はアンでした。やきもちやきのジョシー・パイでさえ、それはみとめたほどでした。

「今夜《こんや》はすばらしかったわね。」

暗《くら》い星空《ほしぞら》の下《した》をダイアナと二人《ふたり》で家《いえ》へ帰《かえ》りながら、アンは言《い》いました。

「なにもかもうまくいったわね。アランさんがね、今夜《こんや》のことを書《か》いて、シャーロットタウンの新聞《しんぶん》に送《おく》るんですって。」

ダイアナが、てきぱきとした調子《ちょうし》で答《こた》えました。

「まあ、ダイアナ。じゃあ、あたしたちの名前《なまえ》が印刷《いんさつ》されて出《で》るのね。思《おも》っただけでも、ぞくぞくするわ。あんたのソロはまったくすばらしかったわよ。アンコールされたときには、あんたより、あたしのほうがずっと得意《とくい》になったことよ。」

「あら、あんたが暗誦《あんしょう》したときは、われるような拍手《はくしゅ》だったわよ、アン。」

「あたし、すっかりあがっちゃったのよ。でも、あのきれいなふくらんだ袖《そで》のことを思《おも》いだしたら、勇気《ゆうき》が出《で》たの。あたしのうなり方《かた》はどうだった？」

「とてもうまかったわ。あんたのうめき声《ごえ》はすばらしかったわよ。」

「あたしねえ、腰《こし》かけるときにスローンのおばあさんが、涙《なみだ》をふいているのが見《み》えたのよ。だれかの心《こころ》にふれたと思《おも》うと、うれしかったわ。音楽会《おんがくかい》に出《で》るのは、とてもロマンチックなものね。」

「男《おとこ》の子《こ》のほうの対話《たいわ》もよかったと思《おも》わない？　ギルバート・ブライスは、ただもうすばらしかったわ。それからね、あんたが妖精《ようせい》の対話《たいわ》のあとで、ステージから走《はし》ってでたときに、あんたの髪《かみ》からばらが一輪《りん》落《お》ちたのよ。それをギルバートがひろって、胸《むね》のポケットにしまってるのを、あたし見《み》ちゃったの。そら、ごらんなさい。あんたはとてもロマンチックだから、これを聞《き》いたらきっとよろこぶと思《おも》ったのよ。」

「あんなやつがなにをしようと、あたしにはなんの興味《きょうみ》もないわ。」と、アンはきっぱり答《こた》えました。

その晩《ばん》、二十年《ねん》ぶりに音楽会《おんがくかい》へ出《で》かけた、マリラとマシュウは、アンが床《とこ》にはいってから、しばらく、台所《だいどころ》の炉端《ろばた》にすわっていました。

「そうさな、うちのアンは、だれにも負《ま》けないほどに、やってのけたよ。」と、マシュウはじまんそうに言《い》いました。

「そうですよ。あの子《こ》はりこうものですよ。それに、見《み》たところもよかったじゃありませんか。とにかく、今夜《こんや》のアンはりっぱでしたよ。」

「あの子《こ》をこの先《さき》どんなふうにしたらいいか、そろそろ考《かんが》えなくちゃなるまいよ、マリラ。アヴォンリーの学校《がっこう》だけじゃ、たりなくなると思《おも》うんだがな。」

「それを考《かんが》えるまでには、まだまだ間《ま》がありますよ。あの子《こ》は三月《がつ》でやっと十三になるんですからね。もっとも今夜《こんや》は、あの子《こ》もまったく大《おお》きくなったもんだと、びっくりしましたがね。まあ、あの子《こ》にしてやれるいちばんのことは、もうしばらくしてから、クイーン学院《がくいん》へ入《い》れてやることですね。でも、まだ一、二年《ねん》は、そんなことはなにも口《くち》に出《だ》すことはありませんよ。」

「そうさな、ときどき考《かんが》えてみるのも悪《わる》くはあるまいよ。」と、マシュウが言《い》いました。「こういうことは、しっかり考《かんが》えれば考《かんが》えるほど、よいものだよ。」

第《だい》二十六章《しょう》　物語《ものがたり》クラブの結成《けっせい》

その年《とし》の冬《ふゆ》は、めずらしくあたたかで、雪《ゆき》もあまり降《ふ》らなかったので、アンとダイアナは、ほとんど毎日《まいにち》、「樺《かば》の道《みち》」をとおって学校《がっこう》へ行《い》くことができました。

アンの誕生日《たんじょうび》に、二人《ふたり》はこの道《みち》を足《あし》どりも軽《かる》く、おしゃべりしながらも、目《め》と耳《みみ》をゆだんなくはたらかせて歩《ある》いていきました。ミス・ステイシーから、「冬《ふゆ》の森《もり》を歩《あゆ》む」という作文《さくぶん》の題《だい》をだされていたので、観察力《かんさつりょく》をとぎすまさなければなりませんでした。

「ねえ、ダイアナ、あたし、きょうで十三になったのよ。」とアンはこわそうにささやきました。「十三になったなんて、とても信《しん》じられないわ。けさ目《め》をさましたとき、なにもかも、ちがったものみたいに思《おも》えたわ。あんたは十三になってから、もうひと月《つき》もたっているから、あたしほどめずらしく感《かん》じないでしょうけれど、世界《せかい》がずっとおもしろくなったような気《き》がするわ。あと二年《ねん》すれば、あたし、ほんとうのおとなになるのよ。そうすれば、いくらおとなの言葉《ことば》をつかっても、だれにも笑《わら》われずにすむと思《おも》うと、うれしくなるわ。あら、ダイアナ、ごらんなさい

よ。うさぎがいるわ。作文《さくぶん》のなかにいれましょうよ。冬《ふゆ》の森《もり》も、夏《なつ》と同《おな》じくらい美《うつく》しいものね。真《ま》っ白《しろ》で、しずかで、まるで、ねむっていて、きれいな夢《ゆめ》を見《み》ているようね。」

「その作文《さくぶん》のほうは、まあ、どうにかなるとして……。」と、ダイアナはため息《いき》をつきました。

「森《もり》のことならどうにか書《か》けるけれど、月曜日《げつようび》に出《だ》さなくてはならないほうは、こまっちゃったわ。ミス・ステイシーったら、自分《じぶん》で考《かんが》えだした物語《ものがたり》を書《か》けっておっしゃるんですもの。」

「あら、わけないじゃないの。」と、アンが言《い》いました。

「あんたにはわけないでしょうよ。想像力《そうぞうりょく》があるんですもの。でも、想像力《そうぞうりょく》なんか持《も》たずに生《う》まれてきたとしたら、どうする？　あんたはもう、その物語《ものがたり》を作《つく》ってしまったんでしょう？」

アンは得意《とくい》の色《いろ》をかくそうとしましたが、だめでした。

「ええ、土曜日《どようび》の夕方《ゆうがた》に書《か》いてしまったわ。題《だい》は『嫉妬深《しっとぶか》き競争者《きょうそうしゃ》、または、死《し》も離《はな》しえず』というのよ。マリラに読《よ》んであげたら、マリラったら、こんなくだらないものはないっていうの。それから、マシュウおじさんに読《よ》んであげたら、すてきだっていうの。こんな批評家《ひひょうか》のほうが好《す》きだわ。とにかく、とても悲《かな》しい美《うつく》しい物語《ものがたり》よ。書《か》きながら、あたし泣《な》いてしまったわ。」

「あたしの想像力《そうぞうりょく》も、あんたみたいだといいんだけれど。」

「ただ、みがきさえすればいいのよ。」と、アンははげましました。「あんたとあたしで物語《ものがたり》クラブをつくって、練習《れんしゅう》に物語《ものがたり》を書《か》きましょうよ。あんたが一人《ひとり》で作《つく》れるようになるまで、あたし手《て》

伝《つた》ってあげるわ。あんたは想像力《そうぞうりょく》をやしなわなければならないんですもの。」

これで、アンとダイアナの二人《ふたり》を会員《かいいん》とする、物語《ものがたり》クラブが結成《けっせい》されたのでした。

やがて、ジェーン・アンドリュウスやルビー・ギリス、そのほかにも一人《ひとり》、二人《ふたり》、想像力《そうぞうりょく》をみがく必要《ひつよう》を感《かん》じた者《もの》がくわわりました。男《おとこ》の子《こ》は一人《ひとり》も入会《にゅうかい》をゆるされませんでした。

そして、クラブのメンバーは、一週間《しゅうかん》に一《ひと》つずつ、物語《ものがたり》を書《か》いて出《だ》さなければなりませんでした。

「とてもおもしろいのよ。」と、アンは、マリラに、クラブのことを話《はな》しました。「めいめい自分《じぶん》の物語《ものがたり》を声《こえ》に出《だ》して読《よ》むのよ。それをみんなで批評《ひひょう》しあうの。物語《ものがたり》はぜんぶ大切《たいせつ》にしまっておいて、あたしたちの子孫《しそん》に読《よ》ませることになってるの。それぞれペンネームを使《つか》って書《か》くのよ。あたしのは、ロザモンド・モンモーレンシーっていうの。みんなとてもじょうずよ。ルビー・ギリスは、どっちかというと感傷的《かんしょうてき》なの。物語《ものがたり》のなかにくどくところをいれすぎるのよ。あまり少《すく》ないのもよくないけれど、あまり多《おお》すぎるのもよくないわ。ジェーンはひとつも入《い》れないの。声《こえ》を出《だ》して読《よ》むときに恥《は》ずかしいからと言《い》ってね。ジェーンのはとても常識的《じょうしきてき》なの。それから、ダイアナのは、あんまり殺人《さつじん》が多《おお》すぎるの。なかの人物《じんぶつ》をどうあつかっていいかわからないもんで、かたっぱしから殺《ころ》してしまうんですって。たいていあたしが、どんなことを書《か》いたらいいか、みんなにおしえてあげるのよ。あたし、いくらでも考《かんが》えがわいてくるんですもの。」

「その話《はなし》を書《か》くとかなんとかというさわぎくらい、ばかげたことはないと思《おも》うね。頭《あたま》にくだらないことばかりつめこんで、勉強《べんきょう》に使《つか》う時間《じかん》をむだにするんだからね。物語《ものがたり》を読《よ》むことだって悪《わる》いが、それを書《か》くのは、なお悪《わる》いよ。」とマリラはまぜっかえしました。

「でも、あたしたち、話《はなし》のなかに教訓《きょうくん》を入《い》れるようにしているのよ。善人《ぜんにん》にはそれぞれよい報《むく》いがあるし、悪人《あくにん》はそれぞれ罰《ばつ》を受《う》けるのよ。そうすればきっと、ためになると思《おも》うの。あたしの書《か》いた物語《ものがたり》をひとつ、アラン先生《せんせい》と奥《おく》さんに読《よ》んでさしあげたら、お二人《ふたり》ともすばらしい教訓《きょうくん》だっておっしゃったわ。ただ二人《ふたり》とも変《へん》なところで笑《わら》うのよ。泣《な》いてもらいたいところなのに。

ダイアナがクラブのことを、ジョセフィン伯母《おば》さんに手紙《てがみ》を書《か》いて知《し》らせたら、物語《ものがたり》をいくつか送《おく》ってほしいというお返事《へんじ》がきたのよ。それで、あたしたち、いちばんいいのを四つ、お清書《せいしょ》して送《おく》ったの。そしたらお手紙《てがみ》がきて、あんなおもしろいのは、生《う》まれてはじめてだと書《か》いてあったわ。でもあたしたち、びっくりしたのよ。だって、送《おく》った物語《ものがたり》はみんな悲《かな》しいものばかりで、ほとんどみんな死《し》んでしまうんですもの。でも、ミス・バーリーの気《き》に入《い》ってよかったと思《おも》うわ。クラブがすこしでも世《よ》の中《なか》にためになったことになるんですもの。」

「わたしがいま感《かん》じていることはね、アン。もういま時分《じぶん》はあんたが、このお皿《さら》を洗《あら》いあげているころだということだよ。そのおしゃべりのおかげで、三十分《ぷん》もよけいにかかっているよ。まず第《だい》一に仕事《しごと》、話《はなし》はそのあとということをおぼえなさい。」

第《だい》二十七章《しょう》　虚栄《きょえい》の果《は》て

四月《がつ》も末《すえ》のある夕方《ゆうがた》、教会《きょうかい》の婦人会《ふじんかい》からの帰《かえ》り道《みち》、しっとりしめった小径《こみち》にふみいりながら、マリラは、炉《ろ》の火《ひ》がパチパチと燃《も》え、お茶《ちゃ》のしたくのできているわが家《や》へ帰《かえ》るのは、じつにうれしいものだと、しみじみ思《おも》いました。

アンがいなかったころは、婦人会《ふじんかい》のあった日《ひ》の夕方《ゆうがた》には、さむざむとして、わが家《や》へもどったものだったのです。

ところが、台所《だいどころ》にはいってみると、火《ひ》は黒《くろ》く燃《も》えおちていて、アンの姿《すがた》はどこにも見《み》えませんでした。

マリラはすっかりがっかりして、腹《はら》を立《た》ててしまいました。

「あれほど五時《じ》にお茶《ちゃ》のしたくをするようにと、言《い》いつけておいたのに、どこへ行《い》ったんだろう。帰《かえ》ってきたら、ひとつ話《はなし》をつけてやらなくちゃならない。」と、こわい顔《かお》をして、すごいけんまくでお茶《ちゃ》のしたくをはじめました。

マシュウは帰《かえ》ってくると、おとなしく、いつものすみっこでお茶《ちゃ》のできるのを待《ま》っていました。

「あの子《こ》は、やれ物語《ものがたり》を書《か》くの、対話《たいわ》の練習《れんしゅう》をするのと、ばかげたことに夢中《むちゅう》になって、時間《じかん》のことも、自分《じぶん》がやらなくてはならないことも、考《かんが》えようとしないんですからね。いくらアランさんの奥《おく》さんが、あんな頭《あたま》のいい気立《きだ》てのよい子《こ》は見《み》たことがないと言《い》いなすったって、問題《もんだい》じゃありませんよ。たとえ頭《あたま》がよくて気立《きだ》てがよくても、くだらないことで頭《あたま》がいっぱいになってるから、なにをやりだすかしれないんですからね。」

マリラがぷりぷりして言《い》うと、マシュウはいつものひかえめな調子《ちょうし》で、「そうさな、どんなものかな。」と言《い》いました。「だが、これにはなにかわけがあるにちがいないだろうからな。」

暗《くら》くなって、やっと夕食《ゆうしょく》のしたくができましたが、それでもアンは帰《かえ》ってきません。

マリラは、むっつりした顔《かお》で皿洗《さらあら》いをかたづけました。

それから、地下室《ちかしつ》におりていくのに、ろうそくが入《い》り用《よう》になったので、東《ひがし》の部屋《へや》にあがっていきました。アンのテーブルにはいつも一本《ぽん》おいてあったのです。

それに火《ひ》をともしたとき、ひょいと、まくらの中《なか》に顔《かお》をうずめて、ベッドによこたわっているアンの姿《すがた》が、目《め》にはいりました。

「あれまあ！　あんた、ねむっていたの、アン？」と、びっくりして、マリラは大声《おおごえ》でさけびま

した。

「いいえ。」

「それじゃ、気分《きぶん》でも悪《わる》いのかい？」と、マリラは心配《しんぱい》そうにベッドに近《ちか》よりました。

アンは、かくれるように、ますます深《ふか》く中《なか》にもぐりこみました。

「いいえ。でもどうかマリラ、あっちへ行《い》って、あたしを見《み》ないでちょうだい。あたしは絶望《ぜつぼう》のどん底《ぞこ》にいるの。あたしの生涯《しょうがい》はおわったのよ。おねがいだから、見《み》ないでちょうだい。」

あっけにとられたマリラは、知《し》りたがりました。

「アン、いったい、どうしたというの？　さあ、いますぐ起《お》きて、話《はな》しなさい。すぐと言《い》ってるんだよ。さあ、どうしたの？」

アンはあきらめてベッドをはいだし、床《ゆか》にすべりおりました。そして、「マリラ、あたしの髪《かみ》を見《み》てごらんなさい。」と小《ち》さい声《こえ》で言《い》いました。

マリラは灯《ひ》をかかげ、アンの背《せ》にふさふさと波《なみ》うっている髪《かみ》をながめました。

「アン、あんたの髪《かみ》をどうしたの？　まあ、緑色《みどりいろ》じゃないの。」

この世《よ》の色《いろ》なら、まあ緑色《みどりいろ》といったところでしょうか――きみょうな、つやのない緑色《みどりいろ》で、一《ひと》すじ二《ふた》すじ、もとの赤《あか》いのがまじって、いっそうきみの悪《わる》い効果《こうか》をあげています。

マリラは、これまで、こんなグロテスクなものを見《み》たことはありませんでした。

「そうなの、緑色《みどりいろ》なの。」アンはうめきました。「赤《あか》い毛《け》ほどいやなものはないと思《おも》っていたけれど、いまとなってみれば、緑色《みどりいろ》の髪《かみ》のほうが十倍《ばい》もいやなことがわかったわ。ああ、マリラ、どんなにあたしがみじめだか、わかってもらえないと思《おも》うわ。」

「さあ、すぐ台所《だいどころ》におりてきなさい。そうして、なにをしたのか、すっかりわたしに話《はな》しておくれ。もう二か月以上《げついじょう》も、あんたはさわぎをやらかさなかったから、そろそろ、なにかおこるはずだろうとは思《おも》っていたんだよ。さあ、髪《かみ》をどうしたというのかい？」

「染《そ》めたの。」

「染《そ》めた？　髪《かみ》を染《そ》めたというの？　アン、そんなことをしては悪《わる》いということを知《し》らなかったのかい？」

「いいえ、それは、すこしは悪《わる》いということは知《し》っていたの。でも、髪《かみ》の赤《あか》いのをなくすためには、すこしばかり悪《わる》いことをしても、それだけの値《ね》うちがあると思《おも》ったの。あたし、ほかの方法《ほうほう》で、なにか特別《とくべつ》よいことをして、その埋《う》めあわせをするつもりだったの。」

「まあ、もしあたしが自分《じぶん》の髪《かみ》を染《そ》めるんだったら、もっとていさいのいい色《いろ》に染《そ》めるね。緑色《みどりいろ》になど染《そ》めないよ。」と、マリラは皮肉《ひにく》りました。

「あたしだって、緑色《みどりいろ》にするつもりじゃなかったのよ。あたしの髪《かみ》を、美《うつく》しい黒髪《くろかみ》に変《か》えるって、あの人《ひと》が言《い》うんですもの——かならずそうなるって言《い》ったのよ。どうしてその言葉《ことば》をうたが

う気《き》になれて？」

「だれの言葉《ことば》をかい？　だれのことを、あんたは言《い》ってるの。」

「きょうの午後《ごご》、ここへきた行商人《ぎょうしょうにん》なの。その人《ひと》からあたし、染《そ》め粉《こ》を買《か》ったの。」

「アン！　あんな者《もの》たちを、けっして家《いえ》の中《なか》に入《い》れてはいけないと、何度《なんど》あんたに言《い》ったかしれないじゃないの。」

「あら、家《いえ》の中《なか》には、入《い》れなくてよ。一生懸命《いっしょうけんめい》に働《はたら》いてお金《かね》をためて、妻《つま》や子《こ》どもをドイツから連《つ》れてくるんですって。そんな感心《かんしん》なことのためなら、あたしもなにか買《か》ってあげようと思《おも》ったの。大《おお》きな箱《はこ》にいっぱい、おもしろいものがはいってたけど、そのとき、きゅうに、毛染《けぞ》め薬《ぐすり》のびんに気《き》がついたの。どんな髪《かみ》でも、美《うつく》しい黒髪《くろかみ》に染《そ》めて、洗《あら》ってもけっして落《お》ちませんて、その人《ひと》が言《い》ったのよ。たちまちあたし、真《ま》っ黒《くろ》になった自分《じぶん》の髪《かみ》が目《め》に浮《う》かんで、たまらない誘惑《ゆうわく》を感《かん》じちゃったの。それを買《か》って、あたし、すぐここへきて、説明書《せつめいしょ》に書《か》いてあったとおりに、古《ふる》いヘアブラシにつけて染《そ》めたのよ。一《ひと》びん使《つか》ってしまったの。そしてね、マリラ、いままで後《こう》悔《かい》しつづけていたの。」

「まあ、あんたの後悔《こうかい》が役《やく》に立《た》ってくれればいいがね。」と、マリラはきびしく言《い》いました。「虚《きょ》栄心《えいしん》の結果《けっか》がどんなものか、あんたの目《め》がひらけばいいと思《おも》うよ、アン。それにしても、どうしたものだろう。なによりさきに、この髪《かみ》をよく洗《あら》ってみることだね。」

そこでアンは、せっけんと水《みず》で髪《かみ》をごしごし洗《あら》いましたが、なんのききめもありませんでした。

「おお、マリラ、どうしたらいいかしら。」

アンは泣《な》きだしてしまいました。

このふしあわせは一週間《しゅうかん》つづきました。そのあいだアンはどこにも行《い》かず、毎日《まいにち》、髪《かみ》を洗《あら》いました。

この致命的《ちめいてき》な秘密《ひみつ》を知《し》っているのは、家《いえ》の者《もの》のほかではダイアナだけでした。そして、ダイアナは秘密《ひみつ》を守《まも》りとおしました。

一週間《しゅうかん》の終《お》わりに、マリラはきっぱりと言《い》いはなちました。

「だめだよ、アン。こんなに落《お》ちない毛染《けぞ》めって見《み》たことがないよ。髪《かみ》を切《き》ってしまうよりほかないね。そんなありさまじゃ、外《そと》へ出《で》ることもできないじゃないの。」

アンのくちびるはふるえましたが、マリラの言《い》うことが正《ただ》しいとわかったので、悲《かな》しそうにため息《いき》をつきながら、はさみをとりにいきました。

つぎの月曜日《げつようび》、ひどく短《みじか》くなったアンの髪《かみ》は、学校《がっこう》でセンセーションを起《お》こしましたが、だれも、ジョシー・パイでさえ、原因《げんいん》を知《し》ることはできませんでした。

しかし、ジョシーは、アンに、かかしのようだと言《い》うのだけはわすれませんでした。

第《だい》二十八章《しょう》　たゆとう小舟《こぶね》の白《しら》ゆり姫《ひめ》

「もちろん、あんたがエレーン姫《ひめ》になるのよ、アン。」

と、ダイアナが言《い》いました。「あたしにはとても、あそこまで水《みず》に浮《う》いていく勇気《ゆうき》がないわ。」

「あたしもよ。」ルビー・ギリスも言《い》いました。「たった一人《ひとり》で小舟《こぶね》の中《なか》に横《よこ》になって、死《し》んだふりをして流《なが》れていくなんて、こわくて、ほんとうに死《し》んでしまうかもしれないわ。」

「むろん、ロマンチックでしょうよ。」ジェーン・アンドリュウスも言《い》いました。「でも、あたし、気《き》になって、しょっちゅう頭《あたま》をあげて、あたりを見《み》まわすに決《き》まってるわ。そんなことしたら、アン、効果《こうか》はゼロじゃあないの。」

「でも、赤《あか》い髪《かみ》のエレーン姫《ひめ》なんて、こっけいじゃないの。」アンは残念《ざんねん》がりました。「あたし、ただよっていくのはこわくないし、エレーン姫《ひめ》にはなりたくてたまらないのよ。でも、ルビーがエレーン姫《ひめ》にならなくちゃ。とても色《いろ》が白《しろ》いし、あんなに長《なが》くて美《うつく》しい金髪《きんぱつ》をしてるんですも

の。それにエレーンは、白《しら》ゆり姫《ひめ》じゃないの。赤毛《あかげ》の者《もの》は、白《しら》ゆり姫《ひめ》にはなれないわ。」

「あら、アン、あんたはルビーと同《おな》じくらい色《いろ》は白《しろ》いし、それにあんたの髪《かみ》は、切《き》る前《まえ》より、ずっと濃《こ》い色《いろ》になったことよ。」と、ダイアナは熱心《ねっしん》に言《い》いました。

「あら、ほんとうにそう思《おも》う？」とさけんで、アンはうれしそうにほおをそめました。

「ええ。そして、ほんとうにきれいだと思《おも》うわ。」と、ダイアナは言《い》って、アンの頭《あたま》に、短《みじか》く、くるくるとちぢれた絹《きぬ》のような髪《かみ》がうずまいているのを、感心《かんしん》した目《め》つきでながめました。

それは、はでな黒《くろ》のビロードのリボンで、うまく結《むす》んでありました。

みんなは、オーチャード・スロープの池《いけ》の岸《きし》に立《た》っていました。そこは岸《きし》からつきでた岬《みさき》で、そのとっさきには、漁師《りょうし》や、鴨《かも》撃《う》ちの人《ひと》たちのために、小《ちい》さな木《き》の台《だい》が、水《みず》の中《なか》にとりつけてあります。

アンとダイアナ、ルビー、ジェーンの四人《にん》は、真夏《まなつ》の昼《ひる》すぎをここで遊《あそ》んでいるうちに、アンが、エレーン姫《ひめ》の物語《ものがたり》を劇《げき》のようにして、やってみようと言《い》いだしたのです。

その冬《ふゆ》、アンたちは、学校《がっこう》でテニスンの詩《し》をならったからでした。生徒《せいと》たちはさんざん詩《し》を分《ぶん》析《せき》したり、文法的《ぶんぽうてき》にばらばらにしたりしたので、意味《いみ》もなにもなくなってしまわないのが不思議《ふしぎ》なくらいでした。しかし、美《うつく》しい白《しら》ゆり乙女《おとめ》と騎士《きし》ランスロットと王妃《おうひ》ギネビアとアーサー王《おう》だけは、生徒《せいと》たちに、実在《じつざい》の人物《じんぶつ》のように思《おも》えたのでした。

アンの計画《けいかく》は、大歓迎《だいかんげい》をうけました。

少女《しょうじょ》たちは、小舟《こぶね》を船《ふな》つき場《ば》からぐいとおしやると、流《なが》れにのって橋《はし》の下《した》をくぐり、下手《しもて》の池《いけ》の湾《わん》の先《さき》につきでている岬《みさき》にただよいつくことを知《し》っていました。

「いいわ。あたしがエレーン姫《ひめ》になるわ。」アンはしぶしぶ承知《しょうち》しました。「ルビー、あんたはアーサー王《おう》よ。ジェーンは王妃《おうひ》ギネビアで、ダイアナは騎士《きし》ランスロットになるのよ。ダイアナ、あんたのおかあさんの、あの古《ふる》い黒《くろ》のショールが、船底《ふなぞこ》の敷物《しきもの》にするのにちょうどいいじゃないの？」

ダイアナが黒《くろ》のショールを持《も》ってくると、アンはそれを小舟《こぶね》にひろげて、船底《ふなぞこ》に横《よこ》たわり、目《め》をとじて、両手《りょうて》を胸《むね》の上《うえ》に組《く》みあわせました。

「あら、ほんとの死人《しにん》みたいじゃないの。」と、ルビー・ギリスは、アンの白《しろ》い小《ち》いさな顔《かお》の上《うえ》に、樺《かば》の木《き》の枝《えだ》がちらちら影《かげ》を落《お》としているのをながめながら、不安《ふあん》になってきました。「なんだかこわくなってきたわ。ねえ、こんなことをしていいものかしら？　リンドのおばさんは、お芝居《しばい》なんてものは、みんな、とてもいけないものだって言《い》ってたけど。」

「ルビー、こんなときにリンドのおばさんのことなんか言《い》っちゃだめよ。」と、アンがきびしくたしなめました。「これはミセス・リンドが生《う》まれる、何百年《なんびゃくねん》も前《まえ》のことなのよ。ジェーン、あんたがさしずするのよ。死《し》んでるエレーンがしゃべってはへんでしょう。」

上《うえ》にかける金襴《きんらん》の布《ぬの》のかわりに、黄色《きいろ》い日本《にほん》ちりめんのピアノかけをかけ、白《しら》ゆりの花《はな》のかわりに、くきの長《なが》い青《あお》いアイリスを、アンの組《く》みあわせた手《て》に持《も》たせました。

「まあ、すてきだわ。さあ、あたしたち、アンのしずかなひたいに口《くち》づけするのよ。『さらば、うるわしの妹《いもうと》よ。』って言《い》ってね。できるだけ悲《かな》しそうな顔《かお》をするのよ。アン、おねがいだから、ちょっと微笑《ほほえ》んでよ。ほら、エレーンは、『微笑《ほほえ》めるがごとく、横《よこ》たわる。』ってあるでしょう。ええ、それでいいわ。さあ、舟《ふね》をおすのよ。」

ジェーンの声《こえ》といっしょに、小舟《こぶね》はぐいとおしだされました。

そのひょうしに、小舟《こぶね》は、うずまっていた古《ふる》い杭《くい》に、ズシンとぶつかり、そのまま流《なが》れにのって橋《はし》のほうに流《なが》れていきました。

ダイアナとルビーとジェーンは、これを見《み》るなり、いちもくさんに駆《か》けだし、森《もり》をぬけ、街道《かいどう》を横《よこ》ぎって、下手《しもて》の岬《みさき》におりていきました。

そこで三人《にん》は、ランスロットと王妃《おうひ》ギネビアとアーサー王《おう》になって、白《しら》ゆり姫《ひめ》を待《ま》ちうけていなくてはならないのでした。

ほんのしばらくのあいだ、アンはゆっくりとただよっていきながら、もうしぶんのないロマンチックな気分《きぶん》にひたっていました。

ところが、そのうちにたいへんなことが起《お》こりました。小舟《こぶね》が漏《も》りだしたのです。さっき船《ふな》つ

き場《ば》で、とがった杭《くい》が船底《ふなぞこ》にぶつかり、大《おお》きな割《わ》れめがはいったのでした。割《わ》れめからは、文字《もじ》どおり、水《みず》がふきわくように、はいってきます。

アンは真《ま》っ青《さお》になって飛《と》びおき、黒《くろ》いショールや、黄色《きいろ》のピアノかけをとりのけ、ぼうぜんと、このありさまをながめました。

このぶんでは、舟《ふね》は下手《しもて》の岬《みさき》につかないうちに、しずんでしまうでしょう。かんじんのオールは、船《ふな》つき場《ば》へおいてきてしまったのです。

アンは、小《ちい》さな悲鳴《ひめい》をあげましたが、だれの耳《みみ》にもはいりませんでした。くちびるまで、真《ま》っ白《しろ》に血《ち》の気《け》がなくなりましたが、落《お》ちつきだけはなくしていませんでした。

機会《きかい》は一つ——ただ一つだけありました。

「まったくこわかったわ。」

翌日《よくじつ》、アラン夫人《ふじん》に、アンは話《はな》しました。

「水《みず》がどんどんいっぱいになってくるんですもの。ほんとうに一生懸命《いっしょうけんめい》、お祈《いの》りしましたのよ、ミセス・アラン。でも目《め》はふさがなかったの。だって、神様《かみさま》があたしを助《たす》けてくださるとしたら、たった一つの方法《ほうほう》は、小舟《こぶね》を橋《はし》の杭《くい》のそばにただよわせて、あたしをその杭《くい》にのぼらせてくださることだって、わかっていましたもの。

お祈《いの》りはしても、自分《じぶん》もよく目《め》をあけて、するだけのことはしなくてはならないと思《おも》っていま

したの。あたしはただ、『どうか神様《かみさま》、この小舟《こぶね》を、杭《くい》のところにつけてください。あとはあたしがいたしますから。』ってだけ、何度《なんど》も何度《なんど》もお祈《いの》りをしたの。そして、お祈《いの》りはききとどけられたのよ。

小舟《こぶね》が杭《くい》にぶつかったので、あたしはショールとピアノかけを肩《かた》になげかけて、ぬるぬるした古《ふる》い杭《くい》に必死《ひっし》でしがみついたのよ。とてもみっともないかっこうだったけれど、そのときは、そんなことを考《かんが》えるどころじゃなかったわ。すぐ感謝《かんしゃ》のお祈《いの》りをして、一生懸命《いっしょうけんめい》にしがみついていたの。」

小舟《こぶね》は橋《はし》の下《した》をただよっていって、みるみるうちに中流《ちゅうりゅう》でしずんでしまいました。下手《しもて》の岬《みさき》で待《ま》ちかまえていた三人《にん》は、これを見《み》て、てっきりアンもいっしょにしずんでしまったと思《おも》いこんでしまい、真《ま》っ青《さお》になって立《た》ちつくしたと思《おも》うと、やがて、のどもやぶれるばかりの悲鳴《ひめい》をあげて、走《はし》りだしました。

いっぽう、アンのほうは、あぶなっかしい足場《あしば》をやっとのことでたもちながら、必死《ひっし》になって、杭《くい》にしがみつき、助《たす》けのくることを待《ま》ちこがれていました。

運《うん》の悪《わる》い白《しら》ゆり姫《ひめ》には、一分《ぷん》が一時間《じかん》にも思《おも》われました。

しだいにくたびれ、手《て》はしびれてきます。

やがて、もうこれ以上《いじょう》、うでと手首《てくび》のいたみをがまんできないと思《おも》ったとき、ギルバート・ブ

ライスが、橋《はし》の下《した》を小舟《こぶね》に乗《の》ってこいできました。

ギルバートは、アンを見《み》つけると、「アン・シャーリー、いったい、どうしてそんなところにいるの？」と、大声《おおごえ》でさけび、返事《へんじ》を待《ま》たずに杭《くい》のそばに舟《ふね》をこぎよせて、手《て》をさしのべました。

いまは、しかたがありません。

アンは、ギルバート・ブライスの手《て》にしがみついて、小舟《こぶね》に、はいこみました。泥《どろ》だらけになり、水《みず》のしたたるショールやピアノかけをかかえて、しょんぼりと、艫《とも》にすわりこんだアンの姿《すがた》は、じつにみじめなものでした。

「いったいどうしたの、アン。」

ギルバートはオールをとりあげながら、たずねました。

「あたしたち、エレーン姫《ひめ》ごっこをやってたの。」アンは、救《すく》い主《ぬし》のほうを見《み》ようともしないで、冷《ひ》ややかに説明《せつめい》しました。「ところが小舟《こぶね》が漏《も》りだしたので、あの杭《くい》によじのぼったの。ほかの人《ひと》は助《たす》けをよびにいったんです。すみませんけど、船《ふな》つき場《ば》につけてくださいませんか。」

ギルバートはあいそよく、船《ふな》つき場《ば》のほうにこいでいってくれました。アンはギルバートのさしだす手《て》には見向《みむ》きもせずに、身軽《みがる》に岸《きし》に飛《と》びあがりました。

「どうもありがとうございました。」と、冷《つめ》たく言《い》って立《た》ちさろうとすると、ギルバートもひら

りと岸《きし》に飛《と》びうつり、アンのうでをとらえてひきとめました。

「アン、ねえ、ぼくたちなかよしになれないかしら？　あのとき、きみの髪《かみ》のことをからかったりして、ぼく、ほんとうに悪《わる》かったと思《おも》ってるんだ。いまじゃ、きみの髪《かみ》はとてもきれいだと思《おも》ってるんだよ――ほんとうなんだ。友《とも》だちになろうよ。」

一瞬《いっしゅん》、アンはためらいました。熱心《ねっしん》な表情《ひょうじょう》をたたえたギルバートの褐色《かっしょく》の瞳《ひとみ》がなんてすてきなのだろうと、いままでにないみょうな気《き》持《も》ちをおぼえました。けれども、たちまち、あのくやしかったときのことを思《おも》いだし、ゆるぎかけた決意《けつい》を新《あら》たにしたのです。

どんなことがあっても、ゆるしてやるものか。

「いいえ、あたし、あなたとはお友《とも》だちになりません。なりたくないんですもの。」

アンは冷《つめ》たく言《い》いはなちました。

「よろしい、もう二度《にど》と友《とも》だちになってくれなどとは、たのまないよ、アン・シャーリー。ぼくだってなりたくないんだ。」

ギルバートは、ほおを赤《あか》く燃《も》やして、小舟《こぶね》に飛《と》びのり、ぐいぐいこぎさっていきました。

アンは小径《こみち》をのぼっていきながら、なにか奇妙《きみょう》な後悔《こうかい》のようなものをおぼえ、ギルバートにあんな返事《へんじ》をしなければよかったとさえ思《おも》いました。はりつめていた気《き》がゆるんだせいか、べったりすわりこんで泣《な》いたら、せいせいするだろうと思《おも》ったのです。

小径《こみち》のとちゅうで、アンは、大《おお》あわてで池《いけ》へひきかえしてくる、ジェーンとダイアナに出《で》あいました。ルビー・ギリスはヒステリーの発作《ほっさ》をおこしてしまったので、おいてきたのです。

「おお、アン。」ダイアナは安心《あんしん》したのと、うれしいのとで、アンの首《くび》に抱《だ》きついて泣《な》きだしました。「あたしたち――あんたが――死《し》んでしまったと思《おも》ったもんで――。おお、アン、どうやって助《たす》かったの？」

「あの杭《くい》の一つにしがみついていたの。そうしたら、ギルバート・ブライスが小舟《こぶね》でやってきて、岸《きし》へひきあげてくれたのよ。」

「まあ、アン、なんてギルバートって、すてきなんでしょう。とてもロマンチックじゃないの。」と、やっと口《くち》がきけるようになったジェーンが言《い》いました。「むろん、これからはあんた、あの人《ひと》と口《くち》をきくわね。」

「口《くち》なんかきかないわよ。」一瞬《いっしゅん》、もとの元気《げんき》にかえって、アンはかっとしました。「ロマンチックなんて言葉《ことば》は二度《にど》と聞《き》きたくないわ。それに、あたしたち、あんたのおとうさんの小舟《こぶね》をなくしてしまったわね、ダイアナ。池《いけ》をこぎまわってはいけないって、とめられるんじゃないかという予感《よかん》がするわ。」

アンの予感《よかん》は的中《てきちゅう》しました。夕方《ゆうがた》、このできごとを知《し》ったバーリー家《け》とクスバート家《け》では、たいへんなさわぎでした。

「いったい、いつになったら、あんたに分別《ふんべつ》がつくんだろうね、アン。」

マリラは青《あお》くなって、ふるえながら、うめきました。

「つきますとも。だいじょうぶよ、マリラ。だって、あたしきょう、新《あたら》しく、とてもいいことを学《まな》んだんですもの。それは、あまりロマンチックすぎるのは、だめだということなの。あんなことは、何百年《なんびゃくねん》もむかしならよかったんでしょうけどね。マリラ、もうあたしも、すっかり変《か》わってしまうときがきたんだと思《おも》うわ。」

「そうなれば、けっこうだけどね。」

マリラはうたがわしそうに言《い》って、部屋《へや》から出《で》ていきました。

すると、いつもの片《かた》すみにだまりこくってすわっていたマシュウが、アンの肩《かた》に手《て》をかけて、もじもじしながら、ささやきました。

「おまえのロマンスをすっかりやめてはいけないよ。少《すこ》しならいいことだよ。あんまり度《ど》を越《こ》してはいけないがね、もちろん――アンや、少《すこ》しはつづけたほうがいいよ。」

第《だい》二十九章《しょう》　忘《わす》れられないひとこま

アンは裏《うら》の牧場《ぼくじょう》から、「恋人《こいびと》の小径《こみち》」を通《とお》って、牛《うし》の群《む》れを連《つ》れてかえるところでした。九月《がつ》の夕暮《ゆうぐ》れどきで、小径《こみち》には真《ま》っ赤《か》な夕日《ゆうひ》の光《ひかり》があふれ、樅《もみ》の木《き》の下《した》には、すんだ紫色《むらさきいろ》の夕闇《ゆうやみ》がたちこめていました。風《かぜ》が樅《もみ》のこずえをわたり、美《うつく》しい音楽《おんがく》をかなでていました。牛《うし》がゆったりと体《からだ》をふりながら行《い》くあとについて、アンは詩《し》を口《くち》ずさみながら夢心地《ゆめごこち》で、うっとりと歩《ある》いていました。

ふと気《き》がつくと、バーリー家《け》の畑《はたけ》の木戸《きど》から、ダイアナがやってくるのが目《め》にはいりました。いかにも、ものものしいようすなので、なにかニュースがあるのだなとアンはぴんときました。しかし、うわべはなにげない調子《ちょうし》で声《こえ》をかけました。

「きょうの夕方《ゆうがた》は、まるで紫《むらさき》の夢《ゆめ》みたいじゃない、ダイアナ？　生《い》きているのがしみじみうれしくなるわ。朝《あさ》になるといつも、朝《あさ》がいちばんいいと思《おも》うんだけれど、夕方《ゆうがた》になると、朝《あさ》よりもっと美《うつく》しいなと思《おも》うのよ。」

「ほんとうにいい夕方《ゆうがた》ね。」ダイアナは言《い》いました。「でも、おお、アン、たいしたニュースがあるのよ。おかあさんのところへね、きょう、ジョセフィン伯母《おば》さんから手紙《てがみ》がきたのよ。伯母《おば》さんがね、来週《らいしゅう》の火曜日《かようび》に、あんたとあたしで、共進会《きょうしんかい》を見《み》に、町《まち》へ泊《と》まりにこいっていうのよ。」

「それ、ほんとう？　でも、マリラが行《い》かせてくれるかしら？」

「うちのおかあさんからマリラにたのんでもらいましょうよ。そうすればきっと行《い》かせてくれるわよ。あたしまだ、共進会《きょうしんかい》って行《い》ったことがないのよ。だもんで、ほかの人《ひと》たちが行《い》ってきた話《はなし》をしているのを聞《き》くと、しゃくにさわってたまらなかったの。」

「あたしは行《い》けるか、行《い》かれないかがわかるまで、このことは考《かんが》えないことにするわ。もしいろいろなことを想像《そうぞう》したあげくに、行《い》かれなくなったら、それこそどうしていいかわからないんですもの。でも、もし行《い》けるとしたら、あたしの新《あたら》しいコートがそれまでにできるでしょうから、とてもうれしいわ。マリラは、服《ふく》だけは新《あたら》しく作《つく》ってあげるから、コートは来年《らいねん》にしなさいって言《い》ったの。でも、マシュウおじさんがこしらえなくてはいけないって言《い》ったの。その服《ふく》はとてもきれいな紺色《こんいろ》のラシャで、流行《りゅうこう》の型《かた》に仕立《した》ててあるの。いまじゃマリラは、いつでも流行《りゅうこう》の型《かた》にしてくれるのよ。リンドのおばさんのところへマシュウおじさんがたのみにいくのがいやなんですって。着《き》ているものが流行《りゅうこう》のものだと、よい人《ひと》になるのが楽《らく》だわ。」

あんたの新《あたら》しい帽子《ぼうし》は上品《じょうひん》ね、ダイアナ。この前《まえ》の日曜日《にちようび》に、あんたが教会《きょうかい》にはいってくるの

を見《み》たとき、あれが自分《じぶん》のいちばん大事《だいじ》な友《とも》だちだと思《おも》ったら、誇《ほこ》りで胸《むね》がいっぱいになったわ。こんなに着《き》るもののことばかり考《かんが》えるのは、悪《わる》いんでしょうね。マリラは、たいへん罪深《つみぶか》いことだって言《い》うのよ。だけど、とても気《き》をひかれることじゃない？」

マリラが町《まち》に行《い》かせてもよいと言《い》ったので、つぎの火曜日《かようび》にバーリーさんが、ふたりを連《つ》れていくことになりました。シャーロットタウンまでは五十キロもあるうえに、バーリーさんがその日《ひ》のうちに帰《かえ》ってこなければならなかったので、朝早《あさはや》く出発《しゅっぱつ》しました。

とりいれのすんだ畑《はたけ》の向《む》こうから顔《かお》を出《だ》した朝《あさ》の太陽《たいよう》の輝《かがや》くなかを、馬車《ばしゃ》は、ガラガラと音《おと》をたてて走《はし》りました。町《まち》までは長《なが》い道《みち》のりでしたが、見《み》るものすべておもしろく、アンとダイアナは、じつに楽《たの》しい時《とき》をすごしたのでした。

お昼近《ひるちか》くに一同《いちどう》は町《まち》に着《つ》き、やがて『ぶなの木屋敷《きやしき》』へ向《む》かいました。それは、古《ふる》いりっぱな屋敷《やしき》で、街道《かいどう》からひっこんだところに、青々《あおあお》とした楡《にれ》や、枝葉《えだは》をさしかわすぶなの木立《こだち》に囲《かこ》まれていました。

ジョセフィン伯母《おば》さんは、するどい、黒《くろ》い目《め》をゆかいそうに光《ひか》らせながら玄関《げんかん》で出《で》むかえてくれました。

「とうとうきてくれましたね、アンさんや。やれまあ、なんと大《おお》きくなったんだろうね。それに器《き》量《りょう》も前《まえ》よりずっとよくなったし。もっとも、そんなことは言《い》われるまでもなく承知《しょうち》だろうがね。」

ジョセフィン伯母《おば》さんのお屋敷《やしき》は、あとでアンがマリラに話《はな》したとおり、「たいそう豪華《ごうか》」に飾《かざ》りつけてありました。伯母《おば》さんが、食卓《しょくたく》のようすを調《しら》べにいったあいだ、客間《きゃくま》に残《のこ》った二人《ふたり》のいなか娘《むすめ》は、すこしばかり気《き》おくれがしてしまいました。

「まるで御殿《ごてん》のようじゃない？」とダイアナがささやきました。「あたし、いままで一度《いちど》もジョセフィン伯母《おば》さんの家《いえ》にきたことはないのよ。こんなにりっぱだと思《おも》わなかったわ。」

「ビロードのじゅうたんよ。」アンは酔《よ》ったようにため息《いき》をつきました。「それに絹《きぬ》のカーテン！こういうものは夢《ゆめ》に見《み》たことはあるけど、ダイアナ、でもね、こういうもののなかでは落《お》ちついた気分《きぶん》になれそうもないわね。この部屋《へや》にはあんまりいろいろのものがあって、しかもみんな、あんまりすばらしいんで、想像《そうぞう》の余地《よち》がないのね。貧乏《びんぼう》な者《もの》のしあわせのひとつは……たくさん想像《そうぞう》できるものがあるというところだわね。」

水曜日《すいようび》にジョセフィン伯母《おば》さんは、ふたりを共進会《きょうしんかい》の会場《かいじょう》へ連《つ》れていって、一日《にち》そこですごしました。

「それはすてきだったわ。」あとでアンはマリラに話《はな》してきかせました。「あんなおもしろいものって思《おも》ったこともなかったわ。どの部《ぶ》がいちばんおもしろいか、自分《じぶん》でもわからないくらいだったのよ。あたし、馬《うま》と花《はな》と手芸《しゅげい》がいちばんよかったと思《おも》うわ。ジョシー・パイが、レース編《あ》みで一等《とう》をとったのよ。ほんとうにうれしかったわ。そして、よろこんであげられるのが、また

うれしかったの。あたしがよくなってきた証拠《しょうこ》ですもの。そうでしょう、マリラ？　ジョシーの成功《せいこう》をよろこべるなんて。ハーモン・アンドリュウスさんはりんごで二等《とう》をとるし、ベルさんは豚《ぶた》で一等《とう》になったのよ。ダイアナったら、日曜学校《にちようがっこう》の校長先生《こうちょうせんせい》が豚《ぶた》で賞品《しょうひん》をもらうなんて、こっけいだって言《い》ったけど、あたしにはなぜおかしいのか、わからないわ。マリラにはわかる？　ダイアナはベルさんが、これからしかつめらしい顔《かお》をしてお祈《いの》りするたびに、このことを思《おも》いだすだろうと言《い》うの。クララ・ルイーズ・マクファーソンは絵《え》で賞品《しょうひん》をもらったし、リンドのおばさんは、手製《てせい》のバターとチーズで一等《とう》になったのよ。だからアヴォンリーはかなりいい成績《せいせき》だったわけね。知《し》らない人《ひと》ばかりのなかで、おばさんのなつかしい顔《かお》を見《み》たときには、どんなにおばさんが好《す》きだったか、はじめてわかったわ。

それからジョセフィン伯母《おば》さんは、競馬《けいば》を見《み》せてくださったの。あたし、競馬《けいば》ってあまりちょくちょく行《い》くところじゃないって思《おも》ったわ。だってひどく魅力《みりょく》があるんですもの。ダイアナったら夢中《むちゅう》になってしまって、あの赤《あか》い馬《うま》が勝《か》つと思《おも》うから十セントの賭《かけ》をしようって言《い》うの。でも、あたし、ことわったの。なぜって、あたし、ミセス・アランにすっかり話《はな》したかったし、そんなことは話《はな》せないって気《き》がしたからなの。牧師《ぼくし》さんの奥《おく》さんに話《はな》せないようなことなら、悪《わる》いにきまってるわ。牧師《ぼくし》さんの奥《おく》さんをお友《とも》だちに持《も》つのは、良心《りょうしん》をもうひとつよけいに持《も》っているのと同《おな》じようなわけね。それに賭《かけ》をしなくてとてもよかったのよ。その赤《あか》い馬《うま》が勝《か》ってしまっ

たんですもの、十セント損《そん》するところだったわ。

風船《ふうせん》に乗《の》ってのぼっていく男《おとこ》の人《ひと》も見《み》たわ。あたし、風船《ふうせん》に乗《の》りたくてたまらないわ。なんともいえなくぞくぞくするでしょうね。

それから占《うらな》いをする人《ひと》がいたの。十セント払《はら》うと、小《ちい》さな鳥《とり》がお客《きゃく》さんの運《うん》を選《えら》びだすのよ。ジョセフィン伯母《おば》さんが、あたしたちに十セントずつくださって、運勢《うんせい》を占《うらな》ってもらったの。あたしは、色《いろ》の黒《くろ》い、とてもお金持《かねも》ちの男《おとこ》の人《ひと》と結婚《けっこん》して、海《うみ》の向《む》こうで暮《く》らすことになるんですって。だから、色《いろ》の黒《くろ》い男《おとこ》の人《ひと》はぜんぶ、注意《ちゅうい》して見《み》たんだけど、あまりいいと思《おも》うような人《ひと》はいなかったわ。それに、まだそんな人《ひと》をさがすのは早《はや》すぎると思《おも》うの。

おお、ほんとうに忘《わす》れられない日《ひ》だったわ、マリラ。あんまりくたびれてしまって夜《よる》ねむれなかったの。ジョセフィン伯母《おば》さんは、約束《やくそく》どおり、客用《きゃくよう》の寝室《しんしつ》であたしたちをやすませてくださったのよ。とてもりっぱな部屋《へや》だったわ。でも、客用寝室《きゃくようしんしつ》でねむるって、なんだかあたしが考《かんが》えていたほどのことじゃなかったわ。大《おお》きくなるとなんともなくなることなんでしょうね。子《こ》どものときにはほしかったものでも、いざ手《て》にはいってしまうと半分《はんぶん》もうれしくないものね。」

木曜日《もくようび》には少女《しょうじょ》たちは公園《こうえん》を馬車《ばしゃ》でのりまわし、夜《よる》になると、ジョセフィン伯母《おば》さんに連《つ》れられて、音楽学校《おんがくがっこう》のコンサートへゆき、有名《ゆうめい》なプリマドンナが歌《うた》うのをききました。アンにとって、夢《ゆめ》のようなよろこびで光《ひか》り輝《かがや》く夜《よる》でした。

「おお、マリラ、口《くち》ではとても言《い》いようがないわ。ただうっとりきいていたの。セリッキー夫《ふ》人《じん》って、もうしぶんなく美《うつく》しい人《ひと》だわ。白《しろ》いサテンの服《ふく》を着《き》て、ダイヤモンドの飾《かざ》りをつけていたの。でも、歌《うた》いはじめたら、もうほかのことはなにも目《め》にはいらなかったわ。これからは、よい人《ひと》になるのもむずかしくないって気《き》がしたの。星《ほし》を見《み》あげたときと同《おな》じ感《かん》じだったわ。涙《なみだ》があふれてきたけれど、それはうれし涙《なみだ》だったのよ。

終《お》わったときにはあんまり残念《ざんねん》で、ジョセフィン伯《お》母《ば》さんに言《い》ったの。またあの平凡《へいぼん》な生活《せいかつ》にかえれそうにないって。そうしたら伯《お》母《ば》は、通《とお》りの向《む》こうのレストランでアイスクリームを食《た》べたら気分《きぶん》がなおるかもしれないよって言《い》いなさるの。いかにも現実的《げんじつてき》にきこえたけれど、

おどろいたことにはそのとおりだったのよ。夜《よる》の十一時《じ》に、はなやかなレストランでアイスクリームを食《た》べるのって、とてもすてきで気《き》がはればれするものね。

ダイアナは、もともと自分《じぶん》は町《まち》で暮《く》らすように生《う》まれついていると思《おも》うって言《い》うのよ。ジョセフィン伯母《おば》さんがあたしはどうかってきなすったもんで、これはなかなか重大《じゅうだい》なことだから、よくよく考《かんが》えてからお答《こた》えするって言《い》ったの。それで寝床《ねどこ》にはいってから考《かんが》えてみたの。ものを考《かんが》えるには、それがいちばんいいのよ。そうしたら、あたしは町《まち》で暮《く》らすように生《う》まれついていないし、そう生《う》まれついてなくてよかったと思《おも》ったの。たまに夜《よる》の十一時《じ》に、はなやかなレストランでアイスクリームを食《た》べるのもいいけれど、でも毎日《まいにち》の暮《く》らしには十一時《じ》に東《ひがし》の部屋《へや》でぐっすりねむっているほうがいいわ。ねむってはいても外《そと》では星《ほし》が光《ひか》っているし、風《かぜ》が小川《おがわ》の向《む》こうの樅林《もみばやし》を吹《ふ》いているって思《おも》いながらね。つぎの朝《あさ》、伯母《おば》さんにそう言《い》ったら、笑《わら》いなすったわ。伯母《おば》さんったら、あたしがなにか言《い》うたびに笑《わら》いなさるのよ。とてもまじめな話《はなし》のときでさえそうなんですもの。それはあまり感《かん》じがよくなかったわ。でも、それはそれはよくもてなしてくださって、親切《しんせつ》にしてくださったわ。」

金曜日《きんようび》になると、バーリー氏《し》がむかえにきました。

「どう、おもしろかったですかね？」

二人《ふたり》がさよならを言《い》ったとき、ジョセフィン伯母《おば》さんはたずねました。

「ええ、ほんとうにおもしろかったわ。」とダイアナはこたえました。
「それからあんたはどう、アンさんや？」
「あたし、一分《ぷん》一秒《びょう》をも楽《たの》しみました。」と言《い》ってアンは思《おも》わず老婦人《ろうふじん》の首《くび》に抱《だ》きつき、しわのよったほおにキスしました。そんなことを一度《いちど》もしようと思《おも》わなかったダイアナは、アンのこの出《で》すぎたふるまいに目《め》をまるくしていました。

しかしジョセフィン伯母《おば》さんはうれしく思《おも》い、馬車《ばしゃ》が見《み》えなくなるまでベランダに立《た》って見送《おく》っていました。それからため息《いき》をつきながら大《おお》きな家《いえ》のなかにはいりましたが、元気《げんき》な子《こ》どもたちがいないと、たまらなくさびしく感《かん》じられました。

「マリラ・クスバートが孤児院《こじいん》から女《おんな》の子《こ》をひきとったと聞《き》いたときには、なんてばかな人《ひと》だろうと思《おも》ったけれど、けっきょく、失敗《しっぱい》でもなかったようだ。」ジョセフィン伯母《おば》さんはひとり言《ごと》を言《い》いました。「もしアンのような子《こ》をいつもおいとけるなら、あたしだってもっとしあわせな人間《にんげん》になることだろうに。」

帰《かえ》りの馬車《ばしゃ》は、行《い》きよりももっと楽《たの》しいくらいでした。この道《みち》の果《は》てには、わが家《や》が待《ま》っていたからでした。

「ああ、生《い》きているってありがたいこと。家《いえ》へ帰《かえ》るってうれしいものね。」

アンはしみじみ言《い》いました。

アンが丸木橋《まるきばし》を渡《わた》ると、グリン・ゲイブルスの台所《だいどころ》の灯《ひ》が、「お帰《かえ》り。」というようになつかしくまたたいていました。あいている戸口《とぐち》から炉《ろ》の火《ひ》が輝《かがや》いて、秋《あき》の夜寒《よさむ》にあたたかそうな赤《あか》い光《ひかり》をはなっていました。アンが元気《げんき》よく台所《だいどころ》にかけこむと、テーブルの上《うえ》には熱《あつ》い夕食《ゆうしょく》が用意《ようい》してありました。

「やっと帰《かえ》ってきたね。」

マリラはそう言《い》うと、編《あ》み物《もの》をしまいました。

「ええ、ああ、帰《かえ》ってきてうれしいわ。なにもかも、時計《とけい》にだってキスしたいくらいだわ。マリラ、鶏《とり》を丸焼《まるや》きにしたのね！　まさかあたしのためにこしらえたんじゃないでしょうね。」

「そうだよ、あんたにさ。」マリラはこたえました。「あんなに長《なが》いこと乗《の》ってくるんだから、さぞおなかをすかしてくるだろうと思《おも》ってね。マシュウが帰《かえ》ってきたらすぐ食事《しょくじ》だよ。あんたが帰《かえ》ってきて助《たす》かったよ。あんたがいないとひどくさびしくってね。こんな長《なが》い四日間《よっかかん》をすごしたことはないよ。」

夕食《ゆうしょく》のあと、アンは炉《ろ》の火《ひ》を前《まえ》に、マシュウとマリラのあいだにすわり、町《まち》でのことをすっかり話《はな》して聞《き》かせ、最後《さいご》にうれしそうに言《い》いました。

「とてもすばらしかったわ。あたしの一生《いっしょう》で画期的《かっきてき》なことになると思《おも》うの。でも、いちばんよかったことは家《いえ》へ帰《かえ》ってくることだったわ。」

第《だい》三十章《しょう》　クイーン学院《がくいん》の受験《じゅけん》

マリラは編《あ》み物《もの》をひざにおいて、椅子《いす》の背《せ》にもたれました。目《め》が疲《つか》れてきたのです。こんど町《まち》へ行《い》ったら、めがねの度《ど》を調《しら》べてこなくてはならないと思《おも》いました。ちかごろ、たびたび目《め》がつかれてしかたないのでした。

どんよりした十一月《がつ》の夕方《ゆうがた》、もう暗《くら》くなったグリン・ゲイブルスの台所《だいどころ》では、ストーブの火《ひ》だけが赤々《あかあか》と輝《かがや》いていました。

アンは、ストーブのそばの敷物《しきもの》の上《うえ》に背中《せなか》を丸《まる》くしてすわり、燃《も》えさかる炎《ほのお》を見《み》つめていました。読《よ》んでいた本《ほん》が、床《ゆか》にすべり落《お》ちたのにも気《き》づかず、アンはうっとりと、物語《ものがたり》のなかの冒険《ぼうけん》の主人公《しゅじんこう》になっていました。

マリラは愛《あい》のこもった目《め》でアンをながめていましたが、こういう表情《ひょうじょう》は明《あか》るいところではけっして見《み》せませんでした。マリラは生《う》まれつき、愛情《あいじょう》を言葉《ことば》や顔《かお》にあらわすことが苦手《にがて》でした。しかし、外《そと》にあらわさないだけに、よけいに強《つよ》くアンを愛《あい》していたので、そのためにあまり甘《あま》やか

しすぎてはならないと用心《ようじん》するほどでした。

「アン、さっき、ステイシー先生《せんせい》がお見《み》えになったんだよ。」

ふいにマリラが言《い》いました。

アンははっとして、ため息《いき》をつきながら別世界《べっせかい》から現実《げんじつ》へもどってきました。

「あらそう、先生《せんせい》にもうしわけなかったわ。ダイアナと、ついそこの『おばけの森《もり》』にいたのよ。呼《よ》んでくださればよかったのに。いま、森《もり》の中《なか》がすてきなのよ。まるでだれかが春《はる》がくるまで、森《もり》のもの全体《ぜんたい》を木《こ》の葉《は》の毛布《もうふ》でくるんでしまったようよ。

このごろ、ダイアナとあたしは、だいじなことをいろいろと話《はな》しあっているの。もうそろそろ十四になろうっていうんですもの。たいへんだわ。二人《ふたり》とも一生結婚《いっしょうけっこん》しないで、いつまでもいっしょにくらそうって、約束《やくそく》しようかと、いまそのことを真剣《しんけん》に考《かんが》えているところなのよ。ダイアナはまだはっきり決心《けっしん》がつかないの。手《て》のつけられない悪《わる》い青年《せいねん》と結婚《けっこん》して、それを改心《かいしん》させるほうがもっと気高《けだか》いことじゃないかと考《かんが》えてるからなの。マリラ、それはそうと、ステイシー先《せん》生《せい》は、きょうなんのご用《よう》だったの？」

「それをいま、話《はな》そうとしていたんだよ。アン、あんたがあたしに口《くち》をきかせてくれさえしたらね。あんたのことでいらしたんだよ。」

「あたしのことで？」アンはちょっとおびえたようすでしたが、たちまち顔《かお》を真《ま》っ赤《か》にしてさけ

びました。「あら、あたし、知《し》ってるわ！　マリラに話《はな》すつもりだったのよ。きょうの午後《ごご》、カナダ史《し》の時間《じかん》に、あたし、『ベン・ハー』を読《よ》んでいたところをステイシー先生《せんせい》に見《み》つかってしまったの。放課後《ほうかご》あたしを呼《よ》んで、歴史《れきし》の本《ほん》を読《よ》んでいるように見《み》せかけながら、小説《しょうせつ》を読《よ》んでいたのは、先生《せんせい》をあざむくことになるっておっしゃったわ。あたし、自分《じぶん》のしたことが人《ひと》をあざむくことだなんて知《し》らなかったもんで、びっくりして、泣《な》きだしてしまったの。そうして、ごめんなさい、もう二度《にど》とこんなことはしませんって、おわびしたの。ステイシー先生《せんせい》は、すっかりゆるしてくださったの。それだのに、やっぱりここへきて、マリラに言《い》いつけるなんて、ひどいわ。」

「ステイシー先生《せんせい》は、そんなことちっともおっしゃらなかったよ。あんたが気《き》がとがめるもんで、そう思《おも》っただけさ。まるで別《べつ》の話《はなし》だったのさ。いったい、学校《がっこう》へ物語《ものがたり》の本《ほん》を持《も》っていくのからして、まちがっているよ。とにかくあんたは、あんまり小説《しょうせつ》を読《よ》みすぎるよ。」

「あら、『ベン・ハー』みたいに宗教的《しゅうきょうてき》な本《ほん》のことを、どうして小説《しょうせつ》だなんて言《い》えて？　それにいまじゃ、ミス・ステイシーかミセス・アランが、十三ぐらいの少女《しょうじょ》にいいと思《おも》いなさる本《ほん》でなければ読《よ》まないことにしているのよ。」

「どれ、ランプをつけて、仕事《しごと》にかかろうかね。あんたはどうも、ステイシー先生《せんせい》が言《い》いなすったことが聞《き》きたくないらしいから。あんたにゃ、自分《じぶん》のおしゃべりだけがおもしろいらしいんだ

からね。」

「あら、マリラ、聞《き》かせてよ。もうひと言《こと》も言《い》わないから――ぜったいに。」

「ステイシー先生《せんせい》は、よくできる生徒《せいと》のなかから、クイーン学院《がくいん》の受験準備《じゅけんじゅんび》をしたい者《もの》のために、クラスをつくりたいとおっしゃるんだよ。それで、あんたもこの仲間《なかま》にはいるかどうか、ききにきなすったわけさ。あんたはクイーンに行《い》って、先生《せんせい》の免状《めんじょう》をとりたいと思《おも》わないかい？」

「まあ、マリラ！」アンは、すわりなおすと、手《て》をにぎりしめた。「それこそ、あたしの生涯《しょうがい》の夢《ゆめ》だったのよ――この六か月《げつ》というものはね。あたし、先生《せんせい》になりたくてたまらないわ。でも、とてもお金《かね》がかかるんじゃない？」

「お金《かね》のことは心配《しんぱい》しなくていいんだよ。マシュウとあたしが、あんたをひきとったときに、あたしたちでできるせいいっぱいのことをしてやって、教育《きょういく》もりっぱにしてやらなくてはと決心《けっしん》したんだからね。あんたさえよければ、クイーンのクラスにはいっていいんだよ、アン。」

「ああ、マリラ、ありがとう。一生懸命勉強《いっしょうけんめいべんきょう》して、マシュウおじさんとマリラの誇《ほこ》りになるようにするわ。」

やがて、クイーンのクラスがつくられました。ギルバート・ブライス、アン・シャーリー、ルビー・ギリス、ジェーン・アンドリュウス、ジョシー・パイ、チャーリー・スローン、それにムーディ・スパージョン・マクファーソンが加《くわ》わりました。

ただひとつ、アンの心《こころ》に暗《くら》い影《かげ》をなげたのは、ダイアナが、このクラスにはいらなかったことでした。ダイアナの両親《りょうしん》は、クイーンに娘《むすめ》をやる気《き》がなかったのです。

「ダイアナもいっしょに入学試験《にゅうがくしけん》の勉強《べんきょう》をするのだったら、どんなにすてきかしれないのに。リンドのおばさんじゃないけれど、なにごとも完全《かんぜん》というわけにはいかないこの世《よ》の中《なか》に、完全《かんぜん》なことはのぞめないのね。それにクイーンのクラスは、とってもおもしろくなりそうなのよ。」

いまでは、ギルバートとアンが、首席《しゅせき》の座《ざ》をめぐり、おたがいに激《はげ》しい競争心《きょうそうしん》を燃《も》やしていることは、みんなが知《し》っていました。クラスのほかの連中《れんちゅう》は、この二人《ふたり》がきわだってできることをみとめたかたちで、だれも二人《ふたり》とせりあおうとしませんでした。

あの池《いけ》のほとりで、アンが、ギルバートのおわびをしりぞけた日《ひ》から、ギルバートは、この競《きょう》争意識《そういしき》のほかは、いっさいアンの存在《そんざい》を無視《むし》する態度《たいど》に出《で》ました。アンの心《こころ》の奥底《おくそこ》では、ギルバートへの怒《いか》りは消《き》えさっていたのですが、このことは、ギルバートはもちろん、なかよしのダイアナでさえも、すこしも気《き》づいていなかったのです。

冬《ふゆ》の日々《ひび》はゆかいになめらかにすぎていき、アンは幸福《こうふく》でした。受験勉強《じゅけんべんきょう》に精《せい》を出《だ》し、すばらしくおもしろい本《ほん》を読《よ》み、日曜学校《にちようがっこう》の合唱隊《がっしょうたい》で歌《うた》を練習《れんしゅう》しました。

そしてアンが気《き》がつかないうちに、春《はる》はふたたびグリン・ゲイブルスにめぐってきて、世《よ》はまた花《はな》につつまれました。

受験準備《じゅけんじゅんび》のほうは、すこしばかりだれてきて、さすがの勉強家《べんきょうか》のアンとギルバートさえも、あきを感《かん》じてきたのでした。やがて学期《がっき》が終《お》わり、うれしいばら色《いろ》の休暇《きゅうか》が目《め》の前《まえ》にあらわれたときには、先生《せんせい》も生徒《せいと》も同《おな》じようにほっとしました。

「あなたがたは、いままでよく勉強《べんきょう》したのですから、思《おも》いっきりゆかいに夏休《なつやす》みをおすごしなさい。」ミス・ステイシーは、最後《さいご》の日《ひ》の夕方《ゆうがた》にみんなにむかって言《い》いました。「外《そと》へ出《で》て元気《げんき》に遊《あそ》んで、来年《らいねん》のために健康《けんこう》と精力《せいりょく》と望《のぞ》みをたくわえるんですよ。いよいよ来年《らいねん》は入学試験《にゅうがくしけん》ですからね。決戦前《けっせんまえ》の最後《さいご》の年《とし》ですよ。」

その晩《ばん》、アンは、教科書《きょうかしょ》をぜんぶ、屋根裏部屋《やねうらべや》の古《ふる》いトランクにしまって、錠《じょう》をかけてしまいました。休《やす》みのあいだは、学校《がっこう》の本《ほん》はいっさい見《み》ないことに決《き》めたのでした。

マリラが、木曜日《もくようび》の後援会《こうえんかい》の集《あつ》まりに行《い》かなかったので、あくる日《ひ》の午後《ごご》、リンド夫人《ふじん》がやってきました。

「きのう、マシュウがひどい心臓《しんぞう》の発作《ほっさ》をおこしたものでね。」とマリラは説明《せつめい》しました。「でも、もうすっかり治《なお》りましたよ。けれど前《まえ》より、たびたび発作《ほっさ》がおきるんで、心配《しんぱい》なんですよ。お医者《いしゃ》さまはあまり力仕事《ちからしごと》をしてはいけないって言《い》いなさったけど、マシュウに仕事《しごと》をするなと言《い》うのは、息《いき》をするなと言《い》うのと同《おな》じですからね。」

リンド夫人《ふじん》とマリラがいい気持《きも》ちで客間《きゃくま》にすわっているあいだに、アンはお茶《ちゃ》をいれ、熱《あつ》いビ

スケットをこしらえましたが、そのビスケットがいかにもふんわりと、真《ま》っ白《しろ》にできあがったのには、さすがのリンド夫人《ふじん》も感心《かんしん》してしまいました。

夕方《ゆうがた》、マリラは小径《こみち》のはずれまでリンド夫人《ふじん》を見送《みおく》っていきました。

「アンも、いい子《こ》になったものさね。ずいぶん、あんたの手助《てだす》けになるだろうね。」

「そうですよ。今《いま》じゃ、すっかり落《お》ちついて、たのみになるからね。あのそそっかしいくせは、とうていなおらないのじゃないかと思《おも》ってたけれど、いつの間《ま》にかとれましたからね。いまではなにをやらせても、安心《あんしん》してまかせておけますよ。」

「三年前《ねんまえ》に見《み》たときには、あの子《こ》がこんなによくなろうとは思《おも》わなかったがねえ。」リンド夫人《ふじん》は言《い》いました。「まったくまあ、あの子《こ》の腹《はら》の立《た》てかたばかりは忘《わす》れられないね。この三年《ねん》のあいだに、あんなに進歩《しんぽ》したとは、まったく不思議《ふしぎ》なくらいですよ。ことに姿《すがた》がね。ほんとうにきれいな娘《むすめ》になってきましたよ。もっとも、あたしに言《い》わせりゃ、あのように青白《あおじろ》い、大《おお》きな目《め》をしたタイプは、特別感心《とくべつかんしん》するわけじゃないけれどね。ダイアナ・バーリーやルビー・ギリスのように、はちきれそうに血色《けっしょく》がいいほうがずっと好《す》きですよ。けれどなんだか——どうしてだかわからないけれど、アンがあの子《こ》たちといっしょにいると、アンのほうが半分《はんぶん》も美人《びじん》じゃないのに、あの二人《ふたり》がありふれて見《み》おとりするのは、どういうものかねえ。いわば、赤《あか》い芍薬《しゃくやく》とならんだ白水仙《しろずいせん》といった感《かん》じですよね、まったくのところ。」

第《だい》三十一章《しょう》　二つの流《なが》れの合《あ》うところ

夏休《なつやす》みにはいってまもないある日《ひ》、ミニー・メイが喉頭炎《こうとうえん》にかかった晩《ばん》にスペンサーヴェルからきた医者《いしゃ》が、ぐうぜんアンに出会《であ》い、マリラのところに手紙《てがみ》をとどけてきました。そこには、「あなたのところのあの赤《あか》い髪《かみ》の女《おんな》の子《こ》は、夏《なつ》じゅう戸外《こがい》に出《だ》して遊《あそ》ばせること。そして足《あし》どりがもっと活発《かっぱつ》になるまで、本《ほん》はいっさい読《よ》ませないようにご注意《ちゅうい》のこと。」と、書《か》いてありました。

この手紙《てがみ》を見《み》て、マリラはふるえあがりました。この注意《ちゅうい》をよくよく守《まも》らなければ、アンが肺《はい》病《びょう》で死《し》んでしまうだろうということを読《よ》みとったのです。

その結果《けっか》、アンは、散歩《さんぽ》、舟《ふね》こぎ、いちごつみ、空想《くうそう》と思《おも》うぞんぶん、楽《たの》しい夏《なつ》をすごしました。

ダイアナと二人《ふたり》で、ほとんど戸外《こがい》でくらし、「恋人《こいびと》の小径《こみち》」や「妖精《ドライアド》の泉《いずみ》」や「ウィローミア」やヴィクトリア島《とう》の美《うつく》しさを、心《こころ》ゆくまで味《あじ》わったのです。

そして九月《がつ》になったときには、目《め》は輝《かがや》き、体《からだ》つきはきびきびとし、足《あし》どりも元気《げんき》があふれ、心《こころ》はふたたび希望《きぼう》と熱意《ねつい》にあふれていました。

「あたし、全力《ぜんりょく》をあげて勉強《べんきょう》したくなったわ。」アンは屋根裏部屋《やねうらべや》から教科書《きょうかしょ》をおろしてきて言《い》いました。「ああ、古《ふる》いお友《とも》だちよ。またあんたがたのなつかしい顔《かお》が見《み》られてうれしいわ。幾《き》何《か》さん、あんたでさえなつかしいわ。こんな美《うつく》しい夏《なつ》ってなかったわ、マリラ。そしていま、つわもののように勇《いさ》んで競争《きょうそう》に出《で》ていくところなのよ。この夏《なつ》は背《せ》が二インチのびてよ、マリラ。ルビーのパーティに行《い》ったとき、ギリスさんがはかってくださったの。新《あたら》しい服《ふく》を長《なが》めに作《つく》っといていただいて、よかったわ。あの濃《こ》い緑色《みどりいろ》のは、とてもきれいね。それにすそにひだがはいっているのがうれしいの。すそひだは、この秋《あき》の流行《りゅうこう》なのよ。ジョシー・パイなんか、服全部《ふくぜんぶ》にすそひだを入《い》れてるのよ。あたしだって、すそひだのがあると思《おも》うと、よけい一生懸命勉強《いっしょうけんめいべんきょう》できるわ。」

「それはたいしたききめだね。」と、マリラが言《い》いました。

アヴォンリーの学校《がっこう》に帰《かえ》ってきたステイシー先生《せんせい》は、生徒《せいと》たちがみんな、ふたたび熱心《ねっしん》に勉強《べんきょう》にとりかかろうとしているのを見《み》ました。ことにクイーンのクラスは、戦《たたか》いにそなえて武者《むしゃ》ぶるいしているようでした。彼《かれ》らのゆく手《て》に「入学試験《にゅうがくしけん》」の黒《くろ》い影《かげ》が見《み》えだしてきたからなのです。試験《しけん》と思《おも》っただけで、一人残《ひとりのこ》らず気《き》がめいってしまうのでした。

しかし、冬《ふゆ》はゆかいに、いそがしく、楽《たの》しく、飛《と》ぶようにすぎていきました。あいかわらず学《がっ》課《か》はおもしろく、クラスの競争《きょうそう》にも活気《かっき》がありました。

勉学以外《べんがくいがい》にもアンは社交的《しゃこうてき》にも活躍《かつやく》の場《ば》を広《ひろ》げました。マリラは、スペンサーヴェルのドクターの言葉《ことば》をよくおぼえていて、アンがときおり外出《がいしゅつ》することにもう反対《はんたい》しなくなりました。討《とう》論会《ろんかい》はさかんになり、音楽会《おんがくかい》も何度《なんど》か開《ひら》かれました。また、ほとんど大人《おとな》なみのパーティもあったし、そりのドライブやスケート遊《あそ》びもおこなわれました。

そのあいだにアンはどんどん成長《せいちょう》しました。ある日《ひ》ならんで立《た》ってみて、アンのほうが背《せ》が高《たか》くなっているので、マリラはびっくりしました。

アンの背《せ》がのびたことに、マリラはみょうに名残《なごり》おしい気《き》がしました。とにかく、自分《じぶん》がかわいがった子《こ》どもが消《き》えてしまい、そのかわりに、この背《せ》の高《たか》い、十五にもなる、まじめな目《め》つきの娘《むすめ》が、考《かんが》え深《ぶか》げな顔《かお》をして立《た》っているのです。

この娘《むすめ》も、小《ちい》さな子《こ》どもと同《おな》じにかわいいことに変《か》わりはありませんでしたが、マリラはなにか失《うしな》ったような気《き》がして、みょうに悲《かな》しくなりました。

その晩《ばん》、アンがダイアナと祈禱会《きとうかい》に行《い》ったあと、マリラは冬《ふゆ》の夕闇《ゆうやみ》のなかに一人《ひとり》すわって泣《な》きだしてしまいました。

ランタンをさげて外《そと》から帰《かえ》ってきたマシュウは、それを見《み》てすっかり仰天《ぎょうてん》してしまいましたの

で、マリラは涙《なみだ》のなかから笑《わら》わずにはいられませんでした。

「アンのことを考《かんが》えていたんですよ。あんまり大《おお》きな娘《むすめ》になったものでね——それにたぶんこんどの冬《ふゆ》にはここにいなくなるでしょうからね。あの子《こ》がいないと、わたしはさびしくてやりきれないと思《おも》うんですよ。」

「ちょいちょい帰《かえ》ってこられるよ。」とマシュウはなぐさめました。

マシュウの目《め》にうつるアンは四年前《ねんまえ》、マシュウがブライトリバーから連《つ》れてきたときのままの、小《ちい》さな、熱心《ねっしん》な目《め》つきの子《こ》どもで、いつまでも変《か》わらないのでした。

「それでも、いつも同《おな》じ家《いえ》にいたときのようなわけにはいきませんよ。とにかくねえ、男《おとこ》にはこういうことはわかりませんよ。」

マリラはゆううつな顔《かお》をしてため息《いき》をつきました。なぐさめてなどもらわないで、思《おも》いきり悲《かな》しみにひたろうと思《おも》ったのでした。

アンには、もっと目《め》に見《み》えない変化《へんか》もありました。そのひとつは、前《まえ》よりずっと口数《くちかず》が少《すく》なく、静《しず》かになったことでした。マリラはこれにも気《き》がついていました。

「あんたは前《まえ》の半分《はんぶん》もしゃべらないじゃないか、アン。それにおおげさな言葉《ことば》だって、あまり使《つか》わないようだね。どうしたわけなのかい？」

アンはちょっと顔《かお》を赤《あか》らめて笑《わら》い、本《ほん》をふせると、うっとり窓《まど》の外《そと》をながめました。春《はる》の日《ひ》の

光《ひかり》にさそわれて、大《おお》きな、赤《あか》い、ふくらんだつぼみが、蔦《つた》から萌《も》えでていました。

「わからないわ――あまりしゃべりたくないのよ。」と言《い》って、アンは、ひとさし指《ゆび》で自分《じぶん》のほおをつつきました。「なつかしい、美《うつく》しい考《かんが》えは、宝石《ほうせき》のように胸《むね》にしまっておくほうがすてきだわ。笑《わら》われたり、おかしなことだなんて言《い》われたくないのよ。それになんだかもう、おおげさな言葉《ことば》は使《つか》いたくなくなったのよ。そういう言葉《ことば》を使《つか》っていいだけのおとなになったのに、使《つか》いたくないなんて残念《ざんねん》なことね。だんだんおとなになるのは、楽《たの》しいにはちがいないけれど、すこしあたしの期待《きたい》にはずれたところもあるわ。それにミス・ステイシーが、短《みじか》い言葉《ことば》のほうが長《なが》いのより強《つよ》くて、いいとおっしゃったんですもの。そしてあたしも、いまでは、短《みじか》くて、わかりやすい言葉《ことば》のほうがずっといいことがわかってきたの。」

「入学試験《にゅうがくしけん》までに、もう二か月《げつ》しかないじゃないか。だいじょうぶと思《おも》うかい？」

マリラは言《い》いました。

アンは身《み》ぶるいしました。

「わからないわ。うまくいくだろうと思《おも》うときもあるけれど、そのあとからすっかりこわくなってしまうの。あたしたちは一生懸命勉強《いっしょうけんめいべんきょう》しているし、ミス・ステイシーは徹底的《てっていてき》に鍛錬《たんれん》してくださってるけれど、それでも落《お》ちるかもしれないわ。それぞれ苦手《にがて》があるのよ。あたしのはむろん幾何《きか》だし、ジェーンはラテン語《ご》、ルビーとチャーリーは算術《さんじゅつ》なの。ムーディ・スパージョンは英《えい》

国史《こくし》で落《お》ちるのが、虫《むし》の知《し》らせでわかるって言《い》ってるのよ。なにもかもすっかり、すんでしまったらいいと思《おも》うわ、マリラ。あたしの頭《あたま》からはなれないんですもの。ときどき夜《よる》、目《め》をさましては、もし落《お》ちたらどうしようって考《かんが》えるのよ。」

「そうしたら、来年《らいねん》も学校《がっこう》へ行《い》って、また受《う》けてみたらいいじゃないか？」

マリラは平気《へいき》なものでした。

「ああ、とてもそんな勇気《ゆうき》が出《で》そうもないわ。落《お》っこちたらとても恥《はじ》ですもの。ことにギル――ほかの人《ひと》たちがパスしたら。それにあたし、試験《しけん》のときにはあがってしまって、めちゃめちゃなことをしそうだわ。あたしもジェーン・アンドリュウスみたいな神経《しんけい》を持《も》っていたらいいんだけれど。どんなことがあっても、ジェーンは落《お》ちついているんですもの。」

アンはため息《いき》をついて、美《うつく》しい春《はる》の世界《せかい》から目《め》をそむけ、教科書《きょうかしょ》をひらきました。春《はる》はいくたびでもめぐってくるでしょうが、もし入学試験《にゅうがくしけん》に通《とお》らなかったら、永久《えいきゅう》に春《はる》を楽《たの》しむことはできないとアンは思《おも》うのでした。

第《だい》三十二章《しょう》　合格者発表《ごうかくしゃはっぴょう》

六月《がつ》の学期末《がっきまつ》の終《お》わりとともに、ミス・ステイシーは、アヴォンリーの学校《がっこう》をやめることになりました。

その夕方《ゆうがた》アンとダイアナはひどくまじめな顔《かお》をして帰《かえ》ってきました。二人《ふたり》とも目《め》を赤《あか》くはらし、ぐっしょりぬれたハンカチを持《も》っていました。

ダイアナは、えぞ松《まつ》の丘《おか》のふもとから校舎《こうしゃ》をふりかえって深《ふか》いため息《いき》をつきました。

「なにもかも終《お》わってしまったような気《き》がするわね。」

「あんたのほうが、あたしの半分《はんぶん》もつらくないわけよ。」と、アンはハンカチのかわいた場所《ばしょ》をさがしましたが、見《み》つかりませんでした。「あんたはこんどの冬《ふゆ》もまた帰《かえ》ってくるけれど、あたしは永久《えいきゅう》になつかしい学校《がっこう》から去《さ》るのですもの――もし運《うん》がよければよ。」

「ちっとも前《まえ》と同《おな》じじゃないわ。ミス・ステイシーはいないし、あんたもジェーンもルビーもいなくなるんですもの。あたし、ひとりぼっちですわってなくてはならないわ。ああ、楽《たの》しかった

わね、アン。すべてが過《す》ぎさってしまったのかと思《おも》うと、たまらないわ。」

二つの大《おお》つぶの涙《なみだ》が、ダイアナの鼻《はな》をつたって落《お》ちました。

「後生《ごしょう》だから泣《な》かないでちょうだい、ダイアナ。でないと、あたし涙《なみだ》がとまらないわ。ほんとうに元気《げんき》になれないまでも、とにかくなれるだけ元気《げんき》になりましょうよ。結局《けっきょく》、あたし、新学期《しんがっき》にも学校《がっこう》に来《く》ることになるわよ。どうも落第《らくだい》しそうな気《き》がしているの。」

「だって、あんた、いつもすばらしい点《てん》をとってるじゃないの。」

「受験番号《じゅけんばんごう》が十三なのよ。ジョシー・パイが言《い》ったけれど、とても運《うん》の悪《わる》い数《かず》なんですって。あたしは迷信家《めいしんか》じゃないけど、それでも十三でなかったらいいのにと思《おも》うわ。」

「あたしも、あんたといっしょに行《い》けたらねえ。」と、ダイアナが言《い》いました。「きっとすばらしい時《とき》がすごせるでしょうに。でも、今《いま》から毎晩《まいばん》つめこみ勉強《べんきょう》をしなくちゃならないわね。」

「いいえ、ミス・ステイシーは、あたしたちにもう本《ほん》はひらかないって約束《やくそく》させなすったのよ。つかれた頭《あたま》をよけいつかれさすだけだからですって。試験《しけん》のことは忘《わす》れて、よく散歩《さんぽ》をし、夜《よる》は早《はや》く休《やす》みなさいっておっしゃったけど、むずかしいわ。

あんたのジョセフィン伯母《おば》さんが、あたしが町《まち》にいるあいだ、『ぶなの木屋敷《きやしき》』に泊《と》まっていていいって言《い》ってくださって、ほんとうにありがたいわ。」

「町《まち》にいるあいだ、お手紙《てがみ》よこしてよ。」

「あたし火曜日《かようび》の晩《ばん》に、第一日目《だいにちめ》がどんなだったか書《か》いて送《おく》るわ。」

「じゃあ、水曜日《すいようび》に郵便局《ゆうびんきょく》の前《まえ》に行《い》って待《ま》ってるわ。」

アンは、つぎの月曜日《げつようび》に町《まち》へ行《い》き、水曜日《すいようび》にダイアナは約束《やくそく》どおり、郵便局《ゆうびんきょく》のあたりをうろついていて、手紙《てがみ》を受《う》けとりました。


ダイアナへ。

火曜日《かようび》の夜《よる》です。あたしはぶなの木屋敷《きやしき》の図書室《としょしつ》でこの手紙《てがみ》を書《か》いています。ゆうべ、あたしの部屋《へや》に一人《ひとり》きりでいたら、むやみにさびしくなって、あなたがいっしょにいたらいいのにと思《おも》いました。

今朝《けさ》ミス・ステイシーがあたしをむかえに来《き》てくださり、とちゅう、ジェーンとルビーとジョシーのところによって、みんなで学校《がっこう》へ行《い》きました。ルビーが手《て》にさわってごらんなさいというので、さわってみたら氷《こおり》のようでした。学校《がっこう》についてみると、島《しま》じゅうから集《あつ》まってきた生徒《せいと》がおおぜいおりました。第一《だい》に目《め》にはいった人《ひと》はムーディ・スパージョンで、階段《かいだん》にすわって、なにか一人《ひとり》でぶつぶつ言《い》っていました。ジェーンがいったいなにをしているのとききますと、ムーディは、「気《き》を落《お》ちつけるために九九《くく》のかけ算表《ざんひょう》をくりかえし、くりかえし言《い》ってるんだ、どうかお願《ねが》いだからじゃましないでほしい。ちょっとでもやめたらこわくなってし

まって、せっかくおぼえたことをすっかり忘《わす》れてしまうから。でも九九《くく》さえ唱《とな》えていれば、おぼえたことがちゃんとそれぞれの場所《ばしょ》におさまっているのだ。」ってこう言《い》うの。

あたしたちの部屋《へや》が決《き》まったので、ミス・ステイシーとわかれなくてはならなくなりました。あたしはあたしの気持《きも》ちが顔色《かおいろ》に出《で》ているかしら、心臓《しんぞう》の鼓動《こどう》が、部屋《へや》の向《む》こうまでも聞《き》こえないかしらと思《おも》ったほどでした。そこへ男《おとこ》の人《ひと》がはいってきて、国語《こくご》の試験用紙《しけんようし》をくばりはじめました。それをとりあげたとたん、あたしの手《て》は冷《つめ》たくなり、頭《あたま》はふらふらしました。ああ、おそろしい瞬間《しゅんかん》だったわ。ちょうど、四年前《ねんまえ》にマリラにあたしをグリン・ゲイブルスにおいてくれるかとたずねたときと同《おな》じ気持《きも》ちでした。それからなにもかもはっきりしてきて、心臓《しんぞう》もまたうちはじめました——言《い》うのをわすれていたけれど、まるで止《と》まってしまっていたのよ——どうにかその試験問題《しけんもんだい》ができそうだということが、わかったからです。

お昼《ひる》のお食事《しょくじ》に家《いえ》に帰《かえ》り、午後《ごご》はまた歴史《れきし》の試験《しけん》にもどってきました。歴史《れきし》はかなりむずかしく、年月日《ねんがっぴ》をひどくごっちゃにしてしまいました。それでもきょうはかなりよくできたと思《おも》います。でも、ああ、ダイアナ、幾何《きか》の試験《しけん》はあしたなのよ。もし九九《くく》のかけ算表《ざんひょう》が少《すこ》しでも幾何《きか》の役《やく》に立《た》つのなら、あたし、今《いま》から明日《あす》の朝《あさ》まででも暗誦《あんしょう》するんだけれど。

夕方《ゆうがた》ほかの人《ひと》たちのところへ行《い》ってみました。ルビーの宿舎《しゅくしゃ》へ行《い》ったら、ルビーはヒステリーをおこしている最中《さいちゅう》でした。英国史《えいこくし》の試験《しけん》でひどいまちがいをしたのがいまわかったとこ

ろだと言《い》うんです。ルビーの発作《ほっさ》がおさまってから、あたしたちは町《まち》に行《い》って、アイスクリームを食《た》べました。あたしたち、あなたもいたらいいのにと残念《ざんねん》がりました。

ああ、ダイアナ！　幾何《きか》の試験《しけん》さえすんだらねえ！　でもリンドのおばさんがいつも言《い》いなさるように、あたしが幾何《きか》で失敗《しっぱい》しようとしまいと、太陽《たいよう》はあいかわらずのぼったりしずんだりするんだわ。そうにはちがいないけれど、だからといって気《き》が休《やす》まるわけでもないわ。あたしが落第《らくだい》したら太陽《たいよう》が静止《せいし》するというのなら、いくぶんはなぐさめられるでしょうがね。

かしこ

あなたの忠実《ちゅうじつ》なアンより

金曜日《きんようび》の夕方《ゆうがた》、すべての試験《しけん》をすませたアンが帰《かえ》ってきました。いくぶん疲《つか》れてはいましたが、全力《ぜんりょく》をつくしたという、すみきった満足感《まんぞくかん》が感《かん》じられました。

アンがグリン・ゲイブルスにつくと、ダイアナが待《ま》ちかまえており、二人《ふたり》は何年《なんねん》ぶりかでめぐりあったようなよろこびかたをしたのでした。

「まあ、アン、よく帰《かえ》ってきたわ。あんたが町《まち》へ行《い》ってから、何年《なんねん》もたったみたいな気《き》がしてよ。ねえ、アン、どうだった？」

「幾何《きか》のほかはみんな、かなりうまくいったと思《おも》うわ。幾何《きか》はとおったかどうかわからないんだ

けれど、でも、どうもだめだったらしい予感《よかん》がするの。ああ、帰《かえ》ってきてうれしいわ。世界《せかい》じゅうでグリン・ゲイブルスみたいにいいところはないわ。」

「ほかの人《ひと》たちはどう？」

「みんな、とおらないに決《き》まってるなんて言《い》ってるけれど、かなりよくできたらしいわ。ジョシーったら、幾何《きか》なんかやさしくて、十の子《こ》どもだってできるくらいだなんて言《い》ってたわ。ムーディ・スパージョンは、歴史《れきし》でだめだと思《おも》ってるの。でも結果《けっか》が発表《はっぴょう》になるまでは、ほんとうのことはだれにもわからないわ。まだ二週間《しゅうかん》あるんですって。まあ考《かんが》えてもごらんなさい。二週間《しゅうかん》も落《お》ちつかない気分《きぶん》ですごすのよ。あたし、ぐっすりねむってしまって、発表《はっぴょう》がすんだころに目《め》がさめたらいいなと思《おも》うわ。」

ダイアナはギルバート・ブライスはどんなだったか、きいてもむだなことを知《し》っていたので、ただ、「だいじょうぶ、みんなとおるわよ。」とだけ言《い》いました。

「あたしね、そうとういい成績《せいせき》でなかったら、いっそ落《お》ちたほうがましだわ。」

アンは言《い》いはなちました。

それはギルバート・ブライスより上《うえ》でなければ、せっかく及第《きゅうだい》してもくやしい思《おも》いをするだけだということでしたが、ダイアナにはそれがよくわかっていました。

アンが、よい成績《せいせき》で合格《ごうかく》したいと願《ねが》う気持《きも》ちには、べつにもっとりっぱなわけがありました。

アンは、マシュウおじさんとマリラのためにーーことにマシュウのために、それを願《ねが》ったのです。

マシュウおじさんは、いつもアンが、「島《しま》じゅうを負《ま》かして一番《ばん》になる。」と信《しん》じきっていました。そんなことはもちろん思《おも》いもよらないことですが、せめて十番以内《ばんいない》にはいって、マシュウおじさんのやさしい鳶色《とびいろ》の目《め》が得意《とくい》そうに輝《かがや》くのを見《み》たいものだと、アンは熱烈《ねつれつ》に願《ねが》っていました。

二週間《しゅうかん》も終《お》わるころには、アンも、ジョシーやルビーなどの気《き》が気《き》でない連中《れんちゅう》の仲間入《なかまい》りをして郵便局《ゆうびんきょく》のまわりをうろつきだし、ふるえる手《て》でシャーロットタウン日報《にっぽう》をひらき、入学試験《にゅうがくしけん》のころにおとらない、びくびくした、地《ち》の底《そこ》へしずみこむような気分《きぶん》を味《あじ》わいました。

三週間《しゅうかん》たっても結果《けっか》は発表《はっぴょう》されませんでした。アンは、もうこれ以上《いじょう》しんぼうしきれない気《き》がしました。食欲《しょくよく》はなくなり、青《あお》い顔《かお》になって、アヴォンリーの村《むら》のことにも興味《きょうみ》がもてなくなりました。

しかし、ある夕方《ゆうがた》、ついにニュースがはいりました。

アンは、試験《しけん》の苦《くる》しみもこの世《よ》の苦労《くろう》もわすれて窓辺《まどべ》にすわり、庭《にわ》からただよってくる花《はな》の香《かお》りやポプラの葉《は》ずれなど、気持《きも》ちのよい夏《なつ》のたそがれにうっとりしていました。

樅《もみ》の林《はやし》からダイアナが駆《か》けだしてきて、丸木橋《まるきばし》を渡《わた》り、坂《さか》をのぼってくるのが目《め》にはいりまし

た。

手《て》には新聞《しんぶん》がはためいています。

アンはとびあがりました。新聞《しんぶん》になにが書《か》いてあるのか、すぐわかったからです。

アンの頭《あたま》はぐらぐらし、胸《むね》は痛《いた》いほどどきどきし、一歩《ぽ》も動《うご》けませんでした。まるで一時間《じかん》もたったかと思《おも》っているうちにダイアナが広間《ひろま》をかけぬけ、ノックもしないで部屋《へや》にころがりこんできました。

「アン、あんたパスしたわよ。第《だい》一位《い》でとおったのよ——あんたもギルバートも二人《ふたり》とも——同《どう》点《てん》だったの——でも、あんたの名前《なまえ》のほうがさきよ。ああ、うれしい。」

新聞《しんぶん》をテーブルに投《な》げだし、ダイアナ自身《じしん》はアンのベッドに身《み》を投《な》げました。息《いき》が切《き》れてそれ以上《いじょう》なにも言《い》えなかったのです。

アンは、ランプをともそうと思《おも》ってマッチの箱《はこ》をひっくりかえし、六本《ぽん》もマッチを折《お》ってから、やっと火《ひ》をつけました。それから新聞《しんぶん》をとりあげました。

二百人《にん》の名前《なまえ》のまっさきに、自分《じぶん》の名前《なまえ》を見《み》つけた瞬間《しゅんかん》、アンは、しみじみと生《い》きがいを感《かん》じたのでした。

「りっぱにやりとげたわ、アン。」

やっと息《いき》が楽《らく》になったダイアナが、起《お》きあがって言《い》いました。アンが、目《め》を星《ほし》のように輝《かがや》か

せ、うっとりとした表情《ひょうじょう》をしながらなにも言《い》わないからでした。

「おとうさんが、ブライトリバー駅《えき》からこの新聞《しんぶん》を持《も》ってきてまだ十分《ぷん》とたっていないのよ。ここには、あした郵便《ゆうびん》でくるんですって。あたし発表《はっぴょう》を見《み》たとき、ただ夢中《むちゅう》で駆《か》けだしてきたの。みんなパスしたわ。もっとも、ムーディ・スパージョンは、歴史《れきし》は条件《じょうけん》つきだけど。ジョシーは、もう三点《てん》であぶないところだったのよ。でも見《み》てらっしゃい、きっと一番《ばん》にでもなったみたいにいばるから。おお、アン、一位《い》になってどんな気《き》がして？　あたしだったらうれしくて気《き》がへんになってしまうわ。だのにあんたは、まるで春《はる》の夕方《ゆうがた》のように落《お》ちついているじゃないの。」

「心《こころ》の中《なか》はそうじゃないのよ。言《い》いたいことが山《やま》ほどあっても、それが言葉《ことば》になって出《で》てこないの。こんなこと夢《ゆめ》にも思《おも》わなかったわ。ちょっとごめんなさいね、ダイアナ、畑《はたけ》に行《い》って、マシュウおじさんに知《し》らせてくるから。それからこのよいニュースを街道《かいどう》づたいに行《い》って、みんなに知《し》らせてあげましょうよ。」

二人《ふたり》はマシュウが干《ほ》し草畑《くさばたけ》で干《ほ》し草《くさ》をたばねているところへ駆《か》けていきました。運《うん》よくリンド夫人《ふじん》が小径《こみち》の柵《さく》のところでマリラと話《はな》していました。

「おお、マシュウおじさん、あたしとおったのよ、一番《ばん》でとおったのよ。一番《ばん》の中《なか》の一人《ひとり》なの。あたし、得意《とくい》にはならないけれど、ただありがたいわ。」と、アンはさけびました。

「そうさな、わしがいつも言《い》ってたとおりだ。」マシュウは、うれしそうに発表《はっぴょう》をながめまし

た。「おまえが、ほかの者《もの》をらくらくと負《ま》かしてしまうのはわかっていたよ。」

「かなりよくやったんだね、アン。」

マリラは、アンを誇《ほこ》りたくてたまらないのを、目《め》のするどいリンド夫人《ふじん》に見《み》せまいとしてこう言《い》いましたが、この気《き》のいい夫人《ふじん》は心《こころ》からよろこんで言《い》いました。

「アンはみごとにやってのけたんですね。あたしも一番《ばん》にそれをほめますよ。アン、あんたはあたしたちみんなの名誉《めいよ》ですよ。あんたを誇《ほこ》りに思《おも》いますよ。」

よろこびに満《み》ちたこの夕方《ゆうがた》、最後《さいご》に牧師館《ぼくしかん》でアラン夫人《ふじん》と短《みじか》いまじめな話《はなし》をしたアンは、自分《じぶん》の部屋《へや》のひらいた窓辺《まどべ》にひざまずき、月《つき》の光《ひかり》をあびながら心《こころ》からの感謝《かんしゃ》と祈《いの》りをささげました。

そしてねむりにつくと、乙女《おとめ》らしい、はなやかな輝《かがや》かしい、美《うつく》しい夢《ゆめ》を見《み》たのでした。

第《だい》三十三章《しょう》　ホテルの音楽会《おんがくかい》

「ぜひ、あの白《しろ》いオーガンディにしなさいよ、アン。」と、ダイアナはきっぱり言《い》いました。

二人《ふたり》は東《ひがし》の部屋《へや》にいました。

外《そと》は黄色《きいろ》がかった緑色《みどりいろ》のたそがれで、空《そら》には雲《くも》ひとつなく、大《おお》きな銀色《ぎんいろ》に輝《かがや》く月《つき》が「おばけの森《もり》」のうえに出《で》ていました。

しかし、アンの部屋《へや》にはよろい戸《ど》がおろされ、ランプがともっていました。だいじな着《き》つけがはじまっていたのです。

アンは、ホワイトサンドホテルの音楽会《おんがくかい》へ行《い》くために着《き》がえていました。

この音楽会《おんがくかい》は、ホテルの客《きゃく》がシャーロットタウンの病院《びょういん》を助《たす》けるためにもよおしたもので、近《きん》辺《ぺん》のアマチュアで出演《しゅつえん》できる者《もの》を全部《ぜんぶ》かりだして、出《で》てもらうようにとりきめたのです。

アヴォンリーからはアンが選《えら》ばれ、詩《し》の暗誦《あんしょう》をすることになっていました。

アンは、この画期的《かっきてき》なできごとにこころよい興奮《こうふん》をおぼえました。アンにあたえられたこの光《こう》

栄《えい》をきくと、マシュウは天国《てんごく》にでものぼったようによろこびました。マリラも誇《ほこ》らしさは負《ま》けずおとらずでしたが、口《くち》に出《だ》してみとめるくらいなら、いっそ死《し》んだほうがましだとでも思《おも》ったようで、若《わか》い者《もの》たちがおおぜいで、監督者《かんとくしゃ》もなく、ホテルなどに出《で》かけていくのは感心《かんしん》しないなどと言《い》っていました。

「ほんとうにオーガンディがいいと思《おも》って？」アンは心配《しんぱい》そうにたずねました。「あの青《あお》い花模《はなも》様《よう》のモスリンほど、きれいじゃないと思《おも》うんだけど。それに型《かた》も今《いま》の流行《りゅうこう》じゃないわ。」

「でも、とてもあんたによく似《に》あうのよ。やわらかくて、ひだが多《おお》くて、すんなりしているんですもの。モスリンはこわばっているし、いかにも着飾《きかざ》りましたというみたいだわ。オーガンディのほうは、あんたのからだの一部《いちぶ》みたいに自然《しぜん》に見《み》えるわよ。」

ダイアナがいきおいこんで言《い》いました。

アンはため息《いき》をついてあきらめました。ダイアナは着《き》るものの好《この》みにかけては、趣味《しゅみ》がいいと評判《ひょうばん》で、その意見《いけん》はたいへん重《おも》んじられていました。

この夜《よる》のダイアナは、ピンクの野《の》ばらをちらした服《ふく》を着《き》ていて、とてもきれいに見《み》えました。しかし、ダイアナは今夜《こんや》は出演《しゅつえん》しないので、アンのことに全精神《ぜんせいしん》をかたむけていました。

「そのひだをもう少《すこ》しひっぱりなさい――そう。さあ、サッシを結《むす》んであげるわよ。髪《かみ》は二つにわけて編《あ》んで、真《ま》ん中《なか》へんで大《おお》きな白《しろ》い蝶《ちょう》リボンで結《ゆ》わえようと思《おも》うの――あら、ひたいにカー

ルを出《だ》しちゃだめよ——ただふっくらさせておくのよ。この髪《かみ》があんたにいちばん似《に》あっててよ、アン。そうやってわけると、マリア様《さま》みたいに見《み》えるって、ミセス・アランもおっしゃってたわ。この小《ちい》さな白《しろ》ばらをあんたの耳《みみ》のすぐうしろのところにつけることよ。家《いえ》のばらの茂《しげ》みに咲《さ》いていたのをあんたにとってきたのよ。」

「真珠《しんじゅ》の首飾《くびかざ》りをしてもいいこと？　先週《せんしゅう》マシュウおじさんが町《まち》から買《か》ってきてくれたのよ。きっとあたしがそれをかけるのをごらんになりたいと思《おも》うわ。」

ダイアナは口《くち》をすぼめ、黒《くろ》い頭《あたま》をかしげて、じっとながめてから承知《しょうち》したので、アンは、ほっそりした、乳《ちち》のように白《しろ》い首《くび》に真珠《しんじゅ》を巻《ま》きつけました。

「あんたのスタイルには、どこかとてもすてきなところがあるのよ、アン。」

ダイアナは心《こころ》の底《そこ》から感心《かんしん》したように言《い》いました。

「あんたには、かわいらしいえくぼがあるじゃないの。」アンは微笑《ほほえ》んだ。「クリームをちょっとくぼませたような、すてきなえくぼだわ。あたしはえくぼだけはあきらめてしまったの。あたしのえくぼの夢《ゆめ》はとても実現《じつげん》しそうにないんですもの。でも、あたしの夢《ゆめ》がこんなにたくさん、ほんとうのことになっているんだから、不平《ふへい》は言《い》わないわ。さ、もうこれでいいこと？」

「いいわ。」とダイアナが答《こた》えたとき、マリラが戸口《とぐち》にあらわれました。

やせて、髪《かみ》は前《まえ》より白《しろ》くなり、やはり角《かく》ばった姿《すがた》ではありましたが、顔《かお》つきは前《まえ》よりずっとや

さしくなっていました。

「こざっぱりと、きちんとして見《み》えるね。その髪《かみ》の結《ゆ》い方《かた》はいいじゃないの。けれどその服《ふく》で、ほこりや露《つゆ》のなかをあんなところまで馬車《ばしゃ》で行《い》ったら、だいなしになってしまうんじゃないかね。それに、こんな湿気《しっけ》の多《おお》い夜《よる》には、あまり薄《うす》すぎるよ。とにかく、オーガンディみたいに始《し》末《まつ》の悪《わる》い生地《きじ》はないね。マシュウがこれを買《か》ったとき、そう言《い》ったんだけれどね。このごろじゃ、マシュウになにを言《い》ってもむだなんだから――いまじゃあ、アンのものとなったら、いっさい相談《そうだん》なしに買《か》ってしまうんだからね。カーモディの店《みせ》の者《もの》も、心得《こころえ》たもので、どうしたら、マシュウに品物《しなもの》をおしつけられるか、ちゃんと知《し》っているんだよ。この品《しな》はきれいで最新流行《さいしんりゅうこう》です、なんて言《い》いさえすれば、マシュウはぽんと金《かね》を出《だ》すんだからね。スカートが車輪《しゃりん》にさわらないように気《き》をつけるんですよ、アン。それから、あたたかにして、上着《うわぎ》を着《き》ていきなさい。」

そう言《い》うとマリラは階下《かいか》へおりていきましたが、心《こころ》の中《なか》で、アンはなんてきれいな子《こ》だろうかと得意《とくい》に思《おも》い、アンが暗誦《あんしょう》するのを聞《き》きにいけないのが残念《ざんねん》でなりませんでした。

ホテルについてみると、上《うえ》から下《した》まで光《ひかり》の洪水《こうずい》でした。

そこにはシャーロットタウン交響楽団《こうきょうがくだん》の人《ひと》がいっぱいいて、なかにはいったとたんに、アンは急《きゅう》に気《き》おくれがして、おびえてしまい、自分《じぶん》がいなかっぽく感《かん》じられたのでした。

服《ふく》も、東《ひがし》の部屋《へや》ではとても美《うつく》しく見《み》えたのが、いま、絹《きぬ》やレースのキラキラしたなかでは、あ

まりにあっさりとそまつに思《おも》えました。そばにいる大《おお》がらの美《うつく》しい婦人《ふじん》がつけているダイヤモンドにくらべれば、真珠《しんじゅ》の首飾《くびかざ》りなどなにになりましょう。

アンは、グリン・ゲイブルスのあの白《しろ》い部屋《へや》に帰《かえ》りたくてたまらなくなりました。

やがて会《かい》がはじまり、大音楽会場《だいおんがくかいじょう》の壇《だん》に連《つ》れだされると、まぶしいほど明《あか》るい電灯《でんとう》の光《ひかり》や人々《ひとびと》のざわめき、香水《こうすい》のにおいに、アンはますます落《お》ちつきを失《うしな》ってしまいました。

そのうえ、アンにとってもっと運《うん》の悪《わる》いことが起《お》こりました。ホテルに泊《と》まっていた、朗読《ろうどく》の専門家《せんもんか》が、暗誦《あんしょう》に出《で》ることになったのです。

その婦人《ふじん》は黒《くろ》い目《め》をした、上品《じょうひん》な人《ひと》で、月光《げっこう》を織《お》ったような、かすかに光《ひか》る灰色《はいいろ》のすばらしい衣装《いしょう》をつけて、首《くび》にも、黒《くろ》い髪《かみ》にも宝石《ほうせき》がきらめいていました。その声《こえ》はびっくりするくらい自《じ》由自在《ゆうじざい》で、表現力豊《ひょうげんりょくゆた》かでした。

聞《き》いている人《ひと》たちはすっかり熱狂《ねっきょう》してしまいました。

アンもわれを忘《わす》れて、うっとり聞《き》きほれていましたが、暗誦《あんしょう》が終《お》わると、両手《りょうて》で顔《かお》をおおってしまいました。

とても、とても、このあとで暗誦《あんしょう》などできない。グリン・ゲイブルスに帰《かえ》れさえしたら！

この間《ま》の悪《わる》い瞬間《しゅんかん》、出番《でばん》がまわってきて、アンの名前《なまえ》が呼《よ》びあげられました。

どうにかアンは立《た》ちあがり、ふらふらと前《まえ》へ進《すす》みでました。アンがあまりに真《ま》っ青《さお》になったの

で、観覧席《かんらんせき》にいたダイアナとジェーンは、いたたまれないくらい気《き》をもんで手《て》をにぎりあいました。

アンはすっかりあがってしまいました。

今夜《こんや》のように夜会服《やかいふく》の婦人《ふじん》たちがずらりとならぶ、はなやかな雰囲気《ふんいき》のところで暗誦《あんしょう》するのは、はじめてだったのです。

アンのひざはふるえ、胸《むね》はどきどきし、気《き》が遠《とお》くなりそうでした。ひと言《こと》も声《こえ》が出《で》てきません。

アンは、物笑《ものわら》いになることもかまわず、壇《だん》から逃《に》げだしそうになりました。

しかしふいに、アンのおびえきった目《め》に、部屋《へや》のうしろのほうにいるギルバート・ブライスがうつりました。彼《かれ》は身《み》を乗《の》りだして微笑《ほほえ》んでいました。

それがアンには勝《か》ちほこった、あざけりの微笑《ほほえ》みに見《み》えました。

ほんとうはそんなものではなく、全体《ぜんたい》の感《かん》じを楽《たの》しみ、棕櫚《しゅろ》をうしろにしたアンのほっそりした白《しろ》い姿《すがた》と精神的《せいしんてき》な顔《かお》がすばらしく美《うつく》しく見《み》えたのに感心《かんしん》していたのでした。

アンは深《ふか》く息《いき》を吸《す》いこみ、頭《あたま》をしゃんとあげました。勇気《ゆうき》と決意《けつい》がわきあがってきたのです。

(どんなことがあっても、ギルバート・ブライスの前《まえ》でたおれたりしないわ――ギルバートなどに笑《わら》われるようなことはするものですか。)

アンは落《お》ちつきをとりもどしました。

すんだ美《うつく》しい声《こえ》はふるえもせず、とぎれもせず、部屋《へや》のすみずみまでとどきました。これまでにないようなできばえでした。

暗誦《あんしょう》が終《お》わると、割《わ》れるような心《こころ》からの拍手《はくしゅ》がわきおこりました。はにかみとうれしさとでほおをそめながら自分《じぶん》の席《せき》にもどると、ピンクの絹《きぬ》の服《ふく》をつけた太《ふと》った婦人《ふじん》が、アンの手《て》を力《ちから》いっぱいにぎって、握手《あくしゅ》をしました。

「まったくみごとでしたよ。」婦人《ふじん》は息《いき》をきらしながらほめました。「あたしはまるで子《こ》どもみたいに泣《な》いてしまったんですよ。そら、みんながアンコールしているじゃありませんか。」

「あら、あたし、行《い》けないわ。」アンはどぎまぎしました。「それでも――行《い》かなくてはならないわ。そうでないとマシュウおじさんが、がっかりなさるわ。あたしがアンコールされるにちがいないって言《い》ってたんですもの。」

「それならマシュウおじさんをがっかりさせなさるな。」と、ピンクの婦人《ふじん》は笑《わら》いながら言《い》いました。

微笑《ほほえ》みながら、顔《かお》を赤《あか》らめて、すみきった目《め》でアンはふたたび進《すす》みでて、風変《ふうが》わりな、こっけいな、短《みじか》いのを暗誦《あんしょう》しました。

聴《き》き手《て》はなおいっそうひきつけられてしまいました。

音楽会《おんがくかい》が終《お》わると、太《ふと》ったピンクの婦人《ふじん》は――アメリカの百万長者《ひゃくまんちょうじゃ》の奥《おく》さんでしたが――アン

の保護者役《ほごしゃやく》をかってでて、みんなにアンを紹介《しょうかい》してくれました。

人々《ひとびと》は、みなアンにたいへんよくしてくれ、朗読《ろうどく》の専門家《せんもんか》のエバンス夫人《ふじん》も、アンは作品《さくひん》をみごとに「理解《りかい》」している、とほめてくれました。

美《うつく》しく飾《かざ》られた食堂《しょくどう》での食事《しょくじ》もすんで、三人《にん》の少女《しょうじょ》たちは、にぎやかに笑《わら》いさざめきながら、静《しず》かな、白《しろ》い月光《げっこう》の中《なか》に出《で》ました。

「こんなすばらしいことってなかったわね？」ジェーンはため息《いき》をつきました。「あたし、お金《かね》持《も》ちのアメリカ人《じん》になって、夏《なつ》はホテルですごして、宝石《ほうせき》をつけて、衿《えり》のあいた服《ふく》を着《き》て、毎《まい》日《にち》、アイスクリームとチキンサラダを食《た》べてみたいわ。」

「あんたのことをほめていた人《ひと》がいてよ。」ダイアナが言《い》いました。「ジェーンとあたしのうしろにアメリカ人《じん》がすわっていたの――えらい絵《え》かきさんだそうよ。ジョシー・パイが言《い》ってたわ。その人《ひと》が、『あのすばらしいチチアンの髪《かみ》をして、壇《だん》に立《た》っている少女《しょうじょ》はだれですか？　ぼくが描《か》きたいと思《おも》う顔《かお》なんだが。』って。そらね、アン。でもチチアンの髪《かみ》って、なんのこと？」

「そうねえ、つまり、赤毛《あかげ》のことだと思《おも》うわ。」とアンは笑《わら》いました。「チチアンというのは、赤《あか》い髪《かみ》を描《か》くのが好《す》きだった、有名《ゆうめい》な画家《がか》なのよ。」

「あの女《おんな》の人《ひと》たちのつけていたダイヤモンドを見《み》た？」ジェーンはため息《いき》をつきました。「まぶしいばかりだったわね。お金《かね》持《も》ちになりたいと思《おも》わない、あんたたち？」

「あたしたちはお金持《かねも》ちよ。」アンがきっぱりと言《い》いました。「だって、あたしたち十六年生《ねんい》きてきたでしょう——そして女王《じょおう》のように幸《しあわ》せで、それにみんな多少《たしょう》の想像力《そうぞうりょく》は持《も》っているし、あの海《うみ》をごらんなさいよ。たとえ百万《まん》ドル持《も》っていても、ダイヤモンドの首飾《くびかざ》りを何本《なんぼん》持《も》っていても、あの美《うつく》しさをこれ以上楽《いじょうたの》しむわけにはいかないわ。

あたし、ほかのどんな女《おんな》の人《ひと》とかえてくれるからといっても、かわりたくなんかないわ。今夜《こんや》のお客《きゃく》さまたちのなかに、白《しろ》いレースのすばらしい服《ふく》を着《き》ているのに、しじゅう、不機嫌《ふきげん》な顔《かお》をしている人《ひと》がいたでしょう。あんな人《ひと》になりたいと思《おも》う？　あのピンクの女《おんな》の人《ひと》みたいに、親切《しんせつ》でいい人《ひと》であっても、あんなに太《ふと》って、背《せ》が低《ひく》くて、まるでスタイルがなってないようになりたいと思《おも》う？　エバンス夫人《ふじん》だってごらんなさい、とても悲《かな》しそうな目《め》をしているじゃないの。ひどく不幸《ふこう》なことがあったのね。そんなのいやでしょう、ジェーン。」

「あたしにはわからないわ——よくは。」ジェーンはまだ承知《しょうち》しかねるようすでした。「ダイヤモンドってかなり人《ひと》をなぐさめてくれるものだと思《おも》うわ。」

「そうね、あたし、自分《じぶん》のほか、だれにもなりたくないわ。たとえ一生《いっしょう》、ダイヤモンドになぐさめてもらえずにすごしても。」とアンは言《い》いました。「あたし、真珠《しんじゅ》の首飾《くびかざ》りをつけた、グリン・ゲイブルスのアンで大満足《だいまんぞく》だわ。マシュウおじさんが、この首飾《くびかざ》りにこめた愛情《あいじょう》が、あの女《おんな》の人《ひと》たちの宝石《ほうせき》におとらないことを知《し》っているんですもの。」

第《だい》三十四章《しょう》　クイーンの女学生《じょがくせい》

それからの三週間《しゅうかん》、グリン・ゲイブルスでは、アンのクイーン学院《がくいん》入学《にゅうがく》の準備《じゅんび》のため、目《め》のまわるいそがしさでした。

アンのしたくは美《うつく》しいものばかりでした。マシュウがあれこれ気《き》をつけたからですが、マリラもこんどばかりは、マシュウがなにを買《か》っても、ひとつも反対《はんたい》しませんでした。

それどころか、ある夕方《ゆうがた》、マリラは美《うつく》しいうす緑色《みどりいろ》の布地《ぬのじ》を腕《うで》にかかえて、東《ひがし》の部屋《へや》へあがってきました。

「アン、これはちょっとした社交着《しゃこうぎ》にどうかね？　べつだん必要《ひつよう》とは思《おも》わないけれどね。もうきれいなものはたくさん持《も》っているのでね。だけれど、町《まち》で夕方《ゆうがた》のパーティにでもよばれたときには、あんたもなにかちゃんとした服《ふく》が着《き》たかろうと思《おも》ったのさ。ジェーンもルビーもジョシーも『夜会服《イブニング》』とやらを作《つく》ったと聞《き》いたものでね、わたしも、あんたにおくれをとらすつもりはないのさ。エミリー・ギリスに仕立《した》ててもらおうと思《おも》うのだがね。エミリーは好《この》みもいいし、腕《うで》はな

らぶ者《もの》がないからね。」

「おお、マリラ、なんてすばらしいんでしょう。こんなにあたしによくしてくださってはいけないと思《おも》うわ――毎日《まいにち》、日《ひ》がたつにつれて、行《い》くのがつらくなってくるんですもの。」

できあがった緑《みどり》の服《ふく》には、エミリーの趣味《しゅみ》で、ゆるすかぎりたくさんの飾《かざ》りがついていました。

アンはある晩《ばん》、マシュウとマリラのためにそれを着《き》て、台所《だいどころ》で『乙女《おとめ》の誓《ちか》い』を暗誦《あんしょう》してきかせました。そのはればれとした元気《げんき》な顔《かお》と、しなやかな身《み》のこなしをながめているうちに、マリラの思《おも》いは、アンが、グリン・ゲイブルスに着《つ》いた晩《ばん》に帰《かえ》っていきました。

そまつなまぜ織《お》りの服《ふく》を着《き》た子《こ》どもが、目《め》に涙《なみだ》をいっぱいためていた姿《すがた》がよみがえり、いつしか、マリラの目《め》にも涙《なみだ》があふれてきました。

「あらまあ、あたしの暗誦《あんしょう》が泣《な》かせたのね、マリラ。これでは大成功《だいせいこう》と言《い》えるわね。」

アンは、はしゃいで言《い》いました。

「あんたの暗誦《あんしょう》で泣《な》いたんじゃないんだよ。ただ、あんたの小《ちい》さいときのことを思《おも》い出《だ》しただけなのさ。ずいぶん奇妙《きみょう》なおチビさんだったけど、いつまでも小《ちい》さい子《こ》でいてくれたらなあと思《おも》っていたのだよ。こんなに大《おお》きくなって行《い》ってしまうんじゃ、つらいよ。それにその服《ふく》を着《き》ると、とても背《せ》が高《たか》く、りっぱに見《み》えて、なんだか――なんだか、すっかりちがってしまったようで……さびしくなってしまったのだよ。」

「マリラ。」アンは、マリラのひざにすわると、しわのよった顔《かお》を両手《りょうて》にはさんで、まじめな目《め》つきでやさしくマリラの目《め》をのぞきこみました。「あたしはちっとも変《か》わってなんかいないわ――ほんとに、いつも同《おな》じアンよ。ただ刈《か》りこみをしたり、枝《えだ》をひろげたりしただけなの。ほんとうのあたしは――そのうしろにいて――同《おな》じなのよ。心《こころ》はいつまでもマリラの小《ちい》さなアンなのよ。毎日毎日《まいにちまいにち》、日一日《ひいちにち》とマリラとマシュウおじさんと、このなつかしいグリン・ゲイブルスが好《す》きになる一方《いっぽう》なのよ。」

アンは若々《わかわか》しいほおをマリラのしぼんだほおにすりつけ、手《て》をのばしてマシュウの肩《かた》をなでました。

目《め》にどうやら涙《なみだ》らしいものが浮《う》かんできたマシュウは、立《た》ちあがると、家《いえ》の外《そと》に出《で》てゆき、青《あお》く晴《は》れた夏《なつ》の星空《ほしぞら》の下《した》を、ポプラの下《した》の木戸《きど》のところまで歩《ある》いてゆきました。

「そうさな、あの子《こ》はたいして甘《あま》やかされもしなかったようだ。」マシュウは得意《とくい》そうにつぶやきました。「わしがたまに、おせっかいをやいても、あまりじゃまにはならなかったというものさ。あの子《こ》はりこうできれいだし、なによりいいことに愛情《あいじょう》がある。あの子《こ》はわしらにとっては祝福《しゅくふく》だ。まったくあのスペンサーの奥《おく》さんは、ありがたいまちがいをしでかしてくれたものさ――運《うん》がよかったんだな。いや、そんなもんじゃない。神《かみ》さまの思《おぼ》し召《め》しだ。あの子《こ》がわしらに入《い》り用《よう》だってことを、神《かみ》さまはごらんになったからだと思《おも》うよ。」

ついにアンが町《まち》へ行《い》く日《ひ》がきました。ダイアナと泣《な》いて別《わか》れをつげ、マリラに見送《みおく》られて、アンとマシュウは馬車《ばしゃ》を走《はし》らせていきました。

あとに残《のこ》ったマリラは猛烈《もうれつ》ないきおいで、手《て》あたりしだい仕事《しごと》をかたづけ、一日《いちにち》じゅう働《はたら》きつづけましたが、ともすれば涙《なみだ》が流《なが》れ、どうにもならないさびしさにおそわれたのでした。

その夜《よる》、寝床《ねどこ》にはいったとき、広間《ひろま》のはずれの小《ちい》さな東《ひがし》の部屋《へや》にはもう元気《げんき》な娘《むすめ》の姿《すがた》はないのだと思《おも》うと、たまらなくみじめな気持《きも》ちになり、まくらに顔《かお》をうずめて、はげしく泣《な》いたのでした。

アヴォンリーの生徒《せいと》たちは、町《まち》に着《つ》くとすぐに学院《がくいん》へ行《い》きました。第《だい》一日《にち》めは興奮《こうふん》のうちにすぎてゆき、新《あたら》しい生徒《せいと》ぜんぶと顔《かお》あわせをしたり、教授《きょうじゅ》をおぼえたり、組分《くみわ》けがおこなわれたりしました。

アンはミス・ステイシーにすすめられたので、一年《ねん》の課程《かてい》をとるつもりでした。ギルバート・ブライスもそうでした。これは成績《せいせき》がよければ教員《きょういん》の免許《めんきょ》を、二年《ねん》かかるところを一年《ねん》でとるのでしたが、それだけに勉強《べんきょう》もつらいのです。

アンが新《あたら》しい組《くみ》にはいってみると、五十人《にん》の生徒《せいと》のなかで、知《し》っているのはギルバートただひとりでした。けれども、たいして役《やく》に立《た》つような知《し》り方《かた》ではない、とアンは考《かんが》えて悲観《ひかん》しました。

それでもアンはふたりが同《おな》じクラスにいるのをうれしく思《おも》いました。いままでの競争《きょうそう》がなおこ

れからもつづけられるからで、これでひとつの目標《もくひょう》ができたわけです。

「ギルバートはかたく決心《けっしん》しているようだわ。きっとメダルをとろうと決心《けっしん》しているのよ。」

その夜《よる》、アンはミス・ジョセフィン・バーリーが、アンのためにさがしてくれた下宿《げしゅく》さきの小《ちい》さな部屋《へや》にひとりぼっちですわっていると、マリラのこと、マシュウのこと、東《ひがし》の部屋《へや》、月光《げっこう》に照《て》らされた果樹園《かじゅえん》や小川《おがわ》のことなどが次々《つぎつぎ》に思《おも》いだされ、アヴォンリーが恋《こい》しくてたまらず、涙《なみだ》がどっとあふれそうになりました。

そこへちょうどジョシーがはいってきました。見《み》なれた顔《かお》を見《み》たうれしさに、アンは大《たい》してなかのいいあいだがらでなかったこともわすれてしまいました。

「よく来《き》てくれたわね。」

アンは心《こころ》の底《そこ》から言《い》いました。

「あんた泣《な》いてたのね。」ジョシーはしゃくにさわるような口《くち》ぶりで言《い》いました。「ホームシックになっていたんでしょう。あたしはホームシックになんか、かかるつもりはないわ。つまらない古《ふる》ぼけたアヴォンリーから出《で》てきたら、町《まち》はもったいないくらいゆかいだわ。あんなところによくもいままでいられたものだと、われながら不思議《ふしぎ》になるわ。泣《な》いたりしちゃだめよ、アン。みっともない。だってあんたの鼻《はな》も目《め》も赤《あか》くなって、しまいに顔《かお》じゅう、真《ま》っ赤《か》になるわよ。なにか食《た》べるものある？　きっとマリラが、お菓子《かし》をいっぱい荷物《にもつ》にいれてよこしたんじゃないか

と思《おも》ったもんで、やってきたのよ。」

アンがジョシーといっしょにいるより、一人《ひとり》で泣《な》いていたほうがましなんじゃないかと思《おも》っているところへ、ジェーンとルビーがやってきました。

「ああ、あたし、けさからもう何《なに》か月《げつ》もたったような気《き》がするのよ。アン、あなたも泣《な》いていたんでしょう。あたしも、さっきルビーが来《く》る前《まえ》、さんざん涙《なみだ》を流《なが》してたのよ。」とジェーンが言《い》いました。

ルビーは机《つくえ》の上《うえ》にクイーン学院《がくいん》の予定表《よていひょう》がのっているのを見《み》て、アンが金《きん》メダルを目指《めざ》しているのかどうかを知《し》りたがりました。

アンは顔《かお》を赤《あか》らめて、そのつもりだと答《こた》えました。

「ああ、それで思《おも》いだしたけど。」と、ジョシーが言《い》いました。「クイーンにもエイヴリー奨学金《しょうがくきん》が出《で》ることになったんですって。きょう、その知《し》らせがきたのよ。」

エイヴリー奨学金《しょうがくきん》！

アンの胸《むね》は高鳴《たかな》り、野心《やしん》の地平線《ちへいせん》がたちまちのうちに広《ひろ》がるのをおぼえました。

ジョシーがこのニュースを言《い》うまでは、アンの最高《さいこう》の野心《やしん》は一年《ねん》のおわりに一枚《まい》の地方教員《ちほうきょういん》の免状《めんじょう》と、それにたぶん金《きん》メダルを受《う》けることでした。

しかし、一瞬《いっしゅん》にしてアンの目標《もくひょう》は変《か》わりました。自分《じぶん》がエイヴリー奨学金《しょうがくきん》を受《う》けて、レドモン

ド大学《だいがく》の文学科《ぶんがくか》にはいり、ガウンと大学帽《だいがくぼう》をまとって卒業《そつぎょう》する姿《すがた》が目《め》の前《まえ》に浮《う》かびでました。

エイヴリー奨学金《しょうがくきん》というのは、あるお金持《かねも》ちの実業家《じつぎょうか》の遺産《いさん》の一部《いちぶ》を奨学金《しょうがくきん》として、島《しま》の中《なか》の中学校《ちゅうがっこう》や高等学校《こうとうがっこう》にわけることになっているものでした。

クイーン学院《がくいん》にもそれがわりあてられることが決《き》まり、その年《とし》の末《すえ》に英語学《えいごがく》と英文学《えいぶんがく》で最高《さいこう》の成績《せいせき》をとった生徒《せいと》が、その奨学金《しょうがくきん》を受《う》けとることになったのです。年《ねん》に二百五十ドルずつ、レドモンド大学在学中《だいがくざいがくちゅう》四年間《ねんかん》を通《つう》じて受《う》けとることができるのです。

アンはその夜《よる》、燃《も》えるようなほおをしてベッドにはいりました。

「一生懸命《いっしょうけんめい》に勉強《べんきょう》さえすればとれるというものなら、必《かなら》ずとってみせるわ。あたしが文学士《ぶんがくし》になったら、マシュウおじさんがどんなによろこぶかしら。ああ、野心《やしん》を持《も》つということは楽《たの》しいものだわ。ひとつの野心《やしん》が実現《じつげん》したかと思《おも》うと、また別《べつ》のがもっと高《たか》いところに輝《かがや》いているんだもの。人生《じんせい》がとてもはりあいのあるものになるわ。」

第《だい》三十五章《しょう》　クイーン学院《がくいん》の冬《ふゆ》

よい気候《きこう》のつづくかぎり、金曜日《きんようび》ごとにアヴォンリーの生徒《せいと》たちは、カーモディまで新《あたら》しく敷《し》かれた鉄道《てつどう》に乗《の》って帰《かえ》っていきました。ダイアナをはじめ、数人《すうにん》の若《わか》い者《もの》たちが、たいがいむかえに出《で》ていて、一同《いちどう》はにぎやかにアヴォンリーへ歩《ある》いてかえるのでした。

こうしてアヴォンリーの灯《ひ》を数《かぞ》えながら帰《かえ》る金曜日《きんようび》の夕方《ゆうがた》は、アンにとって、一週間《しゅうかん》でいちばん楽《たの》しい、たいせつなときでした。

ギルバート・ブライスは、ほとんどいつもルビー・ギリスと歩《ある》き、彼女《かのじょ》のかばんを持《も》ってやりました。ルビーは、たいへん美《うつく》しく、よく笑《わら》い、快活《かいかつ》で気《き》のいい娘《むすめ》でした。

「でも、あの人《ひと》はギルバートの好《す》きなタイプじゃないと思《おも》うわ。」と、ジェーンはアンにささやきました。

アンもそう思《おも》っていたのですが、口《くち》には出《だ》しませんでした。ギルバートが野心《やしん》をいだいている

ことをアンは知《し》っており、ルビー・ギリスは、そういうことを話《はな》しあうことにたいして興味《きょうみ》はあるまいと考《かんが》えたのです。

ただアンは、もし、ギルバートが汽車《きしゃ》から家《いえ》までいっしょに歩《ある》いていってくれたら、気持《きも》ちのいい野原《のはら》や小径《こみち》をぬけながら、自分《じぶん》たちの新《あたら》しい世界《せかい》のことや未来《みらい》の抱負《ほうふ》について、楽《たの》しく語《かた》りあえるのに、と思《おも》ったのです。

ルビー・ギリスは、ジェーン・アンドリュウスにむかい、「ギルバートの言《い》うことは半分《はんぶん》もわからない、ちょうどアンがなにかを考《かんが》えこんだときに言《い》うのと同《おな》じことを言《い》う。あたしは必要《ひつよう》のないときに本《ほん》やそんなことに頭《あたま》を使《つか》うのはつまらないと思《おも》う。」と言《い》いました。

新《あたら》しい生活《せいかつ》のなかで、アンはたゆまず一心《いっしん》に勉強《べんきょう》をつづけました。

ギルバートに対《たい》する競争心《きょうそうしん》はアヴォンリーのときと変《か》わらず、はげしかったのですが、クラスではほとんど知《し》られていませんでした。でも、いまでは、アンはギルバートを打《う》ち負《ま》かそうと願《ねが》ってはいなくて、ただ好敵手《こうてきしゅ》として堂々《どうどう》とした勝利《しょうり》を勝《か》ちえたいだけでした。いまではもう、この競争《きょうそう》がなければ生《い》きがいがないなどとは思《おも》っていませんでした。

勉強《べんきょう》のあいまを学生《がくせい》たちは心《こころ》ゆくまで楽《たの》しみました。

アンは、たいていの日曜日《にちようび》には、「ぶなの木屋敷《きやしき》」ですごし、ジョセフィン伯母《おば》さんといっしょに教会《きょうかい》へ行《い》きました。アンはやはりいちばんのお気《き》にいりだったのです。

やがて、だれも気《き》づかないうちに春《はる》がおとずれてきて、アヴォンリーではさんざしがピンクの芽《め》をふきはじめました。しかし、シャーロットタウンでは、学生《がくせい》たちは試験《しけん》のことで頭《あたま》がいっぱいで、話題《わだい》もそれでもちきりでした。

「今学期《こんがっき》がもう終《お》わるなんて、信《しん》じられないじゃないの。」アンは言《い》いました。「去年《きょねん》の秋《あき》には、まだまだ先《さき》のことだと思《おも》っていたのに、もう試験《しけん》がせまっているんですもの。ねえ、あたしはときにはこの試験《しけん》がいちばんだいじなことだとも思《おも》うけれど、あの栗《くり》の木《き》の大《おお》きなつぼみや、往来《おうらい》のはずれのかすんだ青空《あおぞら》を見《み》ると、試験《しけん》なんかなんだと言《い》いたくなってくるのよ。」

ききあわせていたジェーンやルビーやジョシーには、この意見《いけん》は賛成《さんせい》できませんでした。この少女《しょうじょ》たちには、試験《しけん》こそいつも頭《あたま》をはなれない重大問題《じゅうだいもんだい》で、栗《くり》の木《き》のつぼみだの、春《はる》がすみだのとくらべる段《だん》ではありませんでした。

「あたしこの二週間《しゅうかん》で七ポンドやせたのよ。こうしてクイーンに来《き》て、たくさんお金《かね》を使《つか》ったあげくに教員《きょういん》の免状《めんじょう》がとれなかったら、どうしようかしら。」

ジェーンはため息《いき》をつきました。

「あたしならかまわないわ。」とジョシー・パイが言《い》いました。「また来年来《らいねんく》るわ。あたしのおとうさん、あたしをよこすだけの力《ちから》があるんですもの。アン、トレメイン教授《きょうじゅ》が、たぶんギルバート・ブライスが金《きん》メダルをとり、エミリー・クレイがエイヴリー奨学金《しょうがくきん》をとるにちがいないと

言《い》ってるんですって。」

「それを聞《き》いたからには、あしたは頭痛《ずつう》がするでしょうよ。でもいまは、アヴォンリーの窪地《くぼち》にすみれが咲《さ》いているかぎり、『恋人《こいびと》の小径《こみち》』に小《ちい》さなシダが頭《あたま》を出《だ》しているかぎり、奨学金《しょうがくきん》がだれのものになろうと、ちょっともかまわない気持《きも》ちよ。あたしは最善《さいぜん》をつくしたんですもの。『努力《どりょく》のよろこび』というものが、わかりだしたわ。一生懸命《いっしょうけんめい》にやって勝《か》つことのつぎにいいことは、一生懸命《いっしょうけんめい》にやって落《お》ちることなのよ。さあ、もう試験《しけん》の話《はなし》はやめましょうよ。」

アンはくったくなく笑《わら》いました。

「卒業式《そつぎょうしき》にはなにを着《き》るつもり、ジェーン？」と、ルビーが実際的《じっさいてき》なことを言《い》ったので、たちまち着《き》るものの話《はなし》に花《はな》が咲《さ》きだしました。

アンは一人《ひとり》、窓《まど》にもたれて夕焼《ゆうや》け空《ぞら》をうっとりながめながら、希望《きぼう》に燃《も》えた黄金《おうごん》の糸《いと》で、未来《みらい》の夢《ゆめ》を織《お》りだしていました。アンのゆく手《て》はばら色《いろ》に輝《かがや》き、一年《ねん》一年《ねん》が満開《まんかい》のばらで、朽《く》ちない花《はな》の冠《かんむり》を織《お》りなしていくかのようでした。

第《だい》三十六章《しょう》　栄光《えいこう》と夢《ゆめ》

試験《しけん》の総合成績《そうごうせいせき》が発表《はっぴょう》になる日《ひ》、アンはジェーンと町《まち》をいっしょに歩《ある》いていました。ジェーンはにこにこして、うれしそうでした。とにかくとおった自信《じしん》はありましたし、べつに大《だい》それた野心《やしん》をもっていないので不安《ふあん》な気持《きも》ちに責《せ》められることもありませんでした。

アンは青《あお》ざめ、口数《くちかず》もいつもよりずっと少《すく》なくなっていました。あと十分《ぷん》で、だれがメダルをとり、だれがエイヴリー奨学金《しょうがくきん》を受《う》けるのかがわかるのです。その十分《ぷん》さきには「時間《じかん》」など存《そん》在《ざい》しない気《き》がしました。

「もちろん、あんたはどちらかになるわよ。」と、そう信《しん》じてうたがわないジェーンが元気《げんき》づけました。

「あたしはエイヴリーはだめだと思《おも》っているの。みんながいる前《まえ》で、掲示板《けいじばん》に行《い》ってみる勇気《ゆうき》がないわ。あたしまっすぐひかえ室《しつ》に行《い》くから、あんた見《み》てきてすぐ教《おし》えてよ、ジェーン。あたし

たちの長《なが》い友情《ゆうじょう》にかけて、お願《ねが》いだからできるだけ早《はや》くしてね。」

ところが、二人《ふたり》が学校《がっこう》の入《い》り口《ぐち》の階段《かいだん》をのぼっていくと、ホールに少年《しょうねん》たちがいっぱいいて、ギルバート・ブライスを胴上《どうあ》げにして、「ブライスばんざい！　メダル受賞者《じゅしょうしゃ》ブライスばんざい！」と大声《おおごえ》でさけんでいました。

一瞬《いっしゅん》、アンはがっかりして、胸《むね》がずきずき痛《いた》みました。自分《じぶん》が敗《やぶ》れ、ギルバートが勝《か》ったのです。ああ、マシュウおじさんが、どんなに悲《かな》しむことだろう。

そのときです。

だれかが叫《さけ》びました。

「ミス・アン・シャーリーばんざい！　エイヴリー奨学金受賞者《しょうがくきんじゅしょうしゃ》ばんざあい！」

「おお、アン、あたしうれしいわ。よかったわ。」

ジェーンはあえぎながら言《い》いました。

二人《ふたり》はいちもくさんに女子《じょし》のひかえ室《しつ》に飛《と》んでいき、たちまちわきあがる歓声《かんせい》にとりかこまれ、アンは、笑《わら》いとお祝《いわ》いの言葉《ことば》をあびせかけられました。

アンは、ジェーンにささやきました。

「ああ、マシュウおじさんとマリラが、どんなによろこぶかしら。あたしすぐに家《いえ》へ知《し》らせるわ。」

卒業式《そつぎょうしき》には、マシュウもマリラも出席《しゅっせき》しました。二人《ふたり》の目《め》は、壇上《だんじょう》の学生《がくせい》ただ一人《ひとり》にそそがれていました——うす緑《みどり》の服《ふく》をまとい、ほのかにほおをそめ、星《ほし》のように目《め》を輝《かがや》かせた背《せ》の高《たか》い少女《しょうじょ》、いちばんすぐれた論文《ろんぶん》を読《よ》んでいるアンを。

人々《ひとびと》は、あれがエイヴリーの受賞者《じゅしょうしゃ》だとささやきあいました。

「あの子《こ》を育《そだ》ててよかったじゃないか、マリラ。」と、アンが論文《ろんぶん》を読《よ》みおわると、マシュウが、式場《しきじょう》にはいってから、はじめて口《くち》を開《ひら》きました。

「よかったと思《おも》ったのは、これがはじめてではありませんよ。」と、マリラはやりかえしました。

その夕方《ゆうがた》、アンはマシュウとマリラとともに、アヴォンリーへ帰《かえ》ってきました。りんごの花《はな》は咲《さ》き、見《み》るものみなが、いきいきとして、アンの心《こころ》にせまってきました。アンは幸福《こうふく》そうにため息《いき》をつき、出《で》むかえてくれたダイアナに言《い》いました。

「おおダイアナ、家《いえ》へ帰《かえ》ってくるって、なんていいんでしょう。あのとがった樅《もみ》の木《き》も、白《しろ》い果樹園《じゅえん》も、なつかしい『雪《ゆき》の女王《じょおう》』も見《み》られるし、それに、またあんたの顔《かお》が見《み》られて、どのくらいうれしいかしれないわ。」

「アン、あんた、すばらしかったじゃないの。エイヴリー奨学金《しょうがくきん》をとったんですもの、もう学校《がっこう》で教《おし》えないでしょう？」

「ええ、秋《あき》にはレドモンド大学《だいがく》へいくの。すてきじゃない？　三月《みつき》のお休《やす》みをゆっくり楽《たの》しんでからね。ジェーンもルビーも、いよいよ先生《せんせい》になって教《おし》えるのね。」

「ええ、そうよ。それにギルバートもよ。彼《かれ》のおとうさんが、来年大学《らいねんだいがく》へ出《だ》してやることができないもんで、ギルバートは先生《せんせい》になって、自分《じぶん》の力《ちから》でやっていくつもりなのよ。」

アンはこれを聞《き》いて、なぜか、がっかりしました。いい競争相手《きょうそうあいて》のギルバートも、レドモンドへ行《い》くものと思《おも》いこんでいたからです。

つぎの朝《あさ》、食事《しょくじ》のときに、ふいにアンは、マシュウがかげんが悪《わる》そうなのに気《き》づきました。彼《かれ》が外《そと》へ行《い》ってから、アンはマリラに、ためらいながらきいてみました。

「マリラ、マシュウおじさんはどこか悪《わる》くないの？」

「悪《わる》いんだよ。この春《はる》、ひどい心臓《しんぞう》の発作《ほっさ》がおきてから、治《なお》りきらないんだよ。わたしも心配《しんぱい》でね。けれど、このごろ、いくらかよくなってきたし、いい手《て》つだいの人《ひと》も見《み》つかるし、あんたも帰《かえ》ってきたから、マシュウもすこしは休《やす》まると思《おも》うんだよ。」と、マリラは声《こえ》をくもらせて言《い》いました。

アンはテーブルからのりだし、マリラの顔《かお》を両手《りょうて》ではさんで言《い》いました。

「マリラもあまりかげんがよくなさそうね。あんまり働《はたら》きすぎたのよ。もうあたしが家《いえ》のことはするから、ゆっくり休《やす》んでいてね。」

マリラは、いとおしそうにアンに微笑《ほほえ》みかけました。

「働《はたら》きすぎたせいじゃないよ、頭《あたま》のせいなんだよ。先生《せんせい》は、めがねのことばかりやかましく言《い》いなさるが、いくらめがねをかえてもよくならないんだよ。六月《がつ》の末《すえ》に、島《しま》へ有名《ゆうめい》な眼科医《がんかい》がくるから、ぜひ診《み》てもらいなさいと先生《せんせい》が言《い》いなさるから、わたしも、そうしなくてはなるまいと思《おも》うのさ。これでは、読《よ》むのも縫《ぬ》うのも不自由《ふじゆう》でね。それからアン、あんた、近《ちか》ごろ、アベイの銀《ぎん》行《こう》のことをなにか聞《き》かないかい？」

「なんだかつぶれそうだと聞《き》いてるけど、どうして？」

「レイチェルもそう言《い》ったんだよ。そんなうわさが耳《みみ》にはいったといってね。マシュウはひどく心配《しんぱい》したんだよ。家《いえ》のお金《かね》はぜんぶ、あの銀行《ぎんこう》にはいっているんだからね。」

アンは、その日《ひ》ゆっくりと外《そと》の世界《せかい》を楽《たの》しんですごしました。果樹園《かじゅえん》や「すみれの谷《たに》」を歩《ある》きまわり、牧師館《ぼくしかん》でアラン夫人《ふじん》と心《こころ》ゆくまで話《はな》したすえ、夕方《ゆうがた》マシュウといっしょに、裏《うら》の牧場《ぼくじょう》から牛《うし》を連《つ》れて、家《いえ》へ帰《かえ》ってきました。

マシュウがうなだれて、のろのろ歩《ある》くので、アンも、はずむ足《あし》をそれにあわせました。

「きょうはあんまり働《はたら》きすぎたのよ、マシュウおじさん。なぜ、もっと仕事《しごと》をいいかげんにしないの。」

アンが心配《しんぱい》そうに言《い》いました。

「そうさな、わしにはそれができそうもないんだよ。それに……ただ年《とし》のせいなんだよ、アン。」と、マシュウは木戸《きど》をあけて、牛《うし》を入《い》れながら言《い》いました。

「もし、あたしが男《おとこ》の子《こ》だったら、とても役《やく》に立《た》って、マシュウおじさんに、らくをさせてあげられたのにね。」と、アンは悲《かな》しそうに言《い》いました。

「そうさな、わしには十二人《にん》の男《おとこ》の子《こ》よりも、おまえ一人《ひとり》のほうがいいよ。」と、マシュウはアンの手《て》をさすりました。「いいかい？　――十二人《にん》の男《おとこ》の子《こ》よりいいんだからね。そうさな、エイヴリーの奨学金《しょうがくきん》をとったのは、男《おとこ》の子《こ》じゃなくて、女《おんな》の子《こ》ではなかったかな。そうだ、わしの娘《むすめ》じゃないか――わしのじまんの娘《むすめ》じゃないか。」

マシュウは、いつもの内気《うちき》な微笑《びしょう》でアンをながめながら、裏庭《うらにわ》へはいっていきました。

そのときのことをアンは、その夜《よる》、自分《じぶん》の部屋《へや》の窓《まど》ぎわに長《なが》いあいだすわりながら、思《おも》いだしていました。

外《そと》では雪《ゆき》の女王《じょおう》が月光《げっこう》をあびて白《しろ》くかすみ、オーチャード・スロープのむこうの沼《ぬま》ではカエルが鳴《な》いていました。

アンは、この夜《よる》の銀《ぎん》のような平和《へいわ》な美《うつく》しさを、いつまでもおぼえていました。それが、アンに悲《かな》しみのおとずれるまえの、最後《さいご》の夜《よる》だったのです。

第《だい》三十七章《しょう》　死《し》のおとずれ

「マシュウ、マシュウ、どうしたんです。気分《きぶん》が悪《わる》いんですか?」

それはマリラの声《こえ》でした。

白水仙《しろずいせん》をかかえたアンが、入《い》り口《ぐち》の階段《かいだん》のところに駆《か》けつけてみると、マシュウがたたんだ新聞《しんぶん》を手《て》にして戸口《とぐち》に立《た》っていました。

その顔《かお》はへんにひきつれて灰色《はいいろ》でした。

アンとマリラが彼《かれ》のところへ飛《と》んでいったときには、もうおそかったのです。マシュウはそのまま敷居《しきい》の上《うえ》に倒《たお》れてしまいました。

「気絶《きぜつ》したんだよ。アン、マーティンを呼《よ》んどいで。早《はや》く、早《はや》く!」

雇《やと》い人《にん》のマーティンは、さっそく医者《いしゃ》を呼《よ》びにいく道《みち》すがら、バーリー家《け》によっていったので、バーリー夫婦《ふうふ》と、ちょうどきあわせていたリンド夫人《ふじん》が駆《か》けつけてきました。

リンド夫人《ふじん》は、とりみだしたマリラとアンをやさしくわきへやり、マシュウの脈《みゃく》をしらべ鼓動《こどう》

を聞《き》いてみましたが、やがて目《め》には涙《なみだ》があふれでてきました。

「おお、マリラ。もうどうすることもできません。」

「おばさん、まさか――まさかマシュウおじさんが――。」

アンはそれだけしか言《い》えず、真《ま》っ青《さお》になりました。

「そうなんだよ、アン。そうじゃないかと思《おも》うんですよ。この顔《かお》をごらんなさい。わたしみたいに何度《なんど》もこういう顔《かお》を見《み》てきた者《もの》には、わかるんですよ。」

アンはその静《しず》かな顔《かお》を見《み》ました。そこには神《かみ》の手《て》の跡《あと》があらわれていました。

医者《いしゃ》がきて、マシュウの死《し》は急激《きゅうげき》にきたもので、全然苦痛《ぜんぜんくつう》をともなわないで、なにか突然《とつぜん》のショックによったものだと言《い》いました。

ショックの原因《げんいん》はマシュウの持《も》っていた新聞《しんぶん》であきらかとなりました。それにはアベイ銀行《ぎんこう》の破産《はさん》のことがのっていたのです。

この知《し》らせはたちまちアヴォンリーじゅうにひろがり、つぎつぎに知《し》り合《あ》いや近所《きんじょ》の人《ひと》がたずねてきて、親切《しんせつ》に用《よう》をたしてくれました。はじめて内気《うちき》な静《しず》かなマシュウが、その中心人物《ちゅうしんじんぶつ》となったのでした。

夜《よる》がおとずれたとき、古《ふる》いグリン・ゲイブルスはひっそりと静《しず》まりかえっていました。

棺《ひつぎ》におさめられたマシュウは客間《きゃくま》に安置《あんち》され、楽《たの》しい夢《ゆめ》でも見《み》ながらねむっているかのように

かすかな微笑《びしょう》さえたたえていました。

バーリー夫妻《ふさい》とリンド夫人《ふじん》が、お通夜《つや》に残《のこ》りました。

ダイアナが東《ひがし》の部屋《へや》にあがってきてみると、アンがただ一人《ひとり》いたので、いっしょにいようとやさしく声《こえ》をかけました。涙《なみだ》も見《み》せずにひどく苦《くる》しんでいるアンが心配《しんぱい》になったのです。ところが、アンは、はじめて、自分一人《じぶんひとり》にしておいてほしいとたのみました。

一人《ひとり》きりになれば、涙《なみだ》も出《で》てくるのではないかと願《ねが》っていました。

アンはどんなにマシュウを愛《あい》していたことか。マシュウがどれほど自分《じぶん》につくしてくれたことか。マシュウとの思《おも》い出《で》があれこれと頭《あたま》に浮《う》かびました。

それなのにマシュウのために涙《なみだ》の一滴《てき》も流《なが》せないなんてひどくゆるしがたいことでした。ただうずくような切《せつ》なさにおそわれるばかりでした。

そのうちに、アンは苦痛《くつう》と興奮《こうふん》の一日《にち》にほとほと疲《つか》れはてて、ねむりに落《お》ちました。

静《しず》けさと暗闇《くらやみ》のなかにふと目覚《めざ》め、マシュウと木戸口《きとぐち》で別《わか》れたときの記憶《きおく》がよみがえった瞬間《しゅんかん》、アンは激《はげ》しく泣《な》きだしました。

その声《こえ》を聞《き》きつけたマリラが、アンをなぐさめようと部屋《へや》に入《はい》ってきました。

「さあ、さあ、いい子《こ》だから、泣《な》くのはおよしよ。泣《な》いてもマシュウはもどってきやしないんだよ。」

「ああ、マリラ、泣《な》きたいだけ泣《な》かせてちょうだい。」アンは泣《な》きじゃくりながら言《い》いました。「泣《な》くほうがずっといいわ。胸《むね》が痛《いた》くて苦《くる》しいのはたまらないけど。しばらくここにいて、あたしを抱《だ》きしめてほしいの――ダイアナにはいっしょにいてもらうわけにはいかなかったの。親切《しんせつ》でやさしくて、そりゃあいい人《ひと》よ――でも今度《こんど》のことはダイアナの悲《かな》しみではないもの――これはあたしたち――マリラとあたしの悲《かな》しみなんですもの。おお、マリラ、マシュウおじさんがいないこの先《さき》、あたしたちはいったいどうしたらいいの？」

「あんたにはわたしがいるし、わたしにはあんたがいるもの。二人《ふたり》で力《ちから》を合《あ》わせていくんだよ、アン。あんたがいなければ――わたしはまったく途方《とほう》にくれていたよ。おお、アン、わたしはあんたにはたいそう厳《きび》しくしてきたかもしれないね。だからといって、マシュウほどはあんたのことを愛《あい》してはいなかっただなんて思《おも》わないでおくれよ。いまなら言《い》えそうだから言《い》っておきたいんだよ。あんたのことは、血《ち》と肉《にく》をわけた実《じつ》の子《こ》のようにいとおしく思《おも》っているよ。あんたが『グリン・ゲイブルス』に来《き》てからというもの、あんたはわたしのよろこびであり、心《こころ》のなぐさめなんだよ。」

二日《ふつか》たってから、マシュウ・クスバートはわが家《や》を出《で》て、彼《かれ》が耕《たがや》した畑《はたけ》や果樹園《かじゅえん》を通《とお》って、運《はこ》ばれていきました。

アヴォンリーはふたたびおだやかになり、グリン・ゲイブルスでさえも、もとどおりに日々《ひび》が

すぎていきました。

それだけに、なれた顔《かお》が見《み》えないのは、アンにとってつらいことでした。マシュウがいなくてもなにも変《か》わることなく日々《ひび》がすぎていく、と思《おも》うことがやるせなくてしかたありませんでした。樅《もみ》の木立《こだち》のうしろからのぼる朝陽《あさひ》を見《み》たり、ほころびはじめた庭《にわ》の淡《あわ》いピンクのつぼみを見《み》つけて、以前《いぜん》のようなよろこびについ心躍《こころおど》らせてしまったり、ダイアナの陽気《ようき》な言葉《ことば》に笑《わら》いをさそわれると、アンは悪《わる》いことをしたような、後悔《こうかい》の気持《きも》ちにおそわれました。

アンはある夕方《ゆうがた》、そのことを牧師館《ぼくしかん》の庭《にわ》でアラン夫人《ふじん》に話《はな》しました。ミセス・アランは、けっして悪《わる》いことではない、となぐさめてくれました。

「マシュウは、あなたの笑《わら》い声《ごえ》を聞《き》くのが好《す》きだったでしょう？　あなたが身《み》のまわりの世界《せかい》に楽《たの》しみを見《み》つけるとよろこんでいたんじゃなくて？　マシュウはいま、ちょっと遠《とお》くに行《い》ってしまっただけなのよ。あなたにはこれまでと同《おな》じように楽《たの》しんでほしいと思《おも》っていなさるわ。」

「あたし、きょうの午後《ごご》、マシュウおじさんのお墓《はか》にばらを植《う》えてきたんです。」アンは夢見《ゆめみ》るように言《い》いました。「ずっと昔《むかし》におじさんのおかあさんがスコットランドから持《も》ってきた、小《ち》さな白《しろ》いばらの小枝《こえだ》を挿《さ》し木《き》してきたんです。おじさんは、甘《あま》く香《かお》る野《の》ばらがいちばん好《す》きだっていつも言《い》っていました。よろこんでくれているにちがいないと思《おも》うんです。さあ、そろそろ家《いえ》に帰《かえ》らなくては。マリラがひとりぼっちでいて、夕方《ゆうがた》にはさびしくなるでしょうから。」

「あなたが学校《がっこう》へ帰《かえ》ってからは、マリラはよけいさびしくなるでしょうね。」

アラン夫人《ふじん》は言《い》いました。

アンはなんとも言《い》わず、ただおやすみなさいを言《い》って、ゆっくりグリン・ゲイブルスに帰《かえ》っていきました。

マリラは入《い》り口《ぐち》の石段《いしだん》にすわっていました。アンもならんで腰《こし》をおろしました。

「スペンサー先生《せんせい》がさっきいらしてね、あの眼科《がんか》のお医者《いしゃ》さんが、あした町《まち》にみえなさるから診《み》てもらいなさいと言《い》いなすったんだよ。だから行《い》ってこようと思《おも》うんだがね。わたしの目《め》に合《あ》った眼鏡《めがね》を作《つく》ってもらえればありがたいことだよ。あんたひとりで留守番《るすばん》してもいいかい？　アイロンがけをして、パンを焼《や》いておいてもらいたいんだよ。」

「だいじょうぶよ。ダイアナが来《き》てくれるし、アイロンもパンも、家《いえ》の用《よう》はちゃんとしておくから安心《あんしん》して行《い》ってらっしゃい。もうお菓子《かし》にぬり薬《ぐすり》なんか入《い》れないから。」

マリラは笑《わら》いだし、二人《ふたり》は昔《むかし》のことを思《おも》い出《だ》して話《はな》しました。

「そういえば、ギルバート・ブライスも学校《がっこう》で教《おし》えるってほんとうかい？」

マリラがたずねました。

「ええ。」

アンはぽつんと答《こた》えました。

「なんてりっぱな若者《わかもの》になったんだろうね。このあいだの日曜日《にちようび》に教会《きょうかい》で見《み》たけれど、とても背《せ》が高《たか》くて男《おとこ》らしいね。あの子《こ》のお父《とう》さんの若《わか》いときにそっくりだ。ジョン・ブライスとわたしは、とてもなかがよかったものだよ。ジョンはわたしの恋人《こいびと》だなんて言《い》われたものだよ。」

アンはたちまち興味《きょうみ》を感《かん》じて顔《かお》をあげました。

「あらマリラ──それでどうしたの？　──どうして、マリラは──。」

「わたしたちはけんかをしたんだよ。ジョンがあやまったのに、わたしがゆるしてやらなかったのさ。ほんとうはゆるすつもりだったんだけれど──わたしはふくれて、怒《おこ》ってしまって、まずジョンを罰《ばっ》してからと思《おも》ったのだよ。ところがジョンは帰《かえ》ってこなかったのさ──ブライスの人《ひと》たちはみな、ひどく自尊心《じそんしん》が強《つよ》いからね。けれどわたしはいつもこう──後悔《こうかい》したものさ。あのときにゆるせばよかったと思《おも》ってね。」

「ならやっぱり、マリラだってロマンスがあったのね。」とアンはやさしく言《い》いました。

「そうだよ、あんたがそう言《い》うだろうと思《おも》っていたよ。わたしには、そんなことはないと思《おも》っていたのだろうけれど、でも人《ひと》は見《み》かけだけではわからないものだよ。みんな、わたしとジョンのことはもう忘《わす》れてしまっているよ。わたしだってわすれていたもの。だけれど、このあいだの日《にち》曜日《ようび》にギルバートを見《み》たら、なにもかも思《おも》いだしたわけさ。」

第《だい》三十八章《しょう》　道《みち》の曲《ま》がり角《かど》

翌日《よくじつ》、町《まち》へ行《い》ってきたマリラは、なぐさめようのないくらい、がっかりしていました。

眼科医《がんかい》が、読書《どくしょ》も裁縫《さいほう》もやめなくては目《め》が見《み》えなくなると、言《い》いわたしたからでした。

食事《しょくじ》をすますと、アンはマリラを休《やす》ませ、自分《じぶん》は東《ひがし》の部屋《へや》へあがっていき、窓辺《まどべ》にすわりました。

夕闇《ゆうやみ》のほか、だれもアンの涙《なみだ》と重苦《おもくる》しい心《こころ》を知《し》る者《もの》はありませんでした。

家《いえ》へもどったあのつぎの晩《ばん》に、ここにすわったときとくらべて、なんという変《か》わり方《かた》なのだろう。

あのときは、アンは希望《きぼう》とよろこびにあふれ、未来《みらい》はばら色《いろ》に輝《かがや》いていました。

そのときから何年《なんねん》もたったかのような気《き》がしました。

しかし、ベッドにはいるころには唇《くちびる》には微笑《びしょう》がうかび、心《こころ》は平和《へいわ》になっていました。

アンは自分《じぶん》のすべきことを見《み》てとったのです。

これを避《さ》けずに、勇敢《ゆうかん》にそれをむかえて生涯《しょうがい》の友《とも》としようと決心《けっしん》しました――義務《ぎむ》も、それに

率直《そっちょく》にぶつかるときには友《とも》となるのです。

マリラが町《まち》へ行《い》った日《ひ》から二、三日《にち》して、カーモディから、家《いえ》の売買《ばいばい》をする男《おとこ》が、グリン・ゲイブルスにやってきました。マリラが家《いえ》を売《う》ろうと考《かんが》えたのです。

男《おとこ》が帰《かえ》るとマリラは窓辺《まどべ》に腰《こし》かけ、アンを見《み》つめました。

眼科医《がんかい》に泣《な》くのもよくないと警告《けいこく》されていたにもかかわらず、目《め》からは涙《なみだ》がこぼれ、声《こえ》もとぎれがちでした。

「わたしがグリン・ゲイブルスを売《う》るつもりだっていうのを聞《き》いて、あの人《ひと》は買《か》いたいと言《い》ってきたのさ。」

「買《か》うって！　グリン・ゲイブルスを買《か》うですって？　おお、マリラ、まさかグリン・ゲイブルスを売《う》るつもりじゃないでしょうね？」

「アン、ほかにどうすればいいというのさ？　さんざん考《かんが》えた末《すえ》のことだよ。わたしの目《め》さえなんともなければ、ここにいて、ちゃんとした人《ひと》を雇《やと》って、どうにかこうにかやっていかれると思《おも》うよ。だけどこんな具合《ぐあい》じゃ、無理《むり》だよ。家《いえ》を売《う》らなきゃならない日《ひ》がおとずれようとは思《おも》いもしなかったよ。レイチェルは、農場《のうじょう》を売《う》って、どこかに間借《まが》りすればいいって言《い》うんだけどね——自分《じぶん》のところに来《く》ればいいってことだろうがね。売《う》ったって大《たい》していくらにもならないさ。でもわたしひとりが暮《く》らしていくにはじゅうぶんだよ。

あんたが奨学金《しょうがくきん》をいただいたのはありがたいことだね。ただ、お休《やす》みに帰《かえ》ってきても家《いえ》がないのは、かわいそうだと思《おも》うよ、それだけはね。でもあんたなら、なんとか切《き》りぬけていくだろうよ。」

マリラはこらえきれず、泣《な》きくずれました。

「グリン・ゲイブルスを売《う》ってはいけないわ。」

アンはきっぱりと言《い》いました。

「ああ、アン、わたしだって売《う》らずにすむんだったらそうしたいよ。だけど、わたしはここで一人《ひとり》で暮《く》らしてはいかれないよ。心配《しんぱい》だし、さびしくてたまらないし、頭《あたま》がおかしくなってしまうよ。」

「一人《ひとり》でいることなんかないわ、マリラ。あたしがいるんですもの。あたしはレドモンドに行《い》かないのよ。」

「レドモンドに行《い》かないんだって？」

マリラはやつれた顔《かお》から両手《りょうて》をはなし、アンを見《み》つめました。

「ええ、あたし、奨学金《しょうがくきん》は取《と》らないことにしたの。マリラが町《まち》から帰《かえ》ってきた晩《ばん》にそうしようって決《き》めたのよ。どうしてマリラをひとりぼっちにしておけるものですか。どのくらいあたしのために、つくしてくださったかしれないのに。もう、あたし、いろいろ考《かんが》えたり計画《けいかく》をたてたりし

ているのよ。

　まあ、聞《き》いてちょうだい。畑《はたけ》のほうはバーリーさんが借《か》りたいと言《い》ってなさるから世話《せわ》なしだし、あたしは教《おし》えようと思《おも》うの。ここの学校《がっこう》に申《もう》し出《で》てみたのだけれど、もうギルバート・ブライスに決《き》まってるんですって。でもカーモディの学校《がっこう》ならあるのよ。それから、マリラに本《ほん》を読《よ》んであげて、元気《げんき》づけてあげるわ。退屈《たいくつ》したり、さびしくなったりなんかしないわ。そうすれば、あたし、いつでもマリラといっしょにいられて、二人《ふたり》で楽《たの》しくやっていかれるわ。」

　マリラは夢《ゆめ》を見《み》ているような顔《かお》をして聞《き》いていました。

「ああ、アン、あんたがいてくれたらどんなに心強《こころづよ》いかしれないけれど、そんなことはできないよ。わたしのためにあんたを犠牲《ぎせい》にするなんて。」

「とんでもない！」アンは明《あか》るく笑《わら》いました。「ちっとも犠牲《ぎせい》じゃないことよ。グリン・ゲイブルスを手放《てばな》すことほどつらいことってないわ。とにかくこの大事《だいじ》なグリン・ゲイブルスをなんとしても守《まも》っていきましょうよ。あたし、もう決《き》めたのよ、マリラ。レドモンドへは行《い》かないわ。ここに残《のこ》って先生《せんせい》になるの。だからあたしのことは心配《しんぱい》しないでね。」

「でもあんたには夢《ゆめ》があったじゃないか――それに――。」

「いままでどおり夢《ゆめ》はあるわ。ただ夢《ゆめ》のあり方《かた》が変《か》わったのよ。いい先生《せんせい》になろうと思《おも》っているの――そして、マリラの視力《しりょく》を守《まも》っていくのよ。

それに家《いえ》で勉強《べんきょう》はつづけて、独学《どくがく》で大学《だいがく》の課程《かてい》を取《と》ってみようと思《おも》っているの。ああ、いろいろなことを計画《けいかく》しているのよ、マリラ。この一週間《しゅうかん》ずっと考《かんが》えていたの。ここで精一杯《せいいっぱい》やってみるつもりよ。そうすればきっと最高《さいこう》のものが返《かえ》ってくるはずよ。

あたしがクイーンを出《で》てくるときには、自分《じぶん》の未来《みらい》はまっすぐにのびた道《みち》のように思《おも》えたのよ。さきまで、ずっと見《み》とおせる気《き》がしたの。ところがいま曲《ま》がり角《かど》にきたのよ。曲《ま》がり角《かど》をまがったさきになにがあるのかは、わからないの。でも、きっといちばんよいものにちがいないと思《おも》うの。それにはまた、それのすてきによいところがあると思《おも》うわ。その道《みち》がどんなふうにのびているかわからないけれど、どんな光《ひかり》と影《かげ》があるのか——どんな新《あたら》しい美《うつく》しさや曲《ま》がり角《かど》や、丘《おか》や谷《たに》が、そのさきにあるのか、それはわからないの。」

「あんたにあきらめてもらうのは、いけないような気《き》がするんだけどね。」

マリラは奨学金《しょうがくきん》のことを思《おも》いながら言《い》いました。

「もうあたしを止《と》めようとしてもむだよ。あたしはもう十六歳《さい》と半年《はんとし》になるの。てこでも動《うご》かないがんこ者《もの》よ。」アンは笑《わら》った。「おお、マリラ、あたしをあわれんだりしないでね。大好《だいす》きなグリン・ゲイブルスにいられると思《おも》っただけで、うれしくてたまらないのよ。マリラ、だから二人《ふたり》でここを大切《たいせつ》に守《まも》っていきましょう。」

「なんてありがたいことだろうね。」マリラは気持《きも》ちを素直《すなお》に言葉《ことば》にしました。「まるで生《い》きか

えったような気《き》がするよ。本当《ほんとう》ならもっと意地《いじ》を張《は》って、あんたを大学《だいがく》に行《い》かせなくてはならないんだろうけれど――でもそれがいまのわたしにはできないからね、無理《むり》をするのはやめておくよ。いつかはこのうめあわせをさせておくれね、アン。」

アンが大学《だいがく》に行《い》くのをやめて、家《いえ》に残《のこ》り、学校《がっこう》で教《おし》えるつもりだということがアヴォンリーじゅうにたちまちひろがっていきました。

たいていの人《ひと》たちは、マリラの目《め》のことを知《し》らないので、アンはおろかな選択《せんたく》をしたと口々《くちぐち》にうわさしました。

しかしアラン夫人《ふじん》はちがいました。よく決心《けっしん》したものだとほめてくれたので、アンの目《め》からは思《おも》わずよろこびの涙《なみだ》がこぼれました。

世話好《せわず》きなリンド夫人《ふじん》も賛成《さんせい》してくれました。

ある晩《ばん》、アンとマリラが玄関先《げんかんさき》にすわっているところへ夫人《ふじん》があらわれました。

ギルバートが、このことを聞《き》いて、アヴォンリーの学校《がっこう》をアンにゆずりたいと申《もう》し出《で》てしりぞき、ホワイトサンドの学校《がっこう》で教《おし》えることに、もう手続《てつづ》きをとってしまったと話《はな》してくれました。

「リンドのおばさん！」アンは驚《おどろ》きのあまりとびあがりました。「そんなことでは引《ひ》きうけるわけにはいかないわ。ギルバートに犠牲《ぎせい》を払《はら》わせるなんてできないわ――あたしのために。」

「いまさら言《い》ってもむだですよ。ギルバートはホワイトサンドの理事会《りじかい》に行《い》って契約《けいやく》の署名《しょめい》をし

てきてしまったからね。あんたが断《ことわ》っても、あの子《こ》のためにはなりませんよ。あんたがここの学《がっ》校《こう》で教《おし》えるんだよ。うまくやっていかれますよ。」

翌日《よくじつ》の夕方《ゆうがた》、アンは小《ちい》さなアヴォンリーの墓地《ぼち》に出《で》かけ、マシュウの墓《はか》に新《あたら》しい花《はな》を手向《たむ》けて、挿《さ》し木《き》をした白《しろ》ばらに水《みず》やりをしてから、美《うつく》しいアヴォンリーの夕景色《ゆうげしき》を楽《たの》しみながら丘《おか》を下《お》りていきました。

丘《おか》の途中《とちゅう》にきたとき、背《せ》の高《たか》い若者《わかもの》が口笛《くちぶえ》を吹《ふ》きながら、ブライス家《け》の門《もん》から出《で》てきました。

それはギルバートでした。

アンの姿《すがた》を見《み》ると口笛《くちぶえ》はやみ、彼《かれ》はていねいに帽子《ぼうし》をとってあいさつしてから、だまって行《い》きすぎようとしました。

アンは立《た》ちどまっていそいで手《て》をさしだし、ほおを真《ま》っ赤《か》に染《そ》めて言《い》いました。

「ギルバート、あたしのために学校《がっこう》をゆずってくださってほんとうにありがとうございます。あたし、とてもうれしかったんです――そして、あなたにそれを知《し》っていただきたかったのですわ。」

ギルバートは、さしだされた手《て》をかたくにぎりました。

「なに、べつにたいしたことじゃないんですよ、アン。いくらかでも役《やく》にたちたかっただけです。これからは友《とも》だちになろうじゃないの？　ぼくの昔《むかし》のことをゆるしてくれる？」

アンは笑《わら》って、手《て》をひっこめようとしましたが、だめでした。

「あたし、あの日《ひ》、池《いけ》のところでゆるしてたのよ、自分《じぶん》でも知《し》らなかったけど。なんてがんこなおばかさんだったでしょう。あのときからずっとあたし、後悔《こうかい》していたのよ。」

「ぼくたちは、いちばんのなかよしになれるんじゃないかな。」ギルバートは大《おお》よろこびで言《い》いました。「ぼくたちそう生《う》まれついているんだよ、アン。その運命《うんめい》に、もう長《なが》いことさからってきたんだ。おたがいにいろいろ助《たす》けあえると思《おも》うんだよ。勉強《べんきょう》はつづけるつもりでしょう、ぼくもそうだ。さあ、家《いえ》まで送《おく》っていこう。」

アンが台所《だいどころ》にはいってくるのを、マリラは不思議《ふしぎ》そうにながめていました。

「小径《こみち》をあんたときたのは、だれかい、アン？」

「ギルバート・ブライスよ。バーリーの丘《おか》で会《あ》ったの。」

アンはわれにもなくほおを染《そ》めて答《こた》えました。

「あんたとギルバートが、門《もん》のところで三十分《ぷん》も立《た》ち話《ばなし》をするようななかよしだとは思《おも》わなかったがね。」

マリラは冷《ひ》やかすように微笑《ほほえ》みました。

「いままでは、あたしたち、かたき同士《どうし》だったのよ。でもこれからは、よい友《とも》だち同士《どうし》になったほうがいいって二人《ふたり》ともわかったの。ほんとうに三十分《ぷん》も立《た》ってたかしら？　ほんの五分《ふん》ぐらい

にしか思《おも》えなかったけれど。でも五年間《ねんかん》のうめあわせをしなくちゃならないんですもの、マリラ。」

アンはその夜《よる》、満足《まんぞく》することの幸福《こうふく》をしみじみ味《あじ》わいました。

アンの地平線《ちへいせん》はクイーンから帰《かえ》ってきた夜《よる》を境《さかい》にせばめられました。しかし道《みち》がせばめられたといっても、その道《みち》に静《しず》かな幸福《こうふく》の花《はな》が、ずっと咲《さ》きみだれていることを、アンは知《し》っていました。

まじめな仕事《しごと》と、大《おお》きな望《のぞ》みと、厚《あつ》い友情《ゆうじょう》はアンのものでした。なにものもアンが生《う》まれつきもっている空想《くうそう》と、夢《ゆめ》の国《くに》を奪《うば》うことはできないのです。

そして、生《い》きていく道《みち》には、いつも曲《ま》がり角《かど》があるものなのです。

「神《かみ》は天《てん》にあり、世《よ》はすべてよし。」と、アンはそっとささやきました。

（おわり）

解説《かいせつ》

村岡花子《むらおかはなこ》

　ここに、赤毛《あかげ》のアンシリーズの新版《しんぱん》をお送《おく》りします。すぐれたさし絵《え》のはいった中学《ちゅうがく》・高校生《こうこうせい》むきの本《ほん》として、このシリーズが出《で》たことは、わたしにとっては大《おお》きな喜《よろこ》びです。

　これから『赤毛《あかげ》のアン』をはじめて知《し》る人々《ひとびと》が、どんなにたくさんあることでしょう。これはふしぎな本《ほん》で、世界《せかい》じゅういたるところで、このアンという少女《しょうじょ》は、読者《どくしゃ》の心《こころ》を魅了《みりょう》しつくすのです。それは、この作品《さくひん》が、まず第一《だいいち》に、作者《さくしゃ》モンゴメリを完全《かんぜん》にとらえてしまったからでしょう。

　この本《ほん》がはじめて出版《しゅっぱん》されたのは一九〇八年《ねん》です。それも、モンゴメリの生《う》まれ故郷《こきょう》のカナダでではなくて、アメリカ合衆国《がっしゅうこく》でなのです。

　ルーシー・モンゴメリは、一八七四年《ねん》、プリンスエドワード島《とう》で生《う》まれました。生《う》まれてまもなく母親《ははおや》と死別《しべつ》したので、母《はは》かたの祖父母《そふぼ》にひきとられて育《そだ》ちました。祖父《そふ》は、キャベンディッシュの町《まち》（物語《ものがたり》の中《なか》ではアヴォンリー）で特定郵便局《とくていゆうびんきょく》をいとなんでいました。

　ルーシーは、少女時代《しょうじょじだい》から話《はなし》を創作《そうさく》することが好《す》きで、それを、なかまの少年少女《しょうねんしょうじょ》たちに聞《き》かせては、彼《かれ》らを熱狂《ねっきょう》させせました。十二歳《さい》のルーシーの心《こころ》の中《なか》には、まだ、アンは生《う》まれていませ

んでしたが、とくべつ仲《なか》よしのアマンダとジェニーと三人《にん》で、ストーリークラブというのをつくり、もっぱら創作《そうさく》の勉強《べんきょう》をしていました。そのころのルーシーは、詩《し》をつくることに熱心《ねっしん》で、フィクション――物語《ものがたり》を書《か》くことは考《かんが》えていませんでしたが、こんどはフィクションを勉強《べんきょう》しようと決心《けっしん》して、腹心《ふくしん》の友《とも》ふたりをさそって、ストーリークラブを結成《けっせい》したのです。

「三人《にん》クラブ」と別名《べつめい》をつけてもいいようなこの「ストーリークラブ」という勉強会《べんきょうかい》では、ルーシーが、いつも発題者《はつだいしゃ》でした。彼女《かのじょ》が題《だい》を出《だ》し、そのプランの大《おお》すじを話《はな》して、それから、三人《にん》が、思《おも》い思《おも》いに創作《そうさく》の腕《うで》をふるって、一編《ぺん》の物語《ものがたり》をつくりあげました。そして、三人《にん》がよって、それぞれの創作《そうさく》の合評《がっぴょう》をするのでした。

作品《さくひん》は、だいたい悲劇的《ひげきてき》なものでした。たとえば、キャベンディッシュの海《うみ》で泳《およ》いでいたむすめが水《みず》におぼれたというすじで書《か》けというような題《だい》でした。

三人《にん》の作品《さくひん》をくらべますと、だんぜん、ルーシー・モードのものが光《ひか》っていました。

「あたしたちには、ルーシーのように、とても、ヒロインをあんなに苦《くる》しめることはできないわ。でも、あのつめたさがなけりゃ、小説《しょうせつ》は書《か》けないわね。」と、ふたりは感心《かんしん》しました。

ルーシーは、祖父《そふ》の死後《しご》、祖母《そぼ》をたすけて特定郵便局《とくていゆうびんきょく》の仕事《しごと》をしていたのですが、このときのルーシーは、もう、ただの郵便局《ゆうびんきょく》の女子事務員《じょしじむいん》ではありませんでした。『赤毛《あかげ》のアン』『アンの青春《せいしゅん》』などで有名《ゆうめい》になり、カナダ全土《ぜんど》はもちろん、遠《とお》く、インド・アフリカ・中国《ちゅうごく》・オーストラリ

アあたりまで評判《ひょうばん》になっていました。『赤毛《あかげ》のアン』が、一九〇八年、思《おも》いもかけない名声《めいせい》を博《はく》したとき、キャベンディッシュの町《まち》の人々《ひとびと》は、ルーシーが、それまで五年間《ねんかん》にわたって、親《した》しく交際《こうさい》していた、マクドナルドという牧《ぼく》師《し》と結婚《けっこん》するとばかり思《おも》っていました。けれども、やさしいルーシーは、どうしても、祖母《そぼ》をのこして結婚《けっこん》する気《き》にはなれませんでした。

一九一一年《ねん》の冬《ふゆ》、祖母《そぼ》が八十四年《ねん》の生涯《しょうがい》をとじるまで、ルーシーは、短《みじか》い間《あいだ》の講習《こうしゅう》や勉強《べんきょう》のために、おりおり家《いえ》をはなれるほかは、いつも、祖母《そぼ》といっしょに暮《く》らしていました。

『赤毛《あかげ》のアン』を書《か》いたのは、ちょっとした思《おも》いつきがもとでした。一九〇四年《ねん》の春《はる》のある日《ひ》、ルーシーは、自分《じぶん》の手帳《てちょう》に書《か》きつけておいたさまざまの思《おも》いつきや、ちょっとしたことの中《なか》に、数年前《すうねんまえ》に書《か》いたメモを発見《はっけん》しました。

「老夫婦《ろうふうふ》が、孤児院《こじいん》へ男《おとこ》の子《こ》をたのんだら、まちがって、女《おんな》の子《こ》が送《おく》られてきた。」

こういうことを書《か》きつけておくのは、十歳《さい》ごろからはじまった習慣《しゅうかん》で、生涯《しょうがい》つづいたようです。男《おとこ》の子《こ》を申《もう》しこんだのに女《おんな》の子《こ》が送《おく》られたという思《おも》いつきは、キャベンディッシュの町《まち》に、ルーシーが親《した》しくしていたデビッド・マクネールとその妹《いもうと》のマーガレットという、独身《どくしん》の兄妹《きょうだい》の家《いえ》へ、小《ち》さい姪《めい》がひきとられてきたことがあったのを見《み》て、（あの子《こ》はみなしごではないのかしら？）と考《かんが》えたことから、空想《くうそう》が空想《くうそう》をよんで、ついに、この小説《しょうせつ》にまで発展《はってん》したのです。

さて、モンゴメリの故郷《こきょう》プリンスエドワード島《とう》という島《しま》は、『赤毛《あかげ》のアン』といっしょに、日本《にっぽん》の若《わか》い人《ひと》たちに知《し》られてきました。いまでは、小学生《しょうがくせい》・中学生《ちゅうがくせい》・高校生《こうこうせい》で、ここをモンゴメリの故郷《こきょう》だと知《し》らない人《ひと》は、ほとんどありますまい。というよりも、アンの育《そだ》った場所《ばしょ》として知《し》っているのでしょうか。

とにかく、読者《どくしゃ》は、ルーシー・モンゴメリと、彼女《かのじょ》の空想《くうそう》の子《こ》アンとを同《おな》じ人《ひと》のように考《かんが》えていらっしゃるらしいのです。そのうえに、もうひとり、この村岡花子《むらおかはなこ》をもくわえてくださって、赤毛《あかげ》のアンとモンゴメリと村岡《むらおか》というトリオをつくってしまわれました。じつに光栄《こうえい》のいたりです。

ルーシーの生《う》まれた国《くに》、世界第二《せかいだいに》の大国土《だいこくど》であるカナダは、アメリカと同《おな》じく、大西洋《たいせいよう》から太《たい》平洋《へいよう》までの広《ひろ》い大陸《たいりく》に根《ね》をおろし、「大洋《たいよう》から大洋《たいよう》まで」の大《おお》きな国土《こくど》をほこっています。

そのゆったりした国《くに》の中《なか》で、プリンスエドワード島《とう》は、いちばん小《ち》さい州《しゅう》で、日本《にっぽん》の四国《しこく》の三分《ぶん》の一ぐらいにあたります。アンシリーズの中《なか》にたびたび出《で》てくる州都《しゅうと》シャーロットタウンも、人口《じんこう》三万《まん》ぐらいの小都市《しょうとし》です。

プリンスエドワード島《とう》は、カナダの東《ひがし》のはしにあり、大西洋《たいせいよう》に面《めん》したセントローレンス湾《わん》をかこむニューファンドランド・ノバスコシア・ニューブランズウィックとともに、東方沿岸地帯《とうほうえんがんちたい》とよばれています。また、この島《しま》は、「セントローレンス湾内《わんない》の庭園《ていえん》」といわれているだけあっ

て、ことに美《うつく》しい緑《みどり》におおわれ、清潔《せいけつ》な、なごやかな感《かん》じにみちています。

グリンゲイブルスのアンの成長《せいちょう》したアヴォンリー（実際《じっさい》はキャベンディッシュ）の町《まち》を擁《よう》したセントローレンス湾《わん》に面《めん》する北方海岸《ほっぽうかいがん》は国立公園《こくりつこうえん》に指定《してい》され、赤毛《あかげ》のアンが育《そだ》てられた家《いえ》として、モンゴメリが「グリンゲイブルス」と名《な》づけた切妻屋根《きりづまやね》の家《いえ》が、その公園《こうえん》の中心《ちゅうしん》となっています。

各国《かっこく》の文学愛好者《ぶんがくあいこうしゃ》は、この一帯《いったい》の観光地《かんこうち》をおとずれ、アンが名《な》づけたさまざまの地名《ちめい》がそのままのこされてあるのをなつかしみ、「恋人《こいびと》の小径《こみち》」や「輝《かがや》く湖水《こすい》」や「おばけの森《もり》」のあたりをさすらって、発表以来《はっぴょういらい》すでに五十年《ねん》をも超《こ》えようとしているこの作品《さくひん》が、依然《いぜん》として世界《せかい》じゅうの家庭《かてい》の人気《にんき》をあつめ、近代古典《きんだいこてん》の名《な》をほしいままにしている魅力《みりょく》のみなもとをさぐりあてようとしているのです。

（『赤毛《あかげ》のアン』〈講談社《こうだんしゃ》　初版《しょはん》一九六四年《ねん》七月《がつ》〉解説《かいせつ》より収録《しゅうろく》）

＊当時《とうじ》の本《ほん》に入《はい》っていたのは、鈴木義治氏《すずきよしはるし》のイラスト。

あとがきにかえて

村岡《むらおか》美枝《みえ》

　カナダの女流作家《じょりゅうさっか》、ルーシー・モード・モンゴメリ（一八七四〜一九四二年《ねん》）作《さく》『赤毛《あかげ》のアン』（原題《げんだい》『アン・オブ・グリン・ゲイブルス』）は、今年《ことし》、原作出版《げんさくしゅっぱん》百周年《しゅうねん》を迎《むか》えました。「希望《きぼう》と光《ひかり》の使者《ししゃ》になりたい。」モンゴメリが思《おも》いを託《たく》した少女《しょうじょ》、アン・シャーリーは、時代《じだい》を超《こ》え、世界中《せかいじゅう》の人々《ひとびと》に生《い》きる勇気《ゆうき》を与《あた》えてきました。アンのスピリットにふれると、なにげない日常《にちじょう》のできごとも、見《み》なれた風景《ふうけい》もたちまち輝《かがや》き、躍動《やくどう》しはじめるのですから、まったく妖精《ようせい》のような不思議《ふしぎ》な少女《しょうじょ》です。

　日本《にほん》の読者《どくしゃ》にこの物語《ものがたり》を最初《さいしょ》に紹介《しょうかい》したのは、私《わたし》の祖母《そぼ》、村岡花子《むらおかはなこ》（一八九三〜一九六八年《ねん》）です。

　花子《はなこ》が、『アン・オブ・グリン・ゲイブルス』と出会《であ》ったのは、一九三九年《ねん》（昭和《しょうわ》十四年《ねん》）、四十六歳《さい》のとき。第二次世界大戦《だいにじせかいたいせん》のはじまる少《すこ》し前《まえ》のことでした。日本《にほん》と西洋諸国《せいようしょこく》との関係《かんけい》が険悪《けんあく》になりつつあるなか、カナダ人《じん》の友人《ゆうじん》たちはみな、帰国《きこく》をいそぐようになりました。花子《はなこ》といっしょに、女性《じょせい》や子《こ》どもむけの本《ほん》や雑誌《ざっし》の編集《へんしゅう》の仕事《しごと》をしていたミス・ショーもその一人《ひとり》でした。ミス・ショーは、別《わか》れぎわに、花子《はなこ》に一冊《いっさつ》の本《ほん》を手渡《てわた》してくれます。それが、『アン・オブ・グ

リン・ゲイブルス』でした。何度《なんど》も読《よ》みかえしていたらしく、ずいぶん手《て》ずれていました。「戦《せん》争《そう》はいつか必《かなら》ず終《お》わります。また平和《へいわ》な時代《じだい》がきたら、翻訳《ほんやく》して日本《にほん》の人《ひと》たちにとどけてくださいね。」ミス・ショーは、そう言《い》いのこして日本《にほん》を去《さ》っていきました。

さっそく、いただいた本《ほん》のページをめくりはじめた花子《はなこ》は、想像力豊《そうぞうりょくゆた》かで、不屈《ふくつ》の精神《せいしん》をもつアンにすっかり魅《み》せられ、時《とき》のたつのも忘《わす》れて読《よ》みとおしました。そして、この一冊《いっさつ》の本《ほん》との出《で》会《あ》いに運命的《うんめいてき》なものを感《かん》じたのです。

花子《はなこ》は、十歳《さい》でカナダ人宣教師《じんせんきょうし》たちが創立《そうりつ》した、東京《とうきょう》・麻布《あざぶ》の東洋英和女学校《とうようえいわじょがっこう》に編入《へんにゅう》し、青春《せいしゅん》時代《じだい》の十年間《ねんかん》、寄宿舎生活《きしゅくしゃせいかつ》を送《おく》りながら、L・M・モンゴメリやマリラやリンド夫人《ふじん》と同世代《どうせだい》のカナダ人宣教師《じんせんきょうし》たちにより、徹底《てってい》した英語教育《えいごきょういく》を受《う》けました。文学少女《ぶんがくしょうじょ》だった花子《はなこ》は、十五歳《じゅうごさい》のころには、物語《ものがたり》の随所《ずいしょ》にちりばめられている、テニソンやブラウニングといった英国《えいこく》の詩人《しじん》たちの詩《し》を原文《げんぶん》で夢中《むちゅう》になって読《よ》み、文学会《ぶんがくかい》で暗誦《あんしょう》したものでした。図書室《としょしつ》で読《よ》みふけった『クリスマス カロル』や『若草物語《わかくさものがたり》』などの英米《えいべい》の家庭小説《かていしょうせつ》は、毎日《まいにち》を生《い》きる心《こころ》のエネルギーとなりました。週末《しゅうまつ》になると先生《せんせい》がケーキを焼《や》いてくださり、ともに「お茶《ちゃ》の時間《じかん》」を楽《たの》しみました。また、規則《きそく》に違反《いはん》すると部屋《へや》にもどって反省《はんせい》を強《し》いられる「おとがめ」を受《う》けることもありました。「アン・オブ・グリン・ゲイブルス」に出会《であ》う三十年《ねん》あまり前《まえ》に、くしくも「アン」の時代《じだい》の生活文化《せいかつぶんか》のなかで、「アン」の時代《じだい》の精神《せいしん》をごく自然《しぜん》に身《み》につけていたのです。

きびしかったけれども、心《こころ》の底《そこ》にユーモアと生徒《せいと》を思《おも》いやる深《ふか》い愛情《あいじょう》をたたえ、献身的《けんしんてき》に日本《にほん》の女子教育《じょしきょういく》に情熱《じょうねつ》をそそいでいた先生方《せんせいがた》の顔《かお》が次々《つぎつぎ》と浮《う》かびました。自分《じぶん》がこうして文学《ぶんがく》の道《みち》を歩《あゆ》んでいるのは、カナダ人宣教師《じんせんきょうし》たちの導《みちび》きがあったからこそではないか。戦時下《せんじか》にあって、敵《てき》国語《こくご》の本《ほん》を持《も》っているだけでも危険《きけん》な時代《じだい》でしたが、訳《やく》さずにはいられない気持《きも》ちに駆《か》られたのでした。

花子《はなこ》は、戦争《せんそう》が激《はげ》しくなると、外《そと》に光《ひかり》がもれないように黒《くろ》い布《ぬの》をおおった電灯《でんとう》の下《した》で、ひそかに翻訳《ほんやく》をつづけました。遠《とお》くカナダに帰《かえ》ってしまった恩師《おんし》や友人《ゆうじん》たちへの友情《ゆうじょう》の証《あかし》を立《た》てるつもりで、平和《へいわ》への祈《いの》りをこめて言葉《ことば》をつむいでいきました。空襲警報《くうしゅうけいほう》が鳴《な》ると、原書《げんしょ》と書《か》きかけの原稿用紙《げんこうようし》を抱《かか》えて防空壕《ぼうくうごう》に逃《に》げこみました。「曲《ま》がり角《かど》の先《さき》にはなにがあるかわからない。でも、きっといいものにちがいない。」アンの言葉《ことば》に花子《はなこ》はどれほどささえられ、勇気《ゆうき》づけられたことでしょう。そして、戦争《せんそう》が終《お》わるころ、翻訳《ほんやく》も終《お》わっていました。

戦後《せんご》しばらくは出版《しゅっぱん》のあてもなく、七百枚以上《まいいじょう》の原稿用紙《げんこうようし》の束《たば》は書棚《しょだな》に大切《たいせつ》にしまわれていましたが、一九五二年《ねん》（昭和《しょうわ》二十七年《ねん》）、ようやく日《ひ》の目《め》を見《み》ることになります。そのとき、花子《はなこ》が、最後《さいご》まで悩《なや》んでいたのが題名《だいめい》でした。直訳《ちょくやく》の「緑《みどり》の切《き》り妻屋根《つまやね》のアン」ではなじみがなさすぎます。「夢《ゆめ》みる少女《しょうじょ》」「窓辺《まどべ》に倚《よりかか》る少女《しょうじょ》」など数《かず》ある候補《こうほ》から『赤毛《あかげ》のアン』に決《き》めたのは、当時大学生《とうじだいがくせい》だった、花子《はなこ》の娘《むすめ》のみどりが「ダンゼンいい！」と言《い》ったからでした。

「女性《じょせい》や子《こ》どもたちが夢《ゆめ》と希望《きぼう》をもって健《すこ》やかに生《い》きていってほしい。」七十五年《ねん》の生涯《しょうがい》を閉《と》じるまで、村岡花子《むらおかはなこ》がペンをにぎりつづけた情熱《じょうねつ》は、その願《ねが》いから発《はっ》していました。人《ひと》が人《ひと》とともに生《い》きる素晴《すば》らしさに気《き》づかせてくれるアンの物語《ものがたり》は、花子《はなこ》の夢《ゆめ》をかなえてくれた一冊《いっさつ》といえるでしょう。

『アン・オブ・グリン・ゲイブルス』出版《しゅっぱん》百周年《しゅうねん》の記念《きねん》の年《とし》に、青《あお》い鳥文庫《とりぶんこ》の『赤毛《あかげ》のアン』が装《よそお》い新《あら》たに生《う》まれかわりました。原作《げんさく》のエピソードをすべてもりこみ、村岡花子《むらおかはなこ》訳《やく》のオリジナルから、みなさんに読《よ》みやすい形《かたち》にいたしました。「キルト」「パッチワーク」など古《ふる》い言《い》い方《かた》からの手《て》なおしをした部分《ぶぶん》もありますが、「さんざし」「いちご水《すい》」などはあえてそのままにしました。短歌《たんか》や日本《にほん》の古典文学《こてんぶんがく》に親《した》しんでいた明治《めいじ》生《う》まれの花子《はなこ》ならではの、語感《ごかん》や行間《ぎょうかん》ににじみ出《で》る情緒《じょうちょ》をそこなわないように心《こころ》がけました。

また、この新装版《しんそうばん》では、HACCAN《ハッカン》さんが生《い》き生《い》きとしたすてきな表紙絵《ひょうしえ》と挿絵《さしえ》を描《か》いてくださいました。みなさんが想像《そうぞう》の翼《つばさ》をはためかせるのを大《おお》いに手助《てだす》けしてくれることと思《おも》います。

アンの物語《ものがたり》は、これでおしまいではありません。母親《ははおや》として六人《にん》の子《こ》どもたちの成長《せいちょう》を見守《みまも》り、アンが五十代《だい》になるまでつづきます。アンの成長《せいちょう》ぶりをひきつづき青《あお》い鳥文庫《とりぶんこ》でご紹介《しょうかい》できればと願《ねが》っております。

（『赤毛《あかげ》のアン』〈講談社青《こうだんしゃあお》い鳥文庫《とりぶんこ》　初版《しょはん》二〇〇八年《ねん》七月《がつ》〉解説《かいせつ》より収録《しゅうろく》）

著者紹介

L・M・モンゴメリ

1874年、カナダのプリンス・エドワード島に生まれる。
おさないころに母を亡くし、祖父母に育てられた。
祖父は三等郵便局長。
祖父の死後、郵便局をつづけながら、1905年『赤毛のアン』を書きあげる。
1908年アメリカ・ボストン市のページ社から同書を刊行し、
一躍人気作家になる。
1911年長年親交のあった牧師ユーアン・マクドナルドと結婚。
著書は「赤毛のアン」シリーズ10冊をふくめて21冊と詩集1冊。
1942年カナダのトロントで逝去。

訳者紹介

村岡花子《むらおかはなこ》

1893年、山梨県生まれ。東洋英和女学校高等科を卒業。
「赤毛のアン」シリーズ全10巻、「エミリー」三部作、『母の肖像』など、
訳書多数。1968年逝去。
赤毛のアン記念館・村岡花子文庫サイト
http://club.pep.ne.jp/~r.miki/index_j.htm

画家紹介

HACCAN《ハッカン》

1978年北海道生まれ。児童書の挿絵のほか、
ゲームのイラストなどを手がける。

赤毛《あかげ》のアン
Anne of Green Gables

作
L・M・モンゴメリ
訳
村岡花子《むらおかはなこ》

2014年5月22日　第1刷発行

発行者
鈴木 哲
発行所
株式会社講談社
〒112-8001 東京都文京区音羽2-12-21
電話
出版部 03-5395-3536／販売部 03-5395-3625／業務部 03-5395-3615
印刷所
図書印刷株式会社
製本所
大口製本印刷株式会社
装幀・本文デザイン
坂川朱音（坂川事務所）
本文データ制作
講談社デジタル製作部

N.D.C. 933 364p 18cm ISBN978-4-06-218970-5

アンの愛情 赤毛のアン3

アンの夢の家
赤毛のアン5

アンの幸福 赤毛のアン4

村岡花子訳で読む
講談社青い鳥文庫
「赤毛のアン」シリーズ

L.M.モンゴメリ 作
村岡花子 訳 HACCAN 絵

アンの青春 赤毛のアン2

赤毛のアン